Von Miriam Pharo sind bisher erschienen:

Romane

Sektion 3/Hanseapolis: Schlangenfutter (2009, ACABUS Verlag)
Sektion 3/Hanseapolis: Schattenspiele (2010, ACABUS Verlag)
Sektion 3/Hanseapolis: Präludium (2012, ACABUS Verlag)
Von Möpsen und Rosinen Sammelband (Eigenpublikation 2013)

Kurzgeschichten

Ein Missetäter der übelsten Sorte (Perry Rhodan, Pabel Moewig)
Der letzte Cowboy („Die Großstädter", 2012, Septime Verlag)
Der Vorhang („Drachen, Drachen", 2012, Blitz Verlag)
Der Junge (**„**Prototypen und andere Unwägbarkeiten", Begedia)
Schlafende Hunde („Smaragd Saturn", 2010, Wunderwaldverlag)

Über die Autorin

Miriam Pharo, 1966 im andalusischen Córdoba geboren, verbringt ihre Kindheit auf der Atlantikinsel Oléron im Südwesten Frankreichs. Mit neun Jahren kommt sie nach Deutschland. Bis zu diesem Zeitpunkt hat sie noch nie Häuser bis zum Horizont gesehen und glaubt, dass Schnee rosa ist. Sie studiert Slawistik, Romanistik und Politikwissenschaften in Mainz und Heidelberg. Seit 2008 ist sie als Autorin und Übersetzerin tätig. 2013/2014 übernimmt sie das Lektorat des französischsprachigen Fantasyromans „Opération Cheesestorm" des Schweizer Autors Mani D. Bädle und übersetzt das Werk anschließend ins Deutsche. 2015 folgt der zweite Band „Apocalypse Parade".

Miriam Pharo

Der Bund der Zwölf

Roman

IMPRESSUM
Pharo, Miriam – Der Bund der Zwölf

Originalausgabe

Cover Design by James, GoOnWrite.com
Lektorat: scriptmanufaktur

TWENTYSIX – Der Self-Publishing-Verlag
Eine Kooperation zwischen der Verlagsgruppe Random House
und Books on Demand

Herstellung und Verlag: BoD – Books on Demand, Norderstedt.
ISBN: 9783740708245

www.miriam-pharo.com

Für meinen Großvater Alfred Kullmann, Dirigent, Komponist und Schüler von Richard Strauß

Leider habe ich dich nie kennengelernt, bist du doch viel zu früh von uns gegangen. Doch mit der Liebe zur Musik hast du unserer Familie und damit auch mir das größte Geschenk gemacht.

Oben auf dem Hügel
stand ein Junge und goss ein Bäumchen.
„Ich passe auf dich auf", sagte er. „Und
wenn du einmal groß bist, schlafe ich
in deinem Schatten."

Auftakt

Der Tanz auf dem Dorfplatz wirbelt gerade auf seinen Höhepunkt zu, als die ersten Anzeichen des Gewitters erklingen. In der Ferne reitet der Donner auf dem Tremolo der Kontrabässe, und nur einen Augenblick später verdüstert sich der Himmel. Von Unruhe getrieben rasen die Violinen wild auf und ab. Die Landleute stieben auseinander, um einen Unterschlupf zu suchen. Ein, zwei, drei Paukenschläge, schon bricht die Hölle los. In den Violinen zucken die Blitze, in den Bratschen wütet der Wind, und als sich der Sturm immer mehr aufbläht, überzieht Anna ein kalter Schauer, drohen die entfesselten Streicher sie fortzureißen …

Doch der große Arturo Menotti weiß die Elemente zu beherrschen. Mit seiner weißen Mähne und seinem funkelnden Blick haftet ihm etwas Göttliches an, und mit einer knappen Bewegung weist er die Streicher in ihre Schranken. Schon grollen sie davon, und der Himmel öffnet sich. Anna atmet auf. Das Gewitter ist vorüber. Für einen kurzen Moment schließt sie die Augen, bevor sie ihre Klarinette an den Mund führt, um ihr eine kleine Melodie zu entlocken. Ein Hirtengesang, der zum Himmel emporsteigt, so rein und klar. Vor ihrem inneren Auge sieht Anna die stillen Felder im Abendlicht, sieht die Landleute zögernd hinaustreten, den Blick auf den Himmel gerichtet. Als Nachtigall und Wachtel ihre Stimmen erheben, hält die Welt den Atem an. Bald gesellt sich Annas Kuckuck dazu. An diesem Abend ist er sorglos und froh, sein Ruf ist voll und kräftig. Für einen Augenblick gehört der Himmel den Holzinstrumenten, bevor das gesamte Orchester wieder mit einstimmt. Vereint zu einem letzten großen musikalischen Wunder. Mit weit ausholenden Gesten holt Arturo Menotti seine Kinder zu sich heran, hegt die einen, mahnt die anderen, sorgt für die nötige Balance, bis die ersten Sterne am Firmament aufleuchten und Beethovens *Pastorale* leise verklingt. Dann ist nur noch Stille. Ein Seufzen ergreift das Publikum, um kurz darauf zu einem gewaltigen Beben anzuschwellen, das die Wände des ehrwürdigen Konzertsaals erzittern lässt. Anna lächelt. Ein vollendeter Ausklang.

Kapitel 1

Paris, April 1926

Eine milde Brise bauschte den Vorhang nach innen und wies damit auf die honorable Madame Boneasse, die mit einem Gläschen Kräuterlikör und einer ledergebundenen Ausgabe von *Das Bildnis des Dorian Gray* den Abend einläutete. Im Haus war es ruhig. Zu hören waren nur das Rascheln der Buchseiten und das Ticken der Uhr auf dem Kaminsims. Die fernen Geräusche der Stadt, die gelegentlich durch das halb offene Fenster sickerten, vermochten den Frieden nicht zu stören, und so wurde das monotone Knarzen des Schaukelstuhls schon bald von einem sanften Schnarchen abgelöst.

Schlag halb elf zerbarst das friedliche Bild unter lautem Hupen, gefolgt von einem infernalen Krachen und Knattern. Madame Boneasse fuhr erschrocken hoch, was zur Folge hatte, dass Oscar Wilde samt Lesebrille von ihren Knien rutschte und mit einem dumpfen Geräusch auf dem Boden landete.

„Wie? Was?"

Verwirrt blickte sich die alte Frau um, bevor sie sich umständlich aus dem Schaukelstuhl schälte und zum kleinen Spiegel stürzte, der neben der Zimmertür hing. Um ein Haar wäre sie auf ihre Lesebrille getreten.

„Ach, du meine Güte", murmelte sie und zupfte sich die grauen Strähnen zurecht.

Erneut drangen diese schrecklichen Geräusche ins Zimmer, begleitet von einem stechenden Gestank, der Madame Boneasse veranlasste, unverzüglich das Fenster samt Läden zu schließen. Geschäftig strich sie über ihr Baumwollkleid, bevor sie etwas Eau de Cologne in ihre Handflächen tröpfelte und sich damit über Nacken und Stirn fuhr. Noch schnell einen Schluck Limettensaft, in der Hoffnung, dieser würde den Geruch des Kräuterlikörs übertönen, dann eilte sie nach draußen. Ihr Zimmer grenzte direkt ans Vestibül.

„Jeanne!", rief sie energisch. „Jeanne!"

Ein junges Mädchen mit weißer Schürze stürzte um die Ecke.

„Ja, Madame?"

„Die Herrschaften sind soeben vorgefahren. Hast du die B… das Bett vorgewärmt?"

An den Gedanken, dass Monsieur und Madame Milhaud im selben Zimmer schliefen, konnte sie sich einfach nicht gewöhnen.

„Aber es ist so warm draußen."

„Wir haben erst April, du dumme Gans! Im April werden die Betten immer vorgewärmt. Sieh zu, dass du heiße Backsteine heranschaffst! Du hast doch welche auf Vorrat?"

Das Mädchen nickte eifrig.

„Gut, gut. Die Herrschaften werden vermutlich nicht gleich zu Bett gehen, sondern den Abend in der Bibliothek ausklingen lassen. Also los, beeil dich!"

Das Dienstmädchen ließ zwar ein Schnauben hören, doch weil es auf dem Weg nach oben zwei Stufen auf einmal erklomm, ließ es ihm Madame Boneasse durchgehen. Sie strich sich noch einmal übers Haar. Keine Minute zu früh. Schon erschallte hinter der großen Eingangstür ein lautes Lachen, und man hörte, wie jemand mit einem Schlüsselbund hantierte. Madame Boneasse straffte sich und öffnete die Tür.

„Meine Gute“, dröhnte ihr Monsieur Milhauds angenehmer Bass entgegen. „Sie haben mich zu Tode erschreckt!“

Der Hausherr war ein korpulenter Mann in den Vierzigern mit einem mächtigen Schnauzer und einem rötlichen Gesicht, das von seiner Vorliebe für gutes Essen und übermäßigen Weingenuss zeugte. Ungeachtet seiner Körperfülle saß sein Abendanzug tadellos. Den Flanellmantel hatte er lässig über den Arm gehängt. Die Frau an seiner Seite war noch sehr jung, eine Schönheit mit aschblonden Locken und großen hellen Augen, die Lippen scharlachrot geschminkt. Sie trug ein tief ausgeschnittenes Kleid aus blauem Chiffon. Der Gipfel der Sittenlosigkeit war in Madame Boneasses Augen die lange Perlenkette, die die Nacktheit des Rückens betonte.

„Hier!“, rief Monsieur Milhaud und warf seiner Haushälterin Mantel und Hut zu, die sie gerade noch mit Mühe auffing.

„Also wirklich, Maurice!“ Véronique Milhaud warf ihrem Mann einen sorgenvollen Blick zu. „Was wird Madame Boneasse von uns denken?“

„Nur Gutes, meine Liebe, nur Gutes. Sie mag ein strenges Gesicht aufsetzen, aber in Wirklichkeit hat sie ein Herz aus Gold.“ Maurice Milhaud zwickte der alten Frau in die Wange, was sie prompt erröten ließ. „Nicht wahr, Sie Engel?“

„Aber, Monsieur …“

„Schon gut.“ Er lachte freundlich. „Wir gehen jetzt in die Bibliothek und genehmigen uns noch einen kleinen Schlummertrunk."

„Wollen wir nicht lieber gleich zu Bett gehen, Liebling?", entgegnete seine Frau. „Der Abend war überaus anstrengend."

Monsieur Milhaud hob in gespieltem Erstaunen die Augenbrauen. „Ich bin geschockt, meine Liebe. Muss ich mir Sorgen machen?"

Angesichts seines komischen Gesichtsausdrucks entfuhr ihr ein kleines Lachen. „Mitnichten. Aber lass mich vorher die Schuhe ausziehen, ja? Sie bringen mich noch um."

„Nur zu! Du weißt, ich liebe deine kleinen Zehen", antwortete Monsieur Milhaud gut gelaunt, bevor er sich wieder Madame Boneasse zuwandte. „Machen Sie einfach da weiter, wo Sie gerade aufgehört haben, meine Gute! Was immer es war." Diesmal klang sein Tonfall eine Spur unanständig. „Wir kommen schon allein zurecht."

„Ganz wie Sie wünschen." Insgeheim war die Haushälterin froh, nicht mehr gebraucht zu werden. In ihrem Alter ertrug sie diese Art von Übermut nicht mehr. „Gute Nacht, Madame. Gute Nacht, Monsieur."

„Gute Nacht", erklang es unisono zurück.

Als das glamouröse Paar hinter der Holztür der Bibliothek verschwand, wurde es im Vestibül augenblicklich schattiger. Madame Boneasse raffte ihre Röcke und stieg die ausladende Treppe hoch, um nachzusehen, ob Jeanne das Schlafzimmer ordnungsgemäß hergerichtet hatte. Das freimütige Gelächter, das von unten durch die Wände perlte, brachte sie kurz aus dem Tritt. Mürrisch schüttelte sie den Kopf. Wie sich doch die Zeiten geändert hatten!

„Madame Boneasse!“

Schlaftrunken drückte die alte Frau den Kopf tiefer ins Kissen.

„Wachen Sie auf, Madame Boneasse!“

„Was ist?“

„Ich glaube, mit den Herrschaften stimmt etwas nicht.“

Die Haushälterin stützte sich auf und kniff die Augen zusammen. Jeanne stand im Nachthemd an ihrem Bett, eine Kerze in der Hand. Ihr Gesicht wirkte geisterhaft, die Panik in ihrer Stimme jagte der alten Frau einen kalten Schauer über den Rücken.

„Hör auf, mir Angst zu machen, Kind!“, maulte sie. „Was ist los?“

„Ich weiß es nicht genau“. Das Dienstmädchen zitterte wie Espenlaub. „Ich glaube, ich habe Madame um Hilfe rufen hören.“

Jetzt war die Haushälterin hellwach. „Warum hast du nicht nachgesehen?“

„Ich habe mich nicht getraut“, kam es kleinlaut zurück.

„Was hattest du überhaupt außerhalb deiner Kammer zu suchen?“

„Ich konnte nicht schlafen und bin an der Treppe auf und ab gegangen.“

Madame Boneasse seufzte. Viel wahrscheinlicher war es, dass sich Jeanne in die Bibliothek hatte schleichen wollen, um aus der Bar etwas Cognac zu stibitzen, und währenddessen etwas gehört hatte.

„Und du bist dir sicher, dass es kein Traum war?“

„Ganz sicher, Madame.“

„In Ordnung.“ Schwerfällig hievte sich die Haushälterin aus dem Bett, suchte mit den nackten

Füßen nach ihren Pantoffeln, dann stand sie auf.

„Mach das Ding aus", sagte sie und zeigte auf die Kerze. „Wir haben Elektrizität."

„Ja, Madame."

„Bleib hier. Wenn ich dich brauche, rufe ich dich."

„Ja, Madame."

Beim Hinausgehen streifte sich die alte Frau einen Morgenmantel über, dann durchquerte sie das Vestibül und ging schnaufend die Treppe hoch. Sie hätte es niemals laut ausgesprochen, doch für einen dieser modischen Aufzüge hätte sie in dem Moment ihren rechten Arm hergegeben. Das Schlafzimmer der Herrschaften befand sich rechts am Ende des Gangs. Leise trat sie auf die Tür zu und lauschte. Abgesehen von ihrem eigenen Keuchen war es totenstill. Vielleicht hat sich Jeanne alles nur eingebildet, dachte sie, und wartete einen Augenblick. Immer noch nichts. Gerade als sie sich abwenden wollte, hörte sie ein Wimmern. Im höchsten Maße beunruhigt beugte sie sich nach vorn. Erneutes Wimmern. Sie holte tief Luft und klopfte an. Das Geräusch hinter der Tür brach jäh ab.

„Madame?", fragte sie leise. „Alles in Ordnung?"

Statt einer Antwort setzte das Wimmern wieder ein, diesmal lauter, und eine eisige Faust griff nach Madame Boneasses Herz. Monsieur Milhaud würde seiner jungen Frau doch nichts antun? Sie diente ihm seit siebzehn Jahren und hatte noch nie erlebt, dass er die Hand gegen einen anderen Menschen erhoben hätte. Andererseits gab es immer ein erstes Mal.

„Kann ich hereinkommen, Madame?"

„Ach, meine Gute …"

Vor Entsetzen fasste sich die Haushälterin an die

Kehle. Die Stimme auf der anderen Seite gehörte nicht Madame, sondern Monsieur Milhaud! Eine gefühlte Ewigkeit stand die alte Frau vor der Tür, doch letztlich gewann ihr Pflichtbewusstsein die Oberhand, und sie drückte die Klinke hinunter. Im Zimmer brannte eine einzelne Nachttischlampe, deren mattes Licht alles jenseits des Bettes schemenhaft erscheinen ließ. Dennoch kam Madame Boneasse nicht umhin zu bemerken, dass sich der Raum in Unordnung befand. Kleider lagen achtlos hingeworfen auf dem Boden, die zerknüllte Tagesdecke lugte unterm Bett hervor, und Madames Spitzenunterwäsche zierte in unschicklicher Weise die dickbäuchige Mingvase neben der Tür. In der Luft lag etwas, das nicht zu diesem fröhlichen Durcheinander passte. Madame Boneasse konnte nicht sagen, was es war, aber es drohte, ihr die Luft abzuschnüren.

„Ich knipse die Stehlampe an", murmelte sie.

„Nein." Die Stimme, die aus der Richtung des Bettes kam, klang brüchig. „Bitte nicht."

Die Haushälterin machte sich aufs Schlimmste gefasst, als sie dem Klang der Stimme folgte. Im letzten Krieg hatte sie ungeachtet ihres Alters in einem Lazarett gedient und mehr als einmal der Hölle ins menschliche Antlitz geschaut. Der Anblick jedoch, der sich ihr bot, kaum, dass sie am Fuß des Bettes angekommen war, hatte nichts mit Verätzungen, Schuss- oder Brandwunden zu tun.

„Jesus, Maria und Josef!" Die alte Frau bekreuzigte sich, während ihr Körper Halt am Bettpfosten suchte. „Was ist passiert?"

„Ich weiß es nicht." Der sonore Bass von Monsieur Milhaud klang hohl. Beinahe geisterhaft.

Madame Boneasse holte tief Luft, bevor sie

nähertrat und sich über ihre Herrin beugte. Ein Lufthauch traf ihre Wange. Der runzlige Mund unter ihr bewegte sich, offenbar versuchte sie etwas zu sagen.

„Monsieur, sie spricht."

Maurice Milhauds Augen schwammen in Tränen. „Ich weiß, aber ich kann sie nicht verstehen." Er schluchzte. „Ich kann es nicht."

Die alte Frau richtete sich wieder auf. „Ich werde den Doktor anrufen, und in der Zwischenzeit quartieren wir Sie ..."

„Ich verlasse meine Frau nicht."

„Aber Monsieur!" Die Haushälterin rang hilflos mit den Händen. „Vielleicht ist es ansteckend."

„Nein!" Der Ton in der Stimme duldete keinen Widerspruch. Ein letztes Aufbäumen.

„Wie Sie meinen", stammelte die honorable Madame Boneasse, bevor sie endgültig die Fassung verlor und aus dem Zimmer stürzte, als wäre der Teufel hinter ihr her.

Als der Arzt eine Stunde später eintraf, war Véronique Milhaud bereits tot. Sie war an Altersschwäche gestorben – im Alter von nur zweiundzwanzig Jahren.

Kapitel 2

Paris, April 1926

„Das wird Ihnen nicht gefallen, Patron!“

Vincent Lefèvre trat aus dem Badezimmer. „Was wird mir nicht gefallen?“

Der Besitzer des *Nuits Folles*, eines berüchtigten Nachtklubs in Pigalle, war ein dunkelhaariger Mann in den Dreißigern, groß und von kräftiger Statur. Als er die Schultern unter dem brokatenen Hausmantel bewegte, zeichneten sich darunter die Muskeln ab. Ein Tropf also, wer sich vom warmen Braunton seiner Augen täuschen ließ. Gustave Ledoux, ehemaliger französischer Boxchampion im Mittelgewicht und Mädchen für alles, war kein Tropf. Sachte nahm er das Frühstückstablett vom Servierwagen und stellte es auf den kleinen runden Tisch direkt am Fenster. Dann schenkte er Kaffee in eine Schale ein, fügte etwas Milch und ein Stück Zucker hinzu, bevor er einen Schritt zurücktrat.

Mit einem verkniffenen Gesichtsausdruck setzte sich Vincent an den Tisch, nahm ein Croissant aus dem Korb und tunkte es in seinen Kaffee. Mit einer kurzen Handbewegung forderte er Gustave auf, sich zu ihm zu gesellen, was dieser auch tat. Die wortlose Einladung, sich ebenfalls zu bedienen, lehnte er jedoch ab.

Nachdem Vincent zwei Croissants vertilgt hatte, sah er auf.

„Also, was ist?“

Gustave zeigte auf die Zeitung, die auf dem Frühstückstablett lag. Als Vincent die Titelseite sah, stieß er einen lauten Fluch aus.

„Sag‘ ich doch“, murmelte Gustave und rieb seine schiefe Nase. Das tat er immer, wenn er beunruhigt war.

Auf dem Titelblatt des *Petit Journal Illustré* prangte eine rötlich braune Zeichnung. Zu sehen war ein schreiender Mann in einem Himmelbett, neben ihm lag eine skelettierte Frau im hauchzarten Nachthemd. Rechts im Bild spähten einige Dienstboten durch die halb offene Schlafzimmertür, auf ihren Gesichtern lag ein Ausdruck des Grauens. Vincent griff nach der Zeitung, schlug sie auf und fluchte einmal mehr. Da stand es. Gleich auf der zweiten Seite zwischen der Rubrik „Ihr Arzt empfiehlt“ und Tipps, wie man schnell zu Reichtum gelangte: *Die Methusalem-Seuche forderte ihr dreizehntes Opfer.* Sein Blick humpelte schwerfällig über den Artikel, saugte sich mehrmals an kniffligen Wörtern fest, um sich nach einer gefühlten Ewigkeit enttäuscht abzuwenden. In der Zeitung stand nichts, was Vincent nicht bereits wusste. Wie in den zwölf Fällen davor war jemand innerhalb weniger Stunden vergreist und gestorben. Ein grausames Ende, das diesmal eine junge Frau namens Véronique Milhaud ereilt hatte. Die Ärzte und Experten, die aus Deutschland, der Schweiz und weiß Gott woher angereist waren, standen vor einem Rätsel. In einer Stellungnahme erklärte der ermittelnde Kommissar, ein gewisser Bernard Fournier, dass bei dem neuesten Opfer weder Spuren von Gift noch Beweise für äußere Gewalteinwirkung gefunden worden waren. Dennoch wäre der Ehemann, wie in solchen Fällen üblich, der Hauptverdächtige, und natürlich würde man ihn befragen. Inoffiziellen Quellen der Polizei zufolge machte man sich dennoch keine Illusionen, was das Ergebnis der Vernehmung betraf.

Die Methusalem-Seuche, im Übrigen eine Namensschöpfung der Zeitungen, war vor zwei Monaten wie ein Fluch über Paris hereingebrochen. Dass die Opfer der illustren Gesellschaft angehörten, bereitete Vincent Magenschmerzen, denn die Reichen und Schönen waren es, die den Großteil seiner Klientel ausmachten. Seit Bekanntwerden der Todesfälle waren die Einnahmen dramatisch eingebrochen. Obwohl Mistinguett in seinem Klub auftrat, neben Josephine Baker die populärste Sängerin in Paris, waren die Tische nur noch spärlich besetzt. Statt auszugehen, verkrochen sich die Menschen im vermeintlichen Schutz ihrer eigenen vier Wände. Zu allem Überfluss schürten reaktionäre Kräfte das Gerücht, die Seuche sei durch diese neuartige „Negermusik" aus Amerika ausgelöst worden.

Vincent knallte die Zeitung auf den Tisch. „Gustave, das Telefon!"

Der Angesprochene sprang auf, holte den schwarzen Apparat, der sich auf dem Nachttisch befand, und stellte ihn auf den Servierwagen.

„Hier, Patron."

„Danke." Vincent nahm den Hörer ab. „Guten Tag, Mademoiselle. Geben Sie mir die Polizeistation des 4. Arrondissements ... Ja, ich warte."

Ungeduldig klopfte er mit dem Fuß auf den Boden, dann verharrte er mitten in der Bewegung. „Wie meinen Sie das, die Leitung ist belegt? … Aha … Ja … Nein, warten Sie! Bitte verbinden Sie mich mit MON-335 … Ja, danke.“ Der Fuß nahm sein rhythmisches Klopfen erneut auf, um gleich wieder innezuhalten. „Magali? Ich bin’s, Vincent … Was? Nein! Du musst mich zur Polizeistation von Notre-Dame fahren … Nein, nein! Ich will nur mit jemandem sprechen … Gustave muss heute Vormittag zum Arzt. Seine alte Kriegsverletzung macht ihm wieder zu schaffen … Richte ich ihm aus. Also, wie sieht’s aus? … Die Metro? Ich habe einen Peugeot 177 in der Garage stehen!“ Das schwarzrote Automobil, das eine Spitzengeschwindigkeit von 70 km/h erreichte, war Vincents ganzer Stolz, auch wenn er es nicht fahren konnte. „Ach komm, du weißt doch, dass ich einen Höllenrespekt davor habe. Du dagegen bist ein echter Haudegen am Steuer! ... Es liegt mir fern, dir Honig ums Maul zu schmieren … Kolossal! Du hast was gut bei mir … Deinen Bugatti? Muss das sein? … Schon gut! Wenn du unbedingt darauf bestehst, nehmen wir deinen Bugatti.“ Vincent rollte entnervt mit den Augen. „Wann kannst du frühestens im Klub sein?“

Keine vierzig Minuten später stürmte eine junge Frau durch den zweiflügeligen Eingang des *Nuits Folles* und ließ den Blick prüfend über den Saal wandern. Noch harrten die Stühle umgedreht auf den Tischen, Bühne und Tanzfläche waren verwaist, die blank polierten Spiegel ohne Anbeter. Als sie Vincent mit dem alten Portier, den alle nur Papi nannten, an der Bar entdeckte, winkte sie fröhlich. Magali war eine schicke junge Frau von achtundzwanzig Jahren, die ihren rostroten Schopf in einem kurzen Bob trug. Die schweren Lider unter den schwungvoll gezeichneten Augenbrauen verliehen ihrem Gesicht einen melancholischen Ausdruck, auch wenn der Blick aus ihren hellgrünen Augen meist unverschämt direkt war. Sie war von knabenhaftem Wuchs und trug eine graue Hose, dazu ein weißes Männerhemd und eine dunkelrote Jacke mit Schalkragen und Blume im Knopfloch. Magali war das, was man eine *Garçonne* nannte. Frauen, die ihre Emanzipation durch einen männlichen Kleidungsstil zum Ausdruck brachten.

„Vincent, Schatz! Du siehst müde aus."

„Willst du, dass die uns gleich dabehalten?", schimpfte dieser statt einer Begrüßung und zeigte auf ihre Hose.

Magali schnaubte. „Was bist du nur für ein Spießer!" Sie drehte sich einmal um die eigene Achse. „Sieht doch gut aus." Dann drückte sie dem alten Portier einen Kuss auf die Wange. „Guten Tag, Papi!"

„Mademoiselle", murmelte dieser verlegen.

„Hör auf, ihn durcheinanderzubringen", maulte Vincent.

Doch Magali lachte nur. „Du bist heute wieder blendender Laune, wie ich sehe!"

Vincent und sie waren seit vielen Jahren befreundet. Kennengelernt hatten sie sich an einem warmen Sommertag im Park der Tuilerien. Zu einer Zeit, als Magali noch Marie Le Bellec hieß, Wonneproppen in Matrosenanzügen ihre Spielreifen manierlich den Weg entlangtrieben und elegante Herren hutlüftend die Damenwelt zum Erröten brachten. Mittendrin dann dieser junge Mann mit der Ballonmütze und dem mürrischen Charme, der verwegen genug war, den Spaziergängern trotz gesetzlichen Verbots Limonade zu verkaufen. Marie, von so viel Verruchtheit fasziniert, sprach den Fremden an und verliebte sich bereits in den ersten

Minuten unsterblich. Was unausweichlich war, hatte sie doch nie zuvor einen Rebell kennengelernt. Er, der die Schwelle zum Erwachsensein bereits überschritten hatte, war ihren kindlichen Avancen mit Gleichmut begegnet. Heute lachten sie beide darüber.

Marie Le Bellec stammte ursprünglich aus Brest und war das Ergebnis einer außerehelichen Liaison. Kurz nach ihrer Geburt wurde sie in die Obhut von Benediktinerinnen gegeben, während sich ihre fromme, von Schuld zerfressene Mutter nach Afrika begab, um das Wort Gottes zu verbreiten. Wo sie recht bald an Malaria erkrankte und verstarb. Von ihrem Vater wusste Marie nur, dass er Leutnant bei der Marine gewesen war. Mit fünfzehn Jahren, kurz bevor sie die Weihe empfangen sollte, lief sie weg und landete in Paris. Sie hatte Glück. Nach einigen unliebsamen Begegnungen mit der Polizei wegen Herumstreunens fand sie Unterschlupf bei einem älteren jüdischen Ehepaar, das sich ihrer annahm und sie bei einem befreundeten Tuchhändler in die Lehre schickte.

Eines Abends, als sie mit Vincent am Ufer der Seine saß und einem hell erleuchteten Kahn hinterherblickte, der den Fluss mit Geschnatter und Gelächter überzog, erzählte sie ihm von ihrer Kindheit hinter düsteren Klostermauern. Von den nicht enden wollenden Gebeten zu einem ungerechten Gott, vom Tragen der Unterhose auf dem Kopf als Strafe fürs Bettnässen und vom leisen Weinen der Jüngeren im ungeheizten Schlafsaal. Im Gegenzug berichtete Vincent von den Pariser Waisenhäusern, wo es nicht Gebete, sondern Stockschläge hagelte und wo nicht nasse Unterhosen die Kinderhäupter zierten, sondern Kopfläuse. Nur das nächtliche Weinen war das gleiche gewesen.

Nach diesem Abend kamen sie nie wieder auf das Thema zu sprechen.

Im Laufe der Jahre brachte sie ihm das Lesen und Schreiben bei, er lehrte sie, sich über Autoritäten hinwegzusetzen. Nach Ausbruch des Krieges trennten sich ihre Wege. Zu der Zeit, als sie ihre Kaufmannslehre beendete, galt Vincent als vermisst, doch zwei Jahre nach Kriegsende liefen sie sich anlässlich der Feier zum 14. Juli auf dem Champs de Mars zufällig in die Arme. Vincent, der kurz davor stand, seinen Nachtklub zu eröffnen, bot ihr eine Partnerschaft an. Fortan kümmerte sie sich um die Buchhaltung und das Personal. Wie Vincent an das Kapital für den Klub gekommen war, wusste sie bis heute nicht. Die einen munkelten, er habe während des Krieges für die Engländer spioniert und sich seine Dienste teuer bezahlen lassen, andere meinten, er habe in großem Stil mit Waffen gehandelt. Ihr war es egal.

Wie die meisten Nachtklubs in Montmartre und Pigalle erwies sich das *Nuits Folles* als Goldgrube, denn nach den Schrecken des Krieges dürstete es die Menschen nach Zerstreuung. Während Vincent den Luxus in vollen Zügen genoss, brach Marie Le Bellec endgültig mit ihrer Vergangenheit und nahm den provenzalischen Namen Magali an, „weil er an gelbe Tischdecken und duftende Lavendelkissen erinnert".

„Was ist nun?", fragte Vincent ungeduldig und riss sie aus ihren Gedanken. „Fahren wir oder nicht?"

„In der Ruhe liegt die Kraft, Sportsfreund", erwiderte Magali unbeeindruckt.

Doch der „Sportsfreund" hörte sie nicht mehr. Er befand sich bereits auf dem Weg nach draußen.

In der Polizeistation des 4. Arrondissements herrschte Ausnahmezustand. Eine Menschenmenge stand dicht gedrängt im Vorraum und sorgte für Tumult, was für sich genommen nichts Ungewöhnliches war, doch statt der üblichen Verbrechervisagen, grell geschminkten Münder und obszönen Gesten, prägten schwarze Melonen, teure Pelzmäntel und geschwenkte Gehstöcke das Bild. Der diensthabende Brigadier am Empfang war offenkundig überfordert.

„Messieurs dames!", rief er alle paar Sekunden. „Messieurs dames, bitte beruhigen Sie sich!"

Doch die Herrschaften hatten wenig Einsehen. Stattdessen schallten immer die gleichen Rufe durch den Raum. „Kommissar Fournier! Wir wollen mit Kommissar Fournier sprechen!"

Vincent und Magali versuchten vergeblich, sich durch die aufgebrachte Menschenmenge zu kämpfen. Alle hatten dasselbe Anliegen, und Kommissar Fournier tat den Teufel, sich sehen zu lassen.

„Und was machen wir jetzt?", fragte Magali besorgt. Inmitten vieler Menschen fühlte sie sich unwohl.

Vincent zuckte mit den Schultern. Seiner Miene nach zu urteilen war auch er alles andere als begeistert. Magali wollte gerade einen Witz machen, um von ihrem Unbehagen abzulenken, als ihr Herzschlag ohne Vorwarnung aussetzte. Im selben Moment geriet die Welt in Schieflage, und die junge Frau krallte sich in ihrer Panik an einem pelzigen Arm zu ihrer Linken fest.

„Entschuldigen Sie", keuchte sie, als die Besitzerin sie postwendend anfauchte, und fasste sich mit beiden Händen an die Brust.

Dann fing ihr heimtückisches Herz wieder an zu schlagen, und es fühlte sich an, als lieferten sich in ihrem Brustkorb betrunkene Pferde ein Rennen. Mit der Übelkeit kämpfend schloss Magali die Augen. Als sie diese wieder öffnete, fiel ihr unsteter Blick auf einen Mann, der sich auf den diensthabenden Brigadier zubewegte. Warum er ihr ins Auge stach, wusste sie nicht. An ihm war nichts Besonderes. Er war durchschnittlich groß, hatte dunkelblonde Haare oder vielleicht waren sie auch braun, und er trug einen grauen Mantel. Obwohl er nun direkt neben dem Brigadier stand, schien dieser ihn nicht zu bemerken, was schon recht eigenartig war.

Da löste sich der Mann plötzlich auf.

Magali blinzelte. *Wie ist so etwas möglich?* Der Gedanke war noch nicht zu Ende gebracht, als der Mann mehrere Meter hinter dem Brigadier wieder in Erscheinung trat; im abgesperrten Bereich, dort wo sich die Büros und Gefängniszellen befanden. Neugierig blickte er sich um, bevor er erneut mit seiner Umgebung verschmolz. Magalis Herz klopfte hart und unregelmäßig. Die Szene erinnerte sie an den Film *Der Scheich*, den sie einmal in einem Lichtspielhaus gesehen hatte. Er war immer wieder gerissen, was dazu geführt hatte, dass Rudolph Valentino wie von Zauberhand von einem Schauplatz zum anderen gehüpft war. Am Ende hatten alle ihr Eintrittsgeld zurückerhalten.

„Vincent?" Ihre Stimme klang etwas zitterig, als sie sich an ihren Freund wandte, der seinen finsteren Blick durch den Raum schweifen ließ. „Hast du gerade den Mann gesehen, der durch die Sperre gegangen ist?"

„Welchen Mann?" Vincent sah auf sie hinunter

und erschrak. „Verdammt, was ist passiert?"

„Wieso fragst du?"

„Du bist bleich wie der Tod!" Er legte seinen Arm um ihre Schulter. „Du musst dich ausruhen. Wir suchen dir einen freien Stuhl."

„Nein, nein, lass mal! Ich dachte nur, ich hätte etwas gesehen. Es sind wahrscheinlich nur die vielen Menschen." Erschöpft lehnte sie sich an ihn. „Es ist wirklich nichts."

Ein Ruck ging durch Vincents Körper. „Weißt du was? Lass uns von hier verschwinden! Das bringt doch eh nichts. Wir kommen lieber ein andermal wieder, wenn die …"

„Na so was, Vincent Lefèvre!", warf sich eine spöttische Stimme dazwischen. „Was verschafft uns die zweifelhafte Ehre? Willst du dich endlich stellen?"

Sichtlich verärgert und ohne Magali loszulassen, drehte sich Vincent um. Vor ihnen stand ein dicklicher Mann in dunkelblauer Uniform, mit geschwellter Brust und auffallend hellen Augen.

„Sieh an, Emile Dubois."

„Für dich immer noch Brigadier Dubois."

Vincent schnaubte nur, während Magali ein gequältes „Guten Tag" herauspresste.

„Mademoiselle", grüßte dieser zurück und rang sich ein schmales Lächeln ab. „Also, was wollt ihr hier?"

„Das geht Sie nichts an, *Brigadier!*"

„Noch einmal in diesem Ton, Lefèvre, und es wird mir ein Vergnügen sein, dich einzubuchten!" Der Blick des Polizisten war feindselig. „Ich hoffe, du hast deine Hände schön bei dir behalten."

„Was wollen Sie damit andeuten?"

„Ich habe gesehen, wie deine hübsche Begleiterin

nach einer Dame gegrapscht hat. Wäre nicht das erste Mal, dass sich Schmeißfliegen wie ihr bei den anständigen Leuten bedienen."

Vincent, dessen Gesicht purpurrot geworden war, wollte etwas erwidern, doch Magali zupfte an seinem Ärmel.

„Hör nicht auf ihn!", sagte sie eindringlich und zog ihn fast gewaltsam zum Ausgang. „Lass uns lieber gehen."

Brigadier Dubois ließ es sich nicht nehmen, ihnen noch eine Drohung hinterherzuschicken, die aber angesichts des Tumults im Vorraum erheblich an Wirkung einbüßte. Draußen auf der Straße ließ Vincent seiner Wut freien Lauf. Seine lauten Flüche hallten von den Häuserwänden wider, bis Magali und er außer Hörweite der Polizeistation waren.

„Schmeißfliegen?", bemerkte ein feixender Vincent wenig später. „War das nicht etwas dick aufgetragen, Emile?"

„Aber nein." Der andere schmunzelte. „Ich finde, es klang sehr glaubwürdig."

Vincent lachte. „Du bist ein verdammter Romantiker."

Daraufhin fielen sich die beiden Männer in die Arme, während Magali den Kopf schüttelte.

„Dass ihr immer so übertreiben müsst! An euch sind echte Possenreißer verloren gegangen, wisst ihr das?", sagte sie und quittierte den vorwurfsvollen Blick der zwei Freunde, die im selben Viertel aufgewachsen waren, mit einem amüsierten Lächeln.

Die drei befanden sich im Pavillon eines kleinen Parks unweit der Polizeistation, wo sich die Laubbäume in ihrem ersten Grün präsentierten. Eine vornehme Zurückhaltung, die sie zur Freude der Anwohner in Bälde ablegen würden.

„Wenigstens habt ihr mich mit eurer kleinen Vorstellung von meinem Unwohlsein abgelenkt", fügte Magali hinzu.

„Zu viele Menschen?", mutmaßte Emile, der sie gut kannte.

Sie nickte. Den Mann in der Polizeistation erwähnte sie nicht. Vermutlich war er nur Einbildung gewesen.

Nachdem Emile ein paar aufmunternde Worte gemurmelt hatte, räusperte er sich. „Also, was kann ich für euch tun?"

„Es geht um die Methusalem-Seuche", begann Vincent.

Der Polizist stieß einen tiefen Seufzer aus.

„Ja, ich weiß", beeilte sich Vincent zu sagen. „Aber diese Toten sind schlecht fürs Geschäft, Emile. Ich will wissen, wie weit euer Kommissar mit seinen Ermittlungen ist. Dreizehn Opfer und noch immer keine Spur?"

Der Angesprochene trat einen Schritt vor. „Unter uns gesagt: Ich glaube, dass Fournier einen Verdacht hat", antwortete er leise. „In den letzten Tagen hat er sehr geheimnisvoll getan."

„Was für einen Verdacht?"

„Keine Ahnung. Er hält sich bedeckt. Ich nehme an, er sammelt noch die entsprechenden Beweise. Die Todesfälle sorgen für viel Wirbel, wisst ihr, vor allem bei den einflussreichen Leuten." Emiles Stimme war inzwischen nur noch ein Flüstern. „Der Polizeipräfekt ist außer sich. Fournier darf keinen Fehler machen und den Falschen beschuldigen."

„Hoffentlich findet er bald seine Beweise. Sonst

müssen wir das *Nuits Folles* schließen." Vincent ballte die Fäuste. „Ich will nicht, dass es so weit kommt!"

„Wird es schon nicht", murmelte Emile, doch in Magalis Ohren klangen die Worte wenig überzeugend.

„Diese Seuche ist grauenvoll. Sie erinnert mich an Abraham Stokers *Dracula*", warf sie ein und unterdrückte ein Schaudern. „Das letzte Opfer war noch so jung."

Vincent warf ihr einen schiefen Blick zu. „Sag bloß, du liest diesen Schund?"

„Schund?", erwiderte sie. „Das sagt ausgerechnet jemand, der Jules Verne verehrt. Einen Märchenerzähler!"

„Einen Visionär!", warfen Emile und Vincent gleichzeitig ein.

Magali prustete verächtlich. „Eine Reise zum Mond? Ich bitte euch."

„Also, das ist ja wohl …", begann Vincent, doch er sollte seinen Satz niemals beenden, denn in diesem Moment erklangen einige Querstraßen weiter schrille Trillerpfeifen, dazwischen waren Rufe zu hören.

„Ich glaube, es kommt aus der Richtung der Polizeistation", sagte Magali mit einem unguten Gefühl.

„Vielleicht sind die feinen Herrschaften übereinander hergefallen, dann müsste ich sie alle einsperren. Das wäre doch mal ein Spaß!" Emile lachte, ein Laut, der aus den Tiefen seines Bauchs kam. „Ich muss zurück. Tut mir leid, Leute."

„Pflicht ist Pflicht, Brigadier!" Vincent bedachte seinen alten Freund mit einem schneidigen Salut, was ihm prompt einen nicht ernst gemeinten Boxhieb einbrachte.

„Magali, es war mir wie immer ein Vergnügen."

Emile tippte an seine Mütze. „Bis bald, ihr beiden!“ Sprachs und verließ den Park im Laufschritt, wobei sein Cape emsig hinter ihm her flatterte.

„Ich verstehe nicht, warum er nicht schon längst Brigadier en Chef ist“, sagte Magali, während sie ihm versonnen nachblickte.

„Er hat keinen Ehrgeiz. Hat er noch nie gehabt. Seine Orchideenzucht geht ihm über alles.“

„Ein Jammer“, erwiderte sie und fügte nach einer kurzen Pause hinzu: „Jules Verne … pfff.“

„Abraham Stoker“, schnaubte Vincent zurück.

Besitzergreifend legte er ihre linke Hand auf seinen rechten Arm, dann geleitete er sie zum Bugatti, der zwei Straßen entfernt geparkt war.

Kapitel 3

Warschau, September 1919

Annas Bestimmung nahm an einem nasskalten Herbsttag im Warschau des Jahres 1919 ihren Anfang.

Kaum war der Streifenpolizist hinter der nächsten Ecke verschwunden, lösten sich zwei Gestalten aus dem Schatten des Hauseingangs. Ein Mann und ein kleines Mädchen. Er trug einen Frack, der schon bessere Tage gesehen hatte, sie ein geblümtes Kleid mit weißer Knopfleiste. Sie hatten schwarze Instrumentenkoffer bei sich und postierten sich der Akustik wegen unter dem gewölbten Eingang eines Kaufhauses. Nachdem die beiden ihre Musikinstrumente hervorgekramt hatten – der Mann spielte Violine, das Mädchen Klarinette – machten sie da weiter, wo sie vor wenigen Minuten aufgehört hatten. Mit dem zweiten Satz aus Mozarts Klarinettenkonzert. Wie jeden Tag waren auf der Marszatkowska, einer der Prachtstraßen Warschaus, viele Menschen unterwegs, und im Nu bildete sich ein Halbkreis um die beiden Musiker. Selbst einem wenig geschulten Zuhörer musste auffallen, dass der Mann mittelmäßig spielte, während die Kleine eine Zauberin auf der Klarinette war. Auch wenn ihr Spiel nicht frei von Fehlern war, spürte man in dem schmächtigen Körper eine Kraft, die über kurz oder lang zu etwas Großem, Unglaublichem erblühen würde. Ihr Adagio stieß in seelische Tiefen vor, trieb die verschütteten

Träume der Zuhörer an die Oberfläche, wo sie sich als Tränen offenbarten. Die Marszatkowska löste sich auf: die knochigen Bäume, der Asphalt, selbst die rumpelnde Tram ... Die Welt hielt den Atem an. Bis das Duo ein heiteres Stück anstimmte, das Gioacchino Rossini mit achtzehn Jahren komponiert hatte und ein Lächeln auf die Gesichter rundum zauberte. Obgleich von einfacher Natur schien das Werk für den Mann und das Kind eine besondere Bedeutung zu haben, denn sie warfen sich beim Spielen liebevolle Blicke zu, und selbst die Sonne riskierte einen kurzen Blick. Als der letzte Ton verhallte, war zunächst nur ein kollektives Seufzen zu hören, danach brach ein Beifallssturm los, der in heiteres Klimpern mündete. Die Münzen flogen nur so in die offenen Instrumentenkoffer! Nicht wenige blieben noch eine Weile stehen, in der Hoffnung, es gäbe noch eine Zugabe, doch schon bald zerstreuten sich die Menschen in alle Richtungen. Die einen überquerten die Straße, die anderen rannten zur Tram, dritte ließen sich von den reich bestückten Schaufenstern der Kaufhäuser ins Innere locken. Die Welt hatte sie wieder.

Nur ein einzelner Herr blieb zurück. Er war groß und stattlich, trug einen langen Mantel mit rotem Schal, einen breitkrempigen Hut und einen Spazierstock. Sein Gesicht lag im Schatten, dafür quollen die weißen Haare großzügig unter seinem Hut hervor.

Der Straßenmusikant war gerade dabei, die Instrumente wegzupacken, das Mädchen half ihm, als der Herr auf sie zutrat. Erschrocken blickte der Mann auf. Offenbar befürchtete er, es könnte sich um einen Gesetzeshüter handeln, oder sogar Schlimmeres.

Der Herr lüftete den Hut. Zum Vorschein kam ein hageres Gesicht mit tiefen Mundfalten und klaren blauen Augen.

„Vergeben Sie mir, Signore. Ich wollte Sie nicht erschrecken“, beeilte er sich zu sagen. „Mein Name ist Arturo Menotti. Das eben war eine hochkarätige Darbietung. Wem verdanke ich dieses unerwartete Vergnügen?“ Er sprach Polnisch mit einem melodiösen italienischen Akzent.

„Ich heiße Andrej.“ Der Musiker zog es vor, seinen Nachnamen nicht zu nennen. „Und das hier ist meine Tochter … Anna.“

„Erstaunlich“, murmelte Signore Menotti und blickte nunmehr auf das Kind, das sich hinter seinem Vater versteckte. „Wo hat sie so zu spielen gelernt?“

„Ich habe es ihr beigebracht“, antwortete der Musiker nicht ohne Stolz. „Vor dem Krieg war ich Mitglied eines Kammerorchesters.“

„Sie hat wohl Ihr Talent geerbt“, sagte Signore Menotti höflich.

Der Musiker lächelte. „Nun, es ist wohl mehr als das. Sie ist gerade mal elf und hat mich bereits überflügelt.“

„Wirklich ganz erstaunlich.“ Signore Menotti räusperte sich. „Sie müssen wissen, ich leite ein großes Symphonieorchester, und zurzeit gastieren wir in Ihrer schönen Stadt.“

Bei diesen Worten wurde der Musiker eine Spur blasser, sagte aber nichts.

„Ich bin stets auf der Suche nach Talenten. Außergewöhnlichen Talenten“, fügte der Italiener eindringlich hinzu. „Und Ihre Tochter ist es zweifellos.“

„Und?“ Es klang lauernd.

„Geben Sie sie in meine Obhut, und ich biete ihr nicht nur eine erstklassige Ausbildung, sondern auch die Chance, eine weltberühmte Künstlerin zu werden."

„Sie ist stumm", erwiderte der Musiker.

„Aber nicht taub, oder?" Signore Menotti lächelte mild.

„Nein, natürlich nicht", sagte der Musiker. „Ich kenne viele erfolgreiche Vertreter unserer Zunft, doch Frauen waren niemals darunter." Seine Stirn legte sich in Falten. „Was für ein Orchester soll das sein?"

Arturo Menotti kramte einen Handzettel aus seiner Manteltasche hervor. „Hier!", sagte er und drückte seinem Gegenüber das Stück Papier in die Hand. „Ich setze Sie und Ihre Tochter auf die Gästeliste. Es wäre mir eine außerordentliche Freude, Sie dort zu sehen. Kommen Sie nach dem Konzert hinter die Bühne, und wir reden weiter."

Der Italiener lüftete seinen Hut zum Abschied, dann wandte er sich ab. Seine große Gestalt war bald in der Menge verschwunden, doch hallte das 'Tok Tok' seines Spazierstocks noch lange nach.

Voller Argwohn starrte der Musiker auf den Handzettel: *Heute Abend im Großen Theater! Die weltberühmte* Philharmonie der Zwei Welten *spielt Mozart und Bruckner. Chefdirigent ist Arturo Menotti. Einlass: 19:30 Uhr.*

Anna, die aus seinem Schatten getreten war, fixierte das Blatt Papier mit großen Augen. *Was ist das, Tata?,* wollte sie gestenreich wissen.

„Nichts", antwortete dieser und zerknüllte den Handzettel. „Gar nichts."

Andrej Kaminski focht einen inneren Kampf aus.

Nichts liebte er so sehr wie seine Tochter, die er seit dem viel zu frühen Tod seiner Frau allein großzog. Obwohl sie niemals hatten hungern müssen, was einzig Annas außergewöhnlichem Talent zu verdanken war, lagen fünf lange Jahre der Trauer und der Entbehrungen hinter ihnen. Seine zahlreichen Versuche, eine feste Anstellung als Musiker zu finden, waren bisher daran gescheitert, dass er entweder zu gut, zu schlecht oder zu alt war. Also hatten sie die Straße gewählt. Nicht die schlechteste Entscheidung, auch wenn sich Andrej schmerzlich bewusst war, dass es keine langfristige Lösung darstellte. Weder für seine Tochter noch für ihn, zumal er nicht jünger wurde und die Straße bereits ihre Spuren hinterlassen hatte. Seine rheumatischen Beschwerden häuften sich, und schon seit mehreren Wochen litt er an einer Bronchitis, die keine Anstalten machte, ihn wieder vom Haken zu lassen.

Mit zitternder Hand zog er den zusammengeknüllten Zettel aus seiner Hosentasche, legte ihn auf den Küchentisch und strich ihn glatt.

Heute Abend im Großen Theater. Die weltberühmte Philharmonie der Zwei Welten *spielt Mozart und Bruckner. Chefdirigent ist Arturo Menotti. Einlass: 19:30 Uhr.*

Ein einfaches Blatt Papier. Verlockend. Tückisch.

Die Zeit war reif, Anna auf eine ordentliche Schule zu schicken, zumal er sich außerstande sah, sie weiter zu fördern. Nicht nur musikalisch, sondern auch wegen ihrer Versehrtheit – wie er dieses Wort hasste – stieß er immer häufiger an seine Grenzen. Seine kleine Tochter verdiente eine Zukunft. So betrachtet war Menottis Angebot ein Geschenk des

Himmels, nur dass er dafür einen hohen Preis würde zahlen müssen. Anna war der einzige Lichtblick in seinem Leben, seine Existenzberechtigung. Wie könnte er sie da einem Fremden überlassen?

Während ein Muster aus Schatten und Sonnenstrahlen über den Tisch wanderte, starrte er auf den Zettel und hörte erst damit auf, nachdem die Wörter von den Schatten vollends verschluckt worden waren. Er fällte seine Entscheidung zwei Stunden vor Konzertbeginn. Was hatte er schon zu verlieren? Außerdem war der Gedanke verlockend, nach Jahren der Absenz wieder einen Konzertsaal von innen zu sehen. Also badete er die kleine Anna, schrubbte ihre Haut, bis diese ganz rosig war, zog ihr ihr hübschestes Kleid an, das mit dem Spitzenkrägelchen und den Puffärmeln, bürstete ihr Haar und flocht es zu einem langen Zopf. Inzwischen hatte er sich einen Plan zurechtgelegt. Sollte es zu Verhandlungen kommen, würde er darauf bestehen, ebenfalls engagiert zu werden. Entweder Anna und er würden gemeinsam im Orchester spielen oder keiner von ihnen!

Die Fassadenbeleuchtung des Großen Theaters tauchte die Pelze und edlen Roben in strahlenden Glanz, und die Menschen stießen bewundernde Rufe aus. Ob der Pracht des Gebäudes oder ihrer eigenen Erscheinung wegen hätte Andrej nicht sagen können. Anna und er gaben ein vergleichsweise schäbiges Bild ab, was sein kleines Mädchen zum Glück nicht bemerkte. Es war ihr erster Konzertbesuch, und die Aufregung war ihr deutlich anzusehen. Mal trat sie nervös von einem Fuß auf den anderen, mal balancierte sie auf den Zehenspitzen, um besser sehen zu können. Von Gefühlen überwältigt beugte sich

Andrej zu ihr hinunter und küsste zärtlich ihren Scheitel. Anna dankte es ihm mit ihrem schönsten Lächeln.

Vor dem Kassenhäuschen hatte sich eine lange Schlange gebildet, doch kaum hatten sich Andrej und Anna ans Ende gestellt, als ein livrierter Platzanweiser auf sie zukam und sie aufforderte, ihm zu folgen. Gesenkten Hauptes und mit errötenden Wangen eilten sie an den wartenden Menschen vorbei und betraten das Gebäude durch einen Seiteneingang. Unmittelbar fanden sie sich in einem Menschenstrom wieder, der sich träge durchs Foyer Richtung Saal schob. Der Platzanweiser lotste sie geschickt hindurch und wich nicht von ihrer Seite, bis sie in einer der vorderen Reihen Platz genommen hatten. Anschließend verabschiedete er sich mit einem dünnen Lächeln.

Andrej atmete tief ein. Er hatte den verheißungsvollen Duft eines Konzertsaals so lange entbehren müssen. Den Kopf in den Nacken gelegt betrachtete er die kunstvoll gearbeitete Decke, den weißen Stuck, die Malereien, die glitzernden Kronleuchter. In seinem Inneren breitete sich ein warmes Gefühl der Heimkehr aus, während Anna mit offenem Mund und tellergroßen Augen neben ihm saß. Bei ihrem Anblick musste er unwillkürlich lächeln.

Der Saal schien bis auf den letzten Platz ausverkauft zu sein, denn es vergingen noch viele Minuten, bis alle ihren Sitz eingenommen hatten. Minuten, in denen Andrej die aufgeblähten, gut genährten Menschen musterte und das Gefühl von Neid aus seinem Herzen zu verbannen versuchte. Gedankenverloren strich er mit der Hand über die linke Armlehne seines Stuhls, das Holz fühlte sich kühl und glatt an, bis seine Fingerkuppen unerwartet auf eine Unebenheit stießen. Sie war zugleich fest und weich und seltsam vertraut. Aber völlig fehl am Platz. Gerade als sich Andrej vorbeugte, um nachzuschauen, betraten der Chor und die Musiker die Bühne. Die Gespräche verstummten, und eine erwartungsvolle Spannung legte sich über den Saal. Die Armlehne rückte in den Hintergrund.

Arturo Menotti erschien. Groß. Schwarz. Allmächtig. Er wandte sich zum Publikum und vollführte eine elegante Verbeugung, dabei kam es Andrej so vor, als würde er ihm direkt in die Augen schauen. Anschließend wandte sich der Maestro wieder dem Orchester zu und hob die Arme. Er musste nicht mit seinem Taktstock auf das Pult klopfen, denn alle Blicke waren bereits auf ihn gerichtet.

Als der erste Ton von Mozarts *Requiem* erklang, raste Andrejs Herz vor Aufregung.

Zwei Stunden später war es gebrochen.

Ihm war auf grausame Weise klar geworden, dass es in diesem Orchester keinen Platz für ihn geben würde.

Nach diesem denkwürdigen Abend ging alles sehr schnell. Arturo Menotti zeigte sich über Andrejs „kluge Entscheidung" außerordentlich erfreut und bot ihm einen Obolus für die Unannehmlichkeiten an, den Andrej jedoch zurückwies. Der Maestro erzählte etwas von uralten Instrumenten und einer segensreichen Jugend, von Geben und Nehmen, doch die Worte zerplatzten wie Seifenblasen, bevor sie Andrej erreichen konnten. Die bevorstehende

Trennung beherrschte sein ganzes Denken. Er hatte gefleht, mitkommen zu dürfen, doch Menotti war unnachgiebig gewesen. In den ersten, entscheidenden Jahren dürfte nichts Annas musikalische Entwicklung behindern, so sein Argument, Andrej wäre nur Ballast, eine unwillkommene Ablenkung. Am Ende wurde entschieden, dass Anna bei ihrem Vater bleiben würde, bis das Orchester weiterzog.

Ihnen blieben zwei Wochen.

Zwei Wochen voller Tränen, Beteuerungen, Selbstvorwürfe und Zwetschgenklöße, Annas Lieblingsspeise. Dann kam der Tag des Abschieds. Der Herbst zeigte sich von seiner berauschenden Seite, nicht eine Wolke verunzierte den tiefblauen Himmel. Sie standen am Hintereingang des Großen Theaters, nur wenige Stunden, bevor die *Philharmonie der Zwei Welten* nach Prag weiterreisen und ihm sein kleines Mädchen für unbestimmte Zeit entreißen sollte. Mit fahlem Blick verfolgte Andrej, wie Arturo Menotti durch die Tür trat und Anna aufforderte, ihm zu folgen. Er öffnete den Mund, um sie zurückzuholen, das Abkommen für nichtig zu erklären, doch kein Ton kam aus seiner trockenen Kehle. Anna war bereits in den engen Korridor getreten, dessen weniges Licht vom breiten Rücken des Maestros verschluckt wurde. Dann ließ sie ein leises Schluchzen hören, das ihm von den Wänden widerhallend tödliche Stiche versetzte.

„Du musst keine Angst haben, Kind“, erklang Arturo Menottis allmächtiger Bass. „Ab jetzt sind wir deine Familie.“

Am Ende des Weges streckte der Maestro die Hand aus, um einen schweren Vorhang beiseitezuschieben. Als gleißendes Licht hinausströmte, wandte Anna instinktiv den Kopf ab.

„Auf Wiedersehen, Spätzchen!“, rief Andrej.

Zu mehr reichte es nicht.

Sie winkte ein letztes Mal, hielt die Arme vor ihrem Bauch über Kreuz – *ich habe dich lieb, Tata* –, dann trat sie durch das helle Karree.

Es gab einen Luftzug, die Tür schlug mit einem lauten Knall zu, und Andrej stand vor dem Nichts.

Kapitel 4

Paris, April 1926

Das Schlagzeug tobte. Die Posaune krächzte. Die Trompete kreischte.

Noch vor wenigen Monaten hätte ein Wirrwarr aus Armen und Beinen ausgelassen dazu gezappelt, Kreisel aus bunten Fransen wären durch den Raum gewirbelt und hätten schmale Frauenfesseln enthüllt, die von schwarz polierten Männerschuhen umgarnt wurden. Stattdessen versuchte sich ein einsames Paar am wilden Rhythmus des Charleston, während die Gäste an den spärlich besetzten Tischen ringsum mit gelangweilten Mienen zusahen.

Magali, die gegenüber der Bühne oben im verglasten Büro stand, verzog bei diesem Anblick sorgenvoll das Gesicht. Sie trug ein aquamarines Kleid, farblich abgestimmte Hängeohrringe und kunstseidene Strümpfe. Ihre blauen Spangenpumps waren üppig mit Strass verziert. Die Lippen hatte sie dunkel nachgezeichnet, die Fingernägel waren rot lackiert. Im Klub herrschten andere Regeln, auch für eine *Garçonne*. Sie entdeckte Vincent, der in seinem purpurfarbenen Anzug die Gäste mit einem breiten Lächeln begrüßte, und ihr wurde schwer ums Herz. Sie wusste, wie viel Kraft es ihn kostete, gute Laune vorzugaukeln.

Da verstummte die Musik plötzlich, und ein dunkel gekleideter Mann betrat die Bühne. Gespannt starrten alle auf den Conférencier, der mit großen Worten und weit ausholenden Gesten die „unglaubliche und atemberaubende Mistinguett!" ankündigte. Woraufhin der Saal aus seinem Dornröschenschlaf erwachte. Es waren nicht mehr als dreißig Gäste anwesend, aber sie veranstalteten einen Riesenradau. Klatschten, schrien, pfiffen, trampelten mit den Füßen. Als lachten sie dem Dämon, der Paris in seinen Klauen hielt, offen ins Gesicht. Dann wurde es dunkel, während ein einzelner Scheinwerfer eine kleine Frau mit kurzen rotblonden Locken und Kulleraugen beleuchtete, die auf die Bühne schritt. Sie trug ein schwarzes Kleid und eine Federboa. Als die Jazzband zu spielen begann, stemmte sie eine Hand in die Hüfte und wiegte sich im Rhythmus der Musik. Dann öffnete sie den Mund und schlug augenblicklich alle in ihren Bann. Es umgab sie die faszinierende Aura eines Stars, wie sie sich da bewegte und ihren Blick träge durch den Raum schweifen ließ. Ihre Stimme, schrill und eine Spur vulgär, kannte sich mit dem Leben aus. Mistinguett sang ihr berühmtes Chanson „La Java", dann „Ça c'est Paris", und alle stimmten mit ein. Nach fünf Liedern kochte der Saal. Mistinguett warf Küsse in die johlende Menge, und Magali musste unwillkürlich lächeln. Diese Frau musste man lieben.

Gerade als die Sängerin ihre Zugabe anstimmte, betraten zwei neue Gäste den Klub. Sie trugen zu enge Anzüge mit schief angenähten Kragen und das Wort „Krawall" in den Gesichtern geschrieben. Magali runzelte die Augenbrauen. Wo Freddy und Grapache auftauchten, war der Ärger vorprogrammiert. Die beiden Ganoven gehörten zum Gefolge der *Näherin*, einer Frau mit Vergangenheit, die in der ganzen Stadt illegale Wettbüros unterhielt. Die Großunternehmerin, wie sie sich selbst bezeichnete, nähte leidenschaftlich gern, vorzugsweise scheußlich aussehende Kleidungsstücke für ihre Mitarbeiter. Und wehe dem, der sich weigerte, sie zu tragen! Magali hatte die *Näherin* einmal aus der Ferne gesehen: eine üppig gebaute, ältere Frau mit blonden Korkenzieherlocken und durchdringendem Blick. Furchterregend.

Mit wachsender Sorge sah Magali, wie die Neuankömmlinge auf Vincent zusteuerten, dessen Lächeln bei ihrem Anblick jäh erlosch. Mit einem Nicken verabschiedete er sich von seinen Gästen, um den beiden auf halbem Weg entgegenzukommen. Dort, wo sich der lange Büffettisch unter würzigen Schinken, Hasenpasteten und goldgebräunten Wachteln bog, trafen sie aufeinander. Bereits nach kurzer Zeit entbrannte ein hitziger Streit. Von ihrer Warte aus konnte Magali zwar kein einziges Wort hören, aber die Art und Weise, wie Freddy ihren Jugendfreund am Kragen packte, sprach Bände. Im Nu löste sich Gustave aus einer Ecke und trat mit großen Schritten auf die Gruppe zu. Doch bevor er einschreiten konnte, gab ihm Vincent mit einem Handzeichen zu verstehen, dass er sich heraushalten sollte, woraufhin dieser sichtlich irritiert stehen blieb und zu Magali aufsah. Ihre Blicke kreuzten sich, und Gustave zuckte mit den Schultern. Ihr wurde ganz flau im Magen.

Kurz darauf endete der Streit so plötzlich, wie er begonnen hatte. Mit der entsprechenden Geste forderte Vincent die Ganoven auf, an einem der Tische Platz zu nehmen, doch zu Magalis Erleichterung verzichteten die beiden. Bevor er mit seinem Kumpan hinausging, ließ es sich Grapache nicht nehmen, eine Wachtel vom Büffettisch zu stibitzen und Vincent einen letzten, hasserfüllten Blick zuzuwerfen.

Die Sorge trieb Magali sofort nach unten in den Tanzsaal zu Vincent, der sich nicht vom Fleck gerührt hatte. Er wirkte geistesabwesend.

„Was wollten die hier?", fragte sie ihn ohne Umschweife.

Wie aus einem Traum gerissen, richtete er seinen Blick auf sie. „Das muss dich nicht kümmern."

Von einem vorbeischwebenden Tablett pflückte er sich einen Cocktail und trank ihn in einem Zug aus, doch Magali ließ sich nicht abspeisen.

„Du verschweigst mir doch etwas!"

„Ich habe zu tun." Vincent versuchte, sich an ihr vorbeizudrängeln, doch sie stellte sich ihm in den Weg.

„So einfach kommst du mir nicht davon, mein Lieber!"

Schweigen.

„Antworte mir, Vincent!", forderte sie mit harter Stimme. „Hast du dich etwa mit diesen Strauchdieben eingelassen?"

Ihr Freund presste die Lippen zusammen. Manchmal konnte er verdammt stur sein!

„Wenn du nicht sofort antwortest, mache ich eine Szene, die sich gewaschen hat!", sagte sie. „Das schwöre ich dir."

Es war nur eine leere Drohung, schließlich wollte sie ihre wenigen Gäste nicht vergraulen, doch Vincent gab sich erstaunlich schnell geschlagen – kein gutes Zeichen – und zog sie in die Ecke, wo der lebensgroße, hinreißende Mohr mit Turban und

Ohrring stand, den sie für wenig Geld auf dem Flohmarkt von Montmartre ergattert hatte. Eine Monstrosität, hatte Vincent gewettert. Sie hatte sich durchgesetzt.

„Zehn zu eins", sagte er mit schuldbewusstem Gesicht.

Magali sank das Herz in die Hose. „Oh, nein! Sag, dass du nicht so dumm gewesen bist."

„Der Tipp lautete zehn zu eins, Magali, zehn zu eins! Ich musste es versuchen!"

„Wann warst du beim Pferderennen?"

„Letzte Woche."

„Wie viel hast du verloren?"

Vincent zögerte.

„Wie viel?", wiederholte sie und ballte die Fäuste so fest, dass sich ihre Fingernägel schmerzhaft in die Handflächen bohrten.

„Fünftausend."

„Fünftausend Francs?" Magali keuchte. „Woher hattest du das Geld?", fragte sie, obwohl sie die Antwort bereits ahnte. „Von der *Näherin*."

„Verflucht, Vincent. Wie konntest du nur?"

„Es war ein bombensicherer Tipp."

„Wie bombensicher er war, sehen wir ja!" Außerstande, ihm ins Gesicht zu sehen, blickte Magali auf einen imaginären Punkt hinter seiner rechten Schulter. Sie schäumte vor Wut. Vincent tat im Gegenzug, was er in solchen Situationen meistens tat. Er schwieg. „Bis wann will die *Näherin* ihr Geld haben?", fragte sie nach.

„Sie hat uns zehn Tage Aufschub gewährt."

„Nicht uns, Vincent, dir! Dir hat sie einen Aufschub gewährt!" Magali richtete ihren Blick wieder auf ihn. „Wie hoch sind die Zinsen?“

„Dreißig Prozent.“

Magali atmete tief durch und zwang sich ruhig zu bleiben. Einige Gäste drehten sich bereits zu ihnen um. „Und was willst du jetzt machen?“, zischte sie.

„Ich weiß es nicht.“

„Du musst deinen Peugeot verkaufen.“

„Niemals!“

„Niemals?“ Magali trat nah an ihn heran. Sie musste den Kopf heben, um ihm ins Gesicht zu blicken, was sie noch wütender machte. „Du hast keine Wahl. Unsere Reserven sind praktisch aufgebraucht.“

Vincent blickte ihr in die Augen. Sein Blick war unergründlich, seine Lippen fest verschlossen.

„Du wirst es tun, oder …“

Seine Lippen wurden weich. „Oder was?“

„Oder wir sind geschiedene Leute. Ich meine es ernst.“ Sie wollte sich abwenden, als sein Flüstern sie innehalten ließ.

„Ich will den Klub nicht verlieren, Magali.“

Sein Gesicht lag im Schatten, und sie konnte den Ausdruck darin nicht erkennen, doch die Verzweiflung in seiner Stimme war deutlich hörbar.

„Das weiß ich, Vincent.“ In ihrem Hals bildete sich ein Kloß. „Aber nun stehen wir wirklich kurz davor.“

An der Bar aus schwarzem Klavierlack, die mit Unmengen von Spirituosen bestückt war, orderte Magali anschließend einen Martini. Während sie darauf wartete, trommelte sie mit den Fingern auf das Messinggeländer.

„Alles in Ordnung?“, fragte eine Stimme.

Es war Gustave, der sie aus seinem Boxergesicht

heraus bekümmert anschaute.

Sie rang sich ein Lächeln ab. „Ach, ich habe mich nur mit Vincent gestritten."

„Nichts Schlimmes, hoffe ich."

„Der Streit an sich war nicht schlimm. Der Auslöser schon." Magali nahm einen großen Schluck Martini aus dem Glas, das ihr der Barmann hingestellt hatte. „Ich möchte jetzt nicht darüber reden."

„Sie wissen doch, wie er ist, Mademoiselle. Immer mit dem Kopf durch die Wand."

„Ich weiß", sagte sie traurig. „Irgendwann wird das sein Verderben sein."

Gustave schenkte ihr ein warmes Lächeln. „Zum Glück hat er Sie."

Auf der Suche nach einer passenden Antwort blickte Magali in ihr Glas, als rechts von der Bühne Stimmen laut wurden. Offenbar war es zwischen zwei angetrunkenen Männern zu einer handgreiflichen Auseinandersetzung gekommen.

„Entschuldigen Sie", sagte Gustave daraufhin und wandte sich ab. „Die Arbeit ruft."

„Geh nur. Und danke."

Der pensionierte Boxer klopfte ihr kurz auf die Schulter, dann war er weg.

Zum Glück hat er Sie.

Ob Vincent das auch so sah? In diesem Moment entdeckte sie ihn mit einer leicht bekleideten Schönheit im Arm. Stella, eine der Tänzerinnen und Vincents aktuelles Spielzeug. Offenbar hatte er einen Witz gemacht, denn diese lachte schallend und warf ihm einen koketten Blick zu.

Behutsam stellte Magali ihr Glas auf die Theke. „Ich bin oben, wenn mich jemand sucht", sagte sie zu dem Barmann, dann glitt sie von ihrem Hocker.

Das schrille Klingeln des Telefons im Büro ertönte genau in dem Augenblick, als sie ihren Fuß auf die Treppe setzte.

„Hallo?“, meldete sie sich kurz darauf. Sie war etwas außer Atem. „Ah, hallo Emile … er ist beschäftigt … Kann ich ihm etwas ausrichten? … Was? Oh, mein Gott! … Wann ist das passiert? ... Das ist ja furchtbar … Ich werde es ihm sagen … Danke … Ja, dir auch … Auf Wiedersehen!“

Wie betäubt hängte Magali den Hörer zurück, dann ging ein Ruck durch ihren Körper und sie stürzte zurück in den Saal. Als Vincent sie bemerkte, zog er Stella mit einem trotzigen Gesichtsausdruck fester an sich. Manchmal benahm er sich wie ein Kind!

„Vincent, ich muss dich sprechen.“

Als er keine Anstalten machte, sich zu bewegen, fügte sie ein herrisches „Allein!“ hinzu, worauf Stella einen theatralischen Seufzer ausstieß und sich aus der Umarmung löste.

„Bis nachher, Darling“, hauchte sie und ging.

Vincent verschränkte die Arme. „Was ist?“, fragte er kühl.

„Emile hat gerade angerufen“, sagte Magali leise. Sofort ließ er die Arme sinken und beugte sich alarmiert nach vorn. „Kommissar Fournier ist tot“, erklärte sie weiter. „Jemand hat ihm die Kehle durchgeschnitten.“

Inzwischen war es kurz nach zwei. Die letzten Gäste waren bereits vor einer halben Stunde gegangen, und es war ungewiss, ob noch jemand kommen würde, also beschloss Vincent, den Klub zu schließen. Magali und einen Großteil des Personals hatte er bereits vor

Stunden nach Hause geschickt. Die Nachricht von Fourniers Tod hatte seiner Freundin stark zugesetzt. Und dann noch dieser dumme Streit …

„Soll ich eine letzte Kontrollrunde machen, Patron?“, fragte Gustave, nachdem die restlichen Mitarbeiter den Klub verlassen hatten.

Vincent schüttelte den Kopf. „Geh nach Hause. Ich bekomme das allein hin.“

„Verstanden. Gute Nacht, Patron!“

„Gute Nacht, Gustave.“

Als Vincent durch den leeren Klub schritt, die Absätze seiner Schuhe klangen in der Stille überlaut, wurde er wehmütig. Er hatte Jahre geschuftet, um sich seinen Traum zu erfüllen, und er würde den Teufel tun, ihn jetzt aufzugeben. Der Klub war sein Zuhause, das einzige, das er jemals gehabt hatte. Gustave, Papi und all die anderen waren seine Familie. Sich mit der *Näherin* einzulassen, war ein Fehler gewesen. Magali hatte natürlich recht gehabt. Wie sooft.

Versonnen streifte er mit einer Hand über den schwarzen Flügel – vor einigen Jahren war Maurice Ravel, der bekanntermaßen an Insomnie litt, im Klub aufgetaucht und hatte sein *Gaspard de la Nuit* darauf gespielt: ein zwanzigminütiges Klavierstück, das von einem Dämon handelte, der die Menschen vom Schlaf abhielt. Danach hatte er sich verbeugt und war gegangen, ohne auch nur ein einziges Wort gesprochen zu haben. Vincent lächelte. Lediglich eine von vielen Erinnerungen.

Ein leises Poltern riss ihn aus seinen Gedanken. Ungehalten steuerte er den Bereich hinter der Bühne an.

„Noch jemand da?“, rief er, während er die Tür aufstieß. „Seht zu, dass ihr nach Hause kommt, Leute!

Wir haben schon längst Feierabend.“

Es wäre nicht das erste Mal, dass die Künstler außerhalb der Öffnungszeiten eine kleine Privatparty veranstalteten.

„Hallo?“, rief er noch einmal, doch ihm schlug nur Stille entgegen.

Zur Sicherheit kontrollierte er jede Ecke, schaute hinter jede Tür, hinter jeden Paravent, in jeden Schrank, bis er den Kopf schüttelte. Offenbar hatte er sich von Magalis Nervosität anstecken lassen. Nachdem er die restlichen Räumlichkeiten gründlich überprüft hatte, löschte er die Lichter und schloss den Klub von außen ab.

Für die Jahreszeit war die Nacht mild und der Himmel sternenklar. Vincent freute sich auf den rund halbstündigen Spaziergang, der ihn entlang des Boulevard de Clichy führen würde, dann durch das Montmartre-Viertel bis zur Place de Saint-Pierre, wo sich seine Wohnung befand. Die Nachtluft würde ihm helfen, den Kopf freizubekommen, schließlich galt es, einen Ausweg aus der finanziellen Misere zu finden – und zwar schnell. Der hell erleuchtete Boulevard war menschenleer. Keine fröhlich hupenden Automobile, keine gut gekleideten Paare, die forschen Schrittes verheißungsvollen Zielen entgegeneilten. Eine für Paris widernatürliche Stille, der etwas Unheimliches anhaftete.

Hinter dem dunklen *Café Américain*, tagsüber ein beliebter Treffpunkt von Künstlern und Schriftstellern, bog Vincent in eine schmale Gasse ein, eine düstere Ader inmitten einer pulsierenden Stadt, die ihn schneller an sein Ziel führen würde. Er hatte sie gerade zur Hälfte durchquert, als sich ein Schatten aus dem Halbdunkel schälte und sich ihm in den Weg stellte. Die grimmig dreinblickende Gestalt war ihm wohlbekannt.

„So spät noch unterwegs, Freddy?", fragte Vincent betont lässig. Seine rechte Hand rutschte Richtung Jackentasche, wo sein Schlagring steckte. „Was wird deine Mami dazu sagen?"

Im selben Moment nahm er aus dem Augenwinkel heraus eine Bewegung wahr – ein Hinterhalt! – und die Zeit lief plötzlich langsamer. Er duckte sich, und während der Hieb seines Angreifers, eines bulligen Kerls in viel zu kurzen Ärmeln, ins Leere ging, holte er aus und stieß seinen Schlagring mit voller Wucht in dessen Magen. Der Kerl klappte zusammen wie ein Taschenmesser, aber Vincent hatte keine Zeit, seinen kleinen Triumph auszukosten, denn schon grub sich Freddys Faust von hinten in seine Nieren. Er ächzte und geriet ins Stolpern, doch dann fing er sich wieder und wirbelte herum. Mit der freien Hand fegte er Freddys Arm hoch, bevor dieser erneut zuschlagen konnte, und versetzte ihm mit dem Schlagring einen Hieb auf den Solar Plexus. Der andere knickte nach vorne ein, und Vincent rammte ihm sein Knie ins Gesicht. Aus Freddys Kehle entwich ein Geräusch, als würde man die Luft aus einem Gummischlauch lassen, und Vincent konnte sich ein wölfisches Grinsen nicht verkneifen. Mit den beiden Idioten würde er schon fertig werden. Kampflustig drehte er sich um und nahm den Kerl mit den Kinderärmeln, der sich gerade wieder aufrappelte, erneut ins Visier.

Leider hatte er nicht mit dem dritten Idioten gerechnet, der wie aus dem Nichts auf ihn zusprang und ihm mit einem einzigen gekonnten Tritt das Nasenbein brach. In Vincents Schädel explodierte der

Schmerz. Er schrie auf, torkelte einige Schritte rückwärts, dann fiel er mit seinem gesamten Gewicht auf die Knie. Stöhnend kippte er zur Seite, während Blut seinen Mund flutete. Der Kampf war zu Ende, bevor er richtig begonnen hatte.

Im nächsten Moment wurde sein Kopf brutal hochgerissen. Durch einen roten Schleier hindurch erkannte er Freddy. In dessen blutendem Gesicht lag kalte Wut.

„Ein kleines Andenken der *Näherin*", zischte dieser und holte aus. „Damit du nicht vergisst, deine Schulden zu bezahlen."

Dann ließ er seine mächtige Faust auf Vincent niederkrachen.

Kapitel 5

Prag, Januar 1920

„Mein liebes Kind, du bist schon seit drei Monaten bei uns. Nun ist die Zeit gekommen, dir deine treue Gefährtin für die nächsten Jahre darzureichen", hatte Maestro Menotti beim Frühstück feierlich verkündet.

Jetzt stand Anna vor der Tür seiner Garderobe, und ihr Herz klopfte vor Aufregung bis zum Hals. Seit sie Warschau verlassen hatte, fühlte sie sich wie Alice im Wunderland. Die Welt, die sie betreten hatte, war voller geheimer Räume, und hinter jeder Tür wartete ein neues Klangwunder. Es gab so viel zu entdecken, so viele Möglichkeiten. Als würde sie auf einem gewundenen Weg durch einen Märchenwald laufen. Mal hockte sie bei den Streichern in der Ecke und spielte Mäuschen, mal war sie bei den Hornisten – im Übrigen ein sehr lustiger Haufen –, und die Wucht ihres Könnens erschütterte sie in ihren Grundfesten. Ihr kam es so vor, als hätten sich die besten Musiker der Welt in einem einzigen Orchester zusammengefunden. Manchmal nahm sie ihren ganzen Mut zusammen und schlich sich in den leeren Konzertsaal, um den Maestro bei seinen Trockenübungen zu beobachten, während er so tat, als würde er sie nicht bemerken. Sie war fasziniert von seinen Bewegungen, seinem konzentrierten Gesichtsausdruck und dem leidenschaftlichen Blick, und schon jetzt verehrte sie ihn wie einen Großvater.

Alle waren sehr nett zu ihr, und zum vollkommenen Glück fehlte nur ihr Tata, den sie schrecklich vermisste.

Sachte klopfte sie an die Tür, als von der anderen Seite schon ein dumpfes „Komm rein“ erklang. Anna drückte die Klinke herunter. Es war nicht das erste Mal, dass sie den Raum betrat, trotzdem war es heute irgendwie anders. Die Garderobe des Maestros war nicht sehr groß, dafür herrschte dort eine heimelige Unordnung. Überall lagen Bücher und Notenblätter herum, in den Etageren stapelten sich weiße Hemden, ein schwarzer Frack, diverse Hüte und eine Geige. Auf dem Garderobentisch standen alte Fotografien Spalier, auf denen schwarz gekleidete Menschen mit strengen Gesichtern zu sehen waren.

Maestro Menotti trat auf Anna zu, und der Raum schien mit einem Mal zu schrumpfen. „Du hast doch keine Angst vor mir?“, fragte er ernst.

Das Mädchen schüttelte den Kopf.

„Das ist gut. Nur wenn du angstfrei bist, wirst du das hier beherrschen können.“

Mit diesen Worten nahm er Annas rechte Hand und legte etwas hinein, bevor er ihre Finger feierlich darüber schloss. Verwirrt blickte sie zu ihm hoch, als es plötzlich in ihrer hohlen Hand warm wurde. Erschrocken versuchte sie sich loszureißen, doch der Maestro hinderte sie daran.

„Schau“, sagte er nur.

Anna öffnete die Hand. Darin lag ein einfaches Rohrblättchen.

„Es wird dich die Jahre über begleiten“, erklärte Maestro Menotti. „Dieses kleine Blättchen hier wurde, ebenso wie deine Klarinette, aus einem ganz besonderen Holz geschnitzt. Es ist unverwüstlich und verschleißt nicht. Du wirst es niemals austauschen müssen."

Daraufhin machte er einen Schritt zur Seite, um den Blick auf einen Stuhl freizugeben, auf dem ein länglicher schwarzer Kasten lag. Innerlich bebend steckte Anna das Rohrblättchen in die Tasche ihrer karierten Schürze und trat näher, um den Kasten zu öffnen. Dann aber hielt sie inne und blickte zum Maestro hoch, der ihr ein aufmunterndes Nicken zuwarf. Mit zitternden Händen klappte sie den Deckel auf. Im Kasten lag auf blauem Samt gebettet eine Klarinette aus schwarzem poliertem Holz und mit goldenen Klappen. Anna stockte der Atem. Genau genommen unterschied sich die Klarinette äußerlich nicht von anderen, dennoch glaubte sie, noch nie ein schöneres Instrument erblickt zu haben.

Sie wollte die Klarinette packen, als Maestro Menotti sie ermahnte. „Sachte."

So vorsichtig wie nur möglich griff Anna nach dem Instrument. Als sich ihre Finger um das Holz schlossen, entfuhr ihrer Kehle ein Laut, ähnlich einem leisen Jauchzen.

„Diese Klarinette wird zum Spiegel deines Herzens", sagte Maestro Menotti. „Behandle sie gut. So gut wie dich selbst."

Anna, die nicht genau verstand, was der Maestro meinte, sich aber der Bedeutungsschwere seiner Worte gewahr wurde, nickte.

„Sie ist über 300 Jahre alt", erklärte Menotti weiter. „Es heißt, die Klarinette wurde um 1720 in Nürnberg erfunden." In seinem Bass schwang ein Hauch von Spott. „Ein Irrglaube." Während der Maestro weitersprach, kam es Anna so vor, als würde sich das Instrument an ihre Hände schmiegen.

Eigentlich hätte sie darüber Angst verspüren müssen, doch das Gegenteil war der Fall. „Ich werde dir jetzt eine Geschichte erzählen, kleine Anna, und ich möchte, dass du gut zuhörst, denn ich werde sie nicht wiederholen." Maestro Menotti schaute sie an, sperrte mit seinem Blick die Umgebung aus. „Vor vielen Jahren lebte in der Lombardei ein Junge. Sein Name war Lazzaro Tartini. Eines Tages entdeckte er auf einem Hügel in der Nähe seines Dorfes ein kümmerliches Stück Natur mit welken Blättern, das aus dem Boden ragte." Anna war noch nie in der Lombardei gewesen, dennoch setzte sich vor ihrem inneren Auge das Gehörte Bild für Bild zusammen. „Es hatte seit Monaten nicht mehr geregnet, also rannte Lazzaro den Hügel hinunter, holte Wasser aus dem Dorfbrunnen und rannte wieder hinauf, um das Bäumchen zu gießen. Von da an machte er das jeden Tag, bis der Baum groß und kräftig war und Lazzaro in seinem Schatten schlafen konnte. Bald kamen die Menschen aus nah und fern, um den mächtigen, feuerroten Baum zu bewundern. Es handelte sich um einen Feuerahorn. Hast du schon einmal einen Feuerahorn gesehen, kleine Anna?"

Sie schüttelte den Kopf.

„Ich hoffe für dich, dass du es eines Tages wirst, denn es ist ein prachtvoller, stolzer Baum, von einer Glut, die nur die Natur zu schaffen imstande ist. Nun aber zurück zur Geschichte … Während Lazzaro zum Manne reifte, wuchsen unter den Dorfbewohnern Gier und Neid, und als sich der junge Mann eines Tages auf Reisen begab, bewaffneten sie sich mit Äxten und stiegen den Hügel hinauf." Maestro Menotti legte eine kurze Pause ein, und als er fortfuhr, klang seine Stimme noch tiefer als sonst. „Sie benötigten eine ganze Woche, um den Baum zu fällen. Als Lazzaro zurückkehrte, hatten die Dorfbewohner seinen geliebten Feuerahorn ausgeweidet und das kostbare Holz unter sich aufgeteilt. In seinem Schmerz wanderte er ziellos umher, bis er am Fuße des Hügels ein großes Stück des einstmals mächtigen Baumstamms entdeckte, das die Dorfbewohner offensichtlich übersehen hatten. Er schleppte die Überreste zu seinem Haus und widmete sein Leben fortan der Aufgabe, daraus zwölf magische Instrumente zu erschaffen, wie sie die Welt noch nie gesehen oder gehört hatte." Kurze Pause. „Eines davon hältst du in den Händen."

Mit tellergroßen Augen blickte Anna zunächst auf die Klarinette, dann in Maestro Menottis freundliches Antlitz. Ein magisches Instrument? Der Unglaube stand ihr ins Gesicht geschrieben, was ihrem Gegenüber ein Lachen entlockte.

„So skeptisch, kleine Anna? Aber steckt nicht in jedem Instrument ein Stück Magie?" Er zwinkerte ihr zu. „An dir liegt es, sie zum Leben zu erwecken."

Annas Lächeln wurde breiter.

„Die zwölf Instrumente aus dem Feuerahorn bilden den musikalischen Grundstock der *Philharmonie der Zwei Welten*", sagte er weiter und wies auf die Klarinette. „Siehst du, hier auf dem Trichter ist ein T eingraviert, es steht für Tartini. Alle Zwölf sind mit diesem Signet versehen."

Ehrfürchtig strich Anna über den geschwungenen Buchstaben, er war kaum zu spüren, so dünn war der Strich. Plötzlich zuckte sie zusammen, und Tränen schossen ihr in die Augen. Aus ihrem rechten Zeigefinger quoll ein einzelner Blutstropfen. Sie hatte sich die Haut am Signet aufgeritzt. So unbedeutend die Verletzung auch war, so ungleichmäßig stark war der Schmerz. Schluchzend steckte sie den Finger in den Mund, um das Blut abzulecken.

„Der Schmerz geht wieder vorüber“, erklärte der Maestro mit sanfter Stimme.

Ungeachtet der tröstenden Worte spürte Anna, wie die Schamesröte in ihre Wangen schoss. *Ich habe meine neue, wunderschöne Klarinette beschmutzt. Was bin ich dumm und ungeschickt!* Etwas Blut war in die Ritze des Signets gesickert, das sie wegzuwischen versuchte. Ihre Mühe war jedoch vergeblich, und noch mehr Tränen traten in ihre Augen, diesmal allerdings aus Wut.

Da legte sich die schwere Hand des Maestros auf ihre Schulter. „Beruhige dich, Kind. Das ist kein Weltuntergang. Bald wird davon nichts mehr zu sehen sein.“

Mit gerunzelter Stirn blickte Anna zum Maestro hoch. Sie hatte so viele Fragen.

„Du wirst eines Tages verstehen“, sagte er, ganz so, als ob er ihre Gedanken lesen konnte. „Und jetzt probier sie aus.“

Also wischte sich Anna den Finger an ihrer Schürze ab, fischte das Rohrblättchen aus der Tasche und befestigte es mit wenigen Handgriffen an dem schnabelförmigen Mundstück ihrer Klarinette. Dann führte sie das Instrument an die Lippen. Das Mundstück saugte sich an ihnen fest, die Klappen drückten begierig gegen ihre Fingerkuppen. Kurz hielt sie inne.

„Nur zu“, sagte Maestro Menotti mit einem aufmunternden Zwinkern.

Sie lächelte zurück und blies sanft hinein. Ein

einzelner Ton erklang, so rein wie Morgentau. Die Schwingung im Inneren der Klarinette erfasste ihren Körper, setzte ihr Herz in Brand, während ihre Seele von einem tiefen Summen erfüllt wurde. Überwältigt schloss Anna die Augen.

Die Symbiose hatte begonnen.

Kapitel 6

Paris, April 1926

Ein jäher Schmerz brachte Vincent in die Gegenwart zurück. Tränen schossen ihm in die Augen, und er begann, unkontrolliert zu zittern. Kopf und Beine hatten Feuer gefangen, während sein Körper dazwischen aus Luft zu bestehen schien. Als ob sein Torso herausgeschnitten worden wäre. Ihn überkam Panik, und er blinzelte heftig. Ein Schatten beugte sich über ihn. Vincent wollte aufspringen, um sich schlagen, weglaufen, doch er war in einem Schmerzpanzer gefangen, unfähig, sich zu bewegen. Weil Tränen ihm die Sicht raubten, konnte er keine Details erkennen, also blinzelte er so lange, bis das Bild einigermaßen klar wurde. Vor ihm stand ein Mann mit einem faltigen Gesicht, das von einem dicken schwarzen Schnurrbart dominiert wurde, darüber thronte ein wirrer Lockenkopf, der an manchen Stellen bereits weiß wurde. Die dunklen Augen schauten besorgt, und es sah nicht so aus, als würde er das Werk der *Näherin* fortsetzen wollen.

Der eiserne Griff in Vincents Nacken lockerte sich etwas, dennoch fühlte sich sein Schädel zentnerschwer an, als er ihn zur Seite drehte, um sich umzuschauen. Die Seitengasse war verschwunden. Keine Leuchtreklamen, keine Straßenlaternen, kein fernes Hupen. Nur Zwielicht und ein beunruhigendes Wispern. Vincent fröstelte.

„Wo bin ich?“, krächzte er und spuckte einen Klumpen Blut aus.

„Im Bois de Boulogne“, antwortete der Fremde. Er sprach Französisch mit deutschem Akzent.

„Wie komme ich hierher?“

„Sie können sich nicht erinnern?“

Vincent schüttelte den Kopf und bedauerte es sofort, als ihn eine Welle der Übelkeit überkam. Benommen umfasste er die Holzbank, auf der er saß, und senkte den Blick. Zu seinen Füßen lagen jede Menge blutige Taschentücher.

„Halten Sie still, Monsieur“, sagte der Mann weiter. „Ihre Nase ist gebrochen. Ich habe sie wieder gerichtet, aber Sie müssen langsam machen. Ich glaube, Sie haben eine Gehirnerschütterung.“

„Was ist passiert?

„Dahinten steht mein Kiosk.“ Der Fremde zeigte in eine unbestimmte Richtung.

Ein Deutscher, der in Paris einen Kiosk betrieb?

Vincent wunderte sich, sagte jedoch nichts. „Ich habe gesehen, wie ein Automobil am Bois angehalten hat“, erklärte der andere weiter, „dann sind zwei finster aussehende Burschen ausgestiegen und haben Sie hier abgeladen.“

Wie in Zeitlupe hob Vincent die rechte Hand, um seine Nase zu berühren und zuckte zusammen. „Sie haben meine Nase gerichtet, sagen Sie?“

„Ja, keine große Sache. Ein kleiner Ruck, mehr war nicht nötig.“ Der Mann verschränkte die Arme. „Man hat Sie übel zugerichtet, Monsieur. In wenigen Stunden wird Ihr Gesicht grün und blau sein, fürchte ich.“

Vincent lehnte sich vorsichtig zurück. „Und Sie sind?“

„Nennen Sie mich Bébère."

„Ihr Kiosk ist um diese Uhrzeit noch geöffnet?"

Der andere warf ihm einen unergründlichen Blick zu. „Das kommt vor."

Vincent, der sich benommen fühlte, schloss die Augen.

„Wissen Sie, wer die waren, Monsieur?"

Vincent wollte nicken, besann sich aber rechtzeitig. „Ja."

Wut überkam ihn, als er an Freddy und dessen Freunde dachte. Unwillkürlich ballte er die Fäuste, und der Druck in seinem Kopf stieg unangenehm an.

„Sie müssen zur Polizei gehen und Anzeige erstatten", warf sein Retter ein, was er geflissentlich ignorierte.

Stattdessen öffnete er die Augen und blickte seinen Gegenüber an. „Ich heiße Vincent. Vincent Lefèvre."

Als Bébère lächelte, erweckte er eindrucksvolle Krähenfüße zum Leben. „Sehr angenehm."

„Bébère ist die Abkürzung von Albert, richtig?", fragte Vincent.

Kurzes Nicken.

„Und Ihr Nachname?" Vincent wusste gern, mit wem er es zu tun hatte.

„Einfach nur Bébère."

Heute konnte er eine Ausnahme machen. „Ich danke Ihnen für Ihre Hilfe, Bébère."

Als er versuchte aufzustehen, fuhr ein scharfer Schmerz durch seine Knie.

„Monsieur, was tun Sie da?"

„Ich muss nach Hause.

„Sie sollten sich erst einmal ausruhen."

„Haben Sie Telefon?"

Bébère lachte. „Telefon in einem Kiosk?"

„Sie haben recht." Vincent seufzte. „Wie weit ist es bis dahin?"

„Keine hundert Meter. Ich werde Sie stützen. Allein hätte ich Sie nicht tragen können, deshalb habe ich Ihre Nase gleich hier verarztet. Ich wollte nicht, dass Sie an Ihrem eigenen Blut ersticken."

„Sehr aufmerksam." Vincent schnitt eine Grimasse. „Kommen Sie, verschwinden wir von hier! Ich frier mir den Hintern ab."

„Gern."

Mit Bébères Hilfe stand er auf. Der ältere Mann war zwar einen halben Kopf kleiner, dennoch umfasste er ihn entschlossen, sodass sich Vincent auf seine Schulter stützen konnte. Ein schlecht beleuchteter Kiesweg führte aus der Dunkelheit heraus, und schon bald erhaschte Vincent zwischen den wispernden Bäumen ein Glitzern, das sich beim Näherkommen als typischer Pariser Kiosk entpuppte. Er stand direkt am Eingang zum Bois: ein fünfeckiger, holzverkleideter Bau mit einer Kuppel, die an einen indischen Tempel erinnerte. Obwohl der Kiosk geschlossen war, leuchtete er wie ein Weihnachtsbaum. Ein strahlendes Eiland in der Finsternis.

„Ich mag Elektrizität", sagte Bébère, als hätte er Vincents Verwunderung gespürt. „Sie eröffnet einem ganz neue Möglichkeiten."

Kaum hatten sie den Kiosk erreicht, kramte er in seiner Tasche nach dem Schlüssel, während Vincent mit geschlossenen Augen an der Wand lehnte. Dann öffnete Bébère die Tür, und ein Lichtspalt zeigte sich auf dem Boden. Hell und verführerisch. Dankbar kam Vincent der Einladung nach und humpelte ins Innere.

„Nehmen Sie Platz, Monsieur Lefèvre."

„Vincent", verbesserte er den anderen, während er sich auf den einzigen vorhandenen Stuhl setzte. „Danke."

„Hier." Bébère legte ihm eine Wolldecke um die Schulter, die zwar muffig roch, ihn dennoch wie eine warme Umarmung umfing, dann drückte er ihm ein Taschentuch für seine blutende Nase in die Hand. „Und jetzt lassen Sie mich Ihre Beine sehen."

„Das ist nicht nötig."

„Zeigen Sie mir Ihre Beine!"

Ihre Blicke trafen sich zu einem stummen Duell. Vincent, dem heute nicht mehr nach Kämpfen zumute war, warf bereits nach wenigen Sekunden das Handtuch und rollte seine Hosenbeine anstandslos nach oben. Als Bébère die violette Färbung auf seinen Knien sah, stieß er einen leisen Pfiff aus, dann tastete er die Stelle vorsichtig ab. Indessen begutachtete Vincent neugierig seine Umgebung. Dabei legte er den Kopf leicht in den Nacken, um die Blutung aus seiner Nase zu stoppen. Zur Straße hin befand sich eine große Öffnung, die mit einem Holzbrett verschlossen war, daneben stand eine relativ neu aussehende Registrierkasse. Ein Monstrum aus Metall mit Knöpfen, Schaltern und einer Kurbel an der Seite. Eine ähnliche Kasse befand sich auch hinter der Bar des *Nuits Folles*. In den Regalen rundum stapelten sich Zeitungen und Magazine wie Ziegelsteine aufeinander, dazwischen gab es jede Menge Nippes: Postkarten, Papiervögel, handgroße Eiffeltürme, Puppen in Cancan-Kostümen, Miniaturholzschuhe, bunte Murmeln, muschelbesetzte Schmuckkästchen, Zuckerstangen, ein volles Bonbonglas.

„Interessanter Laden", murmelte Vincent.

Bébère schmunzelte. „Danke, ich sehe ihn als ein Sammelsurium menschlicher Entgleisungen." Dann wurde er ernst. „Ich bin zwar kein Arzt, aber ich glaube nicht, dass etwas gebrochen ist. Vielleicht haben Sie eine Verstauchung."

Nach diesen Worten richtete er sich wieder auf und streckte sich. Dabei knackte es in seinem Rücken.

„Haben Sie keinen zweiten Stuhl?", fragte Vincent, der ein schlechtes Gewissen hatte. Schließlich war der Mann älter als er.

Bébère zögerte eine Sekunde, bevor er den Kopf schüttelte. „Nein."

„Mhm."

„Aber das ist kein Problem. Sehen Sie!" Er schnappte sich einen Stapel Zeitungen und setzte sich darauf. „Die Ausgaben vom letzten Monat."

Eine Zeitlang blickten sie sich schweigend an, bis Vincent die Stille brach.

„Was hat Sie eigentlich nach Paris verschlagen? Es gibt viele Ausländer hier, aber meistens sind es Russen oder Amerikaner. Seit Unterzeichnung des Versailler Vertrags machen Ihre Landsleute eher einen großen Bogen um unser Land."

„Sie nehmen wohl kein Blatt vor den Mund, was?" Bébère wirkte eher amüsiert als verärgert.

„Ich bin bloß neugierig."

„Ich brauchte einen Tapetenwechsel. Irgendwie hatte ich das Gefühl, dass hier eine Aufgabe auf mich wartet."

„Was für eine Aufgabe?"

„Das weiß ich auch nicht. Wenn es soweit ist, werde ich es schon merken." Bébère grinste. „Und was machen Sie so im Leben?"

Vincent entging der abrupte Themenwechsel

nicht, doch weil er in Bébères Schuld stand, ließ er die Sache auf sich beruhen. „Ich betreibe einen Klub", antwortete er und tupfte sich die Nase ab. Inzwischen war das gesamte Taschentuch rot gefärbt. „Vielleicht haben Sie schon mal davon gehört: das *Nuits Folles* unten in Pigalle."

Bébères Gesicht hellte sich auf. „Na und ob! Es heißt, es sei ein sehr schicker Laden und nicht minder verrucht. Allerdings war ich noch nie dort. Ich gehöre nicht unbedingt zu Ihrer Klientel."

Vincent rang sich ein Lächeln ab, das sich anfühlte, als würde man ihm ein glühendes Eisen unter die Gesichtshaut stoßen. „Es wäre mir eine Ehre, Sie bei uns begrüßen zu dürfen. Selbstverständlich geht dann alles aufs Haus!"

„Ich danke Ihnen. Wer weiß, vielleicht eines Tages ..." Bébère zwinkerte, was ihm ein spitzbübisches Aussehen verlieh, dann reichte er Vincent ein frisches Taschentuch, das er aus der Hosentasche zog. Offenbar besaß er einen unerschöpflichen Vorrat. „Wie laufen die Geschäfte? Ich hoffe, gut."

Vincents Gesicht verschloss sich schlagartig.

„Oh, tut mir leid. Ich wollte nicht indiskret sein."

Vincent machte eine wegwerfende Handbewegung. „Schon gut. Sie haben nur einen wunden Punkt getroffen."

„Wollen Sie darüber reden?"

Vincent war kein Mensch, der sich Fremden anvertraute, hatte ihn das Leben doch gelehrt, dass sie meistens nichts Gutes im Schilde führten. Nachdenklich musterte er Bébère, wie er da auf seinem Zeitungsstapel saß, die dunklen Augen auf ihn gerichtet, die Hände ineinander verschränkt. Im Kiosk war es warm und gemütlich; die gebrochene Nase pochte in erträglichem Maße (sofern er seine Gesichtsmuskeln nicht zu sehr bemühte), die Blutung schien nachzulassen, und die wunden Knie konnte er getrost ignorieren. Als der Deutsche hinter sich griff und eine Flasche Pastis mit zwei Gläsern hervorzauberte, gab das den Ausschlag.

„Es geht um diese verfluchte Methusalem-Seuche", begann Vincent leise. „Sie wird mich noch ruinieren."

Kapitel 7

Paris, April 1926

„Sie wollen mir also nicht verraten, wer die Leute waren, die Sie so zugerichtet haben?“ Doktor Boudin schaute seinen ramponierten Patienten über den Rand seiner Brille hinweg an.

Vincent zuckte mit den Schultern.

„Wie Sie meinen.“ Der Arzt, ein kleiner Mann mit grauem Spitzbart und Nickelbrille, setzte sich zurück an seinen Schreibtisch. „Sie können sich wieder anziehen.“

Während Vincent hinter dem Paravent verschwand, redete der Doktor weiter. „Sie hatten Glück. Sie haben an den Knien nur einige Prellungen, und was das Wichtigste ist, Ihr Kopf ist heil geblieben. Bis auf das Gesicht natürlich. Trotzdem sollten Sie sich die nächsten Tage schonen. Es kann sein, dass Ihnen immer wieder übel wird.“ Er holte aus der Schublade etwas hervor. „Ich gebe Ihnen eine Cannabistinktur. Ein paar Tropfen unter der Zunge werden genügen, um Ihre Kopfschmerzen zu lindern. Bitte nehmen Sie die Medizin nur einmal am Tag ein.“

„Und die Nase?“

„Sie wird wieder zusammenwachsen.“ Der Arzt blickte auf, als Vincent wieder vor den Paravent trat. „Wer immer Ihre Nase gerichtet hat, wusste, was er tat. Haben Sie eine Eismaschine im Haus?“

„Im Klub befindet sich eine.“

„Gut. Sehen Sie zu, dass Sie Ihr Gesicht kühlen, damit die Schwellung abklingt."

„Mache ich." Vincent steckte das Fläschchen mit der Tinktur ein, dann zeigte er auf sein entstelltes Gesicht. „Kein sehr schöner Anblick, was?"

Doktor Boudin seufzte. „Ich habe in den letzten Tagen schlimmere Dinge gesehen, glauben Sie mir."

„Tatsächlich?", erwiderte Vincent mehr aus Höflichkeit denn aus Interesse.

„Ich war derjenige, der diese arme Frau für tot erklärt hat, wissen Sie." Doktor Boudin setzte kurz die Brille ab, um seine Augenlider zu massieren.

„Welche arme Frau?"

„Sie haben bestimmt davon gehört." Er setzte die Brille wieder auf. „Zurzeit redet man in Paris von nichts anderem. Die junge Frau aus der Rue de Condé, die in ihrem Bett verwelkt ist wie eine Rose in der Wüste."

Vincent horchte auf. „Véronique Milhaud?"

„Ja."

Sein Herzschlag beschleunigte sich etwas. „War sie wirklich skelettiert, so wie es in der Zeitung abgebildet war?"

„Aber nein. Was für ein Unfug! Sie sah aus, als …" Der Arzt suchte nach den richtigen Worten. „… als hätte man ihr das Leben ausgesogen. Ich glaube, die arme Frau hat darüber den Verstand verloren."

„Wie kommen Sie darauf?"

Doktor Boudin zögerte kurz, offenbar wägte er ab, wie viel er erzählen durfte, dann schüttelte er den Kopf. „Ich kann Ihnen leider nichts darüber sagen."

„Haben Sie sich nicht so." Vincents Stimme hatte einen drängenden Ton angenommen. „Es bleibt auch unter uns."

„Nein, nein!“ Der Arzt hob abwehrend die Hände. „Ich habe schon zu viel gesagt.“ Plötzlich schien er es sehr eilig zu haben, Vincent loszuwerden. „Entschuldigen Sie, Monsieur Lefèvre, aber mein nächster Patient wartet bereits.“

Vincent verbarg seine Enttäuschung. „Schon gut, Doktor, und vielen Dank“, sagte er und wedelte mit dem Fläschchen in seiner Hand. „Auch für das hier!“

Er hatte gerade noch Zeit, ein letztes Mal zu nicken, bevor die Tür des Sprechzimmers hinter ihm zugeschlagen wurde.

Gustave, der draußen auf ihn wartete, saß auf dem Trittbrett des Peugeot 177 und las Zeitung, in seinem Mundwinkel steckte eine Zigarette, eine Gauloises Caporal, seine Lieblingsmarke. Als er Vincent bemerkte, sprang er auf.

„Patron! Es wird Sie interessieren zu erfahren, dass die Polizei eine Belohnung von 10.000 Francs ausgesetzt hat; für den entscheidenden Hinweis, der zur Lösung der Methusalem-Todesfälle führt.“ Er fuchtelte mit der Zeitung. „Steht hier.“

„10.000 Francs, hm?

„Ja.“

„Das würde unsere Probleme auf einen Schlag lösen“, murmelte Vincent nachdenklich. Auf der Hinfahrt hatte er Gustave erzählt, wie er zu seinem neuen Aussehen gekommen war. „Trotzdem würde ich der *Näherin* lieber meine Faust ins Maul stopfen als Banknoten!“

„Nichts für ungut, Patron, aber wir sind nur zu zweit. Die *Näherin* hat Dutzende Männer, die keine Skrupel haben, ihre Großmutter für hundert Francs abzumurksen.“ Obwohl niemand in Hörweite war, senkte Gustave die Stimme. „Ich habe gehört,

Grapache soll eine Schusswaffe besitzen."

Vincent blickte finster zurück. „Na und? Ich habe auch eine."

Gustave sagte nichts, rieb sich lediglich den Nasenrücken.

„Keine Sorge", fügte Vincent hinzu. „Ich habe nicht vor, einen Krieg anzuzetteln. Zum jetzigen Zeitpunkt würden wir mit wehenden Fahnen untergehen. Alles, was ich will, ist den Klub retten."

„Verstanden, Patron." Gustave wirkte erleichtert.

„Und jetzt lass uns zu Magali fahren!"

„Sind Sie sicher?" Gustave drückte seine Gauloises Caporal mit zwei Fingern aus und verstaute sie in der rechten Brusttasche, bevor er seinem Chef die Beifahrertür öffnete. „Sie werden sich einiges anhören müssen."

Nach der erwarteten Tirade des Entsetzens angesichts seiner geschwollenen Nasenpartie samt blauvioletter Färbung und seines schwerfälligen Humpelns, die Vincent mehrmals vergeblich mit einem „halb so schlimm" zu stoppen versuchte, erklärte sich Magali bereit, sich in der Rue de Condé umzuhören, um die Hausnummer der Toten in Erfahrung zu bringen. *Aber nicht mehr!* Vincent war guter Dinge. Der Vormittag hatte eine unerwartete Wendung genommen und ihm neue Möglichkeiten eröffnet. Véronique Milhaud hatte den Verstand verloren, so der Doktor, das Leben war ihr ausgesogen worden ... Äußerst mysteriös. Sobald Vincent die vollständige Adresse der Toten kannte, würde er einen Weg finden, alles darüber zu erfahren. Es gab für ihn zehntausend gute Gründe, dieses Rätsel zu lösen, und Véronique Milhaud war erst der Anfang.

Nachdem sie Magali in der Rue de Condé abgesetzt hatten, parkten Vincent und Gustave in der Parallelstraße und warteten im Wagen auf ihre Rückkehr. Der ehemalige Boxer nutzte die Zeit, um wertvolle Ratschläge zu erteilen.

„Immer schön Eis darauf legen."

„Ich weiß."

„Und nicht auf dem Bauch schlafen, Patron!"

„In Ordnung."

„Aber auch nicht auf dem Rücken, falls Sie wieder Nasenbluten haben."

„Ich verstehe."

„Denken Sie daran, den Verband täglich zu wechseln."

„Ja."

„Sie wollen doch am Ende nicht so aussehen wie ich."

„Nein."

„Dachte ich mir."

„Ist nicht persönlich gemeint."

„Weiß ich doch, Patron."

Nach einer guten Stunde kam Magali zurück. Ihre kurzen Haare waren zerzaust, offenbar war sie gerannt, um ihnen die Neuigkeit schnellstmöglich zu überbringen.

„Ich habe ein paar Geschäfte abgeklappert. Bei Challois, dem Pferdemetzger, bin ich fündig geworden", begann sie, nachdem sie auf die Rückbank des Peugeots geklettert war, wo Nickel und gelbes Leder glänzten. Sie ließ ein mit Zeitungspapier umwickeltes Bündel lautstark auf den teuren Sitz knallen. „Hüftsteaks", fügte sie hinzu.

„Fantastisch", bemerkte Vincent trocken und schluckte die bissige Bemerkung hinunter, die ihm auf der Zunge lag.

„Véronique Milhaud hat in Haus Nummer 8 gewohnt“, sagte Magali weiter, während sie ihr Bild im Rückspiegel suchte und ihre Frisur, so gut es ging, wieder in Ordnung brachte. „Aber das ist nicht alles. Der gute Mann konnte mir noch ein paar Informationen aus erster Hand liefern. Er hat sie von einem jungen Mädchen, das im Haus der Milhauds als Dienstmädchen arbeitet. Ein recht einfältiges, aber sehr gesprächiges Ding. Madame Milhaud war offenbar die Tochter eines Notars aus Lyon.“ Als Magali sich nach vorne lehnte, konnte Vincent ihr Parfum riechen. „Gerüchten zufolge ist ihr Vater in einen Skandal verwickelt gewesen, der es seiner Tochter unmöglich gemacht hat, in Lyon einen wohlhabenden Ehemann zu finden. Genaueres konnte mir der Metzger auch nicht sagen. Nur dass ihre Eltern sie nach Paris geschickt haben, damit sie hier ihr Glück macht. Der Plan ist aufgegangen, wie es aussieht, auch wenn die Arme nicht viel davon gehabt hat. Maurice Milhauds Vermögen wird auf fünfhunderttausend Francs geschätzt.“

Dankbar nahm Magali das Zitronentörtchen entgegen, das ihr Vincent in diesem Moment reichte. Wohl wissend, dass seine Jugendfreundin gern ein zweites Frühstück einlegte, hatte er sich vor zwanzig Minuten in der Confiserie um die Ecke mit ihrer Lieblingssüßspeise eingedeckt.

„Ist das alles?“, fragte er.

„Na hör mal.“ Hastig schluckte sie das erste Stück hinunter. „Das ist doch schon eine ganze Menge.“

„Hast du nichts über den Zustand der Frau erfahren können?“

Sie schüttelte den Kopf. „Ich glaube nicht, dass das Dienstmädchen ihre Herrin zu Gesicht bekommen hat, als es mit ihr zu Ende ging. In dem Fall hätte sie es überall rumerzählt. So etwas behält man nicht für sich, wenn man sich interessant machen will."

Vincent strich sich nachdenklich das Kinn. „Es wird nicht einfach, an den Ehegatten ranzukommen. Weißt du, ob noch jemand im Haus lebt?"

Magali verschlang ein weiteres Stück von dem Zitronentörtchen und bedachte Vincent mit einem schiefen Grinsen. „Es gibt noch zwei Bedienstete." Sie tupfte sich mit abgespreiztem Finger den Mund. „Die Köchin und die Haushälterin, eine Madame Boneasse."

„Also weißt du doch mehr, als du erzählt hast!" Vincent sah sie leicht verärgert an. „Lass dir nicht immer alles aus der Nase ziehen, Magali."

Sie zog eine Schnute. „Ich weiß nur, dass die Haushälterin ein strenges Regiment führt und sich das Dienstmädchen darüber beschwert hat."

„Ist das alles?"

„Ja."

„Sicher?"

„Ja-a."

„Hmm …" Seine Stirn glättete sich etwas. „Könntest du vielleicht …?"

„Nein."

Überrascht hob er eine Augenbraue, eine solche Antwort hatte er nicht erwartet. „Ach komm." Er schenkte ihr ein, wie er hoffte, einnehmendes Lächeln. „Fühl der Haushälterin auf den Zahn! Rede mit ihr, von Frau zu Frau."

„Nein!"

Er spürte, wie Ärger in ihm aufstieg. „Stell dir vor, wir lösen den Fall und bekommen die 10.000 Francs", sagte er. „Dann wären wir aus dem Schneider."

Magali sah ihn mit ungewohnt finsterer Miene an. „Du meinst, *du* wärst aus dem Schneider."

Er biss sich auf die Lippen. „Nein, wir. Nachdem ich die *Näherin* ausbezahlt hätte, würde noch etwas Geld übrig bleiben. Wir könnten unsere Reserven wieder aufstocken."

„Du willst etwas schaffen, woran erfahrene Polizisten und Wissenschaftler gescheitert sind?"

Traute sie ihm denn gar nichts zu? „Es ist zumindest einen Versuch wert."

„Das ist Unsinn!"

Vincent schaute sie böse an. Sein Geduldsfaden stand kurz vor der Zerreißprobe. „Seit wann bist du so negativ? Die Magali, die ich kenne, würde sich diese Chance nicht entgehen lassen."

Unerwartet huschte ein gequälter Ausdruck über ihr Gesicht. „Verlang das nicht von mir, Vincent", sagte sie leise.

„Was soll ich nicht verlangen?"

„Du willst, dass ich mich bei einer armen alten Frau einschmeichele und ihr Vertrauen missbrauche, nur weil du dich mit den falschen Leuten angelegt hast. Das ist nicht anständig."

Spricht aus dir plötzlich deine katholische Erziehung?, wollte er fragen, hielt jedoch seine Zunge im Zaun. „Beim Metzger ging's doch auch", sagte er stattdessen.

„Das war etwas anderes."

Er holte tief Luft. „Tu es für mich."

„Nein." Unangenehm berührt schaute Magali zu

Boden. „Es tut mir leid!“ Sie rutschte vom Rücksitz hinunter, riss die Tür auf und sprang auf die Straße. „Ich nehme die Metro!“, rief sie noch, dann war sie weg.

Verblüfft blickte ihr Vincent hinterher.

„Zigarette?“, fragte Gustave.

„Gern.“

„Frauen, hm?“

„Ja“, antwortete Vincent. Unwillentlich verzogen sich seine Mundwinkel zu einem kleinen Lächeln.

„In diesem Aufzug willst du hin?“ Der skeptische Ausdruck in Magalis Augen, als er sich ihr am nächsten Morgen stolz präsentierte, war unübersehbar.

Sie befanden sich in seinem schlicht eingerichteten Ankleidezimmer, das mit rauchblauer Seide ausgekleidet und mit farblich abgestimmten Möbeln bestückt war. Wäre es allerdings nach ihm und nicht nach Magali gegangen, säße seine Freundin jetzt auf einem teuren mit Gobelinstoff überzogenen Diwan, umgeben von atemberaubender Opulenz im Pompadour-Stil.

Er sah an sich herunter. „Wieso? Was stimmt damit nicht?“

Magali deutete mit ihrer silbernen Zigarettenspitze auf ihn. „Du wirst diese brave Frau zu Tode erschrecken.“

„Das sagst ausgerechnet du?“

Magali lächelte nachsichtig. „Hier geht es nicht um mich, Schatz.“

Vincent schnaubte, bevor er vor den körpergroßen Spiegel trat und den Kopf mal nach links, mal nach rechts neigte. Abgesehen von seinem

Gesicht gefiel ihm, was er sah: der weiße Flanellanzug, dazu das apfelgrüne Hemd und die lavendelfarbene Krawatte mit dem goldenen Monogramm ... Er, der Junge aus dem Quartier des Halles, hatte es weit gebracht.

Magali sah das offenbar anders. „Ach, um Himmels willen!“, rief sie und stürzte zu seinem begehbaren Kleiderschrank, in dem sich neben Anzügen, Krawatten und blank polierten Schuhen die Hemden eindrucksvoll türmten.

Nachdenklich tippte sie mit dem Zeigefinger auf ihre Oberlippe, eine Eigenart, die Vincent an ihr besonders mochte, bevor sie sich jedes Regal einzeln vornahm. Als er sie abwechselnd murmeln und fluchen hörte, konnte er sich ein Gefühl der Schadenfreude nicht verkneifen. Nach einer Weile kam sie mit leeren Händen heraus.

„Es ist hoffnungslos“, verkündete sie mit einem Seufzen. „Ich übernehme das.“

„Was?“

„Ich werde zum Haus der Milhauds gehen und mit der Haushälterin sprechen.“

„Wirklich?“

„Entschuldige, Vincent. Du weißt, ich liebe dich, aber mit deinem Gesicht und den …“ Sie deutete hinter sich. „… Sachen da werden dich diese Leute nicht über ihre Türschwelle lassen. Der Versuch wäre reine Zeitverschwendung.“

Nur mit Mühe gelang es ihm, ein Grinsen zu unterdrücken. Er hatte gewusst, dass die lavendelfarbene Krawatte Magali in die Knie zwingen würde.

„Denk daran, die Haushälterin ist vom alten Schlag“, sagte er und zeigte auf ihre saloppe

Aufmachung.

„Keine Sorge. Ich ziehe eine von Stellas blonden Kurzhaarperücken an und stülpe mir einen dieser altmodischen grauen Hüte über“, antwortete sie wenig begeistert. „Gibt es etwas Spezielles, was ich fragen soll?“

Vincent überlegte kurz. „Finde so viel wie möglich über den Tod der Frau heraus, wo sie vorher gewesen ist, was sie getan hat. Alles ist wichtig.“

„In Ordnung. Und hör bitte auf zu grinsen!“

„Entschuldige.“ Er blickte sie ernst an. „Ich bin sehr dankbar, dass du das machst, wirklich. Mit älteren Haushälterinnen Tee zu trinken, ist nicht unbedingt mein Fall.“ Und dann: „Wie willst du vorgehen?“

„Ich habe da so eine Idee.“ Magali zögerte kurz, bevor sie sich auf die Zehenspitzen stellte und ihm einen Kuss auf die Wange hauchte. „Vertrau mir“, fügte sie noch hinzu, dann machte sie auf dem Absatz kehrt und verließ das Ankleidezimmer.

Kapitel 8

Florenz, Mai 1921

Autsch! Gepeinigt verzog Anna das Gesicht.

„Hast du dich verbrannt?“, fragte der Junge, der ihr gegenübersaß, besorgt.

Das Mädchen machte eine wegwerfende Bewegung und lächelte, dann nippte es noch einmal an seiner heißen Schokolade, diesmal allerdings spitzte es vorsichtig die Lippen.

„Gottseidank.“ Erleichtert lehnte sich der Junge in seinem Stuhl zurück. Er hatte ein breites Gesicht, braune Locken und trug ein leuchtend rotes Tuch um den Hals. Pjotr war zwei Jahre älter als Anna; einer der Zwölf und ein hochtalentierter Cellist. Alle im Orchester mochten ihn. Wann immer schlechte Laune herrschte, vertrieb er sie mit einem Scherz, auch wenn dieser zuweilen etwas derb ausfiel. Pjotr war das, was man gemeinhin als Frohnatur bezeichnete und Annas bester Freund. Genau genommen war er jedermanns bester Freund, denn er vermittelte den Menschen das Gefühl, etwas Besonderes zu sein, was ihn für die meisten unwiderstehlich machte. Anna zuliebe hatte er die Grundzüge der Gebärdensprache erlernt.

„Wollen wir nachher über die Ponte Vecchio gehen?“, fragte er, wohl wissend, dass Anna die bunten, glitzernden Steine in den Vitrinen der kleinen Juwelierläden liebte. Dass sie ein Vermögen kosteten, wusste sie nicht, und es wäre ihr auch egal gewesen.

Ihr Gesicht leuchtete auf, und sie nickte eifrig. Wie meistens trug sie einen dunkelblauen Faltenrock und einen weißblauen Pullover mit V-Ausschnitt, ihre weizenblonden Haare hatte sie zu einem langen Zopf geflochten.

„Gut", sagte Pjotr und nippte ebenfalls an seiner heißen Schokolade. Dabei ließ er den Blick über den kleinen Platz schweifen, der von hohen, schmalen Häusern umsäumt war. Die mittelalterlichen Bauten standen dicht an dicht, als würden sie sich Geheimnisse zuflüstern oder sich heimlich darüber auslassen, welche Ungeheuerlichkeiten vor ihren bunt bemalten Türen passierten. Aus einem der offenen Fenster erklang Gezeter, ein Mann und eine Frau stritten lautstark, darüber hingen Kleidungsstücke, die leicht im Wind flatterten. Pjotr lächelte. Er mochte Italien.

Die Terrasse der Trattoria, wo Anna und er eine kleine Pause einlegten, war um diese Zeit kaum frequentiert, denn obwohl es erst Mai war, herrschten mitten am Nachmittag bereits hochsommerliche Temperaturen. Der Platz war lichtdurchflutet, und lediglich eine schmale Markise, unter die sich die beiden gedrängt hatten, bot etwas Schatten. Trotzdem hatte es eine heiße Schokolade sein müssen, denn sie erinnerte Anna an zu Hause.

Mit einem Mal trübte sich Pjotrs Blick, gedankenverloren zwirbelte er eine Locke um seinen Finger. Eine alte Angewohnheit.

Was ist los?, fragte Anna gestenreich.

Er zeigte den erhobenen Daumen. *Alles in Ordnung.*

Du siehst traurig aus.

„Ich und traurig?" Er blinzelte, und der Schatten

in seinen Augen verschwand. „Im Gegenteil! Ich überlege gerade, was ich Maestro Menotti in den Geigenkoffer schmuggeln kann."

Anna schüttelte sich, konnte sich aber ein Grinsen nicht verkneifen. *Nicht wieder einen Frosch!*

Mal sehen, erwiderten seine Hände. „Lustig war's schon", fügte er laut hinzu. „Weißt du noch? Er ist vor Schreck einen halben Meter gehüpft. Und der Frosch auch!"

Anna schlug verschämt die Hände vors Gesicht, doch Pjotr konnte sehen, dass ihre Schultern heftig zuckten. Sie gluckste, und er fiel in ihr Lachen ein, auch wenn kurz darauf ihre Ernsthaftigkeit wieder durchbrach.

Lass ihn in Ruhe, erklärte sie. *Zurzeit ist er in einer merkwürdigen Stimmung.*

„Vielleicht, weil die letzten beiden Aufführungen ausgefallen sind. Die Zimmerleute sind mit ihren Arbeiten an den verzogenen Türrahmen im Foyer des Konzertsaals immer noch nicht fertig."

Das sind die Erinnerungen an früher. In dieser Stimmung ist er immer, wenn wir in Italien sind.

„Gut möglich." Pjotr zuckte mit den Achseln. „Wir werden es nie erfahren."

Lässt du ihn in Ruhe? Anna spielte mit dem Ende ihres Zopfes.

„Von mir aus."

Versprochen?

„Jaaa." Er schenkte ihr ein weißes Lächeln. „Komm, lass uns gehen!"

Wenig später liefen sie durch die schattigen Gässchen der Altstadt in Richtung Arno. Pjotr, der viele Bücher über Florenz gelesen hatte, erzählte ihr von der Stadt und ihrer Geschichte, während Anna alles wie ein Schwamm aufsog. Seit ihrem Eintritt in die *Philharmonie der Zwei Welten* vor zwei Jahren war sie in Europa viel herumgekommen. Neue Städte zu erkunden, machte ihr genauso viel Spaß, wie auf der Bühne zu stehen.

Mal bogen sie nach links ab, mal nach rechts, und Anna verlor schnell die Orientierung, doch Pjotr lotste sie sicher durch das dichte Gewirr aus Plätzen und Gassen. Irgendwann schoben sie sich durch einen engen Durchgang aus dem steinernen Labyrinth und fanden sich unvermittelt auf einem großen Platz wieder, der von einer imposanten Kirche mit drei Spitzdächern dominiert wurde. Die kunstvoll verkleidete, verschiedenfarbige Marmorfassade verleitete Anna zu einem Jauchzen.

Ihre Hände flogen Richtung Herz. *Wunderschön!*

„Das ist die Kirche Santa Croce“, erklärte Pjotr. „Sie stammt aus dem ausgehenden 13. Jahrhundert, und es hat beinahe hundertfünfzig Jahre gedauert, bis sie fertiggestellt war. Sie ist über hundert Meter lang und vierzig Meter hoch.“ Seine Augen begannen zu leuchten. „Aber das Grandioseste ist die neue Orgel. Sie wurde von Giovanni Tamburini erbaut und ist erst seit kurzem in Betrieb. Die Traktur ist elektrisch!“

Anna machte ein verständnisloses Gesicht.

„Die Traktur ist die Verbindung zwischen den Tasten und den Spielventilen“, fügte er schnell hinzu.

So etwas gibt es?

Pjotr nickte. „Aber da ist noch etwas.“ Er nahm ihre Hand. „Komm mit, ich will es dir zeigen. Das wird dir gefallen.“

Anna ließ sich widerstandslos durch die schwere Holztür ziehen. Angenehme Kühle empfing sie, und wie Pjotr bereits angedeutet hatte, besaß die Kirche gigantische Ausmaße. Der Innenraum hatte die Form einer Pfeilerbasilika mit abschließendem Querhaus, das von mehreren Kapellen umgeben war. Die Wände waren mit mittelalterlichen Fresken ausgemalt. Während Anna einen Fuß vor den anderen setzte, sah sie sich mit großen Augen um. Der offene, holzbemalte Dachstuhl ließ das Gebäude noch höher erscheinen, und die Kanzel aus weißem Marmor vor ihr erweckte den Anschein, als sei sie aus dem Pfeiler herausgemeißelt worden, an den sie errichtet war. Eine helle Fackel inmitten gotischer Düsterkeit. Zahllose Nebenaltäre zeigten den Leidensweg, den Tod und die Auferstehung Christi, und Anna blieb lange Zeit davor stehen, im Gebet versunken.

Irgendwann drehte sie sich zu Pjotr um. *Es ist wundervoll! Danke, dass du mir das gezeigt hast.*

Er grinste. *Das ist noch nicht alles*, ereiferten sich seine Hände. „Wusstest du, dass hier berühmte Leute begraben liegen wie Galilei, Michelangelo und Machiavelli. Willst du sie sehen?"

Sie nickte eifrig.

Nachdem sie sich deren Ruhestätten angeschaut hatten, führte Pjotr sie zum rechten Seitenschiff, wo er schließlich vor einem Grabmal aus weißem Marmor stehen blieb. Unter einem zurückgeschlagenen goldenen Vorhang, ebenfalls aus Marmor, thronte die Büste eines bärtigen Mannes. Annas rechte Hand flog an ihre Brust, als sie das Antlitz erkannte, und ihre Wangen erröteten vor Aufregung.

„Gioacchino Rossini" stand dort in einfachen Lettern geschrieben.

Sie wirbelte herum. *Oh, Pjotr, danke!*, sagten ihre tränenverschleierten Augen. *Er war Mamas Lieblingskomponist. Ich wünschte, Tata wäre hier und könnte das sehen*, fügten ihre Hände hinzu.

Statt einer Antwort strich ihr Pjotr liebevoll über den Kopf. Für ihn war Anna die Verkörperung der Unschuld, und als ihre kindlichen Augen zu ihm aufsahen, zog sich sein Herz schmerzhaft zusammen.

„Ich werde bald die *Philharmonie* verlassen", stieß er hervor.

Ihr Mund formte ein erschrockenes O. *Aber warum?* Ihre Hände flatterten wie die Flügel eines in Panik geratenen Vogels.

„Ich bin seit meinem siebten Lebensjahr Teil des Orchesters", sprach er leise weiter. Die Trauer drohte ihn zu überwältigen. „Als Knirps war ich die große Attraktion auf der Bühne. Das war natürlich, bevor du zu uns gekommen bist." Er versuchte ein Lächeln, das jedoch seine Augen nicht erreichte. „Der Maestro nimmt mir die Luft zum Atmen. Es wird Zeit, dass ich etwas anderes sehe und erlebe."

Aber nein!, widersprach Anna, nachdem sie sich vom ersten Schock erholt hatte. *Der Maestro sorgt gut für uns.*

Pjotr stieß ein Lachen aus, dessen Bitterkeit Anna offensichtlich entging. „Warum auch nicht? Schließlich verhelfen wir ihm zu seinem Ruhm, außerdem …"

Außerdem was?

„Du bist erst seit zwei Jahren bei uns. Eines Tages wirst du verstehen."

Aber Pjotr. Anna blickte ihn ängstlich an. *Du wirst dein Cello zurücklassen müssen.*

„Na und? Ich bin ausgezeichnet in dem, was ich tue, ganz gleich auf welchem Instrument. Andere Orchester werden mich mit Kusshand nehmen. Oder glaubst du etwa an diesen Unsinn mit dem Baum und den magischen Instrumenten?“

Anna schaute ihn mit runden Augen an und nickte, während Pjotr leicht verächtlich die Lippen schürzte. „Ach, Kind, das ist doch nur eine hübsche Geschichte. Nicht mehr.“

Das glaube ich nicht.

Pjotr ließ seinen Blick über den weit entfernten Altar schweifen, dann schlug er sich plötzlich auf die Oberschenkel. „Also gut!“ Er sprang auf. *Bevor wir gehen, gibt es noch etwas, was ich tun möchte,* gab er ihr lautlos zu verstehen.

Irritiert blickte sie ihn an, und sein Gesicht verzog sich zu einem frechen Grinsen. „Komm mit!“

Zu spät begriff Anna, dass sie sich auf dem Weg zur Orgel befanden, die über dem Kircheneingang thronte. Hektisch zog sie an Pjotrs Ärmel.

Seine Hand vollführte eine wehende Bewegung. *Hab dich nicht so!*

Pjotr, bist du verrückt? Was ist, wenn sie uns verhaften?

Sein Lächeln wurde noch breiter. „Wir sind die Stars der diesjährigen Saison. Uns wird niemand verhaften.“

Widerwillig und mit stark klopfendem Herzen folgte sie ihm die Stufen zur Orgel hinauf. Oben angekommen packte sie die Neugier, und sie schaute sich um. Der Blick auf das imposante Kirchenschiff mit seinen Säulen, Fresken und Altären war atemberaubend. Noch atemberaubender allerdings waren die riesigen Orgelpfeifen, die weit in den bemalten Holzhimmel ragten. Den Kopf in den Nacken gelegt blickte Anna nach oben, bis ihr schwindelig wurde. In diesem Moment vernahm sie ein Geräusch, als würde sich jemand einen Hocker zurechtrücken. Ihr stockte der Atem, als sie sah, dass sich Pjotr an die Orgel gesetzt hatte.

Sie tippte ihm auf die Schulter. *Was tust du da?* Ihre Hände waren voller Angst.

„Ausprobieren."

Du spielst Orgel?

Statt einer Antwort lächelte er, dann legte er seine Hände auf die Tasten und beugte den Kopf nach vorn.

Die ersten drei Töne trafen Anna mit der Wucht eines Orkans, und sie musste sich an der Steinbrüstung festhalten. *Bachs Toccata in D-Moll.* Die kraftvollen Klänge breiteten sich rasend schnell im ganzen Kirchenschiff aus, rauschten, tanzten durch die Luft, füllten die kalten Winkel mit Leben, bevor sie von der Decke wieder auf Anna einstürzten, um sich in ihrer Seele festzusetzen. Wir müssen gehen, sonst bekommen wir Ärger, flüsterte eine Stimme in ihrem Kopf, doch sie konnte sich nicht von der Stelle rühren und schloss die Augen. Genoss, wie die Akkorde sie umgarnten ...

Dann setzte ein rasanter Lauf ein, und die Luft um sie herum veränderte sich schlagartig, sog sich voll mit bitterer Verzweiflung. Bestürzt öffnete Anna die Augen. Auf Pjotrs Gesicht hatte sich Dunkelheit gelegt, von seiner Stirn rann der Schweiß, doch er schien es nicht zu bemerken. Seine Finger flogen nur so über die Tasten. Grimmig. Schäumend. Fast gewaltsam spielte er einen vollgriffigen Akkord, während seine Füße einen wilden Tanz aufführten. Seine Gesichtszüge entspannten sich erst wieder, als er den feierlichen Abschluss der Toccata anstimmte, eine Verbeugung vor dem Leben. Der Duft von Weihrauch lag in der Luft, und Anna traten erneut

Tränen in die Augen. Voller Bewunderung blickte sie auf den fünfzehnjährigen Jungen mit dem etwas bäuerlichen Gesicht, der zu solchen Wundern fähig war.

Die anschließende Fuge begann vierstimmig, doch Pjotr kam nicht weit.

„Hey! Was macht ihr da?“, erschallte plötzlich eine wütende Stimme durch das Kirchenschiff. „Verschwindet, ihr Flegel! Polizei!“

Bevor Anna reagieren konnte, hatte Pjotr sie am Arm gepackt und zog sie die Treppe hinunter. Hektisch drückten sie ihre schmalen Körper gegen das schwere Portal, liefen hinaus auf den weißen Platz, rannten und rannten, vorbei an Gemüseständen und keifenden alten Weibern, kläffenden Hunden und verwaisten Innenhöfen, und hielten erst inne, als die Kirche Santa Croce weit hinter ihnen lag.

Die Hände in die Seiten gedrückt schnappten sie japsend nach Luft, bevor sie sich anschauten und in Lachen ausbrachen.

Kapitel 9

Paris, April 1926

Nervös rückte Magali ihren grauen Glockenhut zurecht, bevor sie die Straße überquerte und auf das herrschaftliche Haus in der Rue de Condé zuschritt. Die weißen Fensterläden waren geschlossen, und für einen kurzen Moment befürchtete sie, dass die Einwohner verreist waren. Doch dann schalt sie sich eine Närrin, schließlich war es nach einem Todesfall üblich, zum Zeichen der Trauer die Räume abzudunkeln.

Um die Haushälterin nicht zu brüskieren, hatte sie passend zum Glockenhut einen ebenso tristen Rock angezogen, dazu eine schwarze Wolljacke, ein hochgeschlossenes weißes Hemd und klobige Schuhe. Den Bugatti hatte sie um die Ecke geparkt und war die letzten Meter zu Fuß gegangen.

Sie atmete tief durch, versuchte ihren schweißnassen Rücken zu ignorieren und betätigte die Klingel. Drinnen war ein melodischer Dreiklang zu hören. Lange Zeit passierte nichts, also klingelte sie erneut. Gerade als sie sich mehr erleichtert denn enttäuscht abwenden wollte, vernahm sie hinter der Tür schlurfende Schritte. Ein Riegel wurde zurückgeschoben, und jemand öffnete die Tür, allerdings nur einen Spalt breit.

„Ja?“, sagte eine müde Stimme.

„Madame Boneasse?“, fragte Magali ins Blaue

hinein.

„Ja.“ Die Stimme klang plötzlich eine Spur vorsichtiger.

„Mein Name ist Marie Le Bellec, ich bin eine Jugendfreundin von Madame Milhaud. Ist sie zu Hause?“ Ihren richtigen Namen zu nennen, machte die Scharade irgendwie einfacher.

„Wie?“

Die Tür flog auf, und Magali sah sich einer alten Frau mit Häubchen und bodenlangem schwarzem Kleid gegenüber, die sie mit roten Augen anstarrte.

Magali räusperte sich. „Ich bin aus Lyon gekommen, um Véro zu besuchen. Nun ja, wenn ich ehrlich bin, war ich auf dem Weg in die Normandie und dachte mir, ich mache einen Halt und überrasche meine liebe Freundin“, plapperte sie. Das Herz klopfte ihr bis zum Hals. „Sie hat mir so viel von Ihnen und diesem wunderschönen Haus erzählt.“

Die Haushälterin keuchte und Magali, deren Gesicht vor Scham heiß geworden war, hoffte, dass die alte Frau es auf die Hitze zurückführen würde. „Ist sie verreist?“

„Was?“

„Wegen der Fensterläden.“

„Oh Gott, nein!“

Weil sie Madame Boneasse aus der Fassung gebracht hatte, kam sich Magali noch schäbiger vor. Nicht daran denken, einfach weitermachen, flüsterte ihre innere Stimme. „Alles in Ordnung, Madame?“

„Entschuldigen Sie, Mademoiselle …“

„Le Bellec.“

Die Haushälterin nickte. „Treten Sie doch ein.“

„Dankeschön.“

Magali betrat das Haus, wo es so dunkel war wie

in einer Gruft, und genauso frostig.

„Geben Sie mir bitte Ihren Hut und Ihren Mantel, Mademoiselle."

„Gern", antwortete die junge Frau höflich, obwohl ein kalter Schauer ihren Rücken hinunterlief.

„Hier entlang."

Magali folgte der Haushälterin in einen kleinen Salon, der recht schlicht eingerichtet war.

„Entschuldigen Sie, dass ich Sie in meinen Privaträumen empfange, aber ich fürchte, es geht nicht anders."

„Aber …"

„Ich werde es Ihnen gleich erklären."

Madame Boneasse suchte nach den richtigen Worten, also beschloss Magali, die Sache etwas zu beschleunigen.

„Véro geht es gut, hoffe ich?"

„Möchten Sie einen Kräuterlikör?"

„Bitte?" Magali war ehrlich überrascht, schließlich war es erst elf Uhr morgens.

Jetzt war es an der Haushälterin, vor Scham zu erröten. „Entschuldigen Sie, Mademoiselle. Ich werde Jeanne bitten, Ihnen einen Tee zu bringen."

„Nein, nein, vielen Dank."

„Vielleicht einen Kakao?"

Dann verstand Magali plötzlich. „Ich nehme gern einen Likör."

Sichtlich erleichtert ging Madame Boneasse zu einem Schreibpult und nahm aus dem rechten Fach zwei Gläser und eine halb leere Flasche mit einer grünen Flüssigkeit.

„Bitte setzen Sie sich, Mademoiselle."

Nachdem Magali auf dem üppig gepolsterten Sofa Platz genommen hatte, drückte ihr Madame

Boneasse ein volles Glas in die Hand und setzte sich neben sie.

„Auf Madame Milhaud!“, sagte sie und trank ihren Likör in einem Zug aus.

Ehe Magali sich versah, hatte sich die alte Frau nachgeschenkt und wartete mit der Flasche in der Hand, also blieb ihr nichts anderes übrig, als ihr Glas ebenfalls zu leeren. Der Likör schmeckte viel zu süß.

Dann erzählte ihr Madame Boneasse die ganze Geschichte.

„Oh, mein Gott!“, murmelte Magali und nippte am nachgeschenkten Likör, um ihre Bestürzung zu untermauern. „Oh, mein Gott!“ Irgendwann stellte sie das halb volle Glas auf das Tischchen neben dem Sofa. Schließlich brauchte sie noch einen klaren Kopf. „Ich habe von dieser Methusalem-Seuche in der Zeitung gelesen. Wie entsetzlich!“

Madame Boneasse nickte bekümmert.

„Wann ist die Beerdigung?“

„Nächsten Dienstag. In Lyon. Sie werden dort erscheinen, nicht wahr?“

„Aber natürlich.“ Wider besseren Wissens trank Magali das Glas leer.

„Kennen Sie Monsieur Milhaud?“

Sie zögerte kurz. Lieber bei der Wahrheit bleiben. „Nein, ich hatte leider noch nicht das Vergnügen.“

„Wie Sie wahrscheinlich wissen, haben die beiden erst vor einem halben Jahr geheiratet. Davor ist Monsieur Milhaud lange Zeit Witwer gewesen. Er hat seine erste Frau im Kindbett verloren.“ Madame Boneasse schluckte hörbar. „Den gemeinsamen Sohn hat sie auf ihre letzte Reise mitgenommen. Monsieur ist viele Jahre lang untröstlich gewesen, bis er die

Bekanntschaft Ihrer Freundin gemacht hat."

Magali biss sich auf die Lippen.

„Madame Milhaud war ganz anders als Sie", sagte die alte Frau weiter und musterte Magalis züchtige Kleidung. „Sie war sehr … äh …"

„Modern?", sprang Magali in die Bresche, in der Hoffnung, richtig zu liegen.

„Ja, modern. Ich konnte ihr Verhalten nicht immer gutheißen, wissen Sie, aber ich habe Monsieur noch nie so glücklich erlebt wie in den vergangenen sechs Monaten."

Bei den letzten Worten brach Madame Boneasse in Tränen aus, und auch Magalis Augen wurden feucht. Der vermaledeite Alkohol!

„Der arme Mann", flüsterte sie. „Wo ist er jetzt?"

„Er weilt in einem Sanatorium außerhalb der Stadt." Madame Boneasse schnäuzte sich. „Ich bezweifle, dass er die Kraft aufbringen wird, zur Beerdigung zu erscheinen."

Nach diesen Worten schenkte sie erneut ein. In einmütiger Schweigsamkeit nippten die beiden Frauen an ihrem Likör, bis Madame Boneasse unerwartet aufsprang und zu einem kleinen Bücherregal ging, aus dem sie einen schmalen Band herauszog.

„Kennen Sie dieses Werk?" Es handelte sich um *Das Bildnis des Dorian Gray*.

Magali nickte.

„Gegen Ende des Romans gibt es da so eine Stelle." Etwas fahrig blätterte Madame Boneasse in dem Buch, bis sie die richtige Seite gefunden hatte, dann begann sie zu lesen: „Er hatte ihr einmal gesagt, dass er schlecht sei, und sie hatte ihn ausgelacht und geantwortet, schlechte Menschen seien immer sehr alt und sehr hässlich." Magali fröstelte, was diesmal nicht von der Kälte herrührte. Indessen hob die alte Frau den Kopf und blickte sie mit glasigen Augen an. „Madame Milhaud war nicht schlecht, wissen Sie. Ein bisschen wild vielleicht, aber nicht schlecht." Sie biss sich so fest auf die Unterlippe, bis sie blutete.

Nun war es an Magali von ihrem Sitz aufzuspringen, um Madame Boneasse in den Arm zu nehmen. „Natürlich nicht. Warum sagen Sie das?"

Die Haushälterin zitterte. „Ich fühle mich so schuldig."

„Aber warum denn?"

„Im Stillen habe ich Madames Benehmen verurteilt."

„Das ist doch nur menschlich. Das tun wir alle. Véro schlug gern über die Strenge, aber sie hatte ein gutes Herz", mutmaßte Magali. „Und darauf kommt es an."

Madame Boneasse nickte und löste sich sachte aus der Umarmung. „Sie sind sehr freundlich." Sie wischte sich kurz über die Augen. „Dankeschön."

Magali lächelte. „Kommen Sie, setzen wir uns wieder. Noch etwas Likör?" Sie hob spielerisch den Zeigefinger. „Aber das ist unser letztes Gläschen", fügte sie hinzu, was Madame Boneasse die Andeutung eines Lächelns entlockte. Dann lenkte sie den Fokus auf ihr eigentliches Anliegen zurück. „Vielleicht hatte Véro an dem Abend etwas Falsches gegessen", sagte sie, während sie einschenkte.

„Etwas Falsches gegessen?", echote Madame Boneasse und schüttelte kurz darauf heftig den Kopf. „Nein, nein … Sie haben sie nicht gesehen. Ihr Tod trug das Zeichen des Bösen." Sie bekreuzigte sich.

„Nun …"

„Monsieur und Madame waren nachmittags bei Freunden. Sie haben an einer Gartenparty teilgenommen, was zu dieser Jahreszeit wahrlich unschicklich ist, aber bei diesem milden Wetter kommen die Menschen auf so manch‘ unkonventionelle Idee. Von den Herrschaften, die dort waren, wurde sonst niemand krank. Das hat zumindest die Polizei gesagt. Gegen halb sechs sind Monsieur und Madame zurückgekommen, haben sich umgezogen und sind danach ins Konzert.“

„Wohin?“

„Ins Palais Garnier.“ Das war der gängige Name der Pariser Oper.

Sie setzten sich zurück aufs Sofa, und während Magali überlegte, wie sie der alten Frau weitere Informationen entlocken konnte, ohne pietätlos zu wirken, gab ihr Madame Boneasse unerwartete Schützenhilfe.

„Sie hat vor ihrem Tod noch etwas gesagt.“

Neugierig beugte sich Magali vor. „Wirklich?“

„Ja, es war grauenvoll.“ Kurze Pause. „Sie lagen beide in ihrem Bett. Monsieur und Madame, meine ich. Er sah aus wie ein lebender Leichnam, der arme Mann.“ Madame Boneasse bekreuzigte sich erneut. „Madame hatte ihr hübsches, pfirsichfarbenes Negligé an, aber in ihr Gesicht, überhaupt ihren ganzen Körper, hatte sich ein … ein … Netz aus Falten gefressen. Ihre Haut war runzlig, voller Furchen und mit braunen Flecken übersät wie bei einer sehr alten Frau. Die wenigen Haare, die sie noch hatte, waren schlohweiß, und auf dem blutbefleckten Kissen lagen überall Büschel verstreut. Aber das Schlimmste war …“ Die alte Frau rang kurz mit der Fassung, während Magali sie entsetzt anstarrte. Was konnte noch schlimmer sein? „Ihre Ohren … Sie hingen in Fetzen herunter, und als die arme Madame ihre Hand hob, um ihr Gesicht zu verbergen, habe ich gesehen, dass ihre Fingernägel blutverkrustet waren." Madame Boneasse senkte ihre Stimme zu einem Flüstern. „Sie hat versucht, sich die Ohren vom Kopf zu reißen."

„Oh, mein Gott!", stieß Magali hervor. „Warum nur?"

„Ich weiß es nicht." Die alte Frau wischte sich eine Träne weg. „Und dann hat sie gesprochen …"

„Was hat sie gesagt?"

„Feuer und Rauch!"

„Feuer und Rauch?"

„Ja. Sie hat es ohne Unterlass wiederholt. Feuer und Rauch! Feuer und Rauch! Bis sie gestorben ist."

Sichtlich erschöpft lehnte sich Madame Boneasse zurück und schloss die Augen. „Feuer und Rauch", flüsterte sie noch einmal.

Magali starrte kurz ins Leere – *was für eine schaurige Geschichte!* –, dann straffte sie sich. Zeit zu gehen. Sie stand auf, hob die Beine von Madame Boneasse auf das Sofa, was diese mit einem tiefen Seufzen kommentierte, und strich ihr eine graue Strähne aus dem Gesicht. Mit einem Mal hatte Magali es sehr eilig, diesen traurigen Ort zu verlassen. Nachdem sie im Vestibül ihre Sachen zusammengesucht hatte, stand sie etwas unschlüssig herum. Dann fasste sie einen Entschluss und ging in den gegenüberliegenden Teil des Hauses.

„Hallo?", rief sie leise. „Ist jemand hier?"

Sie musste nicht lange warten. Aus einem angrenzenden Raum, von dem Magali annahm, dass es die Küche war, trat jemand heraus: eine kräftige Frau mit feindseligem Blick und Sommersprossen in fast der gleichen Farbe wie die Flecken auf ihrer Schürze.

„Wer sinse?"

„Ich bin eine Freundin von Madame Boneasse." Magali blickte besorgt. „Sie ist etwas indisponiert. Könnten Sie sich bitte um sie kümmern?"

„Indis…?"

„Sie fühlt sich nicht wohl."

„Ach so." Der Argwohn verschwand aus dem Gesicht der Köchin. „Geht klar. Ich mach ihr 'nen starken Kaffee, dann wird's schon wieder."

„Ich danke Ihnen, Madame", antwortete Magali und wandte sich ab. „Auf Wiedersehen."

Als sie vor die Tür trat, lief sie mit voller Wucht gegen eine Hitzewand, und ihr Magen vollführte einen Salto. Kräuterlikör vor dem Mittagessen war keine gute Idee, schon gar nicht, wenn man mit dem Automobil unterwegs war. Also klopfte sie erneut bei den Milhauds an. Ein lautes Maulen war zu hören, dann riss die Köchin die Tür auf.

„Haben Sie ein Telefon?", fragte Magali etwas kleinlaut.

„Was hast du erfahren?", wollte Vincent wissen, kaum dass Magali vor seiner Wohnung aus dem Taxi gestiegen war.

Müde winkte sie ab. „Sei mir bitte nicht böse, aber ich muss etwas schlafen. Danach erzähle ich dir alles."

Mit besorgtem Blick hob er ihr Gesicht an. Sie konnte die Augen kaum offenhalten, und aus ihrem halb offenen Mund entwich ein eindeutiger Geruch. Er nickte. „Wohl doch kein Tee, hm?"

Kurzerhand hob er sie hoch. Als ein scharfer

Schmerz durch seine Knie fuhr, unterdrückte er einen Fluch und verwarf den Plan, sie ins obere Gästezimmer zu bringen. Stattdessen trug er sie nebenan ins Billardzimmer. Dort legte er sie auf die Chaiselongue aus weichem, braunem Leder, zog ihr die Schuhe aus und schloss die Fensterläden. Bevor er das Zimmer verließ, warf er einen letzten Blick zurück. Sie hatte die Augen geschlossen, und ihr Brustkorb hob und senkte sich gleichmäßig. Offenbar war sie eingeschlafen.

„Ich kann warten", flüsterte er, dann zog er die Tür leise hinter sich zu.

Intermezzo

Claude Debussys berühmter Faun aus der *Prélude à l'Après-midi d'un Faune* ist in einem Albtraum gefangen. Müde von der Jagd auf Nymphen und Najaden ist er in einen betäubenden Schlaf gesunken, doch statt der schwülen Mittagshitze umfängt ihn eisige Kälte. Die Sonne ist erloschen. Der kratzende Akkord einer Harfe sticht wie ein Messer in sein Herz, die Flöte legt mit einem süffisanten Unterton den Finger in die Wunde. Gepeinigt wälzt sich der Faun hin und her, während sein Geist gebrochen, sein Körper zermalmt wird.

Wie eine riesige Spinne hockt der Konzertmeister über dem Pult und zieht die Fäden. Der sanfte Dialog zwischen Klarinette und Violine entwickelt sich zu einem wilden Gezeter. Die Celli triefen vor Gier, Bosheit liegt in der Luft. Eine einzelne Träne rinnt Annas Wange herunter. Es ist falsch, so falsch. Als würde man die Spiegelung einer Landschaft in einem unruhigen Gewässer betrachten. Die Musik zerrt sie in einen tiefen Schlund, und so sehr Anna sich zu wehren versucht, bald zappelt sie wie alle anderen hilflos im Netz der Spinne. Am Ende explodiert der Berg mit einem Donnerschlag und überzieht sie mit tödlicher Asche. Als es endlich vorüber ist, sinkt Anna in sich zusammen. Nur mit

Mühe gelingt es ihr, sich vor dem Publikum zu verneigen und gemeinsam mit den anderen Musikern die Bühne zu verlassen.

Später sind sich die Kritiker einig. So kühn hat sich die *Philharmonie der Zwei Welten* noch nie gegeben. Im Applaus der Zuschauer ist die Unsicherheit entsprechend spürbar, und beim Verlassen der Oper wird viel diskutiert. „Gewagte Interpretation“, meinen die einen. „Revolutionär“, meinen die anderen.

In dieser Nacht sterben drei Menschen.

Kapitel 10

Paris, April 1926

„Es wird Zeit, dich jemandem vorzustellen, Magali“, kündigte Vincent an, nachdem sie ihm von ihrem Besuch bei Madame Boneasse berichtet hatte.

„Keinem von Freddys Kumpeln, hoffe ich?“, erwiderte sie. „Darauf kann ich gern verzichten.“

„Nein.“ Er lächelte. „Lass dich einfach überraschen.“

Kurz danach fuhren sie nach Osten, ein leichter Regen hatte sich der Stadt bemächtigt und prasselte sanft auf das Dach des Peugeots.

„Emile hat mich angerufen“, durchbrach Vincent die Stille. „Fourniers Mörder hat offensichtlich ganze Arbeit geleistet. Er hat überall im Büro Säure verspritzt. Alle Unterlagen, die der Kommissar im Methusalem-Fall zusammengetragen hatte, wurden vernichtet. Die Ermittlungsergebnisse der letzten Wochen sind futsch. Die Polizei steht wieder bei null.“

„Was ist mit Fourniers Wohnung? Vielleicht hat der Kommissar dort etwas hinterlegt, was nützlich sein könnte“, überlegte Magali laut.

Bewundernd sah Vincent zu seiner Freundin hinüber, die mit beiden Händen das Steuer umfasste und den Blick nach vorn gerichtet hielt. Ein fliederfarbener Hut saß schief auf ihrem Kopf.

„Was ist?“ Aus dem Augenwinkel hatte sie

seinen starrenden Blick bemerkt.

„Du hättest zur Polizei gehen sollen."

Magali lachte auf. „Also wirklich, Vincent. Was soll eine Frau bei der Polizei?"

Sie schüttelte den Kopf, der kecke Hut schien ihre Meinung anstandslos zu teilen.

„Du hast jedenfalls ins Schwarze getroffen. Emile hat mir erzählt, dass der Mörder Fourniers Wohnung auf den Kopf gestellt hat, vermutlich, bevor er in der Polizeistation gewütet hat. Übrigens …"

„Ja?"

Er zögerte kurz, während er überlegte, wie er ihr die Neuigkeit schonend beibringen sollte, dann entschied er, dass der direkte Weg immer noch der beste war.

Magali warf ihm einen schiefen Blick zu. „Sag schon."

„Wie es aussieht, wurde Fournier etwa zu der Zeit getötet, als wir auf der Polizeistation waren", antwortete er.

Magalis Hände schlossen sich fester ums Lenkrad. „Wirklich?" Ihre Stimme war nicht mehr als ein Flüstern.

„Ja. Keine angenehme Vorstellung, was?"

Statt einer Antwort bremste sie hart, als ein Pferdefuhrwerk, das mit Getreidesäcken beladen war, ihr die Vorfahrt nahm. Sie und Vincent wurden synchron nach vorne geschleudert.

„Autsch!", rief dieser und griff sich an die Stirn, insgeheim dankbar, dass seine verletzte Nase nicht die Bekanntschaft mit der Frontscheibe gemacht hatte.

„Tut mir leid, Schatz." Magali schob das Scheibenfenster zur Seite. „Hey, kannst du nicht aufpassen, du Idiot?", schrie sie dem gemütlich trottenden Verkehrsrüpel hinterher, was ihr von den wenigen Passanten, die bei dem Wetter unterwegs waren, strafende Blicke bescherte.

Ein Grinsen unterdrückend blickte Vincent nach draußen.

„Du?", sagte Magali unvermittelt.

„Hmm?"

„Weißt du noch auf der Polizeistation, als ich dir erzählt habe, ich hätte einen Mann gesehen, der durch die Sperre gegangen ist, ohne dass ihn jemand bemerkt hätte?"

„Natürlich. Aber warst du letztlich nicht der Meinung, du hättest ihn dir nur eingebildet?"

„Schon." Sie kaute nervös auf ihrer Unterlippe herum. „Aber was, wenn nicht? Was, wenn der Mann, den ich gesehen habe, etwas mit dem Mord an Fournier zu tun hat?"

„Wie kommst du darauf?"

„Ich fand ihn irgendwie …" Sie suchte nach dem richtigen Wort. „… unheimlich."

Alarmiert blickte er sie an. „Und damit kommst du erst jetzt?"

„Ich wollte mich nicht lächerlich machen."

„Hat er dich gesehen?"

„Ich denke nicht."

Eine eisige Faust griff nach seinem Herzen. „Sicher bist du dir aber nicht?"

„Nein."

„Gut", sagte er, obwohl gar nichts gut war. „Kannst du ihn beschreiben?"

Magali runzelte angestrengt die Stirn. „Also, er war groß … oder … nein, eher klein, glaube ich. Seine Haare waren irgendwie … farblos und er war schwarz gekleidet, könnte aber auch grau gewesen sein. Ach, du meine Güte, ich kann mich nicht erinnern."

Er seufzte. „Das ist nicht sehr hilfreich."

„Ich weiß auch nicht. Es ist, als ob dieser Mann dort gewesen ist, aber auch wieder nicht … ich …" Magali brach ratlos ab.

„Mach dir keine Gedanken", versuchte er sie zu beruhigen. „Vielleicht hast du es dir wirklich nur eingebildet. Auf der Polizeistation war einiges los. Ein ziemliches Durcheinander, da kann man sich schon mal vertun."

„Wahrscheinlich hast du recht."

„Ganz bestimmt sogar." Vincent lachte übertrieben laut und nahm sich vor, so schnell wie möglich mit Emile über die Sache zu sprechen.

Getragen von ihren düsteren Gedanken und dem Anblick der glitzernden Stadt auf dem nassen Asphalt gelangten sie ohne weitere Zwischenfälle in den Bois de Boulogne. Bébères Kiosk war trotz seiner bunten Lichter im trüben Tageslicht nur schwer zu erkennen, als hätte ein übermütiges Kind die Farben eines noch feuchten Bildes verwischt.

Der Hausherr, der den schwarzen Peugeot bemerkt hatte, trat neugierig über die Schwelle. Als Vincent ihm freundlich zuwinkte, huschte ein Lächeln über sein Gesicht, und bereits einen Moment später eilte er mit einem aufgespannten Regenschirm zum Automobil, um Magali die Tür aufzuhalten.

„Mademoiselle, es ist mir eine große Freude, Sie kennenzulernen", begrüßte er sie.

Magali ergriff die ihr dargebotene Hand und stieg aus. „Es freut mich auch sehr, Monsieur."

„Nennen Sie mich Bébère." Sein anerkennender Blick schweifte über ihre Erscheinung. „Sie sind eine progressive junge Dame, wie mir scheint. Wissen Sie, dass in einigen Jahren jede Frau in diesem Land Hosen tragen wird?"

„Wirklich?"

„Aber ja."

„Jetzt malen Sie nicht den Teufel an die Wand!", brummte Vincent, während er sich zu ihnen gesellte.

„Mein lieber Freund, wie geht es Ihnen?" Bébère reichte ihm lächelnd die Hand. „Was macht die Nase?"

„Dank Ihnen geht es ihr bestens."

„Und die Kopfschmerzen?"

„Cannabis."

„Gut, aber übertreiben Sie es nicht." Bébère hob mahnend einen Finger. „Zu viel davon, und Sie bekommen Depressionen oder verlieren den Sinn für die Realität. Und jetzt kommen Sie, gehen wir rein! Hier draußen ist es doch recht ungemütlich." Sanft, aber bestimmt bugsierte Bébère sie in seinen Kiosk, nachdem er den nassen Schirm ausgeschüttelt und zusammengeklappt an den Eingang gestellt hatte. „Darf ich Ihnen etwas Pastis anbieten?"

Pastis und Cannabis? Der Deutsche hatte wirklich einen seltsamen Sinn für Humor.

Vincent schüttelte den Kopf, und auch Magali, die immer noch an den Nachwirkungen ihres Likörexzesses vom Vortag litt, lehnte dankend ab.

„Wie Sie wollen." Bébère verschränkte die Hände hinter dem Rücken. „Also, was kann ich für Sie tun?"

„Als ich das erste Mal bei Ihnen war, haben Sie auf einem Stapel alter Zeitungen gesessen. Wissen Sie noch?"

„Natürlich."

„Haben Sie vielleicht noch mehr alte

Zeitungen?"
„Warum fragen Sie?"
„Wir würden gern in der Methusalem-Sache recherchieren. Sie kennen ja meine Situation …"
Bébère blickte etwas verständnislos. „Warum gehen Sie nicht in die Nationalbibliothek?"
„Nun …" Vincent betrachtete kurz seine Fußspitzen. „Die Polizei hat eine Belohnung für Hinweise ausgesetzt."
„Ja, davon habe ich gehört. Oder besser gesagt, gelesen."
„Diese Belohnung könnte die Lösung unserer Probleme sein. Ich … wir möchten bei unseren Recherchen diskret vorgehen. Es braucht nicht jeder zu erfahren, dass wir auf eigene Faust ermitteln."
Ein Lächeln schlich sich in Bébères Augen. „Ah, jetzt verstehe ich." Dann wandte er sich an Magali. „Und was halten Sie davon, Mademoiselle?"
Etwas überrumpelt schaute sie zurück. „Wovon?"
„Von der Geheimniskrämerei Ihres Freundes hier."
„Nun, ich denke, er tut Recht daran, vorsichtig zu sein", antwortete Magali. „Sollten wir Erfolg haben, dürfen die Leute, die ihn in die Enge getrieben haben, nicht davon erfahren. Sonst kämen sie vielleicht auf den Gedanken, ihre Geldforderungen zu erhöhen."
Obwohl Vincent nicht gern hörte, dass er in die Enge getrieben wurde, beglückwünschte er sich innerlich, eine solch' kluge Freundin zu haben. Der Gedanke, die *Näherin* könnte auf die Idee kommen, die ausstehenden Zahlungen aufzurunden, war ihm noch gar nicht gekommen. Er hatte sich lediglich

gegenüber der Konkurrenz einen Vorteil verschaffen wollen.

Während Bébère Löcher in die Luft starrte, offenbar wog er gedanklich das Für und Wider ab, unterdrückte Vincent den Impuls, mit den Füßen zu scharren.

„Also gut, kommen Sie mit!“, verkündete der Deutsche schließlich zur allgemeinen Erleichterung.

Erst schloss er den Kiosk von innen ab, dann führte er seine beiden Besucher in den hinteren Teil des Ladens. Dort angekommen stemmte er sich mit der rechten Schulter gegen eines der Regale, wobei die darauf befindlichen Modemagazine bedrohlich zu wanken begannen.

„Kann ich helfen?“, bot sich Vincent an, doch der ältere Mann winkte wortlos ab.

Das Holzregal schien schwer zu sein, und Bébères Atemluft reichte scheinbar nicht aus, um eine klare Antwort zu formulieren. Sein Ächzen und das kratzende Geräusch des Regals auf dem Steinboden erfüllten die Stille, während sich Vincent und Magali irritierte Blicke zuwarfen. Nach einer kleinen Ewigkeit hatte Bébère das Regal einen guten Meter zur Seite gerückt. Zu Vincents Überraschung wurde eine Holztür sichtbar, die mit einer Kette und einem Vorhängeschloss gesichert war. Der Deutsche tastete einen kleinen Vorsprung oberhalb der Tür ab, bis er einen Schlüssel zu fassen bekam, den er in das Schloss steckte. Bevor sie auf den Boden fallen konnte, fing er die Kette geschickt auf und öffnete die Tür.

Trockene, abgestandene Luft schlug ihnen entgegen, und Vincent machte eine steile Wendeltreppe aus, die sich in pechschwarze Finsternis hinunterwand.

„Da sollen wir runter?", fragte Magali mit unsicherer Stimme.

Bébère drehte sich um. „Sie brauchen keine Furcht zu haben, Mademoiselle. Achten Sie nur darauf, wo Sie hintreten."

Mit diesen Worten knipste er das Licht an und ging voraus.

Vincent griff Magalis Ellbogen. „Ich halte dich."

Peinlich berührt riss sie sich los. „Vincent, also wirklich!", zischte sie, dann stieg sie die erste Stufe hinab.

Er rollte mit den Augen, sagte aber nichts. Sollte sie stolpern oder ausrutschen, würde er sie einfach von hinten am Kragen packen! Im schwachen Lichtschein waren die Metallstufen schlecht auszumachen, also setzte er vorsichtig einen Fuß vor den anderen. Das Geländer unter seiner Hand fühlte sich rau und ungleichmäßig an, und er konnte hören, wie sich Magali murmelnd vorwärtstastete. Zum Glück war das Ende der Treppe schnell erreicht. Unten angekommen schaute sich Vincent neugierig um und spürte förmlich, wie seine Augen größer wurden. Der ganze Keller war mit Zeitungen vollgestopft! Vergilbte Exemplare mit aufgerollten Ecken hier, neuere Ausgaben, die nach Druckerschwärze rochen, dort. Sie füllten die Regale, lagen in riesigen Stapeln auf Bücherbrettern und in Fächern, die an die Decke wuchsen. Anhand der Färbung ließ sich das Alter der Zeitungen ablesen, ähnlich wie die Ringe eines Baums. Auf einem der oberen Fächer machte Vincent alte Stadtpläne und Grundrisse aus, darunter Skizzen der Schlösser von Versailles und Fontainebleau. Die Papiertürme schienen sich endlos weit in den Gang zu erstrecken –

ein Eindruck, der durch die schlechte Beleuchtung noch verstärkt wurde. An der rechten, roh in das Erdreich geschlagenen Wand lehnte ein schwerer Holztisch, der von Aufzeichnungen und Notizen überquoll, davor stand ein einzelner Stuhl.

Als Bébère im hinteren Bereich eine Glühbirne an der Decke einschaltete, erkannte Vincent, dass das Zeitungsarchiv, falls man diese Papieranhäufung so bezeichnen konnte, tatsächlich noch größer war, als auf den ersten Blick angenommen.

„Sie finden hier Ausgaben von *Le Monde*, *Le Figaro* und *Le Petit Journal Illustré* der letzten vierzig Jahre. Zwei Wandregale entsprechen einem Erscheinungsjahr, und zwar in Quartale aufgeteilt", erklärte der Kioskbesitzer und zeigte auf das Regal vor ihm. „Oben liegt *Le Monde*, darunter *Le Figaro* und ganz unten *Le Petit Journal*."

„Beeindruckend", hauchte Magali ehrfürchtig, während Vincent angesichts der Masse an Geschriebenem ein unangenehmes Ziehen im Nacken spürte.

„Sie können so viel stöbern, wie Sie wollen, aber bitte sehen Sie zu, dass Sie die Zeitungen wieder an den richtigen Platz zurücklegen."

„Selbstverständlich", antwortete Magali und lächelte.

„Na dann, viel Erfolg!"

Kurze Zeit später fiel die Tür oben schwer ins Schloss, und sie waren allein. Magali warf Vincent einen fragenden Blick zu.

„Keine Sorge", sagte er. „Wir kommen hier schon wieder lebendig raus."

„Das ist es nicht", erwiderte sie mit einem Lachen. „Es gibt nur einen Stuhl."

„Du kannst ihn haben." Er ließ seinen Blick schweifen, bis er fündig wurde. „Ich schnappe mir einfach diesen Stapel Zeitung hier und benutze ihn als Hocker. Das macht Bébère auch so. Er ist praktischerweise fest zugeschnürt. Sieht zwar ziemlich alt aus, aber er wird mein Gewicht schon aushalten."

„Sicher?"

„Klar doch."

„Ich meine nicht, dass er dein Gewicht aushalten wird, sondern dass ich den Stuhl haben kann. Du weißt schon, wegen deiner Knie."

Er zog eine Augenbraue hoch. „Auch das."

„Danke dir." Sie setzte sich und drückte den Rücken durch. „Wie sollen wir vorgehen?"

„In Paris gingen die Todesfälle im Februar los. Du suchst alles zusammen, was seitdem in der Zeitung darüber gestanden hat. Ich suche nach ähnlichen Ereignissen in der Zeit davor. Vielleicht finden wir Gemeinsamkeiten, die uns weiterhelfen."

„Das klingt nach einem guten Plan. Wer Erster ist, hat gewonnen", feixte sie.

Er verkniff sich eine Antwort und griff stattdessen nach der ersten Zeitung. *Un…er…wün…schte* (damit waren illegale Einwanderer gemeint) *lie…fern sich im Ha…fen von Bor…deaux eine Schl…acht mit der Po…lizei*, las er still vor sich hin, bevor er die nächste Seite aufschlug.

Da kicherte Magali plötzlich.

„Was ist?", fragte er.

„Wusstest du, dass sich Kinder vor dem Objektiv fürchten, wenn sie fotografiert werden?"

„Wenn du es sagst."

„Stell dir vor, jetzt hat ein Ingenieur ein Puppenhaus erfunden, mit einem Fotoapparat drin, damit sich die Kleinen nicht ängstigen.“ Sie hielt die Zeitung hoch. Mit ihrem Monokel im rechten Auge wirkte sie wie ein vorlautes Käuzchen. „Hier, schau mal! Sobald er den Auslöser drückt, geht ein Fensterchen auf, und klick! Das Foto ist im Kasten. Das ist wirklich putzig. Ich schätze, es funktioniert wie eine Kuckucksuhr, oder was meinst du?“

Er seufzte. „Magali, wegen so was sind wir nicht hier.“

„Also, ich finde, es ist eine vortreffliche Apparatur“, murmelte sie.

Hätte ich doch bloß mehr Cannabis eingenommen, dachte er, bevor er sich wieder der Zeitung auf seinen Knien zuwandte. Sie war auf den 15. Dezember 1925 datiert.

Artistide … Aristide Briand wird zum achten Mal Ministraprä … Ministerpräsident.

Mühsam tastete er sich durch die Textwüste und spürte bereits nach kurzer Zeit einen unangenehmen Druck hinter den Augen.

„Oh, mein Gott!“

Hoffnungsvoll schaute er auf.

„Ja?“

Sollte seine Qual bereits ein Ende haben?

„In Lyon hat eine geistig verwirrte Frau ihren Ehemann erstochen. Wie furchtbar!“

Gepeinigt knetete er seine schmerzende Stirn. „Magali, bitte.“

Reumütig warf sie ihm einen kurzen Blick zu. „Entschuldige.“

Er nahm eine weitere Zeitung. *Restaurationsarbeiten an der ägyptischen Sphinx*. Nächste Seite. *Ihr Arzt rät: Mit Gesichtsfurunkeln ist nicht zu spaßen.* Nächste Seite. *Fakir Fhakya-Khan sagt den*

Untergang Englands voraus. Der Fakir Fhakya-Khan war in Paris eine Berühmtheit – irgendwo zwischen Heiliger und Kummerkastenonkel angesiedelt –, und die Menschen standen Schlange, um ihn zu sehen oder zu berühren. Mäßig interessiert betrachtete Vincent die abgebildete Tower Bridge, die in der Mitte zerbrochen war und in riesigen Fluten versank. Kurz überlegte er, sich eine Zigarette anzuzünden, doch er entschied sich dagegen. Zu viel Papier. Er schnappte sich die nächste Ausgabe. Eine Sackgasse. So ging es eine Weile weiter, bis die Buchstaben vor seinen Augen verschwammen und sich nicht wieder zusammensetzen ließen.

„Ich muss eine Pause machen", verkündete er laut.

Als würde sie aus einem Traum erwachen, blickte Magali zu ihm hinüber, auf dem Tisch ringsum stapelten sich Unmengen von Zeitungen. Sie hatte mindestens zehnmal mehr Exemplare durchgesehen als er. Er schaute auf seine Taschenuhr. Es war über eine Stunde vergangen.

„Geh ruhig etwas frische Luft schnappen", sagte sie. „Ich suche hier weiter."

„Und es macht dir nichts aus?"

„Aber nein." Ihr Lächeln war sanft, beinahe zärtlich.

„Gut."

Vincent stand auf und biss sich auf die Lippen, als seine Knie lautstark protestierten, dann streckte er sich. Ein gutes Gefühl.

„Halt mir den Platz frei!", rief er Magali noch zu, bei dem Versuch, einen Witz zu machen, dann begab er sich etwas schwerfällig nach oben zu Bébère, der auf seinem Stuhl sitzend hinausstarrte.

Der Regen hatte zugenommen und trommelte sein unermüdliches Lied auf dem Dach des Kiosks.

„Und? Wie läuft's?", fragte der Deutsche, ohne sich umzudrehen.

„Geht so", grummelte Vincent und stellte sich neben ihn.

„Nur Geduld. So etwas braucht seine Zeit."

„Zu viel Zeit, wenn Sie mich fragen." Er fuhr sich mit der Hand über seinen verhärteten Nacken.

„Sie dürfen dem keine Bedeutung beimessen. Zeit ist relativ."

„Relativ?" Vincent schnaubte. „Was meinen Sie damit?"

„*Wenn man zwei Stunden mit einem netten Mädchen zusammensitzt, meint man, es wäre eine Minute. Sitzt man jedoch eine Minute auf einem heißen Ofen, meint man, es wären zwei Stunden.*" Bébère lächelte. „Das nenne ich Relativität."

„Tatsächlich befindet sich in Ihrem Keller ein sehr nettes Mädchen, trotzdem läuft die Zeit quälend langsam. Wie nennen Sie das?"

„Das nenne ich Pech."

Vincent musste lachen. „Und ich dachte immer, Deutsche hätten keinen Humor."

„Vielleicht bin ich ja die löbliche Ausnahme." Bébère kramte in seiner Tasche. „Zigarette?"

„Gern."

Während beide rauchten, betrachteten sie versonnen die tropfenden Bäume, die grauen Wege, in denen sich die Pfützen sammelten, den Schlamm.

„Bei dem Wetter ist nicht viel los, was?", bemerkte Vincent.

Bébère nickte. „Kann man wohl sagen."

„Wird Ihnen da nicht langweilig?"

Der andere schüttelte den Kopf.

„Was tun Sie dann den ganzen Tag?"

„Nachdenken", erwiderte Bébère.

Weil Vincent darauf keine Antwort wusste, zog er an seiner Zigarette und verlor sich in der Betrachtung des Regenschleiers.

„Ich sollte zurück zu Magali", sagte er nach einer Weile. „Sonst wird sie mir die Hölle heiß …"

„Vincent!", hallte es wie aufs Stichwort aus den Tiefen des Kiosks.

Bébère zwinkerte. „Wenn man vom Teufel spricht."

Vincent seufzte. Recherchearbeiten in dunklen Löchern waren definitiv nichts für ihn. Und die verfluchte Wendeltreppe nichts für seine schmerzenden Knie.

„Was ist?", fragte er, als er unten angekommen war.

Magali blickte ihn mit rot unterlaufenden Augen an, dann zeigte sie auf den Stapel Zeitungen, auf dem er gesessen hatte, und ließ ein schrilles Lachen hören. Sein schlechtes Gewissen schlug in Sorge um. Vielleicht hatte er sie zu lange hier unten allein gelassen.

„Die hier habe ich zufällig entdeckt!" Sie kam ihm entgegen und fuchtelte mit einer vergilbten Zeitung vor seinem Gesicht herum „Sie lag oben auf dem Stapel. Du hattest die ganze Zeit deinen Hintern drauf."

Er griff nach ihrem Handgelenk, um die Überschrift zu entziffern. *Chinesische Piraten überfallen britischen Passagierdampfer.* „Was interessieren uns chinesische Piraten?"

Sie winkte ab. „Nein, nein. Das meine ich nicht.

Hier schau mal, oberhalb des Leitartikels. *Mysteriöser Todesfall beschäftigt die römische Polizei. Weiter auf Seite 4.*"

„Hast du es schon gelesen? Was steht drin?"

Magali fasste das Wichtigste in wenigen Worten zusammen. „Ein italienischer Priester wurde in seiner Kirche tot aufgefunden, direkt vor dem Altar der Schwarzen Madonna. Zeugen meinten, obwohl er in der Blüte seiner Jahre gestanden hätte, habe er ausgesehen wie sein eigener Urgroßvater. Es gab keine Hinweise auf ein Verbrechen."

Vincent spürte, wie sich sein Puls beschleunigte. „Von wann stammt der Artikel?"

Magali blickte ihn mit leuchtenden Augen an. „26. Februar 1895."

1895? Mit einem Mal war er hellwach. „Das ist … erstaunlich." Er wies hektisch auf einen Zettel auf dem Tisch. „Aufschreiben!" Dann tigerte er durch den Raum. „Hast du sonst noch etwas gefunden?"

„Wie du mich gebeten hast, habe ich die Zeitungen durchgesehen, die seit Februar erschienen sind. Ich habe mir Notizen gemacht. Zu allen dreizehn Todesfällen gab es ausführliche Berichte, aber richtig Neues habe ich nicht erfahren können."

„Mhm … Lass uns weitermachen. Versuch herauszufinden, ob diese Seuche in den letzten Monaten noch woanders gewütet hat als in Paris, und ich schaue, ob das Jahr 1895 noch weitere Überraschungen für uns bereithält."

Seine Freundin nickte eifrig, und er musste lächeln. Offensichtlich hatte sie das Jagdfieber gepackt. In den nachfolgenden Minuten waren nur ein gelegentliches Räuspern und das Rascheln der Blätter zu hören, bis sie plötzlich ein „Das kann kein Zufall sein" hervorstieß.

Vincent hob neugierig den Kopf. „Hast du was?" Die gebrochene Nase in seinem Gesicht hatte wieder zu pochen begonnen, was er hartnäckig zu ignorieren versuchte.

Magali löste ihren Blick von dem Papierwust vor ihr und blickte ihn an. „Ich glaube schon. Im letzten Jahr gab es fünf ähnliche Todesfälle, zwei in Kopenhagen, drei in London." Sie kaute nachdenklich auf ihrem Daumennagel herum. „Wir müssen weitersuchen. Das hier könnte erst der Anfang sein."

Müde fuhr sich Vincent mit der Hand durchs Gesicht. Magali hatte zweifellos recht, doch inzwischen fühlte er sich elend. Seine Augen brannten, die Nase fühlte sich an, als wäre sie zu ihrer dreifachen Größe angewachsen und sein Schädel drohte zu platzen.

„Magali, ich …", begann er, ohne genau zu wissen, was er sagen wollte, schließlich hatte er sie dazu überredet, hierher zu kommen.

Ihr Blick wurde milde. „Du siehst schrecklich aus, Schatz. Fahr nach Hause und ruh dich aus. Ich glaube, vorhin eine Haltestelle für den Omnibus gesehen zu haben. Vielleicht hast du auch Glück und findest ein Taxi. In der Zwischenzeit mache ich hier weiter. Den Peugeot bringe ich dir morgen früh zurück. Was hältst du davon?"

„Du kommst heute Abend nicht in den Klub?"

Sie schmunzelte. „Ich schwänze heute mal. Aber psst, nichts dem Patron verraten. Manchmal kann er ein richtiger Despot sein."

Vincent überkam ein warmes Gefühl der Dankbarkeit. Er stand auf und ging zu seiner Freundin, die kerzengerade am Tisch saß. Sie wirkte etwas müde, doch ihr Blick war kämpferisch. Er beugte sich zu ihr, um ihr einen Kuss auf die Stirn zu hauchen. „Danke."

Ihr Lächeln vertiefte sich. „Für dich doch immer."

Nachdem er einige Höflichkeitsfloskeln mit Bébère gewechselt hatte, verließ er den Kiosk. Kurz legte er den Kopf in den Nacken, genoss die kühle Nässe auf seinem Gesicht, dann schlug er den Kragen seines Mantels hoch und machte sich mit großen Schritten auf die Suche nach einem Taxi. Keine fünf Minuten später wurde er fündig, doch bevor er losfuhr, ging er in die nächstgelegene Brasserie und orderte kalten Braten, Brot und Käse für zwei Personen sowie eine Flasche 21er Cheval Blanc.

Zunächst weigerte sich der schnauzbärtige Besitzer, seinen Garçon „bei dem Sauwetter" in den Bois de Boulogne zu schicken, doch angesichts des üppigen Trinkgelds und des drohenden Blicks seines Gastes gab er sich letztlich geschlagen.

Kapitel 11

Paris, April 1926

Das Zimmer schälte sich langsam aus der Dunkelheit. Anna, die reglos unter der Bettdecke lag, wartete darauf, dass die Geräusche draußen verstummten. Erst als sie sicher sein konnte, dass das gesamte Haus schlief, setzte sie sich auf. Sie war vollständig angezogen samt ihren braunen Lederschuhen. Die Haut kribbelte in ihrem Nacken, als sie leise aus dem Bett glitt. Im Halbdunkel bewegte sich der schlafende Körper ihrer Zimmergenossin wie ein kleiner Berg gleichmäßig auf und ab. Anna ging in die Hocke und zog das Bündel unter dem Bett hervor. Das schleifende Geräusch klang in der Stille überlaut. Nervös biss sie sich auf die Lippen, warf einen schnellen Blick auf den atmenden Berg, doch er schien tief in seiner Traumwelt versunken, der Glückliche, also ging sie auf Zehenspitzen zur Zimmertür. Vorsichtig drehte sie den runden Knopf, öffnete die Tür einen Spalt und spähte hinaus. Der spärlich beleuchtete Gang war leer. Anna atmete tief durch, bevor sie auf den Korridor hinaustrat. Ihre Klarinette zurücklassen zu müssen, bereitete ihr seelische Qualen, doch weil der Konzertmeister die Instrumente der Zwölf nach jeder Probe und jedem Auftritt konfiszierte, blieb ihr keine Wahl. Leise ging sie den Flur hinunter bis zur Treppe.

Ein Kratzen.

Sie wirbelte herum, sah aber nichts als reglose Schatten.

Ihre Knie zitterten, als sie ihren Weg fortsetzte. Zum Glück war die Treppe am Ende des Gangs mit einem Läufer überzogen, der ihre Schritte großmütig verschluckte. Dennoch stieg sie die Stufen auf Zehenspitzen hinab. Immer wieder blieb sie stehen und horchte angespannt. Nichts. Wahrscheinlich hatte ihre Fantasie ihr einen Streich gespielt. Sie ließ ihren Blick in die Tiefe wandern. Auf den unteren Stockwerken herrschte furchterregende Dunkelheit, dennoch beschloss sie, einen Schritt schneller zu gehen. Je länger sie hier blieb, desto größer war die Wahrscheinlichkeit, dass *er* sie finden würde.

Unbehelligt gelangte sie ins Erdgeschoss. Sie unterdrückte ein nervöses Lachen. Es war einfach gewesen. Dann bog sie in den Gang ein, der sie in die Freiheit führen würde. Und sah die dunkle, geduckte Gestalt. Diese stand am anderen Ende des Gangs und versperrte ihr den Weg. Aus dem Schatten blickten sie zwei funkelnde Augen an. *Es war einfach gewesen. Zu einfach.*

Eine Ewigkeit verging, bevor sich Anna endlich aus ihrer Erstarrung löste, herumwirbelte und keuchend die Treppe wieder hinaufstürzte. Sie rutschte aus, fiel hin, konnte gerade noch einen Aufschrei unterdrücken. Und spürte *seinen* Atem an ihrem Hals.

Panisch drehte sie sich um. Nichts.

Sie rappelte sich wieder hoch, rannte die Stufen hinauf. Zwischen dem Erdgeschoss und der ersten Etage befand sich ein Seitenfenster, das sie aufriss. Sie sah nach unten. Einen knappen Meter unter ihr ragte das Dach eines Schuppens hervor. Wenn es ihr gelänge, dorthin zu springen, könnte sie an einem der Balken hinunterklettern, die am Schuppen angelehnt waren, und von dort aus eine Gasse erreichen, die aus dem Innenhof hinaus ins wirkliche Leben zurückführte.

Unschlüssig blickte sie aufs Dach, dann zurück ins Treppenhaus und wieder aufs Dach. Sie dachte an die funkelnden Augen. Wieder nur ein Produkt ihrer Fantasie? Sie wollte es nicht darauf ankommen lassen. Mit klopfendem Herzen kletterte sie auf das Fenstersims, ihr rotes Bündel hielt sie mit der linken Hand fest, dann stieß sie sich ab und landete mit einem Poltern auf dem Dach. Gespannt hielt sie inne, die Ohren gespitzt, doch aus dem Gebäude drang kein Laut. Keine knarzenden Dielen. Keine lauten Befehle. Erleichtert atmete sie aus. Vielleicht dachte *er*, sie sei zurück in ihr Zimmer gelaufen.

Der Balken, an dem sie hinunterkletterte, war noch nass vom Regen, dennoch kam sie unversehrt unten an. Lediglich ihr Faltenrock riss am Saum, als er an einem Nagel hängen blieb. Sobald sie festen Boden unter den Füßen hatte, rannte sie die Gasse hinunter, die Absätze ihrer schwarzen Lackschuhe hallten von den Häuserwänden wider.

Was wohl ihr geliebter Tata zu alldem gesagt hätte? Seit einiger Zeit hatte sie Schwierigkeiten, sich an sein Gesicht zu erinnern, dennoch vermisste sie ihn schmerzlich. Vor allem seinen Duft nach Leder und süßem Pfeifentabak. In den ersten Monaten nach der Trennung hatte sie Briefe von ihm erhalten, doch dann waren sie ausgeblieben. Maestro Menotti hatte angenommen, dass ihr Vater nicht mehr gewusst hatte, wohin er seine Briefe schicken sollte. Alle Briefe, die sie ihm seitdem geschrieben hatte, waren ungeöffnet zurückgekommen. Hoffentlich war er nicht umgezogen. Wie sollte sie sonst zu ihm zurückkehren?

Tränen traten ihr in die Augen, die sie ärgerlich wegwischte, während sie ins Licht hinaustrat. *Er* wird mich nicht brechen, dachte sie wütend, niemals! Sie würde zum Gare du Nord gehen, den 6-Uhr-Zug nach Warschau nehmen, und nichts und niemand würde sie aufhalten können. Es war nur wichtig, dass sie auf den stark frequentierten Straßen blieb, wie die Rue Lafayette eine war. Hell erleuchtet, gesäumt von gutbürgerlichen Häusern, die ihre ganz eigenen Geschichten bargen.

Trotz der frühen Stunde eilten viele Passanten an Anna vorüber, ohne sie eines Blickes zu würdigen. Vermutlich waren sie auf dem Weg zur Arbeit. Unwillkürlich drückte sie ihr Bündel fest an ihre Brust. Neben Ersatzkleidung und Unterwäsche befand sich darin Geld. Es war nicht viel, doch es würde für eine Zugfahrkarte ausreichen. Ein Gefühl der Euphorie überkam sie.

Zwei Querstraßen später legte sich ein eisiger Schauer über ihren Körper, und sie holte aus ihrem Bündel einen bunten Wollschal heraus, den sie sich um Kopf und Schultern wickelte. Doch es half nichts. Die Eiseskälte ließ ihren Körper taub werden, und schon bald musste sie sich mit einer Hand an der Häuserwand abstützen, so schwach fühlte sie sich. Orgelklänge aus einer nahen Kirche gelangten an ihr Ohr. Ihr hastiger Schritt stockte. Wie sie Pjotr und sein unbekümmertes Lachen vermisste! Kurz spielte sie mit dem Gedanken hineinzugehen, um Gott um Vergebung zu bitten, doch schließlich setzte sie ihren Weg fort, mit den Tränen kämpfend.

Gleich darauf setzte das Kreischen ein. Es traf sie wie ein Blitz. *Die Klarinette.* Ihre Hände flogen zu den Ohren. *Sie ruft nach mir.* Dass ihr kostbares Bündel dabei auf den Boden fiel, bemerkte sie nicht. Das Kreischen erfüllte ihr ganzes Wesen. Es durchdrang ihren Körper, zog ihr die Haut bei lebendigem Leib ab. Menschen gingen vorüber, rempelten sie an und verwünschten sie, traten auf ihr Bündel, doch sie konnte nur ohnmächtig zusehen. Sie war in ihrem Schmerz gefangen. Irgendwann wich die Kraft aus ihren Beinen, und sie sank auf die Knie. Den Mund zu einem stummen Schrei aufgerissen, krümmte sie sich, ihr Gesicht berührte den Boden.

„Mademoiselle?", hörte sie wie aus weiter Ferne. „Was ist mit Ihnen?"

Hände umfassten sie, und es fühlte sich an, als würden glühende Eisen sie berühren. Wimmernd rollte sie sich zusammen. Bitte, Gott, flehte sie, mach, dass es aufhört!

Unvermittelt brach das Kreischen ab, und Anna liefen vor Dankbarkeit die Tränen übers Gesicht. Bis sie eine Stimme vernahm, die ihr Herz zu Eis erstarren ließ.

„Lassen Sie mich bitte durch! Diese junge Frau ist mein Mündel, sie leidet an einer seltenen Geisteskrankheit. Ich muss mich um sie kümmern."

Anna wollte um sich schlagen, ihre Verzweiflung hinausschreien. *Bitte, helft mir! Dieser Mann ist wahnsinnig. Lasst mich nicht mit ihm allein!* Doch die unverständlichen, tierisch klingenden Laute, die über ihre Lippen quollen, veranlassten die Menschen dazu, zurückzuweichen, und Annas Hoffnungen brachen wie ein Kartenhaus zusammen.

Der 6-Uhr-Zug nach Warschau würde ohne sie

abfahren.

Dem Mann, der sich auf der anderen Straßenseite hinter einem Werbeaufsteller von *Strobin* mit der Aufschrift „Strohhüte für den Herren. Nur 2,25 Francs“ versteckt hielt, entging nicht die kleinste Bewegung. Nicht, wie der etwas nachlässig gekleidete Neuankömmling das junge Mädchen auf dem Boden bei den Schultern packte und hochhob; auch nicht, wie sie mit tränenüberströmtem Gesicht versuchte, sich aus seinem eisernen Griff zu befreien und schließlich widerstandslos mitging.

Der Mann ballte die Fäuste. Unbändige Wut stieg in ihm auf. Er war zu spät gekommen! Als er hinter dem Werbeaufsteller einen Schritt zur Seite tat, um besser sehen zu können, stieß er mit einem Passanten zusammen.

„Hey, pass doch auf!“, maulte dieser, doch ein kurzer Blick ins Gesicht des Fremden genügte, ihn erblassen zu lassen. Er schickte ein gestammeltes „Pardon, mein Fehler“ hinterher und suchte hastig das Weite.

Unbeeindruckt von dieser kurzen Unterbrechung richtete der Fremde wieder seinen unheimlichen Blick auf das junge Mädchen mit dem bunten Wollschal. Als der Mann und sie außer Reichweite waren, begab er sich auf die andere Straßenseite und hob das vergessene rote Bündel vorsichtig auf, als sei es das Kostbarste, was er je in den Händen gehalten hatte. Nervös blickte er um sich, doch niemand achtete auf ihn, und schon bald war er in der Morgendämmerung verschwunden.

Kapitel 12

Paris, April 1926

Magali kniete auf dem weinroten Teppich inmitten unzähliger Zeitungen, die überall verstreut lagen. Falls es ein Ordnungssystem gab, war sie die Einzige, die in der Lage war, es zu durchschauen. Die junge Frau trug einen weißen Seidenpyjama, gemütlich genug, um ihn zu Hause zu tragen, elegant genug, um darin Besuch zu empfangen. Sie hatte sich im Salon ausgebreitet, ihrem Lieblingsraum. Er war hellrosa tapeziert, und an der Decke klebte weißer Stuck wie die Dekoration auf einer Hochzeitstorte. Der Salon war durch Sprossentüren mit dem Schlafzimmer verbunden, die großen Fenster boten einen herrlichen Blick auf die Dächer von Paris. Während Magali die Zeitungen überflog, bewegten sich ihre Lippen stumm mit. Es war ihr gelungen, Bébère dazu zu überreden, ihr Exemplare von *Le Monde* und *Le Petit Journal* aus den Jahren 1925 und 1926 zu überlassen. Allerdings hatte sie ihm hoch und heilig versprechen müssen, diese vorsichtig zu behandeln und in einem Stück zurückzubringen. Am Ende hatte er ihr sogar geholfen, die vielen Stapel ins Automobil zu tragen. Es war die Mühe wert gewesen. Seit den frühen Morgenstunden suchte Magali nach Hinweisen, ein Wunder, dass die Zeitungen noch keine Druckerschwärze auf ihrem weißen Pyjama hinterlassen hatten, und war bereits fündig geworden.

Bisher war sie auf zehn Todesfälle in Madrid, Budapest und Marseille gestoßen, die ähnlich mysteriös waren. Plötzliches Altern und dann der Tod. Vier Männer und sechs Frauen waren es gewesen, im Alter zwischen 17 und 69 Jahren. Auf den ersten Blick hatten sie nichts gemeinsam, nur dass sie über einen gewissen Wohlstand verfügten. Unter den Toten gab es keine Arbeiter, Landwirte oder Handwerker. Die Methusalem-Seuche befiel offenbar nur Menschen aus den oberen Gesellschaftsschichten.

Irgendwann stand Magali auf, um sich zu strecken, und es knackte laut in ihrer Wirbelsäule. Nachdenklich griff sie nach dem kalten Kaffee, der seit einer Stunde auf einem kleinen Tisch neben dem Fenster ausharrte, und blickte hinaus in die Sonne. Es muss eine Gemeinsamkeit geben, dachte sie, nur welche? Sie hatte nur bedingt Möglichkeiten, etwas über die Toten in Erfahrung zu bringen. Weder sie noch Vincent hatten genug Geld, um einen Detektiv zu beauftragen, schon gar nicht im europäischen Ausland. Sie seufzte, dann gab sie sich einen Ruck. Es galt weiterzumachen, vielleicht würde sie mit etwas Glück auf eine Spur stoßen. Gegen Mittag klopfte Vincent an ihre Tür. Mit einer Neuigkeit, die alles verändern sollte.

„Magali!", begrüßte er sie und kam ohne Umschweife zum Punkt. „Ich habe gestern Abend mit Emile über den Mann gesprochen, den du in der Polizeistation gesehen hast. Er hat vorhin angerufen, um mir zu sagen, dass es keine Anhaltspunkte gibt, die deine Geschichte belegen." Er tat ihren drohenden Protest mit einer Handbewegung ab. „Kein Grund, sich zu echauffieren! Das bedeutet nicht, dass Emile dir nicht glaubt, nur dass der Mann, wer immer er auch gewesen ist, seine Spur gut verwischt hat.“ Vincent machte eine kurze Pause. „Bei der Gelegenheit hat mir Emile gesteckt, inoffiziell natürlich, dass in Fourniers Büro nicht alles zerstört wurde. Man hat hinter einer Schublade einen Fetzen Papier gefunden, der offenbar dorthin gerutscht war. Vielleicht hilft er uns weiter.“

Magali kam etwas mühsam auf die Beine. „Dir auch einen schönen guten Morgen. Und? Hast du ihn dabei?“ Sie streckte sich noch einmal ausgiebig, dabei wurde sie vom Sonnenlicht hinter ihr beschienen.

„Hä …“ Bei dem Anblick blinzelte Vincent irritiert, dann räusperte er sich. „Nein, er ist Eigentum der Polizei. Aber Emile hat mir den Fund beschrieben. Es handelt sich um ein Stück cremefarbenes Papier, etwas dicker als eine Zeitung, ähnlich wie Briefpapier. Darauf steht in schnörkeliger Schrift geschrieben …“ Er kramte aus seiner Jacke einen Zettel hervor. „Warte, ich habe es mir notiert. Also, hier steht: „ie der“, darunter „lt“ und dann …“

„Was?“, unterbrach ihn Magali brüsk, ihre gute Erziehung für eine Sekunde vergessend. „Zeig her!“

Schon hatte sie Vincent die Notiz aus der Hand gerissen und begutachtete sie mit zusammengezogenen Augenbrauen:

nie der

elt

e Debu

n: 20.0

„Hmm…“

„Sag ich doch.“ Vincent schlenderte zu dem kleinen Tisch hinüber, der am Fenster stand, und nippte an der Tasse Kaffee. „Bah! Hast du keinen frischen?“

Geistesabwesend sah sie zu ihm hinüber, zuckte mit den Schultern. „Nein, tut mir leid."

„Verflixt!", murmelte Vincent. „Und? Hast du eine Idee, was es heißen könnte?"

Magali schlug nachdenklich mit der Notiz gegen ihre Finger. „Ich weiß nicht, irgendwie kommt mir die Buchstabenfolge vertraut vor."

„Tatsächlich?"

„Ja, aber ich komme nicht darauf. Ich müsste das Original sehen."

Vincent schüttelte den Kopf. „Unmöglich. Emile sagt, dass es unter Verschluss ist. Es sitzen bereits einige Tüftler der Polizei dran. Du wirst dich etwas gedulden müssen."

„Geduld gehört nicht unbedingt zu meinen Stärken." Mit dem Zettel in der Hand ging sie zum Sekretär aus Mahagoni, der gegenüber der Tür stand, setzte sich und nahm einen Bleistift aus einer der Schubladen heraus. „Gib mir etwas Zeit."

Vincent hob die Hände. „Ich kann warten. Mit einem ordentlichen Kaffee wäre es noch besser. Ich frage Madame Dupuis, ob sie einen machen kann."

„Sie hat heute ihren freien Tag", antwortete Magali, ohne sich umzudrehen.

„Verdammt."

„Du wirst ihn selbst zubereiten müssen."

Mit einem etwas theatralischen Seufzen, das Magali ein Lächeln entlockte, verließ Vincent den Salon, um sich nach unten in die Küche zu begeben. Dann wurde sie wieder ernst. Emile hatte etwas von dickem, cremefarbenem Papier gesagt. Eine Einladung vielleicht? 20.0 könnte für 20.00 Uhr stehen. Ob „Debu" für Debut stand? Vielleicht handelte es sich um eine Einladung zu einer

Theaterpremiere. Wenn sie doch nur das Original sehen könnte! In Gedanken versunken blickte Magali hinaus. Als sie Vincent unten in der Küche hantieren hörte, dachte sie unwillkürlich an die Köchin der Milhauds und an ihr Gespräch mit Madame Boneasse. Hatte die Haushälterin nicht erzählt, Véronique Milhaud sei am Abend ihres Todes mit ihrem Mann im Palais Garnier gewesen?

Magali ließ den Stift lautstark fallen, der zur Schreibtischkante kullerte und auf den Boden fiel, und riss die oberste Schublade ihres Sekretärs auf. Fahrig wühlte sie darin, bis sie gefunden hatte, was sie suchte. Das Programmblatt zu einem Kammerkonzert, das sie im letzten Winter zusammen mit einer Bekannten im Palais Garnier besucht hatte. Es hatte das *Triplekonzert* von Beethoven gegeben. Magali starrte auf das Programm: ein längliches Faltblatt, gelbliches festes Papier, eine schnörkelige, schwarze Schrift. Ihr Herzschlag beschleunigte sich. Ein zweiter Blick genügte, um das Rätsel des Papierfetzens zumindest anteilig zu lösen. Sie hob den Bleistift vom Boden auf und vervollständigte die zweite und vierte Zeile:

spielt

Beginn: 20.00 Uhr

„e Debu" bedeutete mit großer Wahrscheinlichkeit Claude Debussy. Jetzt ging es noch darum, das „nie", das „der" und das „elt" zu knacken. Kein leichtes Unterfangen. Regungslos stierte sie auf die Silben, als könnte sie deren Geheimnis durch bloße Willenskraft offenlegen. Der Moment schien sich endlos hinzuziehen, bis ihr ein Gedanke kam und sie jauchzend von ihrem Stuhl aufsprang. Gerade als sie sich zurück zu ihren Zeitungen auf den Boden gesellte, betrat Vincent mit einem Tablett das Zimmer, auf dem sich eine Kaffeekanne und zwei Tassen befanden. Bevor er etwas sagen konnte, winkte Magali ab.

„Schon gut, schon gut“, murmelte er und stellte das Tablett auf dem Tisch ab, dann starrte er aus dem Fenster. Die qualmenden Kamine und gurrenden Tauben in der ersten Reihe, der glitzernde Eiffelturm auf dem weit entfernten Logenplatz, dazwischen graue Schieferdächer, so weit das Auge reichte. Nach wenigen Momenten begann Vincent, ausgiebig zu gähnen.

„Ich hab‘s!“, jubelte Magali plötzlich und hielt eine aktuelle Ausgabe des *Petit Journal Illustré* hoch. „Hier ist der aktuelle Spielplan des Palais Garnier.“ Sie lachte ausgelassen. „Langsam fängt das Ganze an, Spaß zu machen.“ Etwas mühsam kam sie auf die Beine. „Der vollständige Text lautet: *Die Philharmonie der Zwei Welten spielt Claude Debussy. Beginn: 20.00 Uhr.* Dass ich nicht gleich darauf gekommen bin. Alle Welt spricht von diesem Orchester. Es soll einzigartig sein.“

Vincent wirkte nicht im mindesten beeindruckt. „Das ist alles? Ein Spielplan?“

„Ja.“

„Das besagt doch nur, dass Fournier höchstwahrscheinlich ins Konzert gehen wollte. Das bringt uns keinen Schritt weiter.“

Missmutig funkelte sie ihn an. „Denk doch mal nach, du Holzkopf! Die Milhauds waren auch dort.“

„Na und?“ Er zuckte mit den Schultern. „Jeder Zweite aus der Hochbourgeoisie hat Dauerkarten für die Pariser Oper. Das ist nur ein Zufall.“

„Vielleicht auch nicht!“ Mit seinem Vorbehalt hatte er ihrem Enthusiasmus über das eben Entdeckte einen deutlichen Dämpfer versetzt, was sie ihm wirklich übel nahm. Warum sah er die möglichen Zusammenhänge nicht?

Mögliche Zusammenhänge. Irritiert runzelte sie die Stirn. Etwas sagte ihr, dass die Lösung direkt vor ihrer Nase lag.

„Ich denke, wir sollten …“, begann Vincent, doch als er ihren Gesichtsausdruck bemerkte, hielt er inne. „Was ist?“

„Ich habe etwas übersehen ...“, murmelte sie, mehr zu sich selbst.

„Wie meinst du das?“

Statt einer Antwort warf sie sich regelrecht zu Boden, um die Zeitungen durchzusehen, die sie rechts von sich auf einem Haufen gestapelt hatte. Das Rascheln der Blätter war das einzige Geräusch, das zu hören war, bis auf ein gelegentliches Hupen von draußen.

„Kann ich dir irgendwie hel…“, versuchte Vincent erneut sein Glück, doch sie gab ihm mit einem hektischen Handzeichen zu verstehen, dass er sie nicht stören sollte.

Aus dem Augenwinkel heraus sah sie, wie er sich abwandte, um einmal mehr die Aussicht zu genießen. Gleich darauf fand sie, wonach sie gesucht hatte.

„Schatz!“, rief sie und hielt eine Zeitung in die Höhe. Alarmiert drehte sich Vincent um. „Kommissar Fournier wollte bestimmt nicht nur einfach so ins Konzert.“

„Erzähl.“

„Das hier ist eine Zeitung vom 30. August 1925. Auf der zweiten Seite steht etwas von einem Todesfall in Marseille, der unserem Muster entspricht, und auf Seite 14 …“ Sie legte eine kleine wirkungsvolle Pause ein. „… ist eine Kritik zu einem klassischen Konzert, das zur gleichen Zeit ebenfalls in Marseille stattgefunden hat. Nun rate mal, welches Orchester gespielt hat?“ Es gelang ihr nicht, den Triumph gänzlich aus ihrer Stimme zu verbannen.

Vincent zog die Augenbrauen hoch. „Die *Philharmonie der Zwei Welten*?“

„Ganz genau!“

„Das könnte ...“

„Komm mir nicht schon wieder mit Zufall, Vincent, sonst garantiere ich für nichts! Lass uns lieber die Zeitungen durchsehen, wo über die anderen Todesfälle berichtet wird.“

Schon eilte er an ihre Seite. Nach einer Weile hatten sie sieben Zeitungen aussortiert, in denen über die *Philharmonie der Zwei Welten* berichtet wurde. Und in allen sieben Fällen hatte das Orchester dort gastiert, wo sich auch die Todesfälle ereignet hatten.

Schweigend blickten sie sich an, bis er schließlich das Wort ergriff.

„Du hast recht, Magali. Das ist definitiv kein Zufall.“

Die Luft war mild, und es roch bereits nach Frühling, verliebte Paare schlenderten entlang der Seine, doch all das hatte für sie keine Bedeutung. Ihre Augen wanderten über die efeubewachsene Böschung unter der Brücke, bis sie den versteckten Eingang entdeckte. Dort angekommen zögerte sie kurz. Die kühle Luft, die aus dem dunklen Schacht strömte, strich unangenehm über ihren Nacken. Aber es gab kein Zurück. Also trat sie in den finsteren Gang, zu hören war nur der knirschende Kies, während sie mit hastigen Schritten vorwärtslief. Eng an eine

Kalksteinwand gedrückt schlich sie am Kanal entlang, der randvoll mit schwarzem Wasser gefüllt war. Das verwitterte Stück eines Radkranzes, ein Überbleibsel aus der Zeit, als Pferde hier noch Steinquader schleppten, gehörte noch zu den appetitlicheren Dingen, die sie schwimmend überholten. Als der Kanal rechts abknickte, bog sie nach links in eine Kammer ein, in der offenbar vor kurzem die Decke eingestürzt war. Alles war voller Schutt, und der Staub wirbelte bei jedem Schritt auf. Ein modriger Geruch hatte den stechenden Fäkaliengestank abgelöst. Unbeeindruckt lief sie weiter, vermied es, nach oben zu sehen, kletterte über das Geröll, bis sie auf der anderen Seite ein Loch ausmachte, das gerade mal groß genug für sie war, damit sie sich hindurchzwängen konnte. Geschickt schlängelte sie sich durch den engen Stollen, verlor auf halbem Wege das Gleichgewicht und rutschte den letzten Meter hinunter. Zum Glück landete sie auf ihren Füßen und fand sich in einem großen Raum wieder, in dessen Mitte ein Weihwasserbecken thronte, was sie natürlich nicht wusste, denn solche Begrifflichkeiten suchte man in ihrem Leben vergebens. Dafür jagten ihr die bleichen Gesichter, die sie von den Kalksteinwänden heraus angrinsten und im Halbdunkel schwach schimmerten, eine Heidenangst ein.

Schnell lief sie weiter, um die Fratzen möglichst weit hinter sich zu lassen … als plötzlich ein knackendes Geräusch vor ihr die Stille durchbrach. Wie angewurzelt blieb sie stehen. Wartete einige Sekunden, bevor sie weiterlief. Diesmal jedoch setzte sie vorsichtig einen Fuß vor den anderen. Hier unten konnte man nie wissen, wer einem begegnete. Ein süßlicher Geruch drang in ihre Nase. Ruckartig hob sie den Kopf, das Weiße in ihren Augen zuckte panisch im trüben Licht. Blut! Dem metallischen Aroma folgend passierte sie einen kunstvollen Steinbogen aus alter Zeit, ohne ihm weiter Beachtung zu schenken. Weiter hinten war ein Leuchten. Es schien aus einer der hinteren Kammern zu kommen. Wie eine Motte wurde sie vom Licht angezogen, und je näher sie kam, desto intensiver wurde der Blutgeruch. Ihr Instinkt riet ihr, einen weiten Bogen um das Licht zu machen, doch die Neugier war größer. Als sie nur noch wenige Zentimeter von der Kammer trennte, spähte sie um die Ecke, die Nase in die Luft gereckt. Bis auf die blutende Gestalt, die nackt auf einem Kalksteinblock lag, wirkte der Raum sauber. Irgendjemand hatte die Steine neu angeordnet und damit Bänke, Tische und ein Podest gebaut. In die Wände waren Nischen für Fackeln gemeißelt worden, und das beigefarbene Gestein schimmerte warm und einladend.

So einladend, dass sich die Besucherin einige Schritte vorwagte und dabei den schweren Stiefel übersah, der aus dem Nichts auftauchte und ihrem Dasein mit einem knirschenden Geräusch ein Ende setzte.

„Widerwärtige Viecher!", knurrte der Mann mit dem tödlichen Schuhwerk, bevor er lautstark den Rotz durch die Nase zog und einen grüngelben Klumpen neben die tote Ratte klatschte.

Bestätigung suchend blickte er zu einem zweiten Mann, der in der Ecke stand. Dieser war auffallend dünn, trug einen langen schwarzen Mantel, und sogar hier, tief unter der Erde, hatte er seinen Fedora aufbehalten. Seine Augen waren von einem hellen harten Blau.

„Können wir endlich weitermachen?“, fragte er mit leiser, kratziger Stimme.

Obgleich von robuster Statur, schien der Rattenmörder augenblicklich zu schrumpfen. Eine hastige Entschuldigung murmelnd begab er sich zum Podest aus Kalkstein, auf dem ein erbarmungswürdiges Stück Mensch nackt und mit blutenden Wunden lag. Und setzte seine Arbeit fort. Die äußeren Gliedmaßen des Unglückseligen waren an zwei schwere Holzbalken genagelt, die auf dem Podest angebracht worden waren. Aus seinem Mund kamen nur gurgelnde Geräusche. Neben ihm waren diverse Werkzeuge säuberlich aufgereiht: Zangen, Schrauben, Nägel, ein Hammer. Letzteren schnappte sich der Rattenmörder mit einem Lächeln, mittlerweile war er wieder zu seiner vollen Größe angewachsen, während der dünne Mann in der Ecke schweigend zusah.

„Ich frage dich ein letztes Mal“, nahm der Folterknecht sein grausiges Spiel wieder auf. „Wo hält er ihn versteckt?“

Der andere schüttelte mühsam den Kopf, seine Augen waren von den Schlägen zugeschwollen.

„Wo?“, wiederholte der Mann mit dem Hammer und holte aus.

Das Opfer begann zu wimmern. Sein Kopfschütteln wurde immer drängender, doch wie durch ein Wunder fand seine Zunge einen Weg, schrammte am aufgeritzten Gaumen vorbei, schob sich mühsam zwischen den gebrochenen Zähnen nach draußen. „Hab … alles … gesagt … was … is … weiß.“

Der Rattenmörder wechselte einen kurzen Blick

mit dem Mann in der Ecke, ein kurzes Nicken, dann ließ er seinen Hammer niedersausen.

Ein unmenschliches Heulen brandete auf, blies durch die verschlungenen Gruben, Stollen und Kammern, bevor es sich endgültig im Reich der Toten verlor.

Kapitel 13

Paris, April 1926

Der Gong ertönte.

„Können wir?“, fragte Vincent.

Magali nickte und hakte sich bei ihm unter, bevor sie die prachtvolle Marmortreppe im Grand Foyer hinunterschritten, um in den Zuschauerraum zu gelangen. Sie gaben ein ungewöhnliches Paar ab. Sein lädiertes Gesicht über dem schwarzen Frack und ihr fließendes, silberfunkelndes Kleid mit passendem Stirnband und federbesetztem Fächer zogen viele Blicke auf sich. Doch während sie sich darin sonnte, nestelte er ob so viel Aufmerksamkeit nervös an seiner Fliege herum. Er fühlte sich in einem verqualmten Raum mit Hafenarbeitern wohler als inmitten der illustren Gesellschaft, die an diesem Abend das Palais Garnier bevölkerte. Verstimmt blickte er um sich.

„Zu uns kommen sie nicht“, zischte er. „Dafür strömen sie in die Oper oder ins *Moulin Rouge*. Verdammte Kretins!“

„Psst, nicht so laut“, flüsterte Magali. „Wenn es dich tröstet, auch hierher kommen immer weniger Leute, deshalb haben wir überhaupt so kurzfristig Karten bekommen. Und was das *Moulin Rouge* angeht … nun ja, es ist halt das *Moulin Rouge*.“

„Und was sind wir? Eine Spelunke? Wir haben

immerhin Mistinguett, verflucht noch mal!“

„Bitte, Vincent, gräme dich nicht. Das bringt doch nichts.“ Sie blickte zu ihm hoch. „Hältst du es wirklich für richtig, Emile nicht von unserem Verdacht zu erzählen?“, fragte sie weiter, auch um ihn abzulenken.

„Was? Dass die Todesfälle etwas mit diesem Orchester zu tun haben könnten? Wenn wir die Belohnung kassieren wollen, müssen wir das erst einmal für uns behalten, bis wir ganz sicher sein können. Nur dann wird es ein entscheidender Hinweis sein. Glaubst du nicht?“

„Ich weiß nicht. Was gilt als entscheidender Hinweis? Wir wissen, dass Véronique Milhaud und ihr Mann am Abend vor ihrem Tod hier waren, aber …“

In diesem Moment wurde Magali von einem Herrn mit auffällig großen Ohren angerempelt, der etwas von seinem Champagner über ihren nackten Arm verschüttete.

„Oh, entzuldigen Sie, Mad‘moiselle. Is bin untröslich!“, rief er erschrocken.

Dabei rollte er merkwürdig mit den Augen. Er war offensichtlich angetrunken.

„Passen Sie doch auf, Mann!“, fuhr Vincent ihn an.

„Nichts passiert“, murmelte Magali, während sie versuchte, ein Schmunzeln zu unterdrücken.

„Es tut mir wirklich sehr, sehr leid, Mad‘moiselle“, fügte der Mann hinzu, offenbar um Würde bemüht, bevor er wankend die Treppe bis ganz nach unten ging, wo er schließlich in der Menge verschwand.

„Möchtest du die Örtlichkeiten aufsuchen, um dich sauberzumachen?“, fragte Vincent.

„Das wird nicht nötig sein."

Schon kramte Magali in ihrer kleinen silbernen Tasche und griff nach einem bestickten Taschentuch, um sich den Champagner vom Arm zu wischen. Als sie es sorgfältig zusammengefaltet zurücksteckte, berührten ihre Finger etwas in ihrem Täschchen, was sie stutzen ließ.

„Was ist los?", fragte Vincent beunruhigt.

Wortlos hob sie die Hand. Zwischen ihren Fingern steckte ein rostfarbenes Stück Papier, auf dem ein sitzender Buddha zu sehen war, der von geheimnisvollen Schriftzeichen umrahmt wurde. Bei dem Anblick brach Vincent in Lachen aus, und auch Magalis Schmunzeln vertiefte sich. Sie hatte ihren Freund schon lange nicht mehr so herzlich lachen hören.

„Was für ein sturer Hund!", rief er.

„Das ist er." Magali grinste, dann steckte sie das Stück Papier sorgsam in ihre Tasche zurück.

Während sie in den Zuschauerraum schlenderten, wanderten ihre Gedanken einige Tage zurück.

Es war noch recht früh am Abend gewesen. Magali saß gemeinsam mit Gustave an einem der hinteren Tische und wartete auf die ersten Gäste, als Vincent sich zu ihnen gesellte.

„Wo warst du?", fragte sie.

„Ich hatte noch etwas mit Lambert zu bequatschen." Lambert war der Fleischlieferant des *Nuits Folles*. „Und? Was gibt's Neues?"

„Stell dir vor, im heutigen *Petit Journal Illustré* gibt es speziell für die Leser einen Talisman vom Fakir Fhakya-Khan." Magali wedelte frenetisch mit der

Zeitung. „Er soll Glück bringen."

„Was würden wir nur ohne das *Petit Journal* machen?", erwiderte Vincent mit einem gespielten Seufzen und setzte sich. „Und du glaubst an diesen Hokuspokus?"

„Hör einfach zu. Ich lese dir den Artikel vor."

„Wenn's sein muss."

Magali richtete ihren Blick auf die Zeitung und räusperte sich, während Gustave andächtig lauschte.

„Der Talisman des Fakirs Fhakya-Khan", begann Magali mit feierlicher Stimme. „Talismane von hinduistischen Fakiren werden nach geheimen Methoden geschaffen, die so alt sind wie die Menschheit selbst. So auch der formidable Talisman, den der Fakir Fhakya-Khan speziell für Sie, werter Leser, geschaffen hat. Die Schriftzeichen, die den Talisman umranden, besitzen eine verstärkende Wirkung. Okkultisten bezeichnen sie als Mantra. Wir haben die Schriftzeichen des Fakirs von einem Sanskritexperten übersetzen lassen, und er hat uns anvertraut, dass die Schrift aus dem Manon stammt, dem heiligen indischen Buch …" Sie legte eine kurze Pause ein und drehte die Zeitung um, damit die beiden Männer einen Blick darauf werfen konnten. Zu sehen war die rostfarbene Zeichnung eines halbnackten Buddhas, der mit einem diamantenbesetzten Stirnband geschmückt auf etwas thronte, das an eine überdimensionale Blüte erinnerte. Um die Zeichnung wand sich eine schwarze, fremdartige Schrift. „Da steht: Der Mensch wird allein geboren, er stirbt allein, er allein erntet die Früchte seiner guten Taten und auch die Strafe für seine Schlechtigkeit." Wieder hielt Magali inne, bevor sie ihre Lektüre fortsetzte. „Abgesehen von der wörtlichen Übersetzung besitzt der Satz weitere okkulte Bedeutungen, die wir zwar nicht erklären können, die aber garantiert magische Fähigkeiten besitzen."

„Wer's glaubt", grummelte Vincent.

„Vielleicht ist ja was Wahres dran", warf Gustave ein und kratzte sich etwas verlegen am Kopf. „Diese Orientalen sind irgendwie anders als wir, Patron. Die haben einen Draht zu höheren Mächten, da bin ich mir sicher."

Vincent schnaubte, verkniff sich aber eine Antwort. Offenbar wollte er Gustave nicht vor den Kopf stoßen.

„Was steht da sonst noch?", fragte Gustave nach, vom Schweigen seines Chefs offensichtlich ermutigt.

„Schneiden Sie den Talisman vorsichtig aus. Achten Sie darauf, dass Sie die Schriftzeichen nicht beschädigen, und tragen Sie ihn immer bei sich. Er wird Ihnen Glück bringen. Seine Macht, so hat uns Fakir Fhakya-Khan versichert, ist garantiert, und seine Wirkung wird auch die größten Zauderer überzeugen." Magali blickte mit funkelnden Augen von der Zeitung auf. „Interessant."

Vincent schnitt eine Grimasse. „Du wirst doch nicht etwa …?"

„Wo denkst du hin?" Sie grinste schief. „Meine arme Mutter würde sich im Grab umdrehen."

„Und was sollte das Ganze dann?"

„Ich wollte nur dein Gesicht sehen."

Vincent rollte mit den Augen.

„Sollten wir den Talisman nicht trotzdem ausschneiden?" Gustaves Stimme zitterte leicht vor Aufregung. „Es schadet doch nicht, ihn bei sich zu haben. "

Daraufhin schüttelte Vincent vehement den Kopf und stand auf. „Das ist nur ein Stück bedrucktes Papier.“ Dann wandte er sich an Magali. „Lass uns ins Büro gehen. Es gibt noch einiges zu besprechen.“

Beim Hinausgehen hatte sie die Zeitung wohlweislich auf dem Tisch liegen lassen. Als sie Vincent nach oben gefolgt war, hatte sie aus dem Augenwinkel gesehen, wie Gustave die Seite mit dem Talisman herausgerissen und heimlich eingesteckt hatte.

Im Palais Garnier ertönte erneut der Gong.

Oben auf der Galerie stand der Konzertmeister. Sein Gesicht war dem Grand Foyer zugewandt, doch die Züge lagen hinter langen Strähnen verborgen. Mit einer langsamen, wohlüberlegten Geste legte er eine Hand auf das Geländer und blickte nach unten. Sein bohrender Blick streifte über die Menschen, die in Erwartung des baldigen Spektakels umeinander scharwenzelten, tratschten und lachten. Regungslos stand er da, wie ein Schatten, nur ab und zu wurde der Griff um das Geländer fester, wenn sein Blick auf etwas fiel, das ihm nicht behagte. Nach einer Weile wandte er sich ab, eine Strähne flog zur Seite und für einen kurzen Moment wurde er sichtbar: der Wahnsinn in seinen Augen.

Kurz nachdem die Musik eingesetzt hatte, spürte Vincent es. Ein Erzittern der Luft, als würde ein Stück Realität wie ein Vorhang zur Seite geschoben. Um Platz zu machen für … ja, für was eigentlich? Eine Empfindung, die er nicht in Worte hätte fassen können. Zunächst legte sich ein Leuchten über das Orchester und seinen Dirigenten, den der Ansager nur als „Der Konzertmeister“ vorgestellt hatte. Ein langer Kerl mit wilden Locken, der sich hastig vor dem Publikum verbeugt hatte, bevor er das erste Stück anstimmte. Die Musik war wild, berauschend, eine Naturgewalt, doch je weiter sie voranschritt, desto mehr drohte das Leuchten in einem Abgrund aus Schwärze zu ersticken. Fasziniert richtete Vincent seinen Blick auf die Bühne, die sich plötzlich zu strecken schien. Das Orchester entfernte sich immer weiter, wurde kleiner und kleiner, bis es in die Zigarettenschachtel in seiner Tasche hineingepasst hätte. Es gab einen kurzen Moment des Innehaltens, dann wurde Vincent wie mit einem Katapult vorwärtsgeschleudert. Die Zuschauer flogen an ihm vorüber, die Balkone, die Kronleuchter. Alles. Die Bühne raste direkt auf ihn zu. Gedanklich riss er die Hände vors Gesicht, als die Instrumente ihn schon durchdrangen. Dann war nur noch Musik. Düster. Zehrend. Nicht von dieser Welt. Ein kurzer Blick zur Seite bestätigte, dass es Magali ebenso erging. Wie hypnotisiert starrte sie nach vorn, ihr Gesicht war leichenblass.

Nur mit Mühe wanderte sein Blick zurück zur Bühne. Schicht um Schicht legte sich ein bleierner Kokon um ihn, bis er glaubte, vor Erschöpfung zugrunde zu gehen. Er konnte ein Gähnen nicht unterdrücken. Dass es ihm Magali in dieser Sekunde gleichtat, hätte ihn normalerweise amüsiert, doch als er in sich hineinhorchte, fand er keinen Funken Lebensfreude. Nur Dunkelheit.

Das Konzert dauerte zwei Stunden, aber genauso gut hätte es einen Herzschlag oder ein ganzes Leben sein können. Zum Abschluss verbeugte sich der Konzertmeister ein einziges Mal, dann schlichen er und die Musiker von der Bühne. Weder gab es eine Zugabe noch mehrere Vorhänge hintereinander. Als wäre das Orchester nur ein Spuk gewesen. Wie betäubt schüttelte Vincent den Kopf und stand auf. Er fühlte sich, als sei er gerade aus einem bösen Traum erwacht. Wortlos hakte sich Magali bei ihm unter, dann mischten sie sich unter die schweigsame Menge. Fahle, leere Gesichter umgaben sie, und für Vincent bestand kein Zweifel, dass seine Freundin und er genauso aussahen.

Als sie aus dem Palais Garnier in die Pariser Nacht hinaustraten, durchbrach Magalis zittrige Stimme die bleierne Stille zwischen ihnen.

„Das war ziemlich … beunruhigend."

„Beunruhigend ist noch untertrieben." Vincent sog gierig die kalte Nachtluft in seine Lungen ein, um wieder einen klaren Kopf zu bekommen. "Das war das Unheimlichste, was ich jemals erlebt habe. Ich weiß, warum ich nicht gern in die Oper gehe."

„Glaubst du, wir haben gerade eine Art Massenhypnose erlebt?" Sie sah zu ihm auf, in ihren Augen spiegelte sich die Unruhe in seinem Herzen wider.

„Keine Ahnung, was das war, Magali", antwortete er mit einem matten Lächeln. „Lass uns nach Hause fahren und morgen darüber reden, einverstanden?"

Sie nickte.

Während sie Richtung Automobil gingen, wurden die Stimmen um sie herum lauter, die Menschen erwachten langsam aus ihrer Trance und begannen, über das Erlebte zu reden.

„Was für eine interessante Interpretation", sagte ein Mann plötzlich hinter ihnen. „Ganz erstaunlich."

„Ja, vor allem Debussys *Prélude à l'Après-midi d'un Faune*", antwortete eine Frau mit müder Stimme. „Hubert, du wirst es nicht glauben, aber ich hatte das Bild eines ausbrechenden Vulkans vor Augen, der Lava spuckt. Mir kam es vor, als würde der Saal brennen. Ich sah überall Feuer und Rauch."

Als Vincent das hörte, blickte er Magali aus schmalen Augen an. Feuer und Rauch: Das hatte Véronique Milhaud vor ihrem Tod fortwährend wiederholt. Mit einem Mal war seine Müdigkeit wie weggeblasen.

„Wir müssen mit Emile reden", sagte er.

Als das Paar unweit der Oper in den Peugeot stieg und den Motor anließ, erwachte ein schwarzes Automobil zum Leben, das auf der anderen Straßenseite geparkt hatte. Drinnen saßen zwei Männer.

„Hinterher!", befahl derjenige mit dem schwarzen Fedora.

Kapitel 14

Paris, April 1926

Am nächsten Morgen begab sich Vincent erneut zur Polizeistation des 4. Arrondissements. Nachdem er Emile mehrmals vergeblich zu sprechen versucht hatte, sein Freund schien wie vom Erdboden verschluckt zu sein, hatte er beschlossen, dass er nicht länger warten und direkt mit dem neuen Verantwortlichen bei der Polizei reden würde. Vor dem Eingang hatte sich eine lange Schlange gebildet. Nach dem Mord an Kommissar Fournier wurden Besucher nur nach gründlicher Leibesvisitation eingelassen, was bei den Wartenden für Unmut sorgte. Es dauerte beinahe eine Stunde, bis Vincent endlich im Vorraum stand, wo sich bereits mehrere Personen vor der Anmeldung eingefunden hatten. Unbeirrt drängelte er sich zum diensthabenden Brigadier vor.

„Hey, was machen Sie da?"

„Eine Unverschämtheit ist das!"

„Monsieur! Wo haben Sie Ihre guten Manieren gelassen?"

„Guten Morgen", sagte Vincent, den Tumult ignorierend, den er ausgelöst hatte.

Ungerührt blickte ihm der Brigadier entgegen. „Wollen Sie einen Überfall melden?"

„Wie bitte?"

Wortlos zeigte der Polizist auf Vincents

ramponiertes Gesicht.

„Nein, nein. Deshalb bin ich nicht hier. Ich möchte mit dem Verantwortlichen sprechen, der in der Methusalem-Sache ermittelt."

„Das wollen viele", antwortete der Brigadier. „Ihr Name?"

„Vincent Lefèvre. Ich habe eine wichtige Aussage zu machen."

„Vincent Lefèvre? Hmm …" Der Polizist schien kurz nachzudenken. „Warten Sie hier. Ich hole Kommissar Tullio."

„Entschuldigen Sie", warf Vincent ihm zu. „Aber meine Aussage ist nicht für fremde Ohren bestimmt. Wäre es nicht besser, Sie würden mich direkt zu ihm bringen?"

Entweder hatte der Brigadier ihn nicht gehört, oder aber er ignorierte seine Worte geflissentlich, jedenfalls wandte er sich ab und verschwand in einem der hinteren Büros.

Geht schon gut los!, dachte Vincent verstimmt und blickte sich um. Feindselige Augenpaare starrten zurück. Wieder einmal war das Völkchen, das sich hier zusammengefunden hatte, bunt gemischt. Von gut situierten Bourgeois bis hin zu Clochards war alles vertreten, wobei gerade diese beiden Gruppen sorgsam darauf achteten, nicht zu nah beieinanderzustehen.

„Sie wollten mich sprechen?"

Kommissar Tullio war nicht sehr groß und schlank, hatte rötliche Haare und einen sorgsam gezwirbelten Schnauzbart. Sein Gesicht auf der anderen Seite des Schalters glänzte geschäftig.

„Ja, Herr Kommissar. Vielen Dank, dass Sie die Zeit gefunden haben, mit mir zu sprechen", begann

Vincent in einem unterwürfigen Ton, für den er sich verabscheute. „Es geht um diese Methusalem-Sache. Wenn ich einen wichtigen Hinweis für Sie habe, der zur Lösung des Falls beitragen kann, erhalte ich doch die Belohnung von 10.000 Francs, richtig?"

„Aber sicher." Kommissar Tullios Blick war unergründlich.

„Gut." Vincent lehnte sich vor. „Könnten wir vielleicht woanders hingehen, um in Ruhe miteinander zu sprechen?"

„Leider nein", antwortete sein Gegenüber ungerührt.

Das brachte Vincent kurzfristig aus dem Konzept. „Gut, also, ich … äh … glaube, dass die Todesfälle mit diesem Orchester zusammenhängen", flüsterte er.

„Mit diesem was? Sie müssen etwas lauter sprechen!"

„Orchester", wiederholte Vincent und blickte sich rasch um.

Bildete er sich das nur ein, oder war der Geräuschpegel um ihn herum gerade gesunken?

„Orchester?", wiederholte Kommissar Tullio ungläubig.

„Ja, ich glaube, dass …" Vincent hielt kurz inne. Selbst in seinen Ohren klang es unsinnig. „… die Musik tötet."

Kommissar Tullio richtete sich zu seiner vollen Größe auf. „Wie war nochmal Ihr Name?", fragte er in einem Tonfall, der Vincent das Gefühl vermittelte, dass der Mann genau wusste, wen er vor sich hatte.

„Vincent Lefèvre."

„Ach ja, richtig." Das Gesicht des Kommissars verdüsterte sich. „Hören Sie zu, Monsieur Lefèvre.

Ich weiß nicht, welchen Mist Sie uns hier vorsetzen wollen, und ehrlich gesagt interessiert es mich auch nicht." Jetzt war er derjenige, der sich vorlehnte. „Vielmehr bin ich hier, um Sie zu warnen. Ab sofort halten Sie sich fern von Brigadier Dubois."

„Brigadier Dubois?" Vincent versuchte, sich seinen Schrecken nicht anmerken zu lassen.

„Verkaufen Sie mich nicht für dumm!", zischte der Polizist, sodass nur Vincent ihn hören konnte. „Wir wissen, dass er Ihnen unberechtigterweise Informationen hat zukommen lassen. Und jetzt besitzen Sie die Frechheit, hierher zu kommen, und 10.000 Francs Belohnung zu fordern!" Sein Schnauzbart zitterte vor Empörung. „Brigadier Dubois wurde gestern schriftlich abgemahnt und mit sofortiger Wirkung für drei Monate in ein anderes Revier versetzt. Noch so ein Verstoß, und er gibt seine Uniform ab. Haben wir uns verstanden?"

Vincent nickte, während seine Gedanken rotierten.

„Gut, und jetzt sehen Sie zu, dass Sie verschwinden!", rief Kommissar Tullio laut und deutlich. „Ich will Sie hier auf der Polizeistation nicht noch einmal sehen!"

„Aber dieses Orchester …"

Doch der Schnauzbartträger hatte sich bereits abgewandt und ließ Vincent wie einen dummen Jungen stehen. Also blieb ihm nichts anderes übrig, als mit finsterer Miene zum Ausgang zu gehen, während um ihn herum spöttisches Gelächter aufbrandete.

„Ein weiterer Idiot, der abkassieren wollte!"

„Tja, große Klappe, nichts dahinter."

„Das wird dir eine Lehre sein, dich

vorzudrängeln, du Pfeife!“

Vincent war stinkwütend. Es hätte nicht schlechter laufen können. Sollten sich seine Träume tatsächlich in Luft auflösen, nur weil ein selbstgerechtes Arschloch am längeren Hebel saß? *Nur über meine Leiche!* Er brauchte diese 10.000 Francs, und er würde einen Weg finden, sie zu kriegen! Kaum hatte er den Gedanken zu Ende gedacht, als sich seine Nackenhaare sträubten. Ein Gefühl, das er vom Krieg her kannte, wenn ihn der Feind ins Visier genommen hatte. Alarmiert drehte er sich um. Doch inzwischen waren alle wieder mit sich selbst beschäftigt, niemand schien ihm mehr Beachtung zu schenken.

Vincent trat ins Freie und bog nach links, wo Gustave etwas weiter beim Peugeot auf ihn wartete. Schon nach wenigen Metern bemerkte er, dass er verfolgt wurde, allerdings stellte sich sein Schatten nicht sonderlich geschickt an. Vincent überlegte kurz, dann trat er, ohne langsamer zu werden, an der nächsten Ecke in eine Gasse und stellte sich mit dem Rücken zur Wand. Er wartete ab. Schon wenige Augenblicke später näherte sich jemand, blieb stehen, schien zu zögern, dann schob sich eine Silhouette vorwärts. Bevor der Mann reagieren konnte, denn unter der Schmutzschicht verbarg sich zweifellos einer, hatte Vincent ihn am Kragen gepackt. Er zerrte den Fremden tief in die Gasse hinein, wo er ihn hinter einer Mülltonne gegen die raue Hauswand presste.

Zwei gelbstichige Augen in einem ausgemergelten Gesicht starrten ihm entgegen. Sie waren voller Furcht, und dennoch lauerte dahinter so etwas wie Hoffnung. Der Fremde wog fast nichts, dass von ihm eine ernsthafte Gefahr ausging, war unwahrscheinlich, also lockerte Vincent seinen Griff.

Gleichzeitig baute er sich drohend auf, um keine Missverständnisse aufkommen zu lassen. Der Mann schwankte und lehnte sich mit dem Rücken gegen die Mauer. In der Hand hielt er ein rotes Bündel, im Gegenzug verschmolz sein verschlissener Anzug beinahe mit den Steinen.

„Was wollen Sie?“, grollte Vincent.

Die Lippen des Mannes bebten. Er war in sichtlich schlechtem Zustand, und ihm haftete der Geruch der Straße an. „Sie … Sie sagen … bei Polizei … Orchester …“ Er sprach gebrochenes Französisch mit starkem Akzent. „Orchester … Tod … Sie … recht.“

„Was?“ Verblüfft ließ Vincent den Mann los. „Woher wissen Sie das?“

„Ich … Ich …“

Vincent starrte auf das Häufchen Elend vor ihm und traf eine Entscheidung. „Sie können sich ja kaum auf den Beinen halten, Mann. Kommen Sie mit!“

Er umfasste den Fremden, um ihn zu stützen, und trat mit ihm aus der Gasse. Schon nach wenigen Metern spürte er ein stechendes Ziehen in den Beinen, doch glücklicherweise war es nicht mehr weit zum Wagen. Als Gustave ihn sah, eilte er sofort herbei. Gemeinsam verfrachteten sie den Fremden, der alles widerstandslos über sich ergehen ließ, auf die Rückbank.

„Wer ist das, Patron?“, fragte Gustave.

„Keine Ahnung, aber er kann uns vielleicht helfen“, antwortete Vincent und rieb sich die schmerzenden Knie. „Fahr uns zum Klub! Er muss etwas essen.“

Dort angekommen bekam der Mann in der Küche eine heiße Gemüsesuppe und Roastbeef serviert, und während er alles mit reichlich Brot und dankbarem Blick vertilgte, saßen Vincent und Gustave schweigend daneben und betrachteten ihn. Das rote Bündel legte der Fremde neben sich auf den Tisch. Es war schwer, das Alter des Mannes einzuschätzen. Er konnte vierzig, aber genauso gut siebzig sein. Ein Veteran des letzten Krieges vielleicht … Einer von Tausenden, die mit leeren Augen durch die Straßen streunten und wie Spukgestalten die vergnügungssüchtigen Pariser an die Hölle erinnerten, die sie so verzweifelt zu vergessen versuchten. Der Mann befand sich in einem bedauernswerten Zustand, kränklich und unterernährt, dafür wirkten seine Hände erstaunlich feingliedrig und unversehrt, als würden sie einer anderen Person gehören. Ohne ein Wort zu sagen, schob ihm Vincent ein Glas verdünnten Rotwein zu, das der Fremde mit dem Hauch eines Lächelns annahm. Erstaunlich, wie zivilisiert ihn das machte.

Nachdem er fertig gegessen hatte, lehnte er sich in seinem Stuhl zurück, dann entfuhr ihm ein leises Rülpsen. Sofort flog seine Hand zum Mund.

„Pardon“, sagte er sichtlich beschämt. Offenbar hatte er eine gute Erziehung genossen.

Vincent lächelte. „Kein Problem. Zum Glück sind keine Damen anwesend.“ Kurze Pause. „Geht es Ihnen besser?“

„Ja, ich danke.“

„Also gut, wer sind Sie?“

„Mein Name Andrej Kaminski“, erklärte der Mann. „Meine Tochter … Anna … spielt in Orchester.“

Neugierig beugte sich Vincent nach vorn. „Wirklich? Erzählen Sie!“

Das tat der Mann dann auch. Er redete und redete, und je mehr er sprach, desto erregter wurde er, als sei ein Damm in seinem Inneren gebrochen. Die Wörter kamen so schnell aus seinem Mund, dass Vincent nicht alles verstand, dennoch genügten sie, um sich ein Bild zu machen. Seine Tochter und er stammten aus Warschau. Vor sieben Jahren war seine damals elfjährige Tochter Anna der *Philharmonie der Zwei Welten* beigetreten. Andrej hatte sie schweren Herzens ziehen lassen, doch die Trennung hatte ihm mehr zugesetzt als erwartet. Also hatte er eines Tages alles stehen und liegen lassen – Vincent mutmaßte, dass es nicht viel gewesen sein konnte –, und war mit dem wenigen, was er noch besaß, seiner Tochter nachgereist. Hatte stundenlang in dunklen Ecken gelauert, um einen flüchtigen Blick auf sie zu erhaschen. Hatte aus der Ferne beobachtet, wie sie größer geworden war, im Stillen mit ihr gelacht und geweint, ihr beigestanden. In ihren Konzerten war er nie gewesen, er hatte sich den Eintritt nicht leisten können. Das Geld, das er als Straßenmusikant verdient hatte, hatte gerade so ausgereicht, um die Reisen und schäbigen Unterkünfte zu bezahlen. Zuletzt hatte er seine geliebte Geige verkaufen müssen. Seitdem bettelte er sich das Geld zusammen.

Einen Vorteil hätte es, wenn man auf der Straße lebte, so Andrej. Man sah und hörte vieles. So hatte auch er von den Todesfällen in Paris und anderswo gehört und irgendwann den Zusammenhang erkannt. Heute war er mit dem festen Vorsatz in die Polizeistation des 4. Arrondissements gegangen, zu erzählen, was er wusste, doch war er immer wieder von anderen, kräftigeren Leuten beiseitegeschoben worden. Er hatte beinahe die Hoffnung aufgegeben, bei jemandem Gehör zu finden, bis Vincent aufgetaucht war.

Dieser dachte an den Todesfall von 1895, auf den Magali und er gestoßen waren. „Was wissen Sie über die *Philharmonie der Zwei Welten*, Monsieur Kaminski?“, fragte er.

„Bestes Orchester ich hören“, antwortete Andrej. „Arturo Menotti Genie.“

„Hmm.“ Vincent runzelte nachdenklich die Stirn. Von diesem Namen hatte er noch nie etwas gehört. „Wer ist das?“

„Früher Chef von Orchester. Heute aber alles anders.“

„Wir müssen mit Ihrer Tochter sprechen.“

„Das schwer. Sie niemals verlassen Hotel, außer zu Oper für Konzert. Mit speziell Omnibus.“

„In welchem Hotel ist sie untergebracht?“

„Hotel Mimosa.”

Vincent kannte das Hotel. Es befand sich in einer Seitenstraße der Rue de Lafayette, nur wenige Fahrminuten vom Palais Garnier entfernt.

Er räusperte sich. „Können Sie mir erklären, warum das alles passiert, Monsieur Kaminski? Die Musik? Die Toten?“

Wortlos zog Andrej das Bündel zu sich heran und entnahm ihm ein schmales ledergebundenes Büchlein.

„Tagebuch von Anna“, flüsterte er.

„Darf ich?“, fragte Vincent.

Andrej nickte.

Beinahe ehrfürchtig öffnete Vincent das Büchlein. Die Schrift war von einer ungewöhnlichen Klarheit, die Buchstaben sorgfältig geformt, und er brauchte einen Moment, um zu begreifen, dass er den

Text lesen konnte.

„Das ist Französisch!", rief er verblüfft.

„Ja. Französisch und Italienisch Sprachen von Musiker."

Das waren die letzten Worte, die Andrej herausbrachte, bevor er erschöpft in sich zusammensank. Nur mit Mühe hielt er seinen Kopf davon ab, kraftlos auf den Tisch zu schlagen. Mit Gustaves Hilfe brachte ihn Vincent in die hintere Garderobe, die in der Regel den Stars wie Mistinguett vorbehalten waren, und legte ihn dort aufs Sofa. Kaum hatte Andrej sein Haupt aufs Kissen gelegt, war er auch schon eingeschlafen. Gedankenverloren sah Vincent auf ihn herunter, dann begab er sich gemeinsam mit Gustave zurück in die Küche, wo Annas Tagebuch auf dem Tisch lag.

„Wie schnell kannst du lesen, Gustave?", fragte er.

Der ehemalige Boxchampion grinste verlegen.

„Dachte ich mir."

„Der arme Mann!", murmelte Magali, als sie wenig später die ganze Geschichte hörte. Sie wischte sich eine Träne aus dem Augenwinkel. „Er muss seine Tochter sehr lieben. Was für ein Glück sie doch hat …" Sie hielt ihren Blick starr auf den leeren Tanzsaal gerichtet, ohne wirklich etwas zu sehen.

„Kein Grund für Selbstmitleid", sagte Vincent energisch, der neben ihr saß. „Du wirst von vielen Menschen geliebt! Nimm hier Gustave zum Beispiel. Er betet den Boden unter deinen Füßen an. Du brauchst nicht den Kopf zu schütteln, alter Freund, ich weiß es. Und was Emile betrifft ... Nun, ich bin sicher, sein Herz schlägt nicht nur für Orchideen."

Dabei zwinkerte er dermaßen übertrieben, dass Magali spontan in Lachen ausbrach. „Du weißt doch, dass er an Frauen nicht interessiert ist."

„Wirklich?", fragte Vincent und hob in gespielter Überraschung die Augenbrauen. „Was für ein Skandal! Aber zum Glück gibt's ja immer noch Papi."

Und mich, fügte er gedanklich hinzu.

Worauf Magali ihn mit dem Ellenbogen knuffte und ihm ein leises „Ach, du" entbot.

Ihr Blick fiel auf das ledergebundene Tagebuch, das auf dem Tisch lag. Sie griff danach und öffnete es vorsichtig. Dann, nachdem sie abwechselnd Vincent und Gustave angeschaut hatte, begann sie daraus vorzulesen.

12. Oktober 1922

Istanbul ist eine faszinierende Stadt! Die seltsam gekleideten Menschen, die exotischen Gerüche und dann der Bosporus. Pjotr und ich sind gestern Morgen auf dem Basar gewesen. So viele Farben, so viel Freude. Die Menschen lachen in einem fort. Es ist hier so ganz anders als in Warschau. Wenn das Tata nur sehen könnte! Maestro Menotti hat uns die Hagia Sophia gezeigt, so etwas Majestätisches habe ich zuvor noch nie gesehen. Als wir am Abend Scheherazade von Rimski-Korsakow gespielt haben, war es wie eine Offenbarung. Ich habe meine eigene Glückseligkeit in den Gesichtern der Zuhörer gesehen, die so ganz anders sind als wir, und doch so gleich.

13. März 1923

Pjotr ist eben zur Tür raus. Er war hier, um mir zu sagen, dass er in drei Monaten das Orchester verlässt. Ich will nicht weiter darüber nachdenken. Heute Nachmittag werde ich mir die Akropolis ansehen. Ohne Pjotr. Ich bin wirklich sehr wütend auf ihn.

6. Juni 1923

Mein Herz ist von Trauer erfüllt. Heute hat uns Pjotr verlassen. Er hat sein Cello zurückgegeben und ist gegangen. Ohne sich noch einmal umzudrehen. Gestern Abend haben wir noch lange zusammengesessen und geredet. Zu meiner Scham muss ich gestehen, dass ich viel geweint habe. Er war für mich wie ein großer Bruder und ich werde ihn schrecklich vermissen. Das ganze Orchester trauert, und auch Maestro Menotti wirkt sehr niedergeschlagen. Ich hoffe, Pjotr findet, was er sucht.

25. Dezember 1923

Unser erstes Weihnachten ohne Pjotr. Maestro Menotti hat alles getan, damit wir ein schönes Fest verleben. Nach der Christmette haben wir uns auf den Straßen von Sevilla die Prozession angeschaut. Ich habe mich Gott noch nie so nah gefühlt. Ich denke, dass neben uns Polen die Spanier das gottesfürchtigste Volk auf der Erde sind. Hier fühle ich mich fast wie zu Hause.

3. Februar 1924

Wir sind wieder in Florenz. Ich erinnere mich gut, als ich mit Pjotr hier war. Es macht mich traurig, dass ich ihn seit seinem Weggang nicht mehr gesehen habe. Maestro Menotti meint, ich solle mir keine Sorgen machen. Pjotr habe eine Anstellung in einem Weltklasseorchester gefunden, so wie er es immer gewollt hat. Ich freue mich für ihn, trotzdem wünschte ich, er wäre hier. Der Cellist, der seine Stelle eingenommen hat, ist nett, aber er ist nicht Pjotr.

15. Juli 1924

Seit heute haben wir zwei Neue. Eine Flötistin und einen Hornisten. Sie sind gut, aber sie gehören nicht zum Kreis der

Zwölf. Nächsten Monat fahren wir nach Kiew, von dort aus geht es dann nach Moskau und Leningrad. Ich freue mich darauf, „Bilder einer Ausstellung“ von Mussorgski zu spielen. Ich glaube, das wird etwas ganz Besonderes.

30. November 1924

Seit meinem letzten Eintrag ist viel Zeit vergangen. Russland ist ein faszinierendes Land. Die Gegend zwischen Moskau und Leningrad ist ein einziger Wald. Wohin man sieht, Bäume, und dazwischen bunte Bauerndörfer, die so ganz anders sind als das quirlige Moskau. Ich bin gespannt, was mich in Leningrad erwartet. Es heißt, die Stadt übertrifft an Pracht sogar Moskau.

1. Januar 1925

Heute ist das Neujahrskonzert ausgefallen! Wir erhielten eine Nachricht von Maestro Menotti. Er musste überstürzt abreisen. Seine Mutter liegt im Sterben. Ich wusste gar nicht, dass sie noch lebt, und schäme mich dafür, wie wenig ich über den Maestro weiß. Er hat geschrieben, dass wir uns nicht beunruhigen sollen. Er würde für einen schnellen Ersatz sorgen, bis er wieder zurück ist. Ich werde für seine Mutter beten.

5. Januar 1925

Ich bin so glücklich! Pjotr ist wieder da! Maestro Menotti hat ihn ausfindig gemacht und gebeten, bis zu seiner Rückkehr das Orchester zu leiten. Ich habe Angst, dass das Herz in meiner Brust platzt, so glücklich bin ich!

15. Januar 1925

Heute kam ein Brief von Maestro Menotti. Er muss seinen Aufenthalt in Italien verlängern. Es scheint, als ob seine Mutter sich mit allen Mitteln gegen den Tod wehrt. Ist es verwerflich, sich darüber zu freuen, dass uns dank seines

Unglücks Pjotr länger erhalten bleibt?

20. Februar 1925

Wir müssen ohne den Maestro nach London fahren. Pjotr macht seine Sache gut, auch wenn er nicht Maestro Menotti ist. Mit ihm erreichen wir die Vollkommenheit nicht, die ich in den letzten Jahren so sehr zu schätzen gelernt habe. Unsere Konzerte sind nach wie vor ausverkauft, und die Menschen immer noch begeistert. Dennoch macht sich unter den anderen Elf Unmut breit, auch wenn sie versuchen, es vor mir zu verbergen.

15. März 1925

Ich glaube, Pjotr ist krank, aber er weigert sich, zum Arzt zu gehen. Die Stimmung im Orchester ist gedämpft, die Übellaunigkeit der Elf hat sich auf die anderen Musiker übertragen. Vielleicht liegt es aber auch am Dauerregen. Ich mache mir große Sorgen und wünschte, Maestro Menotti wäre hier.

Kapitel 15

Leningrad, 1. Januar 1925

Den geliebten Schal fest um den Hals gewickelt und den Kragen seines dicken Mantels bis über die Ohren gezogen, stapfte Arturo Menotti durch das stille Weiß des Leningrader Winters. Der Spazierstock mit dem silbernen Knauf war sein einziger Gefährte. Es war früh am Neujahrsmorgen, und nach einer ausgelassenen Nacht lag die Stadt noch in Morpheus Armen. Der Gott des Schlafes mochte es an diesem Tag besonders frostig, was der Maestro genoss, denn die Kälte half ihm, die Musik in seinem Kopf deutlicher zu hören. Die Tournee durch das stalinistische Russland verlief erwartungsgemäß gut, wie alle Tourneen der Philharmonie seit Anbeginn ihrer Gründung vor mehr als zwei Jahrhunderten. Es gab also keinen Grund zur Sorge, dennoch hatte ihn etwas aus seinem warmen Bett hierher auf die Haseninsel getrieben. Jetzt ging er entlang der gelblichen Mauer der Peter-und-Paul-Festung, die von einigen kahlen Bäumen flankiert wurde. Der Nebel hing weiß und schwer über der Festung, und Menotti konnte das Engelsstandbild auf der vergoldeten Spitze der Kathedrale im Inneren nur mit Mühe erkennen. Bis vor einem Jahr waren hinter den dicken Mauern politische Gefangene in ihren feuchten Kerkern vermodert, heute war der Komplex ein Museum des

Horrors, das Scharen von Touristen anlockte. An diesem Morgen jedoch war Menotti der einzige Besucher weit und breit. Sobald sich der Nebel verflüchtigt und die Sonne das kalte Feuer von Schnee und Eis entfacht hätte, würde sich die geisterhafte Kulisse in einen der atemberaubendsten Plätze der Welt verwandeln. Schönheit und Grauen in trauter Nachbarschaft. So war Russland.

Menotti nahm einen Trampelpfad, der zur eisbedeckten Newa führte, um einen besseren Blick auf das Winterpalais zu erhaschen, dessen grünweiße Fassade bereits hier und da durch den Nebel aufblitzte. Ein eisiger Wind kam auf, der ihn frösteln ließ, also beschloss er, sich auf den Rückweg zu machen. Zeit für einen heißen Kaffee mit Schuss.

Als er sich umdrehte, entdeckte er an der Festungsmauer die Silhouette eines Mannes. Neugierig kniff er die Augen zusammen. Der Mann schien sich in seine Richtung zu bewegen, und so blieb Menotti abwartend stehen. Erst als dieser bis auf wenige Meter herangetreten war, erkannte der Maestro ihn, und ein breites Lächeln erschien auf seinem vor Kälte geröteten Gesicht.

„Pjotr! Mein lieber Junge, was für eine wunderbare Überraschung!“

Voller Freude breitete er die Arme aus, in die sich sein ehemaliger Zögling ohne zu zögern flüchtete.

„Maestro“, flüsterte dieser von Gefühlen überwältigt.

Menotti drückte ihn herzlich, dann schob er ihn sanft von sich weg. „Lass dich ansehen. Gut siehst du aus!“

Und das tat Pjotr. Inzwischen war er achtzehn

Jahre alt, und noch immer strotzte er vor Lebenshunger, auch wenn Menotti hinter dessen grünen Augen einen Schatten zu erkennen glaubte.

„Wie ist es dir ergangen, seit du uns verlassen hast? Erzähl!"

Pjotr senkte kurz den Kopf, bevor er Menotti erneut anblickte. „Genau darum geht es, Maestro."

Ein Hauch von Kummer legte sich über Menottis Gesicht. „Fängst du wieder damit an, Junge?"

„Sie haben meine Briefe also erhalten?"

Menotti nickte nur.

„Warum haben Sie nicht geantwortet?"

„Es gibt nichts, was ich darauf hätte erwidern können. Als du dein Instrument aus freien Stücken zurückgegeben hast, ist das Band zerrissen."

„Ich muss zurückkommen, Maestro, sonst gehe ich zugrunde."

„Ich habe deinen Werdegang verfolgt, Junge. Du bist seit fast einem Jahr bei den Londoner Symphonikern. Einem erstklassigen Orchester."

„Aber sie sind nicht die *Philharmonie der Zwei Welten*!", stieß Pjotr heftig hervor.

„Nein." Arturo Menotti machte eine kurze Pause. Als er fortfuhr, war seine Stimme von Trauer getränkt. „Ich hatte dich gewarnt, Pjotr. Ich hatte dir gesagt, dass es eine Reise ohne Wiederkehr ist. Du wolltest nicht auf mich hören."

„Sie wollen mich bestrafen, nicht wahr?", murmelte Pjotr.

„Wie bitte?" Nun lag leichter Unmut in Menottis Stimme.

„Sie wollen mich dafür bestrafen, dass ich unfolgsam war, nicht so funktionierte wie die anderen.

Aber ist es nicht mein gutes Recht, *jedermanns* gutes Recht, sich nach etwas anderem zu sehnen?"

„Nicht in diesem Fall, Junge. Du hättest mir vertrauen müssen."

Eine längere Pause trat ein. Gerade als Arturo Menotti seine Hand nach Pjotr ausstreckte, ließ ihn dessen Flüstern innehalten.

„Ich weiß von dem Taktstock."

Der Maestro runzelte die Stirn. „Wovon sprichst du?"

Pjotr sah auf. Seine Augen funkelten. „Halten Sie mich nicht für naiv, Maestro! Ich habe die alten Briefe hinter den Fotos gefunden … und gelesen. Dank Ihnen ist mein Italienisch perfekt, was sich in diesem Fall als echtes Glück entpuppt hat."

Mit versteinertem Gesicht blickte Menotti Pjotr an. „Wie konntest du nur?"

„Nein! Die Frage müsste eher lauten: Wie können Sie nur?"

Menottis Hand krampfte sich um den Knauf seines Stocks. „Wie kann ich was?"

„So selbstsüchtig sein." Pjotr machte eine kurze Pause, dann trat er einen Schritt auf Menotti zu, der die Schultern sinken ließ.

„Du hältst mich also für selbstsüchtig?"

„Ja", stieß Pjotr hervor.

„Und was sollte ich deiner Meinung nach tun?", fragte Menotti mit müder Stimme. „Sag mir das, hm. Was?"

„Nehmen Sie mich wieder auf!" Ein flehender Unterton hatte sich in Pjotrs Stimme geschlichen. „Maestro, Sie fehlen mir. Alle fehlen mir. Verglichen mit der *Philharmonie* klingen andere Orchester wie Dorfkapellen."

„Tut mir leid, Junge."

„Erneuern Sie das Band!" Pjotr ballte unbewusst die Fäuste.

„Das liegt nicht in meiner Macht."

„Das glaube ich Ihnen nicht. Sie sind der Hüter, alles ist möglich!"

In einer hilflosen Geste hob Arturo Menotti die Hände. „Alles, was ich habe, alles, was ich bin, verdanke ich den Instrumenten. Es ist ihr Wille, nicht meiner."

„Sie lügen!" Pjotrs Verbitterung trug weit bis auf die vereiste Newa hinaus. „Ich habe Sie durchschaut: Sie wollen Ihre Macht mit niemandem teilen!"

„Hier geht es nicht um Macht, Junge. Hier geht es allein um die Musik. In all den Jahren hat es keinen besseren Cellisten gegeben als dich, aber leider hast du nichts verstanden." Aus Menottis Stimme klang deutlich die Enttäuschung heraus. „Du gehörst nicht mehr zu uns. Geh zurück zu den Londonern Philharmonikern und bitte sie darum, dich wieder aufzunehmen. Sei dankbar, wenn sie es tun. Denn etwas Größeres wird dir in diesem Leben nicht mehr widerfahren."

In Pjotr brach etwas. Mit einem Schrei warf er sich auf Arturo Menotti. Bevor dieser reagieren konnte, hatte er dessen Spazierstock gepackt und versetzte ihm mit dem silbernen Knauf einen heftigen Schlag gegen die Brust. Unglaube breitete sich auf Menottis Gesicht aus, während er hilflos mit den Armen ruderte und die kleine Böschung hinter ihm herabstolperte. Da erst schien er den Schmerz in seiner Brust zu spüren und krümmte sich zusammen.

„Maestro ...", flüsterte Pjotr erschrocken.

In dem Moment knackte es unheilvoll in der

morgendlichen Stille. Die Welt erstarrte, die Blicke der beiden Männer krallten sich ineinander fest. Dann brach der Boden unter Menotti auf, und die erweckte Newa streckte ihre gierigen Zungen nach ihm aus.

„Pjotr, hilf mir!“, schrie dieser mit rauer, kehliger Stimme, während er versuchte, sich aus dem eiskalten Wasser zu ziehen, doch jedes Mal, wenn er sich festhalten wollte, brach das Eis weiter ein.

Mit dem festen Vorsatz seinen ehemaligen Mentor zu retten, lief Pjotr die Böschung hinunter. Und hielt plötzlich inne. In seinem Gesicht arbeitete es. Wut, Verzweiflung und Hoffnung wechselten sich nacheinander ab. Als der Maestro Pjotrs Zögern bemerkte, begann er noch wilder mit den Armen zu rudern. Seine tauben Beine konnte er kaum mehr bewegen.

„Pjotr, bitte.“ Seine Stimme wurde drängender. „Junge …“ Erst jetzt schien er zu begreifen, dass sein einstiger Zögling ihm nicht helfen würde. „Du … machst einen schrecklichen … Fehler.“ Er begann mit den Zähnen zu klappern, während Pjotr ausdruckslos zusah. „Die … Instrumente … magisch … schwer zu beherrschen …“ In diesem Moment schluckte er Eiswasser und begann zu husten. „Es … es … ist gefährlich. Damals in Rom … Nur … ich … der Taktstock … nur ... ich … kann … nur … ich …“

Menotti sagte noch etwas, doch der Rest ging in einem Gurgeln unter, als das Wasser über seinem Kopf zusammenschlug. Pjotr sah noch, wie der Maestro, dessen Hände immer wieder in wilder Verzweiflung durch die Oberfläche stießen, um sein Leben kämpfte. Dann wurde auch dieses letzte Aufbäumen von der Newa verschlungen.

Lange Sekunden stand der junge Mann da, die

Augen gerötet, die Lippen zu einem schmalen Strich verengt, während das, was er auf der Welt neben der Musik am meisten geliebt hatte, unterging – allein mit seinen Gedanken und seiner Reue, die ihn wie eine wilde Bestie von innen heraus zu verschlingen drohte. Wie betäubt hob er den Spazierstock auf, den Menotti hatte fallen lassen. Fast zärtlich strich er über den Knauf, bevor er ihn im hohen Bogen ins Wasser warf, wo er seinem Herrn ins Vergessen folgte.

Dann flüsterte Pjotr etwas, das nur der Wind hören konnte. „Sie irren sich, Maestro. Mir ging es immer nur um die Musik."

Während sich die Sonne hinter ihm ihren Weg durch den Nebel bahnte, ging er den Weg zurück zur Festungsmauer, darauf bedacht, nicht auf die Fußspuren seines toten Mentors zu treten.

Kapitel 16

Paris, April 1926

Magali schob sich eine Haarsträhne hinters Ohr, dann las sie weiter aus Annas Tagebuch vor.

2. April 1925

Heilige Mutter Gottes! Heute hat uns Pjotr erzählt, dass Maestro Menotti tot ist. Er war bereits auf dem Weg zu uns, als er mit dem Zug verunglückt ist. In der Zeitung stand etwas darüber. Der Zug ist zwischen Paris und Calais entgleist, es gab viele Tote. Wir sind so verzweifelt. Pjotr hat versucht, uns zu trösten und gemeint, dass wir das Erbe des Maestros weiterführen sollen, um ihn auch im Jenseits stolz zu machen. Trotz seiner aufmunternden Worte frage ich mich, wie es ohne den Maestro weitergehen soll. Ich habe Angst.

15. April 1925

Wir sind auf dem Weg nach Rom. Die Stimmung hat sich weiter verschlechtert. Der Hornist und die Flötistin sind schon fast ein Jahr im Orchester, trotzdem mag ich sie nicht. Ich glaube, sie führen etwas im Schilde. Pjotr benimmt sich seltsam. Er erscheint nicht einmal mehr zu den Proben, nur zu den Konzerten, dann verschwindet er gleich wieder. Ich habe seit Wochen nicht mehr mit ihm gesprochen. Was hat er nur?

2. Mai 1925

Gestern sind wir in London angekommen. Es kommt

mir vor, als wären wir auf der Flucht. Es ist schwer in Worte zu fassen, aber ich glaube, dass meine Klarinette ebenfalls Kummer hat. Wenn ich sie spiele, fühlt sie sich anders an. Kalt und abweisend. Aber das Schlimmste ist, dass Pjotr von einer schlimmen Krankheit befallen wurde. Er will nicht darüber reden, doch sein Gesicht ist eingefallen, seine Augen haben sich in ihre Höhlen zurückgezogen, als hätten sie etwas zu verbergen. Wo ist nur sein wunderschönes Lächeln geblieben? Er sieht aus wie ein alter Mann.

22. Juni 1925

Gott, steh uns bei! Pjotr ist vom Teufel besessen! Er hat sich gestern mit einer Stricknadel das linke Trommelfell durchbohrt! Er, der die Musik so sehr liebt. Warum hat er das getan? Was passiert mit ihm? Ich werde für ihn beten und in der Kirche eine Kerze anzünden.

25. September 1925

Ich habe schon lange nichts mehr geschrieben, denn mir kommt es vor, als würde ich das Böse heraufbeschwören, wenn ich darüber schreibe. Aber ich muss es, ich muss es! Seit Pjotr auf einem Ohr taub ist, ist alles noch schlimmer geworden. Ich fürchte, er ist dabei, den Verstand zu verlieren. Er macht mir Angst. Ich habe versucht, mit ihm zu reden, aber er sperrte sich. So viel Hass in seinen Augen.

30. November 1925

Ab sofort dürfen wir ihn nicht mehr mit seinem Vornamen anreden. Er will, dass wir ihn „Der Konzertmeister" nennen. Seit einigen Wochen hält er unsere Instrumente unter Verschluss. Nur zu den Konzerten und den Proben bekommen wir sie ausgehändigt. Es widerstrebt mir immer mehr, meine Klarinette anzufassen, geschweige denn zu spielen. Sie erscheint mir so fremd.

15. März 1926

Ich bin ohne Hoffnung. Wir sind in Paris, der Stadt der Liebe, sagt man, doch sie kommt mir düster vor. Wir leben wie Gefangene, er kontrolliert jeden unserer Schritte, und ich habe solche Angst, dass er mein Tagebuch entdeckt. Die Stadt ist von einer Epidemie befallen, Menschen sterben, und genauso ist auch unsere Musik. Böse und zerstörerisch. Wenn ich spiele, ist in mir ein Gedanke, dann die Geste und dann der Ton. Ich stelle mir Farben und Bilder vor, doch wo früher Licht und Frohsinn meinen Kopf ausfüllten, sind jetzt nur noch Schatten und Finsternis. Wenn ich spiele, ist meine Klarinette von Hass erfüllt. Sie ist ich, und ich bin sie. Ich fürchte, wir sind verloren.

1. April 1926

Gestern hat sich eine der Flötistinnen umgebracht. Sie hat sich vom Dach des Palais Garnier in die Tiefe gestürzt. Ihr Name war Katrin. Sie gehörte nicht zu den Zwölf, dennoch ist ihr Verlust sehr schmerzhaft.

10. April 1926

Wir haben wieder jemanden verloren, diesmal ist es Miguel, ein Geiger. Er ist spurlos verschwunden. Seine Violine und all seine Sachen hat er im Hotelzimmer zurückgelassen. Hoffentlich geht es ihm gut. Ich denke aber, ganz gleich, wo er jetzt ist, ihm wird es besser ergehen als uns anderen, die er zurückgelassen hat.

15. April 1926

Wir sind nur noch seelenlose Geister, und ich glaube, dass uns nicht einmal mehr Gott helfen kann. Ich habe nicht mehr die Kraft zu beten. Tata, wo bist du? Ich brauche dich so.

„Von diesem Unglücksfall im Palais Garnier habe ich

gehört“, murmelte Magali nach einer sehr langen Pause. Sie war etwas blass um die Nase. „Allerdings hieß es, es sei ein Unfall gewesen, die Frau sei überfahren worden. Von Selbstmord war keine Rede gewesen.“

„Sie haben die Sache vertuscht“, sagte Vincent leise und fuhr sich durchs Gesicht, während Gustaves leerer Blick auf dem ledergebundenen Büchlein in Magalis Händen ruhte. Es war offensichtlich, dass das eben Gehörte den ehemaligen Boxchampion ebenfalls stark mitgenommen hatte.

„Was hast du jetzt vor?“, fragte Magali an Vincent gewandt.

„In fünf Tagen läuft die Frist ab, dann muss ich der *Näherin* ihre 6.700 Francs zurückgeben.“ Es tat Vincent gut, über konkrete Zahlen zu sprechen. Es brachte ihn wieder auf den Boden der Tatsachen zurück.

„Bis dahin schaffen wir es nicht.“

„Doch!“, stieß er hervor. „Dieses Tagebuch liefert den Beweis, den wir gebraucht haben. Mit diesem Orchester stimmt etwas nicht, und anhand der Zeitungsartikel und Andrejs Beobachtungen können wir aufzeigen, dass es einen Zusammenhang mit den Todesfällen gibt.“

„Was ist, wenn es sich nur um das Hirngespinst eines unglücklichen jungen Mädchens handelt?“ erklang es plötzlich neben ihnen.

Es war Gustave.

Bevor er antwortete, warf Vincent Magali einen kurzen Blick zu. „Wir wissen, was wir während des Konzerts gespürt haben. Es war …“ Er suchte nach dem passenden Wort.

„Böse.“ Magalis Stimme war nicht mehr als ein

Flüstern.

Vincent nickte. „Genau, wie Anna es in ihrem Tagebuch beschreibt."

„Was für ein Glück!", sagte Gustave hörbar erleichtert.

„Glück?" Magali blickte ihn verwirrt an.

„Dass Sie beide während des Konzerts beschützt wurden."

Vincent rang sich ein Lächeln ab. *Der Talisman des Fakirs Fhakya-Khan.*

„Wenn du es sagst", antwortete er und zwinkerte Magali zu.

Diese schenkte ihm ein mattes Lächeln, wurde aber gleich wieder ernst. „Vincent, auch wenn wir die Belohnung bekommen sollten, wirst du das Geld nicht rechtzeitig der *Näherin* geben können. Du weißt doch, wie langwierig die Bürokratie sein kann."

„Ich gebe ihr den Peugeot als Sicherheit. Das mache ich aber nur, wenn ich weiß, dass wir garantiert die 10.000 Francs bekommen." Er machte eine kurze Pause. „Wir müssen diesen Kommissar Tullio überzeugen!"

„Der hat was gegen dich, bei dem kommst du nicht weit", entgegnete Magali. „Du solltest dich an eine höhere Stelle wenden, vielleicht sogar an den Polizeipräfekten persönlich."

„Wie stellst du dir das vor? Ich kann da nicht so einfach reinspazieren! Er wird von einer ganzen Armee von Speichelleckern abgeschirmt. Ich will nicht in deren Hintern kriechen müssen, nur um bei ihm vorzusprechen." Vincents Gesichtsausdruck verfinsterte sich. „Davon abgesehen könnte das Tage oder sogar Wochen dauern."

Magali zuckte ratlos mit den Achseln. „Weiß ich

auch nicht."

„Eben."

„Soviel ich weiß, ist der Polizeipräfekt ein Bewunderer des Fakirs", warf Gustave ein. „Ich glaube, mal gelesen zu haben, dass sie sogar miteinander bekannt sind."

„Und?", fragte Vincent unwirscher als von ihm beabsichtigt. „Wie soll uns das helfen?"

Sichtlich verlegen kratzte sich der ehemalige Boxer am Kopf. „Vielleicht können wir den Fakir von unserer Sache überzeugen, und der legt beim Polizeipräfekten ein gutes Wort für uns ein."

„Und wie sollen wir diesen … Fakir überzeugen?"

„Zweimal die Woche hält er in der Redaktion des *Petit Journal Illustré* eine Audienz ab, bei der man ihn um spirituellen Rat bitten kann", antwortete Gustave eifrig. „Heute Nachmittag ist es wieder soweit, wir haben Glück."

„Was denkst du dir, Gustave!" Vincent schnaubte. „Ich vertraue mich doch nicht einem dahergelaufenen Spin…"

„Die Idee ist gar nicht so schlecht", unterbrach ihn Magali. Ihre Wangen hatten wieder etwas Farbe angenommen. „Vielleicht weiß der Fakir Dinge, die uns weiterhelfen können. Was, wenn wir es hier mit übersinnlichen Phänomenen zu tun haben? Wenn sich jemand damit auskennt, dann wohl er."

Vincent schüttelte ungläubig den Kopf. „Das ist doch alles nur Mumpitz!"

„Mumpitz?" Magali zog verärgert die Stirn kraus. „Ich finde nicht, dass das, was Anna in ihrem Tagebuch beschreibt, Mumpitz ist." Als sie Vincents nachdenklichen Blick sah, wurde ihr Tonfall drängender. „Lass es mich versuchen. Vielleicht gelingt es mir tatsächlich, ein Treffen mit dem Polizeipräfekten zu vereinbaren. Ich werde dem Fakir nicht zu viel verraten. Nur das Nötigste."

„Was ist, wenn er Gedanken lesen kann?", warf Gustave ein, was ihm prompt spöttische Blicke einbrachte. „Ich meine ja nur", fügte er hastig zu.

„Wie willst du ihn dazu bringen, ein Treffen mit dem Polizeipräfekten zu vereinbaren?", fragte Vincent wieder an Magali gewandt.

Sie grinste. „Mir wird schon etwas einfallen."

„Wie du meinst. Dann versuch dein Glück beim Fakir, aber pass auf, was du ihm erzählst." Prompt verzog sich Gustaves Gesicht vor Enttäuschung, was Vincent dazu veranlasste, laut zu seufzen. „Und nimm das große Baby hier als Verstärkung mit."

In diesem Moment geriet der zweiflügelige Eingang des *Nuits Folles* in Bewegung, und Papi kam angelaufen, so schnell ihn seine alten Beine trugen. In der Hand hielt er ein Flugblatt.

„Es gab wieder einen Toten!", rief er außer Atem.

Vincent riss ihm die Druckschrift förmlich aus der Hand. Lange starrte er darauf, dann reichte er Magali das Flugblatt, ohne ein Wort zu sagen. Ein gequälter Ausdruck lag auf ihrem Gesicht, als sie es überflog. „Extrablatt" stand da und darunter einfach nur „Nummer 14". Der kurze Text verriet nichts Neues, die Zeichnung des Toten umso mehr. Spärliche Haare, kleine Augen und auffällig große Ohren. Magalis Pupillen weiteten sich, als sie ihn erkannte. Es handelte sich um den betrunkenen Mann, der sie in der Oper angerempelt hatte.

„Der Spanier ist verreckt, Chef."

„Wie konnte das passieren?" Der kalte Blick unter dem Fedora verhieß nichts Gutes. „Du solltest ihm Informationen entlocken, nicht ihn umbringen."

Der Rattenmörder mit der robusten Statur zuckte mit den Schultern. „Ich weiß auch nicht. Plötzlich hat er sich gekrümmt und ist dann erschlafft."

„Ein Herzanfall vielleicht?"

„Könnt' schon sein, Chef. Alles Memmen, diese Musiker!" Er pulte in seinem Ohr herum, was ihm einen strafenden Blick einhandelte. Mit einem leisen 'Plop' zog er den Finger schnell wieder heraus.

„Ist er immer noch unten?"

„Ja."

„Sieh zu, dass du die Leiche loswirst, und zwar schnell! Ich muss überlegen, wie wir weiter verfahren."

„Und was ist mit dem Klubbesitzer und seiner Kleinen?"

„Um die kümmere ich mich persönlich."

Nach diesen Worten entließ der Mann mit dem schwarzen Fedora den Rattenmörder und fuhr los. Sein Weg führte ihn zu einem bunt beleuchteten Kiosk am Eingang des Bois de Boulogne, der wie ein indischer Miniaturtempel aussah.

Kapitel 17

Paris, April 1926

Der große Fakir Fhakya-Khan war eine Enttäuschung. Schmächtig, mit einem Spitzbauch und einer Nase, die an eine reife Aubergine erinnerte. Da rissen der exotische Turban und die Ringe an den Fingern nicht viel heraus. Als Gustave seines Idols ansichtig wurde, bekam seine Begeisterung einen deutlichen Dämpfer, wie Magali amüsiert feststellte. Bis auf eine Seerose aus Emaille, auf der der Fakir thronte, war der Konferenzraum der Redaktion, in dem die „Audienz" stattfand, komplett leergeräumt. Vor der Tür drängten sich die Menschen, um in kleinen Gruppen abgefertigt zu werden.

„Ihre finanziellen Sorgen werden bald ein Ende haben", flüsterte der Fakir einem stark schwitzenden Mann mittleren Alters zu. „Sie werden ein großes Erbe antreten."

„Haben Sie Vertrauen. Ich sehe eine glückliche Fügung in den nächsten Wochen", lautete seine frohe Botschaft an eine ältere Dame.

„Sie heiraten nicht dieses Jahr, aber nächstes Jahr", beruhigte er ein junges Mädchen mit bebenden Lippen. „Sein Familienname beginnt mit einem N. Er wird in der Landwirtschaft arbeiten."

„Die beste Medizin gegen Ihr Leiden ist der Wille. Sie müssen handeln, Geist und Körper beschäftigen.“ So sein Rat an eine offensichtlich überforderte Mutter von zwei quengelnden kleinen Kindern. „Mit all meiner Kraft werde ich Ihnen beistehen, Ihr seelisches Gleichgewicht wiederzufinden.“

Irgendwann stand zwischen dem heiligen Mann und Magali und Gustave nur noch eine Matrone in einem voluminösen gelben Mantel, die darum flehte, von der Plage eines offenen Beins befreit zu werden. Mit Fistelstimme beschwichtigte der Fakir sie, spendete Trost ob ihres schlimmen Leidens, dennoch zeterte sie weiter, bis sie von einem Angestellten mit sanfter Gewalt weggeschafft wurde.

Daraufhin strich sich Magali eine Strähne aus dem Gesicht und setzte ein ehrfürchtiges Lächeln auf.

„Heiliger Mann“, murmelte sie.

„Mademoiselle“, kam es wohlwollend zurück. „Wie kann ich Ihnen helfen?“

Der Fakir rollte das R, sprach ansonsten perfektes Französisch. Wenn das ein Orientale ist, fresse ich einen Besen, dachte Magali. „Heiliger Mann“, wiederholte sie. „Mich plagt etwas … Ich finde deswegen keinen Schlaf mehr.“ Dann legte sie eine kleine zögerliche Pause ein.

„Nur zu, mein Kind. Um was geht es?“

„Ich … ich glaube, dass der Polizeipräfekt in großer Gefahr schwebt“, flüsterte sie.

Der Fakir machte eine kleine überraschte Geste. „Wie kommen Sie darauf?“

„Glauben Sie an übersinnliche Kräfte?“

„Unbedingt. Zwischen Himmel und Erde gibt es Phänomene, die sterbliche Menschen nicht verstehen. Ich bin hier, um diese armen Seelen zu erleuchten.“

„Oh, da bin ich aber froh. Ich habe ihn gesehen,

wissen Sie?"

„Was haben Sie gesehen?"

„Den Tod des Polizeipräfekten. Er ist an der Methusalem-Seuche gestorben."

Die Augen des Fakirs wurden starr, fixierten sie auf eine unheimliche Weise, und ihr lief es eiskalt den Rücken herunter. Was, wenn Gustave recht hatte und der Fakir doch Gedanken lesen konnte? Ohne seinen Blick von ihr abzuwenden, machte dieser ein Handzeichen. Daraufhin plusterte sich der Redaktionsmitarbeiter auf, der an der Tür für einen reibungslosen Ablauf der Veranstaltung sorgte.

„Schluss für heute!", rief er. „Die Audienz ist vorüber. Der Fakir ist müde und muss sich ausruhen. Kommen Sie nächste Woche wieder."

In Magali machte sich Erleichterung breit. Dem „Heiligen Mann" wurde hier eine Chance geboten, sich jenseits von amourösen und finanziellen Prophezeiungen hervorzutun, und er würde sie nicht verschwenden. Ohne zu murren, zogen die Menschen von dannen, und bald waren der Fakir, Magali und Gustave allein. Bis auf den Redaktionsmitarbeiter, der sie von der Tür mit Argusaugen beobachtete.

„Der Polizeipräfekt, sagen Sie?", nahm der Fakir das Gespräch wieder auf.

„Ja."

„Haben Sie es geträumt?"

„Nein, ich habe es gesehen. Genauso wie ich den Tod des Mannes vorhergesehen habe, der heute in der Zeitung stand." Magalis Stimme war nur noch ein Hauch. „Nummer 14."

„Erstaunlich", murmelte der Fakir. Kurz glaubte Magali, einen frustrierten Ausdruck in seinem Blick zu erhaschen. „Und wie kann ich Ihnen behilflich sein?"

„Ich muss den Polizeipräfekten warnen." Sie holte tief Luft. „Vor einer Halle mit einer großen Treppe."

Verblüfft blickte der Fakir sie an. „Einer Halle mit einer großen Treppe?"

„Ja, in ihr haust das Böse."

„Nun, das klingt doch etwas … fantastisch, finden Sie nicht?"

„Nicht fantastischer als eine sinkende Tower Bridge."

Das brachte den Fakir kurzfristig aus dem Konzept, und er räusperte sich. „Sie haben natürlich recht, Mademoiselle." Er kniff die Augen zusammen, schien nachzudenken. „Und Sie sind sich sicher?"

„Ja."

„Können Sie mir mehr darüber sagen? Was genau haben Sie gesehen?"

Magali schluckte hart. Ihre schauspielerischen Talente standen denen von Vincent und Emile in nichts nach. „Tod. Finsternis. Es ist schwer in Worte zu fassen. Ich habe Bilder meiner Visionen gezeichnet und würde sie gern dem Polizeipräfekten zeigen."

„Wenn Sie mir Ihre Bilder geben, werde ich sie ihm weiterleiten. Auf mich wird er hören."

„Ich bin für Ihren Großmut dankbar, aber …" Magali riss die Augen weit auf. „Diese Zeichnungen … ich muss sie erklären. Sie könnten verwirren, falsche Hinweise liefern. Können wir nicht gemeinsam beim Polizeipräfekten vorsprechen?"

Der Fakir schien zu überlegen, während Magali ihn heimlich musterte. War da etwa ein kleiner, dunkler Fleck auf seinem Turban? Sie konnte gerade noch ein Kichern unterdrücken. Offenbar hatte er braune Farbe im Gesicht. Also hatte Vincent recht gehabt, dieser Mensch war lediglich ein Schmierenkomödiant. Der Kummerkastenonkel einer Tageszeitung, der für ein paar Sous den Leichtgläubigen erzählte, was sie hören wollten. Und genau deshalb würde ihr Plan funktionieren.

„Nun gut, Mademoiselle", sagte der falsche Fakir. „Ich werde sehen, was ich tun kann. Wie ist Ihr Name?"

„Marie Le Bellec."

„Ein wunderschöner Name. Er passt zu Ihnen."

Versuchte das Auberginengesicht etwa, mit ihr anzubändeln?

„Kommen Sie morgen wieder. Ich werde Ihnen eine Nachricht hinterlassen, in der ich Ihnen meine Entscheidung mitteile."

Magalis Hände schossen beschwörend nach vorne. „Aber morgen könnte es bereits zu spät sein!", rief sie. „Der Polizeipräfekt könnte tot sein. Wir müssen ihn sofort warnen."

„Äh ... also …" Während seine Gedanken rotierten, trommelte der „Heilige Mann" nervös mit den Fingern auf seinem Bein, was ihn sehr weltlich aussehen ließ. „Wenn Sie wollen, treffen wir uns heute Abend um neun vor seinem Haus in Saint-Cloud. Allerdings kann ich Ihnen nicht versprechen, dass er Sie so kurzfristig empfangen wird."

„Ihnen wird er diese Bitte sicher nicht abschlagen können."

Der falsche Fakir lächelte geschmeichelt. „Ich sehe, was ich tun kann."

„Ich danke Ihnen." Magali senkte den Kopf, nicht vor Demut oder Ehrfurcht, sondern um ihr triumphierendes Lächeln zu verbergen.

„Woher haben Sie gewusst, dass er darauf eingeht, Mademoiselle?", platzte es aus Gustave heraus, kaum dass sie im Automobil Platz genommen hatten.

„Ich habe es nicht gewusst", antwortete Magali. „Es gab nur zwei Möglichkeiten: Entweder er besitzt die Gabe des Sehens oder nicht. Im ersten Fall hätte er mich beruhigt und mir gesagt, dass meine *Vorsehung* …" Sie zeichnete Gänsefüßchen in der Luft. „… nicht eintreffen wird. Im zweiten Fall wäre er ein Scharlatan, der diese Chance nutzen würde, um den Polizeipräfekten vor einem schlimmen Schicksal zu bewahren und am Ende als strahlender Held dazustehen. Zum Glück ist der zweite Fall eingetreten."

„Und was, wenn der Polizeipräfekt unsere Beweise als Unsinn abtut?"

„Du hast gesagt, er sei ein Bewunderer des Fakirs", erwiderte Magali und zwinkerte Gustave zu. „Also wird er alles, was ihm dieser auftischt, für bare Münze nehmen, oder?"

Als der ehemalige Boxer heftig errötete, grinste Magali und tätschelte ihm freundschaftlich den Arm. „Nimm es nicht so schwer. Die Seerose jedenfalls sah phänomenal aus. Sie würde sich im Klub gut machen."

Lange Zeit sagte Gustave nichts, dann: „Haben Sie den Talisman immer noch bei sich?"

Magali lächelte. „Aber natürlich."

„Kann ich ihn haben?"

Wortlos kramte sie in ihrer Handtasche und reichte ihm das kleine Blatt Papier. Mit einer schwungvollen Geste warf er es aus dem Autofenster.

„Gut gemacht, Magali! Leider kann ich dich nicht

begleiten“, erklärte Vincent bei ihrer Rückkehr. „Es haben sich heute drei Leute krankgemeldet. Ich muss im Klub bleiben.“ Er wirkte zerknirscht. „Nimm Gustave mit, aber seht zu, dass ihr bis Mitternacht wieder zurück seid. Ich brauche ihn hier.“

„Was, wenn ich versage?“ Magali hatte Mühe, ihre Bestürzung zu verbergen. An ihr lag es nun, den Klub zu retten, und sie spürte das Gewicht der Verantwortung schwer auf ihren Schultern lasten.

„Du wirst nicht versagen. Ich weiß es.“ Vincent schenkte ihr ein aufmunterndes Lächeln. „Du bist eh der bessere Diplomat von uns beiden.“

„Schon wieder schmierst du mir Honig ums Maul! Du weißt, ich mag das nicht.“

„Es ist aber die Wahrheit, Magali.“

„Hoffentlich ist es das“, murmelte sie und seufzte. „Wie geht es Andrej?“

„Der arme Kerl schläft immer noch.“ Vincent wirkte über den Themenwechsel erleichtert. „In einer Stunde wecke ich ihn und bringe ihn rüber in meine Wohnung. Dann sind ein Bad und eine Rasur fällig, damit er wieder wie ein Mensch aussieht. Ich habe ihm schon ein paar neue Sachen zum Anziehen herausgelegt.“

„Hoffentlich mag er’s bunt!“, feixte Magali, um von ihrer Unruhe abzulenken. Dann wurde sie wieder ernst. „Vincent?“

„Ja.“

„Wenn mir der Polizeipräfekt meine Geschichte nicht abkauft, ist es an uns, Andrejs Tochter da rauszuholen.“

Ein finsterer Blick war die Antwort.

„Vincent?“

„Wie sollen wir das anstellen, Magali? Wir haben

es hier mit unerklärlichen Phänomenen zu tun, vielleicht sogar mit Magie." Er fuhr sich durchs Haar. „Du lieber Himmel, ich hätte nie gedacht, dass ich das einmal sagen würde!"

„Trotzdem. Versprich mir, dass du dir etwas überlegst."

„Was denn zum Beispiel?"

„Keine Ahnung. Hast du nicht noch ein paar Freunde von früher, die so etwas machen können? In das Hotel einbrechen und sie aus den Fängen dieses Ungeheuers befreien?"

Vincent blickte Magali pikiert an. „Wofür hältst du mich?"

„Was weiß ich, was du im Krieg alles gemacht hast? Du erzählst ja nichts."

„Ist auch besser so", lautete seine knappe Antwort.

Ihre Mundwinkel hoben sich etwas. „Klingt für mich vielversprechend." Dann suchte sie seinen Blick. „Bitte."

Er seufzte übertrieben. „Also gut, ich überlege mir einen Ersatzplan."

Magali fuhr südwärts am Bois de Boulogne vorbei, überquerte die Seine, dann steuerte sie den Wagen im gemäßigten Tempo durch sanft geschwungene Felder und dichtes Gehölz. Der Bugatti war das einzige Automobil auf der schmalen Straße, der Lichtkegel der Scheinwerfer die einzige Beleuchtung. Magali fuhr gern in der Nacht. Sie mochte es, wenn die Bäume von den Scheinwerfern gebleicht wurden, ihnen dadurch etwas Geisterhaftes anhaftete.

„Darf ich Sie etwas fragen, Mademoiselle?", riss Gustave sie aus ihren Gedanken.

Wie sie trug er eine gefütterte Lederhaube, einen dicken Wollschal und eine Windschutzbrille.

Sie nickte.

„Sie und der Patron … also ich verstehe nicht, warum sie beide nicht schon längst … Sie wissen schon. Niemand im Klub versteht das."

Magali blinzelte. „Wir sind gute Freunde, Gustave. Das ist mehr als das, was andere haben."

„Aber reicht Ihnen das? Sie lieben ihn doch!"

Sie spürte, wie ihr die Röte ins Gesicht schoss. „Ich habe mich ihm schon einmal an den Hals geworfen, und er wollte mich nicht."

„Aber Sie waren doch noch ein halbes Kind."

„Ich war eine dumme Gans!" Magali blickte auf die geisterhaften Bäume.

„Sie sind das Wichtigste in seinem Leben, Mademoiselle, das weiß ich."

„Nein, Gustave. Der Klub ist es."

„Jetzt sind Sie ungerecht."

„Vielleicht", murmelte sie und blickte in den Rückspiegel.

Ihr Herz machte einen Satz. Wie aus dem Nichts war dort ein großes Tier mit weißglühenden Augen erschienen, um sie ins Visier zu nehmen. Hastig drehte sie den Kopf nach hinten, doch die weißglühenden Augen stellten sich als die Scheinwerfer eines Wagens heraus, der aus einem Waldweg aufgetaucht war und nun hinter ihnen fuhr. Magali war froh, dass Gustave bei ihr war. Ihre Nerven waren zum Zerreißen gespannt, und zu allem Überfluss schien das kleine lederne Tagebuch ein Loch in ihre Hose zu brennen. Neben Annas Aufzeichnungen befand sich darin ein Blatt Papier mit zwei handgeschriebenen Listen: Die eine führte die bisherigen Todesfälle auf, die andere die Tourneetermine der *Philharmonie der Zwei Welten.* Wenn diese Indizien nicht das Interesse des Polizeipräfekten wecken, ist ihm nicht zu helfen, dachte Magali und umfasste das Lenkrad des Bugattis fester.

„Lass uns nicht mehr über Vincent reden“, bat sie. „In Ordnung?“

„Wie Sie meinen, Mademoiselle.“

War da etwa ein Hauch Ironie in seiner Stimme?

Schweigend fuhren sie weiter, bis sie in der Ferne einige Lichter ausmachten. Der Ortsrand von Saint-Cloud. Plötzlich wurde es im Automobil taghell. Erschrocken starrte Magali erneut in den Rückspiegel. Die weißglühenden Augen füllten ihr gesamtes Blickfeld aus und machten sie kurzfristig blind. Sie musste heftig blinzeln.

„Verdammt! Dann überhol doch, du Idiot!“ schimpfte sie, während sie den linken Arm hinausstreckte und hektisch winkte.

Ein schwarzer Wagen kam von hinten herangeröhrt, Magali erkannte vage die Umrisse von mehreren Personen, doch anstatt vorbeizufahren, schwenkte das Ungetüm nach rechts und versetzte dem Bugatti einen Schlag gegen den Kotflügel. Geistesgegenwärtig riss Magali das Lenkrad herum, und der Bugatti holperte über Gras und Geröll. Dabei streifte er einen Kilometerstein, der im vorderen Kotflügel einen langen, tiefen Kratzer hinterließ. Der Motor heulte gepeinigt auf, als Magali daraufhin Vollgas gab.

„Festhalten!“, schrie sie.

Mit einem Ruck landete der Bugatti wieder auf der Straße. In diesem Moment vernahm Magali einen dumpfen Knall und nur einen Sekundenbruchteil später splitterndes Glas.

„Die schießen auf uns!“, brüllte Gustave.

„Was?“ Unwillkürlich blickte sie zu ihm herüber.

Da versetzte ihnen das fremde Automobil einen erneuten Schlag, ungleich stärker als der erste, und das Lenkrad sprang Magali aus den Händen. Der Bugatti kam von der Straße ab und schlitterte auf eine Baumgruppe zu. Weiße Gespenster, die sich viel zu schnell näherten ... Grundgütiger, dachte Magali, das ist das Ende. Dann geschah alles gleichzeitig: Gustave warf sich schützend auf sie, es gab einen lauten Knall, und um sie herum wurde alles schwarz.

Kapitel 18

Paris, April 1926

Die Kapelle begann mit einem langsamen Foxtrott. Das Licht wurde gedämpft, bis nur noch ein matter Schimmer den Raum erfüllte. Die Paare rückten näher zusammen. Eine Frau in einem hinreißenden weißen Kleid griff nach der Hand ihres Begleiters und zog ihn lachend aufs Parkett. Er legte den Arm um ihre Taille, sie warteten ein paar Takte ab und mischten sich dann unter die anderen Paare. Vincent löste seinen Blick von der Tanzfläche und schaute zum wiederholten Male auf die Uhr. Es war schon nach eins und von Magali und Gustave keine Spur. Statt unten im Saal zu sein, harrte er oben im Büro aus, für den Fall, dass das Telefon klingelte. Unruhe erfasste ihn. Was, wenn dieser Fakir sie übers Ohr gehauen hatte?

In diesem Moment entdeckte er einen befreundeten Stammgast: Bill Briggs, der an einem der kleinen runden Tische am Rand saß, und die Tanzenden betrachtete, während der Rauch seiner Zigarette um seinen Kopf herum ein ganz eigenes Ballett aufführte. Der schwarze Boxer, der 1918 mit General Pershing nach Frankreich gekommen und nach dem Krieg geblieben war, besaß einen kräftigen Händedruck und sanfte Augen. Vincent, der für jede Ablenkung dankbar war, ging hinunter, um den Amerikaner zu begrüßen. Nachdem sie sich umarmt und ein paar Höflichkeiten ausgetauscht hatten, setzte sich Vincent kurz zu ihm an den Tisch.

„Zigarette?“, fragte Bill und zog ein silbernes Etui aus seiner Jackentasche, bevor er es mit einem geübten Handgriff aufklappte.

„Gern.“ Vincent bediente sich, ließ sich von Bill Feuer geben und lehnte sich zurück. „Und? Was gibt’s Neues?“

Bill sah ihn durch den Rauch seiner Zigarette an. „Phoebe erwartet wieder ein Kind.“

„Hab ich gehört. Glückwunsch!“

Phoebe war Bills Frau. Er hatte sie 1920 aus Alabama nach Paris geholt, das Paar hatte bereits vier Kinder.

„Danke.“ Bills Lächeln verblasste ein wenig. „Phoebe und ich freuen uns sehr, allerdings wird die Zeit zwischen den Boxkämpfen immer länger“, erklärte er. „Das Geld könnte etwas knapp werden.“

Vincent nickte.

„Deshalb habe ich mir überlegt, nebenher ein bisschen Geld zu verdienen.“

„Verständlich. Sieben Mäuler wollen schließlich gestopft werden. Und was willst du machen?“

„Ich werde es mit dem Schlagzeug probieren.“

Verblüfft blickte Vincent Bill an. „Ich wusste gar nicht, dass du spielen kannst.“

„Kann ich auch nicht, my friend.“ Der Amerikaner grinste ihn breit an. „Aber das Publikum liebt schwarze Schlagzeuger.“

Vincent zog an seiner Zigarette. „Wo du recht hast ...“

„Du könntest auch davon profitieren.“ Bill schaute sich um. „Es läuft zurzeit wohl nicht so gut.“

„Bill, ich habe bereits einen Drummer“, sagte Vincent. „Der spielen kann“, fügte er trocken hinzu.

„Ja, aber der muss sich das Gesicht schwarz anmalen", grinste Bill breit. „Deine Landsleute glauben immer noch, dass jemand schwarz sein muss, um Jazz spielen zu können, und dass jeder schwarze Amerikaner automatisch Jazzmusiker ist. Good for me!"

Bill hatte recht. Jazzbands mit schwarzen Musikern waren in Paris begehrt, so begehrt, dass es für weiße Musiker schwierig war, Engagements zu bekommen. Hinzu kam, dass der Drummer in den Jazzbands einen ganz besonderen Platz einnahm. Wie er spielte, war dabei zweitrangig. Hauptsache, er wirkte exotisch, erzeugte viel Lärm – und wenn er dazu Kuhglocken zur Hilfe nehmen musste –, warf Stöcke in die Luft oder streckte seine Zunge heraus. Vincent hoffte, dass die Menschen irgendwann begreifen würden, dass das Schlagzeug ein Musikinstrument war, das mehr konnte, als nur Krach zu machen. Dennoch war der Gedanke verlockend, Bill als zusätzliche Attraktion ins Programm aufzunehmen.

„Sag mir Bescheid, wenn's soweit ist", sagte Vincent. „Dann reden wir nochmal."

Ein freudiger Ausdruck breitete sich auf Bills Gesicht aus, dann hob er den Arm, um einen der Kellner auf sich aufmerksam zu machen. „Darf ich dich zu einem Drink einladen?"

„Ein andermal gern, mein Freund. Ich muss wieder hoch. Ich warte auf einen wichtigen Anr…"

Da erregte eine Bewegung Vincents Aufmerksamkeit. Emile, der am Eingang stand und herüberwinkte. Es war das erste Mal, dass sich sein Polizistenfreund im Klub sehen ließ, also entschuldigte sich Vincent hastig bei Bill und ging

Richtung Flügeltür.

„Du traust dich tatsächlich in die Höhle des Löwen?“, scherzte er. „Komm, ich möchte dich jemandem vorstellen, aber vorher geben wir deinen hässlichen Mantel bei Edith ab.“ Edith war die Garderobiere. „Ich hätte nie gedacht, dass du tats…“ Und brach jäh ab, als er die Miene seines Freundes sah.

Emiles gutmütiges Gesicht wirkte ungewöhnlich ernst. Nein, es war mehr als das, wie Vincent erschrocken feststellte. Schmerz lag in seinen hellen Augen.

„Was ist los?“ Vincents Frage war nicht mehr als ein Keuchen.

„Magali und Gustave“, begann Emile, dann atmete er tief durch. „Sie hatten einen Unfall.“

Magali. Vincent glaubte zu ersticken.

„Gustave ist tot“, sagte Emile weiter.

Vincent schwankte. „Was?“, hauchte er.

Er spürte, wie der Schmerz in ihm aufstieg, wie er gegen seine Augen drückte, und drängte ihn gewaltsam zurück. Die nächsten Worte wagte er nicht, auszusprechen.

Zum Glück kam ihm Emile zuvor. „Magali geht es gut. Sie hat nur ein paar geprellte Rippen und eine Platzwunde am Kopf. Ein Wunder, wenn du mich fragst.“

„Was ist passiert?“

„Wie es aussieht, sind sie mit dem Bugatti von der Straße abgekommen und gegen einen Baum geprallt.“ Emile zögerte kurz. „Gustave hat Magali mit seinem Körper beschützt. Er hat ihr das Leben gerettet.“

„Mein Gott.“ Vincents Stimme zitterte merklich.

Bevor ihm die Trauer vollends die Luft abschnürte, stürzte er zur Bar, als sei sie ein Rettungsanker, und schenkte sich einen doppelten Bourbon ein, den er hastig hinunterkippte. Sein Inneres brannte lichterloh und betäubte kurzfristig seinen Schmerz.

„Wo sind sie?", fragte er Emile, der ihm gefolgt war.

„Im Hospital von Saint-Cloud."

„Ich muss sofort hin!"

„Draußen ist ein Kollege, der dich fahren wird", antwortete sein Freund sanft. „Nimm dir so viel Zeit, wie du brauchst. Ich halte hier solange die Stellung. Wenn jemand frech wird, schmeiße ich ihn raus. Und jetzt geh!"

Vincent war bereits am Ausgang, als Emile ihn zurückrief.

„Vincent?"

„Ja?"

„Es tut mir so unendlich leid."

Vincent nickte nur, dann war er hinter der zweiflügeligen Tür verschwunden.

Kapitel 19

Paris, April 1926

In Charles Médocqs Welt gab es nur zwei Farben: schwarz und weiß. Auf der einen Seite gab es die Französische Republik, auf der anderen Seite den Feind. Seine Aufgabe bestand darin, diesen zu entlarven und auszumerzen, bevor er ernsthaften Schaden anrichten konnte. Médocq war ein Patriot, akkurat bis in die Bügelfalten seiner gestärkten Hose, präzise bis zum Sekundenzeiger seiner Schweizer Uhr. Im Fall von Vaterlandsverrat hätte er nicht gezögert, seine eigene Mutter den Wölfen zum Fraß vorzuwerfen. Eine Formalität angesichts der Tatsache, dass er das Rudel anführte.

Capitaine Charles Baptiste Médocq war der Chef der Sûreté, der französischen Geheimpolizei. Sein fensterloses Büro in der Rue Montaigne war spärlich eingerichtet: ein Tisch mit einer Schreibmaschine, ein Stuhl – Besucher mussten stehen –, ein Aktenschrank und ein Porträt von Präsident Gaston Doumergue an der Wand. Gern hätte sich Médocq einen buschigen Schnurrbart à la Président wachsen lassen, doch weil das jeder Polizist tat und er in gewissen Situationen unerkannt bleiben wollte, verzichtete er darauf. Was ihn mehr schmerzte als die deutsche Kugel, die seit 1916 in seiner Schulter steckte.

Verstimmt blätterte er in einer Akte, die mit einem „Streng geheim"-Siegel versehen war. Nur das

Rascheln der Blätter war zu hören, während sich seine Lippen dazu lautlos bewegten. Dieser Kommissar Fournier war ein Idiot gewesen, und sein Nachfolger war nicht viel besser. Die Serie von Todesfällen dauerte schon viel zu lange an. Nun würde er in die Offensive gehen und ihr ein Ende bereiten. Das sowie die Sicherstellung neuartiger Waffen zum Wohle Frankreichs hatten für ihn oberste Priorität. Im Geiste machte er sich einige Notizen, dann blickte er zur offenen Tür. Zeit, einen Ausflug zu machen.

„Pelletier!", bellte er.

Ein adrett gekleideter Mann erschien auf der Stelle. „Ja, mon Capitaine?"

„Fahren Sie das Auto vor. Ich muss nach Saint-Cloud."

Keine halbe Stunde später betrat Médocq das Hospital. Um diese frühe Stunde war nicht viel los. Der verwaiste Empfang wurde von einer einzelnen Glühbirne angeleuchtet, die in einem Stahlkäfig an einem Kabel von der Decke hing, der Linoleumboden glänzte dunkelgrün. Es war niemand zu sehen, also schlug Médocq die Richtung der Notaufnahme ein. Wie aus dem Nichts tauchte eine Krankenschwester mit weißem Kittel auf und funkelte ihn an.

„Ich möchte zu Mademoiselle Le Bellec", beeilte er sich zu sagen.

Die Krankenschwester kniff leicht die Augen zusammen. „Und Sie sind?"

„Capitaine Charles Médocq. Polizei."

Das Gesicht der Krankenschwester entspannte sich etwas. „Mademoiselle Le Bellec schläft zurzeit. Ich weiß nicht, ob ich Ihnen das …"

„Es interessiert mich nicht", sagte Médocq und fixierte sie mit hartem Blick. „Ich muss mit ihr sprechen."

Die Krankenschwester blinzelte. „Nur, wenn Sie versprechen, sie nicht zu überanstrengen."

Médocq nickte knapp.

„Also gut." Die Krankenschwester hob die Hand und zeigte den Gang hinunter. „Gehen Sie dort entlang, dann nach rechts. Es ist der dritte Vorhang auf der linken Seite. Sie haben zehn Minuten, nicht mehr! Danach komme ich Sie holen."

Doch Médocq hörte sie nicht mehr. Seine Zeit war kostbar, und er befand sich bereits auf dem Weg zum Krankenabteil. Dort angekommen zögerte er kurz, dann zog er den Vorhang zur Seite. Dahinter lag eine junge Frau mit bandagiertem Kopf auf einem einfachen Bett mit Metallgestell. Ihr Gesicht war sehr blass, die Lippen durchscheinend. Sie schlief. Neben ihr saß auf einem Stuhl ein Mann mit zerzaustem braunem Haar und Pflaster auf dem Nasenrücken. Er trug einen weißen Abendanzug, und um seinen Hals hing eine aufgebundene schwarze Fliege. Als er aufblickte, bemerkte Médocq die dunklen Augenringe. Offenbar hatte er die ganze Nacht am Krankenbett verbracht.

„Was wollen Sie?", fragte der Mann mit einer überraschend kräftigen Stimme.

Vincent Lefèvre, der Klubbesitzer, dachte Médocq. Genau die Person, mit der er sprechen wollte.

„Guten Tag, Monsieur", antwortete er. „Mein Name ist Charles Médocq, ich bin von der Polizei."

„Schon wieder? Heute Nacht war schon ein Beamter hier. Magali … äh … Mademoiselle Le Bellec hat ihm bereits erzählt, dass ihr Wagen von der Straße gedrängt wurde. Sie selbst wurde verletzt, aber ihr …"

Der andere kämpfte kurz mit der Fassung. „... ihr Begleiter ist tot."

„Das ist mir bekannt", antwortete Médocq. „Und Ihr Verlust tut mir leid." Der andere nahm seine Worte mit einem stummen Nicken zur Kenntnis. „Genau deshalb bin ich hier."

„Wie meinen Sie das?" Lefèvre blickte misstrauisch.

„Sie haben sich mit gefährlichen Leuten angelegt." Charles Médocq machte eine kurze Pause, um seine Worte mit Bedacht zu wählen. „Beenden Sie sofort Ihre Nachforschungen, bevor es für Sie noch schlimmer kommt."

„Was könnte noch schlimmer sein?", blaffte ihn der andere an.

„Ihre Freundin hier. Sie lebt. Noch."

Lefèvre sprang wütend auf und stellte sich drohend vor ihn, was Médocq nicht im Mindesten beeindruckte. Es war genau die Art von Reaktion, die er erwartet hatte.

„Was wollen Sie damit sagen?", grollte sein Gegenüber.

„Sie sollen aufhören, in der Stadt herumzulaufen und Fragen zu stellen."

In einem stummen Duell starrten sich die beiden Männer an. Sie waren etwa gleich groß, nur dass Lefèvre deutlich massiger war. Charles Médocq konnte spüren, dass ihm der Klubbesitzer am liebsten an die Gurgel gesprungen wäre.

„Schließen Sie Ihren Klub für ein paar Tage", sagte er. „Fahren Sie ins Grüne und nehmen Sie Ihre Freundin mit. Und wenn Sie zurückkommen, ist der Spuk vorbei. Dafür werden meine Leute schon sorgen."

Lefèvre starrte ihn nur an.

„Ich weiß, dass Sie wegen der Belohnung bei Kommissar Tullio waren", erklärte er weiter. „Ich muss Sie enttäuschen, Monsieur Lefèvre. Wir wissen bereits seit längerem, dass die *Philharmonie der Zwei Welten* für die Seuche verantwortlich ist."

Dem anderen wich die noch verbliebene Farbe aus dem Gesicht. „Ich dachte, alle Indizien seien vernichtet worden!"

„Kommissar Fournier war nicht der Einzige, der in der Sache ermittelt hat", erklärte Charles Médocq mit einem dünnen Lächeln. „Der Polizeipräfekt hat meine Abteilung vor geraumer Zeit beauftragt, zusätzliche Ermittlungen anzustellen. Wir verfügen über andere Ressourcen als ein einfacher Kommissar. Dahinter stecken vermutlich …" Er senkte die Stimme. „… die Deutschen. Sie haben die Niederlage im Krieg immer noch nicht verwunden. Ich schätze, dass sie auch Kommissar Fournier auf dem Gewissen haben. Inzwischen haben wir den Drahtzieher identifiziert und werden ihn schon sehr bald verhaften. Für Sie besteht also kein Grund, weitere Risiken einzugehen."

Unfähig etwas zu sagen, starrte ihn Lefèvre an. Ihm war die Ratlosigkeit deutlich anzusehen.

„Beherzigen Sie meinen Rat. Verlassen Sie Paris für ein paar Wochen", fügte Médocq hinzu, dann tippte er an seinen Hut und verließ das Krankenabteil, nicht ohne den Vorhang sorgsam hinter sich zuzuziehen.

Beim Hinausgehen nickte er der Krankenschwester kurz zu, die ihm mit kämpferischer Miene entgegenkam. Alles in allem war das Gespräch zufriedenstellend verlaufen.

Vincent starrte Médocq hinterher, bis er aus seinem Blickfeld verschwunden war. Sein Kopf war wie leergefegt.

„Wer war das?“, erklang es plötzlich leise hinter ihm.

Er drehte sich um. Magali sah ihn fragend an, sie war sehr blass.

„Nur ein Polizist“, sagte er, während er sich setzte und ihre Hand ergriff.

„Gustave …“, begann sie.

„Nicht.“

„Vincent, er hat mich gerettet.“

„Ich weiß.“

Sie schwiegen eine Weile.

„Es ist meine Schuld, Magali“, sagte er mit erstickter Stimme. „Hätte ich den Peugeot gleich verkauft, um meine Schulden zu begleichen, wäre es nicht so weit gekommen.“ In einer verzweifelten Geste drückte er ihre Hand an seine Wange. „Oh, Gott, was habe ich nur getan?“

„Nein“, flüsterte sie.

Müde blickte er sie an. „Was?“

„Tu dir das nicht an.“

„Warum nicht?“ Ein tiefer, unglücklich klingender Seufzer kam über seine Lippen. „Es ist nur ein verfluchtes Automobil! Nichts als Blech und Aluminium!“

„Hey, hey.“ Sie versuchte, zu lächeln. „Der Peugeot war ein Präsent.“ Magali hatte ihm den Wagen zwei Jahre nach Gründung des Klubs geschenkt, um sich für ihre neue Freiheit, wie sie es ausgedrückt hatte, zu bedanken. „Lass uns später weiter reden, ja?“, fügte sie tonlos hinzu. „Ich muss etwas schlafen."

„Natürlich", beeilte er sich zu sagen. „Entschuldige."

Sanft legte er ihre Hand auf das Laken und beobachtete, wie sie einschlummerte. Eine rote Haarsträhne ringelte sich über ihre Wange. Wie zart und zerbrechlich sie aussah, und wunderschön. Er konnte sich gut an das junge unbeholfene Mädchen von einst erinnern, das ihn angehimmelt hatte. Es hatte ihn wütend gemacht. Nicht, weil sie zu jung für ihn gewesen war, sondern weil sie etwas Besseres verdient hatte als einen ungebildeten Klotz, wie er einer war. Damals hatte sich die brutale Erkenntnis wie ein vergifteter Pfeil in sein Herz gebohrt. Nun war Magali erwachsen und liebenswerter denn je. Es war nur eine Frage der Zeit, bis ein anderer Mann sie ihm entreißen würde. Vincent verdrängte den unliebsamen Gedanken, wandte die Augen von ihrem Gesicht ab. Sein Blick blieb an ihren Kleidern hängen, die zusammengefaltet auf einem Hocker lagen. Leise stand er auf, suchte ihre Hose heraus. Sie war blutbefleckt. Er schluckte, tastete die Taschen ab, bis er gefunden hatte, was er suchte. Mit Annas Tagebuch in der Hand setzte er sich wieder auf den Stuhl. Lange starrte er auf den fleckigen Ledereinband, der wie die Flanke eines tödlich verwundeten Tieres aussah. Sein Herz raste, als er es öffnete. Die Seiten waren rot besprenkelt, einige waren komplett unleserlich.

Gustaves Blut.

Da brach es aus Vincent heraus. Der Kloß in seinem Hals barst auseinander und bohrte sich durch seine Brust, durchschüttelte seinen Körper. Während schmerzvolle Tränen seine Wangen hinabflossen, drückte er eine Faust gegen den Mund, um Magali nicht zu wecken. Das letzte Mal, als ihn ein Mahlstrom der Gefühle auf diese Weise überrollt hatte, war er neun Jahre alt gewesen. Damals war sein bester Freund Pepito an einer Lungenentzündung gestorben. Wie eine Ratte war er krepiert, im Keller des Waisenhauses, wo er wegen einer Lappalie eingesperrt worden war.

Nachdem die Tränen versiegt waren, stierte Vincent mit roten Augen auf den Linoleumboden vor sich. Gustave war tot. Vor wenigen Stunden hatte er seine zerschundene Leiche gesehen und ihn identifiziert. Seine Mörder würden vielleicht nie zur Rechenschaft gezogen werden. Andererseits hatte in Médocqs Stimme ein unerschütterlicher Unterton von Festigkeit und Disziplin geschwungen. Der Gedanke, dass dieser einem Terrier gleich nicht so schnell von seiner Beute ablassen würde, war tröstlich. Vincent trocknete seine Tränen und atmete einige Male tief durch. In der festen Absicht, es Andrej zurückzugeben, steckte er Annas Tagebuch ein, allerdings nicht, ohne ein Frösteln zu unterdrücken.

Nachdem er sich im öffentlichen Abort etwas Wasser ins Gesicht gespritzt und mit den Fingern seine Haare in Ordnung gebracht hatte, kehrte er an Magalis Bett zurück. Sie schlief immer noch, doch nebenan hinter dem Vorhang wimmerte jemand. Ein nervtötendes, quälendes Geräusch, das ihn veranlasste, die Fäuste zu ballen. Endlose Minuten verstrichen, bis endlich die beruhigende Stimme einer Krankenschwester erklang. Médocq hat recht, dachte Vincent, der mit gesenktem Kopf auf den Boden starrte. Ich muss zusehen, dass ich Magali so schnell wie möglich hier wegbringe. Allerdings hatte der Arzt gemeint, dass sie mindestens noch einen Tag zur

Beobachtung bleiben müsste. Er würde Emile bitten, ihn an ihrem Bett abzulösen. Der brave Emile! Er hatte ihn vor Stunden wissen lassen, dass im Klub alles in Ordnung gewesen war und er diesen um 2 Uhr geschlossen hatte. Vincent war ihm zwar dankbar, doch wäre der Klub in der Nacht abgebrannt, es hätte ihn nicht gekümmert. Seine Welt war in sich zusammengestürzt. Wieder einmal.

Eine warme Hand auf seinem Kopf ließ ihn zusammenzucken. Magali.

„Bei dem Krach kann doch kein Mensch schlafen", murmelte sie. „Wann darf ich hier raus?"

„Leider nicht vor morgen Abend."

Sie verzog das Gesicht. „Was ist mit dem Bugatti?"

„Schrott, fürchte ich."

„Ich mochte ihn", sagte sie und seufzte.

„Ich weiß." Vincent zögerte kurz. „Magali?"

„Ja?"

„Hast du etwas erkennen können?"

Sie wusste sofort, was er meinte. „Nur wenig", flüsterte sie. „Es war ein dunkles Automobil, und drinnen saßen zwei Männer, glaube ich. Einer von ihnen trug einen Hut." Sie legte eine Pause ein. „Könnte ein Fedora gewesen sein, aber ich bin mir nicht sicher. Es ging alles sehr schnell."

„Heutzutage trägt jeder Dritte einen Fedora." Vincent seufzte. „Ich hoffe, Charles Médocq findet diese Mistkerle!"

„Charles Médocq?"

„Der Polizist, der vorhin hier war."

„Was wollte er?"

Vincent erzählte es ihr. Nachdem er geendet hatte, schwiegen sie lange.

„Alles umsonst", flüsterte sie, während eine Träne ihre Wange hinunterrann.

Damit meinte sie Gustaves Tod.

Als Vincent später vor dem Klub anhielt und aus dem Taxi stieg, kam ihm Papi entgegen.

„Patron!", rief er. Seine Stimme bebte. „Patron!"

Unfähig weiterzusprechen, brach er fast in Vincents Armen zusammen. Gustave und er hatten sich sehr gemocht.

„Ich werde den Klub für ein paar Wochen schließen", verkündete Vincent nach einer kleinen Weile. Stella würde nicht begeistert sein, doch es war ihm egal. Ihre Verbindung hatte eh nur stundenweise angedauert. Er wusste, um sie brauchte er sich keine Sorgen zu machen. Sie besaß ein natürliches Talent, diese Art von Verbindung immer wieder neu zu knüpfen. „Die Künstler und Angestellten bekommen ihr Geld noch bis zum Ende der Woche", setzte er seine Erklärung fort. „Du erhältst dein Gehalt natürlich weiterhin, Papi. Bis wir den Klub wieder aufmachen, passt du darauf auf."

„Jawohl, Patron." Dem alten Mann stiegen die Tränen in die Augen.

Vincent lächelte etwas gequält und wollte durch den zweiflügeligen Eingang des *Nuits Folles* treten, als Papi ihn zurückhielt. „Übrigens, Patron. Heute Morgen war ein *Boche* hier."

Boche war die beleidigende Bezeichnung für einen Deutschen, doch Vincent war zu ermattet, um den alten Mann zurechtzuweisen, der bereits 1870 gegen Kaiser Wilhelm gekämpft hatte.

„Was wollte er?"

„Es ging um irgendwelche Zeitungen, die er

zurückhaben will. Ich habe ihm deutlich gesagt, wo er sich seine Zeitungen hinstecken kann, Patron!“

Vincent seufzte. „Danke, Papi. Ich kümmere mich um die Sache.“

Wie es aussah, schuldete er Bébère eine Entschuldigung.

Kapitel 20

Le Touquet, Mai 1926

Im Erste-Klasse-Abteil war es eine Spur zu kalt, und Magali zog den Wollmantel fester um sich. Draußen erstreckte sich der Himmel grau und schwer bis zum Horizont. Dafür versprachen die bunten Anzeigen der Eisenbahngesellschaft, die den Mont-Saint-Michel und den Pariser Eiffelturm zeigten, eitel Sonnenschein, der sie hoffentlich an ihrem Ziel erwartete.

In der Scheibe spiegelte sich das Profil von Vincent wider, der ihr gegenübersaß und hinausstarrte, in Gedanken aber sehr weit weg zu sein schien. Vielleicht dachte er an die Boxhandschuhe, die Gustave vor dem Krieg zum Meistertitel verholfen hatten, und die ihm dieser vermacht hatte. Sobald der Klub wiedereröffnete, würde ihnen am Eingang ein Ehrenplatz zuteilwerden. Vielleicht dachte Vincent aber auch an Gustaves letzten Triumphzug, der am Vortag auf dem *Cimetière de Montmartre*, dem Pariser Nordfriedhof, stattgefunden hatte. Über fünfhundert Menschen waren gekommen, um von ihrem ehemaligen Boxchampion im Mittelgewicht Abschied zu nehmen. Magali, die sich nicht für diesen Sport interessierte, hatte nicht gewusst, wie populär Gustave Ledoux gewesen war. Sogar der Präsident der Republik hatte einen Trauerkranz geschickt. *Für einen großen Kämpfer und Patrioten* hatte in goldener Schrift auf dem rotblauen Satin gestanden. Vincent hatte Hände geschüttelt, genickt, ihre Hand genommen und sie gestützt. Aber keinen Ton gesagt.

Hinter Gustaves Sarg waren sie gegangen, auf schmalen, verzweigten Kieswegen, die an imposanten Totenhäusern und kunstvollen Skulpturen vorbeiführten – Lebende in einer Stadt der Toten. Unter einem Kastanienbaum waren sie stehen geblieben. Gustaves Grab hatte aus einem einfachen Kreuz und einem Stein mit einer Bronzeplastik bestanden: Boxhandschuhe. Magali konnte sich nicht mehr an den genauen Wortlaut des Pfarrers erinnern. Sie hatte diesen Tag wie in einem Traum erlebt. Sie wusste nur noch, dass die gesamte Belegschaft des Klubs gekommen war, darunter Künstler wie Mistinguett. Auch der schwarze Boxer Bill Briggs und Bébère, der Kioskbetreiber, hatten ihr Beileid bekundet.

Wenige Tage zuvor hatten sie Bébère seine Zeitungen zurückgebracht. Vincent und sie hatten Stunden damit verbracht, sie säuberlich zusammenzufalten, zu ordnen und beiseitezulegen. Schweigend. Endgültig. Danach hatte Vincent seinen Peugeot 177 verkauft und seine Schulden bei der *Näherin* beglichen. Mit übertriebener Langsamkeit hatte er jeden einzelnen Schein gut sichtbar auf den Tisch gelegt. Er hatte sich viel Zeit genommen, während die ältere Frau mit zusammengekniffenen Augen zugesehen hatte. Ihre Korkenzieherlocken hatten vor Ärger gezittert, so zumindest hatte es der Barmann des *Nuits Folles* erzählt, der Vincent begleitet hatte. Dennoch hatte sie am Ende darauf bestanden, Vincent handgemachte Gamaschen zu schenken, die er in den Müll geworfen hatte, kaum dass er draußen gewesen war.

Jetzt befanden sich Magali und er auf dem Weg zum Badeort Le Touquet, der bei den besser gestellten Parisern sehr beliebt war, zumal die Zugfahrt dorthin gerade mal drei Stunden dauerte. Indessen weilte Andrej in Vincents Wohnung, wo er von dessen Haushälterin gut versorgt wurde. Vincent hatte ihn über die letzten Erkenntnisse grob informiert und gebeten, sich noch ein wenig in Geduld zu üben, bis Médocq den Fall aufgeklärt hatte. Andrej war alles andere als begeistert gewesen, doch Vincent hatte keinen Widerspruch geduldet. Er war in seiner Wortwahl sogar recht brüsk gewesen.

Magali betrachtete das Gesicht ihres Freundes. Offenbar war er fest entschlossen, einen Schlussstrich unter die Affäre zu ziehen.

Der Himmel meinte es am Ende gut mit ihnen, denn er riss keine zwanzig Minuten vor ihrer Ankunft in Le Touquet auf. Mit einem schwer beladenen Gepäckträger im Schlepptau stiegen sie in die Trambahn, die zum Zentrum führte. Von da aus begaben sie sich zum vornehmen Hotel *Le Westminster*, das durch eine rosafarbene Fassade und einen herrlichen Blick auf den Pinienwald bestach. Natürlich lag es in Strandnähe. Der Portier grüßte freundlich, als sie die Eingangshalle betraten, und der Empfangschef an der Rezeption wies sie darauf hin, dass der Golfplatz bereits seit einer Woche geöffnet hatte. Weil Vincent alles ungerührt zur Kenntnis nahm, ohne ein Wort zu sagen, übernahm Magali die Formalitäten.

Nachdem sie ihr Zimmer im ersten Stock bezogen hatte, schob sie die schweren Samtvorhänge zur Seite und riss das Fenster auf. Die Aussicht war Labsal für ihre Seele. Im Pinienwald vor ihr blitzten weiße Villen auf, dahinter bummelten Frachtschiffe über den blauen Horizont. Sie atmete tief ein. Die Luft roch salzig. Unwillkürlich musste sie lächeln. Wie sie das Meer liebte! Auch wenn ihre Kindheit keine schönen Erinnerungen für sie bereithielt, war sie doch ein Kind der See, eine echte Bretonin eben. Eine Hupe tönte von der gewundenen Straße herüber, und ein schwarzgelbes Automobil fuhr am Eingang vor. Ein Mercedes Typ 630, 100 PS, 135 km, eines der schnellsten Automobile, das je erbaut worden war. Als sich Magali vorbeugte, um besser sehen zu können, zuckte sie leicht zusammen. Ihre Rippen schmerzten immer noch ein wenig. In diesem Moment klopfte es an der Verbindungstür.

„Komm rein!", rief sie, ohne sich umzusehen, und hörte, wie Vincent das Zimmer betrat.

„Und?", fragte er in ihrem Rücken. „Froh, wieder hier zu sein?"

Sie nickte. „Wir fahren viel zu selten ans Meer."

„Du hast recht." Dem dumpfen Geräusch nach zu urteilen warf er sich in einen der rosafarbenen Sessel. „Willst du heute Abend ins Casino?"

Sie löste ihren Blick von dem Mercedes und wandte sich Vincent zu, blieb aber am Fenster stehen. Sie genoss die Brise in ihrem Nacken. „Können wir uns das überhaupt leisten?"

Er zuckte mit den Achseln. „Wir müssen nicht spielen. Und wenn ja, nur kleine Summen."

„Von mir aus. Hauptsache, du gehst nicht auf die Pferderennbahn."

Er stieß ein bitteres Lachen aus. „Sicher nicht. Vielleicht schlage ich nachher ein paar Golfbälle."

„Golf?“ Magali war überrascht. „Ist das nicht ein Sport für Snobs?“

Achselzucken. „Gibt Schlimmeres.“ Und dann: „Möchtest du mit?“

Sie schüttelte den Kopf. „Ich würde mich gern erst einmal ausruhen.“

„In Ordnung. Dann sehen wir uns beim Abendessen.“

Er stand auf und war kurz darauf hinter der Verbindungstür verschwunden.

Besorgt blickte Magali auf die geschlossene Tür. Seit Gustaves Beerdigung war Vincent distanziert, sein Kampfgeist schien erloschen zu sein. In diesem Zustand hatte sie ihn noch nie erlebt. Gustaves Tod setzte ihm sehr zu, von den Schuldgefühlen ganz zu schweigen. Seufzend blickte sie wieder nach draußen. Sie konnte nichts gegen seinen Schmerz tun. Nur hoffen, dass dieser mit der Zeit verebben würde.

Die nächsten zwei Tage waren erfüllt von herrlichem Müßiggang. Während Vincent Stunden damit verbrachte, seine Qual an hilflosen Golfbällen auszulassen, ging Magali viel spazieren. Das schmucke Zentrum von Le Touquet hatte viel zu bieten, vor allem schicke Geschäfte und exquisite Restaurants, doch Magali hielt ihr Geld zusammen. So gönnte sie sich höchstens eine Flasche Kokosöl in einer Drogerie oder ein paar Trüffelpralinen aus einer Confiserie. Einmal setzte sie sich in ein Café, wo ein Orchester die Gäste mit amerikanischen Liedern beglückte, doch bereits nach kurzer Zeit suchte sie das Weite. Die Musik erinnerte sie zu sehr an das *Nuits Folles* – und an Gustave. Die meiste Zeit verbrachte sie aber am Strand, trank Limonade und las ein Buch. Bot man ihr eine Zeitung an, winkte sie dankend ab. Davon hatte sie erst einmal genug.

Am dritten Tag ihres Aufenthalts in Le Touquet gesellte sich am frühen Nachmittag unerwartet Vincent zu ihr. Sie lag unter einem gestreiften Sonnenschirm auf einem großen Handtuch unweit der bunten Umkleidehäuschen, die wie Strandwächter auf Hunderten von Metern Spalier standen. Ihr rot-weißer Badeanzug ließ ihre elfenbeinfarbene Haut noch blasser erscheinen, er trug im Gegenzug eine schwarze Badehose und eine dazu passende Jockeymütze. Der Anblick seines muskelbepackten Körpers gepaart mit der Verletzlichkeit in seinen braunen Augen raubte ihr kurzfristig den Atem. Rasch setzte sie ihre Sonnenbrille auf.

„Und?“, fragte sie übertrieben fröhlich. „Willst du ein kleines Bad nehmen? Aber ich muss dich warnen. Das Wasser ist eiskalt.“

Wie aufs Stichwort rannte ein kleiner Junge an ihnen vorbei, um sich jauchzend ins Wasser zu stürzen, worauf ihr Vincent einen schiefen Blick zuwarf.

„Ich glaube, das schaffe ich“, sagte er.

Lag etwa ein Hauch von Schalk in seinen Augen?

Er nahm seine Mütze ab, dann ging er zum Wasser. Als eine vorwitzige Welle an seinen Zehen leckte, sah Magali, wie er zusammenzuckte, und sie musste grinsen. Es dauerte eine Weile, bis er komplett im Wasser war, ein echtes Stadtkind eben, und mit kräftigen Arm- und Beinstößen zu einem Badefloß schwamm, das im leichten Wellengang auf und ab schaukelte. Dort legte er sich hin und schaute in den Himmel. Magali lächelte milde, bevor sie sich erneut ihrem Buch widmete. Kurz darauf kribbelte es in ihrem Nacken, als würde jemand sie anstarren. Die englischen Kindermädchen im Schatten der Umkleidehäuschen, die Pullis und Socken strickten und dabei den letzten Klatsch austauschten, waren es nicht. Vielmehr war es der kahlköpfige Mann mit Monokel und offenem Bademantel, der schräg hinter ihr in einem Liegestuhl saß. Als sie zufällig seinen Blick erwiderte, ließ er sein Monokel in seine gekräuselten Brusthaare fallen, nahm eine Flasche Champagner und zwei Gläser aus einem Korb und kam mit federndem Gang auf sie zu. Bauch eingezogen, Brust vorgestreckt.

„Mademoiselle?"

„Monsieur."

„Entschuldigen Sie meine Impertinenz, aber eine charmante junge Frau wie Sie sollte an diesem wunderschönen Tag nicht allein sein."

„Aber ich bin nicht allein."

Gespielte Enttäuschung machte sich im Gesicht des Mannes breit. „Nein?"

„Nein", antwortete Magali.

Der Herr zögerte nur kurz. „Darf ich mich dennoch zu Ihnen gesellen?"

„Aber natürlich." Der Fremde war freundlich, es gab keinen Grund, unhöflich zu sein.

Dieser stellte sich als Jean-Marie de Jonzac vor. „Machen Sie hier Urlaub, Mademoiselle?"

„Ja, ich übe mich in süßem Nichtstun. Genieße die Sonne und das Meer."

Im Laufe der Unterhaltung stellte sich De Jonzac als angenehmer Zeitgenosse heraus, er erzählte ihr von seinem Boot *Virginie*, das er nach seiner toten Frau benannt hatte, und bot ihr an, am nächsten Tag einen Ausflug mit ihr zu unternehmen. Sie sagte nicht zu, aber auch nicht ab. Als er gleich darauf einen Witz über englische Schiffskapitäne machte, lachte sie unwillkürlich auf, was ihr ein schmerzvolles Stöhnen entlockte.

„Stimmt etwas nicht, Mademoiselle?" Er beugte sich besorgt vor.

„Unglücklicherweise habe ich mir vor kurzem die Rippen geprellt." Sie schenkte ihm ein kokettes Lächeln. „Ich fürchte, für mich ist es noch etwas zu früh, in Lachen auszubrechen."

Er fasste sich ans Herz. „Es betrübt mich, das zu hören, Mademoiselle. Ich werde mich bemühen, Sie in Zukunft maßvoll zu amüsieren."

Magali unterdrückte ein Kichern. „Sie sind sehr freundlich, Monsieur."

In gespielter Demut beugte er den Kopf und bot ihr einen unverhohlenen Blick auf seine glänzende Glatze. „Wir De Jonzacs wissen, wie wir uns Damen gegenüber zu benehmen haben."

„Stammt Ihre Familie hier aus der Gegend?", fragte Magali, die ihren Gesprächspartner zwar eine Spur zu glattzüngig, alles in allem aber ganz vergnüglich fand.

„Nein, Mademoiselle. Auch ich mache hier Urlaub. Ich besitze ein Weingut in der Nähe von Montpellier. Meine Roséweine sind für ihre Erlesenheit berühmt und werden sogar nach Amerika exportiert." Ein Schatten huschte über sein Gesicht. „Ich muss mich korrigieren: *Wurden* nach Amerika exportiert. Dort herrscht zurzeit die Prohibition." Er ließ ein theatralisches Seufzen hören.

So hat jeder sein Päckchen zu tragen, dachte Magali.

„Eine Schande ist das", erwiderte sie.

„Sie sagen es, doch zum Glück kann ich den

Verlust verschmerzen“, erklärte De Jonzac mit neu gewonnener Nonchalance. "Aber ich möchte ein reizendes junges Mädchen wie Sie nicht mit banalen, wirtschaftlichen Belangen langweilen.“

Wenn Sie wüssten, dachte Magali, wechselte aber das Thema. „Sind Sie mit Ihrem Boot hierhergekommen?“

Er lachte. „Nein, mit dem Zug.“

„Warum liegt Ihr Boot dann hier vor Anker und nicht in Montpellier?“

De Jonzac wirkte kurz irritiert, doch er fasste sich schnell. „Nun, verglichen mit dem hier …“ Mit der Hand machte er eine Geste, die den Horizont und auch sie umfasste. „… ist das Mittelmeer nur ein lahmer Tümpel, finden Sie nicht?“

„Wenn Sie es sagen“, antwortete Magali schmunzelnd.

Offenbar hatte ihr neuer Bekannter Geheimnisse, was sie nicht weiter kümmerte. Ihr machte die Unterhaltung Spaß, lenkte sie von schmerzlichen Gedanken ab.

„Und Sie, Mademoiselle?“

„Was genau meinen Sie?“

„Wo stammen Sie her? Nein, lassen Sie mich raten“, fügte De Jonzac hastig hinzu, bevor sie antworten konnte. „Sie sind Pariserin.“

„Wie kommen Sie darauf?“

„Sie haben dieses gewisse Etwas, das nur die Pariserinnen haben.“ Er zwinkerte. „Nun, habe ich recht?“

Magali lächelte geschmeichelt und fuhr sich durchs Haar. „Sie haben recht.“

Erfreut klatschte De Jonzac in die Hände. „Ich habe es gewusst. Darauf sollten wir ansto…“

In diesem Moment tauchte Vincent auf, warf sich einen Bademantel über und legte sich neben Magali auf das Handtuch, ohne den Mann auch nur eines Blickes zu würdigen, der zu ihren Füßen kniete.

„Ein Freund von Ihnen, Mademoiselle?", fragte De Jonzac und klemmte sich sein Monokel ins Auge.

„Darf ich vorstellen? Vincent Lefèvre." Sie räusperte sich. „Vincent? Das hier ist Monsieur de Jonzac. Er ist auch Gast im *Le Westminster*."

Wie in Zeitlupe griff Vincent nach seiner Mütze, die er aufsetzte, bevor er sich auf seinen Ellenbogen stützte.

„Muss ich Sie kennen?", sagte er und wandte sein Gesicht dem kahlköpfigen Mann zu. Seine Augen lagen im Schatten.

„Monsieur", erwiderte der andere, offensichtlich ratlos angesichts solcher schlechten Manieren.

„Monsieur de Jonzac hat hier ein Boot vor Anker liegen", beeilte sich Magali zu sagen. „Er hat uns eingeladen, mit ihm eine kleine Tour zu unternehmen."

„Das ist aber sehr freundlich von Monsieur de Jonzac", ätzte Vincent, während er seinen Blick wieder auf den Horizont richtete.

„Äh, ja. Also, Sie können es sich noch überlegen, Mademoiselle." Der Kahlköpfige rang sich ein Lächeln ab. „Wir laufen uns sicher noch einmal über den Weg."

Dann stand er auf.

„Den Champagner können Sie hierlassen!", warf ihm Vincent zu, als dieser Anstalten machte, Flasche und Gläser wieder einzusammeln.

„Aber gern", antwortete De Jonzac.

Sein Ärger war deutlich herauszuhören, dennoch

verbeugte er sich höflich, bevor er zu seinem Liegestuhl zurückkehrte.

„Was ist nur in dich gefahren?“, stieß Magali hervor, kaum dass sie wieder Vincents Zimmer im *Le Westminster* betreten hatten. „Er war ein sehr netter Mann, höflich und zuvorkommend. Wie konntest du ihn nur so vor den Kopf stoßen? Ich weiß, dass es dir momentan schlecht geht, dennoch war es kein Grund, sich wie ein Trampel zu benehmen …“

Während Magali ihre Schimpftirade abließ, starrte Vincent an ihr vorbei. Er wusste selbst nicht, warum er so aus der Haut gefahren war. Aber als er Magali mit diesem aufgeblasenen Fatzke gesehen hatte, war er schlagartig aus seiner Lethargie der letzten Tage erwacht. Ein Glück, dass das Wasser so kalt gewesen war.

„Hast du nichts dazu zu sagen?“, riss sie ihn aus seinen Gedanken.

„Dieser aufgeplusterte Gockel wollte mehr als nur Champagner mit dir trinken, das war offensichtlich“, antwortete er nach außen hin ungerührt. „Es war meine Pflicht, das zu verhindern.“

„Warum? Weil er dir gefährlich werden könnte?“

„Wie meinst du das?“ Verärgert kniff er die Augen zusammen.

Sie blitzte ihn an. „Nun, er ist von adeliger Geburt, gebildet und er weiß, wie man mit einer Dame spricht ...“

Während du aus der Gosse kommst, beendete Vincent den Satz im Stillen und spürte, wie die Wut in ihm aufstieg. „Einer Dame?“ Er stieß ein böses Lachen aus. „Du bist der Bastard eines Seemanns und keinen Deut besser als ich, Magali!“

Ihre Züge wurden zu Stein. „Manchmal bist du ein richtiges Arschloch“, flüsterte sie und verließ mit hochrotem Kopf das Zimmer.

Die Verbindungstür hinter ihr fiel hart ins Schloss, und er konnte hören, wie sie den Schlüssel umdrehte. Er biss sich auf die Lippen. Es war nicht das erste Mal, dass Magali mit Männern der höheren Gesellschaft sprach oder flirtete. Im Klub kam es regelmäßig vor, und bis heute hatte ihn das niemals gestört. Wahrscheinlich, weil er angenommen hatte, es wäre rein professionell, um die Gäste bei Laune zu halten. Vielleicht hatte es ihn auch gekränkt, sie so kurz nach Gustaves Beerdigung lachen zu sehen. Vielleicht hatte ihn aber nur gestört, dass er nicht der Grund dafür gewesen war. Er zuckte mit den Achseln und öffnete fast gewaltsam die Flasche Bourbon, die neben ihm auf dem Sekretär stand. Es war müßig, darüber nachzudenken. Magali und er gehörten zusammen, sie hätte nicht mit diesem blaublütigen Schwachkopf flirten sollen. Er hatte seinen Standpunkt nur klargemacht.

„Soweit ich das sehe, unternehmen sie nicht viel. Meistens geht er golfen, während sie am Strand liegt und liest … Nein, keine Zeitungen, Bücher … Ja, Monsieur … Nein, ich denke nicht, dass sie so bald nach Paris zurückkehren … Allerdings reden sie seit gestern kaum ein Wort miteinander … Nun, ich denke, ein Streit unter Liebenden, an dem ich wohl nicht ganz unschuldig bin … Hahaha … Wie Sie meinen. Ich bleibe dran … Natürlich … Auf Wiedersehen! Ihnen auch, Mons…“

Doch der Gesprächspartner hatte bereits aufgelegt. Entrüstet klemmte sich der kahlköpfige

Mann, der weit davon entfernt war, ein blaublütiger Schwachkopf zu sein, und auch kein Weingut im Languedoc besaß, sein Monokel ins Auge. Heutzutage besaß niemand mehr gute Manieren!

Kapitel 21

Paris, Mai 1926

Heute Nacht würde es passieren. Heute Nacht würde er einen erneuten Versuch wagen. Diesmal musste es klappen. Sosehr Vincent Lefèvre auch versucht hatte, ihn davon zu überzeugen, die Polizei ihre Arbeit machen zu lassen, er konnte und wollte nicht warten. Abgesehen davon hielt sich sein Vertrauen in die Behörden in sehr engen Grenzen. Heute Nacht würde er Anna aus den Fängen dieser dunklen Kreatur befreien. Das Konzert endete zwei Stunden vor Mitternacht. Eine halbe Stunde später fuhr gewöhnlich ein Omnibus vor, um die rund vierzig Musiker ins Hotel zu bringen. Für ihn gab es keine Möglichkeit, ins Hotel zu gelangen, das hatte er bereits mehrmals erfolglos versucht. Deshalb hoffte er darauf, dass ihn Anna bemerken würde, wenn sie den Bus bestieg oder wieder verließ, und ihm dann die Hintertür zum Hotel aufschloss.

Mit dem gestohlenen Fahrrad an seiner Seite drückte er sich in die Hausecke, während er darauf wartete, dass die Musiker das Palais Garnier verließen. Pünktlich auf die Minute kamen sie heraus. Den Kopf gesenkt, die Schultern nach unten gedrückt. Vierzig Musiker, die auf der Bühne wie hundert klangen. Geistern gleich stiegen sie mit ihren Instrumentenkoffern in den Bus, wo sie ihre Plätze einnahmen. Keiner schaute sich um, niemand sprach ein Wort.

Da! Andrejs Herz verfiel in wilden Galopp. Sein kleines Mädchen. Ihr langer blonder Zopf wirkte glanzlos, ihre blauen Augen waren auf den Boden geheftet, als sie darauf wartete, in den Bus zu steigen.

„Anna!", rief er leise. „Anna!"

Doch sie reagierte nicht.

„Ann…", begann er erneut und brach erschrocken ab, als eine hochgewachsene Gestalt mit wirren Locken wie ein böser Spuk aus dem Gebäude trat und sich neben die Omnibustür stellte. Die Augen des Konzertmeisters flackerten unheilvoll, saugten sich an jedem Einzelnen fest, auch an Anna, bevor sie vom Bus verschluckt wurde.

Andrej biss sich auf die Lippen, wartete, bis das Gefährt tuckernd losfuhr, dann stieg er aufs Fahrrad. Trotz der vermeintlichen Seuche herrschte auf den Straßen reger Verkehr, denn auch die Konzertbesucher machten sich auf den Heimweg, was die Verfolgung erleichterte. Auf der großen Kreuzung vor der Oper kam der Bus nur im Schneckentempo voran, und auch wenn Andrej das Ziel kannte, war es wichtig, dass er zeitgleich mit dem Bus dort eintraf, um Annas Aufmerksamkeit zu erregen.

Doch dann passierte etwas, womit er nicht gerechnet hatte. Statt nach Norden Richtung Rue de Lafayette abzubiegen, fuhr der Omnibus nach Süden auf den Boulevard de l'Opéra. Andrej wäre beinahe auf der Motorhaube eines Citroëns gelandet, als er in letzter Sekunde die Richtung änderte. Schlingernd kam er zum Stehen, seine Knie zitterten, das Blut dröhnte in seinen Ohren. *Anna!* Dennoch schwang er sich schnell wieder in den Sattel und trat in die Pedale, den gelb erleuchteten Boulevard hinunter. Das röhrende Meer um ihn herum teilte sich, die Automobile bogen ab, links, rechts, links, rechts, und bereits nach kurzer Zeit tröpfelte der Verkehr nur noch die Prachtstraße entlang. Als der Bus die Seine über den Pont Neuf überquerte, war er fast versiegt. Eine eiserne Faust griff nach Andrejs Herz. Wo brachten sie Anna hin? Trotz seines geschwächten Zustands trat er noch kräftiger in die Pedale. Die Straße schien sich kilometerlang zu erstrecken, nahm kein Ende, und schon bald brannte seine Lunge wie Feuer. Zu seiner Linken erhob sich der prachtvolle, festlich angestrahlte Justizpalast, doch er hatte dafür keinen Blick übrig, stattdessen krallten sich seine verschwitzten Hände am Lenker fest.

Nachdem der Omnibus die Kathedrale Notre Dame passiert hatte, bog er in eine schlecht beleuchtete Straße ab, die hinunter zur Seine führte. Als habe jemand eine Decke über die Stadt geworfen, wurden die Geräusche mit einem Mal leiser. Dumpf. Wie auf Kommando erlosch auf der anderen Seine-Seite die Fassadenbeleuchtung, und plötzlich schien es Andrej, als wären der Omnibus und er allein auf der Welt. Der Omnibus, der in dieser Sekunde die Scheinwerfer ausmachte, noch ein Stück weiter rollte und schließlich vor einem flachen Gebäude stehen blieb, dessen Fenster zugenagelt waren ... Einem verlassenen Lagerhaus vermutlich. Andrej stieg hastig vom Fahrrad, um sich im Schatten eines Baumes zu verbergen. Danach passierte minutenlang nichts. Der Omnibus stand einfach nur da. In seinem Innern blieb alles regungslos.

Gerade als Andrej mit dem Gedanken spielte nachzuschauen, wurden hinter ihm Motorengeräusche laut. Nur wenige Augenblicke später schoss ein schwarzes Automobil ebenfalls mit ausgeschalteten Scheinwerfern an ihm vorbei. Auf der Höhe des Busses hielt es an, und vier Männer stiegen aus. Gleichzeitig bewegte sich etwas im Bus. Die Tür sprang auf, und ein fünfter Mann trat heraus.

Andrej kniff die Augen zusammen, um im diffusen Licht der Laternen oben an der Straße etwas erkennen zu können. Die Männer unterhielten sich kurz, er konnte ihre Stimmen hören, verstand aber den Wortlaut nicht, dann stiegen vier von ihnen in den Bus, während der fünfte sich am Lagerhaus zu schaffen machte. Mit einem unguten Gefühl beobachtete Andrej, wie die vier Männer kurz darauf wieder aus dem Bus stiegen. Ein plötzlicher Windstoß schob eine Wolke über den Rand des Mondes, ein silberner Schleier legte sich über die Szenerie, und Andrej gefror das Blut in den Adern. Jeder der Männer trug einen leblosen Körper über der Schulter! Mit ihrer Last begaben sie sich zum Lagerhaus und verschwanden ins Innere. Sie gingen noch mehrmals hin und her, deponierten diverse Körper und Instrumentenkoffer im Lagerhaus, darunter auch Anna. Als Andrej ihren blonden Zopf erspähte, wurde ihm speiübel. Zum Schluss schafften sie den Konzertmeister hinaus, erkennbar an seiner zotteligen Mähne. Das Ganze ging lautlos und zügig vonstatten. Insgesamt wurden dreizehn Menschen aus dem Bus geschafft. In Andrejs Kopf schlugen die Gedanken Saltos. Wer waren diese Kerle? Was hatten sie mit Anna vor? Und vor allem: Lebte sie noch?

Er musste etwas unternehmen. Nur was? Er war ein Mann der Musik, nicht der Gewalt. Die Wache, die draußen stand, konnte er vielleicht mit viel Glück überwältigen, doch was dann? Mit den übrigen

Männern würde er es unmöglich aufnehmen können. Verzweifelt suchte Andrej nach einem Ausweg, doch ihm wollte nichts einfallen. In seinem Inneren tobte die Panik. Einatmen, ausatmen. Während er das Lagerhaus weiter beobachtete, zwang er sich gewaltsam zur Ruhe. Wollte er Anna helfen, durfte ihm nichts entgehen. Jedes Detail konnte wichtig sein.

Als nach einer Weile ein einzelner Mann aus dem Lagerhaus trat, um sich mit seinem Kumpan draußen zu unterhalten, huschte eine Ratte über Andrejs Fuß, und er zuckte erschrocken zusammen. Dabei stieß er gegen sein Fahrrad, was ein leises Scheppern verursachte. Die beiden Männer vor dem Lagerhaus verstummten jäh und blickten gleichzeitig in Andrejs Richtung, der vor Angst erstarrte. Einer von ihnen setzte sich in Bewegung. Andrej drückte sich noch dichter an den Baumstamm, doch dadurch würde er das Unvermeidliche lediglich hinauszögern. Es gab für ihn keine Fluchtmöglichkeit. Sobald der Mann auf wenige Meter herangetreten war, würde er ihn entdecken. Andrej unterdrückte ein Schluchzen. Er würde hier sterben. Fern von der Heimat. Fern vom Grab seiner Familie.

Glücklicherweise hatte die Ratte ein Einsehen. Die rosa Nase dicht am Boden flitzte sie im Zickzack hinauf zur Straße, als wollte sie dem Gräuel entkommen, der sich vor ihren Augen abspielte. Als der Mann das zerrupfte Nagetier bemerkte, stockte er mitten in der Bewegung, bevor er leise lachend auf dem Absatz kehrtmachte.

Erleichtert schloss Andrej die Augen, während er versuchte seinen rasenden Herzschlag unter Kontrolle zu bringen. Seine Knie drohten, unter ihm nachzugeben, so weich waren sie. Unterdessen gab es zwischen den beiden Männern einen kurzen Wortwechsel, dann verschwand einer von ihnen im Lagerhaus, während der andere in den Bus stieg und den Motor startete. Das schwere Gefährt fuhr einige Meter an der Seine entlang, die Tür blieb offen und das Scheinwerferlicht aus, bevor es unerwartet einen Bogen nach links zeichnete – Richtung Wasser.

Mit angehaltenem Atem beobachtete Andrej, wie der Bus ungebremst über den Rand fuhr und mit einem lauten Platschen in den Fluten landete. Er sprang auf sein Fahrrad und fuhr, so schnell er konnte, zur Unglücksstelle. Als er dort ankam, war der Omnibus bereits zur Hälfte gesunken, das Wasser rundum blubberte gierig, und soweit Andrej erkennen konnte, versuchte niemand, aus dem Bus zu klettern. Angestrengt kniff er die Augen zusammen und bemerkte, dass die restlichen Insassen in sich zusammengesunken waren. Entweder waren sie tot oder ohnmächtig. Auf jeden Fall aber würden sie elendig ertrinken.

Verzweifelt stierte Andrej auf das schwarze Wasser, und obwohl ihm der Anblick eine Heidenangst einjagte, spielte er kurz mit dem Gedanken, hineinzuspringen. Da riss ihn ein prustendes Geräusch aus seiner Erstarrung, das aus dem vorderen Teil des Busses zu kommen schien, dort wo sich die offene Tür befand. Einer Eingebung folgend suchte Andrej Zuflucht hinter einer niedrigen Mauer, sein Fahrrad warf er neben sich. Ein weiser Entschluss. Denn wer da spuckend und paddelnd aus dem Wasser kroch und sich ans Ufer rettete, war niemand anders als der Fahrer, der den Bus in die Katastrophe gesteuert hatte. Seine nassen Schuhe schmatzten laut in der Dunkelheit, als er den Weg zum Lagerhaus im Laufschritt zurücklegte. Ohne zu zögern, stieg er ins schwarze Automobil ein, startete den Motor und war nur wenige Augenblicke später in der Nacht verschwunden.

Bei dem Versuch zu begreifen, was er soeben beobachtet hatte, schüttelte Andrej den Kopf. Hatte man vor seinen Augen wirklich fast alle Mitglieder des Orchesters ausgelöscht? Und warum? Die wichtigste aller Fragen aber war: Was hatten sie mit den Zwölf und dem Konzertmeister vor? Dass diese noch lebten, stand für ihn außer Zweifel, sonst wären sie ebenfalls versenkt worden. Eine gefühlte Ewigkeit stand er da, unfähig sich zu rühren, dann gab er sich einen Ruck. Zeit zu handeln!

Auf Zehenspitzen begab er sich zum Lagerhaus, drückte sein Ohr gegen die kalte Wand und lauschte. Nichts. Von drinnen war kein Laut zu hören. Also umrundete er vorsichtig das Gebäude, bis er ein mit Spinnweben verhängtes Fenster entdeckte, das nicht mit Brettern zugenagelt war. Die Luft anhaltend spähte er hindurch. Obwohl ihm etwas vor dem Fenster einen Großteil der Sicht nahm und er außer unbeweglichen Schatten in der Dunkelheit nicht viel erkennen konnte, wurde er das Gefühl nicht los, dass das Lagerhaus menschenleer war. Wie war so etwas möglich? Andrej starrte angestrengt durchs Fenster, dann tat er aus Verzweiflung etwas, von dem er wusste, dass es dumm war. Dennoch konnte er nicht anders.

„Hallo?“, rief er leise. „Jemand drin?“

Keine Antwort. Nicht die kleinste Bewegung. Auch als er sachte ans Fenster klopfte, kam keine Reaktion.

Andrej blickte sich verstohlen um, dann ging er

nach vorn an die Tür. Sie war verschlossen, und so sehr er auch zerrte und rüttelte, sie ließ sich nicht öffnen. Dann brach etwas in ihm, und er ließ jede Vorsicht fallen, warf sich verzweifelt dagegen, doch die Tür blieb standhaft. Anna!, schrie er im Stillen. Anna!

Schließlich gab er auf, blickte mit brennenden Augen auf das düstere Lagerhaus. Als es von einer nahen Kirche elf Uhr schlug, schlurfte er dorthin zurück, wo er sein Fahrrad abgestellt hatte, um sich auf die niedrige Mauer zu setzen. Wenn nötig würde er die ganze Nacht hier ausharren, darauf hoffend, dass die Männer wieder auftauchten.

Kapitel 22

Paris, Mai 1926

Wieder war es im Erste-Klasse-Abteil zu kalt. Wieder zog Magali den Wollmantel fester um sich. Diesmal lag es aber nicht an den vermeintlichen Hitzewallungen einiger Mitarbeiter der Eisenbahngesellschaft, die die Heizung abgestellt hatten, sondern daran, dass sie allein im Abteil saß. Vincents Profil spiegelte sich in keiner Scheibe wider.

Nach Andrejs Anruf an der Hotelrezeption waren sie aneinandergeraten wie niemals zuvor. In den langen Jahren ihrer Freundschaft hatte es oft Streit gegeben, sie beide waren stur, doch diesmal hatte es kein gutes Ende genommen.

„Wir müssen sofort zurück und Andrej helfen!“, hatte sie sich ereifert.

„Was er gesehen hat, ist schrecklich, aber es geht uns nichts mehr an“, hatte er gekontert. „Er soll sich an die Polizei wenden!“

„Das hat er. Sie glauben ihm nicht. Behaupten, das Engagement der *Philharmonie* sei beendet, und das Orchester befände sich bereits auf dem Weg nach Edinburgh. Bitte, lass uns wenigstens Emile kontaktieren.“

„Nein!“ Sein Tonfall hatte keinen Widerspruch geduldet. „Emile hat wegen uns schon genug Schwierigkeiten.“

Sie war entsetzt gewesen. „Aber, Vincent, es geht

um Andrejs Tochter! Wir können nicht einfach so die Hände in den Schoß legen."

„Doch! Genau, das werden wir tun!"

„Du vielleicht. Ich nicht."

Sein Gesicht war hochrot angelaufen. „Ich untersage dir, etwas auf eigene Faust zu unternehmen, Magali!"

Sie hatte ihn wortlos angeschaut, dann war sie in ihr Zimmer gegangen, um ihre Koffer zu packen. Als sie wenig später durch die Hotelhalle geschritten war, hatte er jeglichen Anstand vergessen.

„Vor mir aus, geh doch zurück!", hatte er ihr hinterhergebrüllt. „Lass dich umbringen wie Gustave! Ist mir scheißegal!"

Während die Worte in der Luft gehangen hatten, war die Welt um sie herum erstarrt. Ausnahmslos alle, vom Portier bis hin zu den Gästen, hatten sie mit einer Mischung aus unverhohlener Neugier und leisem Spott gemustert. Sie wäre am liebsten im Boden versunken. Einer der Zeugen ihrer Streitigkeit war Monsieur de Jonzac gewesen, der aus einem offenbar aussichtsreichen Techtelmechtel mit einer etwas verwelkten, russischen Gräfin herausgerissen worden war. Er hatte sich freundlicherweise angeboten, Magali in seinem Automobil zum Bahnhof zu fahren.

Wenn sie an die hässliche Szene zurückdachte, wurde ihr schwer ums Herz. Sie wollte Vincent nicht als Freund verlieren, schon der Gedanke daran trieb ihr die Tränen in die Augen, aber genauso wenig brachte sie es fertig, Andrej in dieser schrecklichen Situation allein zu lassen. Außerdem war sie Gustave etwas schuldig …

Grüne Felder, schwarz-weiße Kühe, graue

Wassertürme, grüne Wälder, rote Bauernhöfe, graue Bauernhöfe, grüne Wälder, weiße Wassertürme, braune Kühe, grüne Felder: Die Zugfahrt nach Paris wollte kein Ende nehmen, und auch das sonnige Wetter vermochte es nicht, Magali aufzuheitern. Als nach einer gefühlten Ewigkeit endlich die Spitze des Eiffelturms in der Ferne auftauchte, atmete sie erleichtert auf.

Andrej erwartete sie am Bahnsteig. Er trug einen von Vincents alten Anzügen, dunkelblau mit goldenen Knöpfen, der offensichtlich für ihn umgenäht worden war.

„Sie allein gekommen?“, fragte er sichtlich irritiert, als sie ohne Begleitung aus dem Zugabteil stieg.

Sie nickte und tätschelte seinen Arm. „Machen Sie sich keine Sorgen“, sagte sie mit fröhlichem Nachdruck. „Uns wird schon etwas einfallen.“

„Sie glauben?“ Furcht lag in seinem Blick.

„Aber natürlich“, antwortete sie zuversichtlicher als sie sich fühlte.

Zwar hatte sie seit dem Streit mit Vincent keinen klaren Gedanken fassen können, dennoch vertraute sie auf ihren gesunden Menschenverstand.

„Ich Ihr Gepäck nehmen.“

Sie lächelte. „Vielen Dank.“

„Wir keine Zeit verlieren“, fügte Andrej hastig hinzu, während er sich nach ihrer Reisetasche bückte. Den Großteil ihrer Sachen hatte sie im *Le Westminster* zurückgelassen. Sollte doch Vincent zusehen, wie er sie nach Paris zurückverfrachtete! „Nur Gott weiß, was sie machen mit Anna.“

„Ich weiß, mein lieber Freund. Ich bin so schnell gekommen, wie ich konnte.“ Sie hakte sich bei ihm unter, dann verließen sie den Bahnsteig und steuerten die große Bahnhofshalle an. „Haben Sie in der Zwischenzeit das Lagerhaus beobachtet?“

„Ja.“

„Und?“

Er schüttelte den Kopf. „Gestern war Polizei bis in Nacht beschäftigt, Omnibus aus Wasser ziehen. Sie auch Lagerhaus durchsucht, aber Lagerhaus leer. Inzwischen ist Platz wieder frei, doch bis jetzt ich niemand gesehen, der rein oder raus. Am Tag ist zu riskant wahrscheinlich.“

„Sie haben recht. Sobald es dunkel wird, werden wir dort Posten beziehen. Vielleicht haben wir Glück.“

„Aber zu gefährlich für Mademoiselle.“

Magali war ganz seiner Meinung, dennoch zuckte sie mit den Achseln. „Vier Augen sehen mehr als zwei.“ Kurze Pause. „Sie sagten am Telefon, der Omnibus wurde inzwischen geborgen, und die Polizei behauptet, es sei niemand drin gewesen?“

Andrej nickte, dann blieb er stehen und wandte Magali sein Gesicht zu. „Ich weiß, was ich gesehen, Mademoiselle. Fast dreißig Menschen in Bus.“

„Ich glaube Ihnen, Andrej“, erwiderte sie mit ernstem Blick.

Warum log die Polizei? Dreißig Menschen konnten doch nicht einfach so über Nacht verschwinden. Oder doch? Unwillkürlich dachte sie an den Mann, den sie in der Polizeistation gesehen hatte. Auch er war plötzlich verschwunden und dann wieder aufgetaucht. Und was hatte es mit diesem mysteriösen Lagerhaus auf sich, in dem sich Menschen in Luft auflösten? Ihr schauderte. Offenbar war in dieser Stadt alles möglich. Ihr fiel nur eine

Person ein, die helfen konnte: Emile. Sobald sie in ihrer Wohnung angekommen waren, würde sie ihn anrufen, ob es Vincent passte oder nicht. Sanft lotste sie Andrej zum Ausgang des Gard du Nord und blickte sich nach einem Taxi um.

Den Schatten, der sich bereits auf dem Bahnsteig an ihre Fersen geheftet hatte, bemerkte sie nicht.

Genauso wenig wie dieser den dicklichen Mann in Uniform, der sich hinter ihn gesetzt hatte. Emile hatte einen alarmierenden Anruf von Vincent erhalten und sich sofort auf den Weg zum Gard du Nord gemacht, um Magali abzufangen, bevor sie etwas Dummes anstellte, wie es sein Freund so galant ausgedrückt hatte. Doch der verbogene Lenker seines Fahrrads hatte ihm einen Strich durch die Rechnung gemacht, und er war zu spät gekommen. Was im Nachhinein betrachtet ein Segen war. Andernfalls hätte er den dunkelblonden Mann nicht ausgemacht, der wie Pech an Magali und ihrem Begleiter klebte. Besah man sich die fettigen Strähnen, die an seinem Kragen hafteten, hielt Magalis Verfolger offenbar nichts von Haarpflege, und auch sonst ließ dessen verwahrloste Erscheinung sehr zu wünschen übrig. Andererseits fiel er auf dem Bahnhof nicht weiter auf, was vielleicht Zweck der Übung war.

Die Entfernung zu dem Fremden betrug inzwischen weniger als zwei Meter, die Straße auf dem Bahnhofsvorplatz war voller Menschen, was Emile die Arbeit erleichtern würde. Als Magalis Verfolger hinter einer Säule Deckung suchte, ohne den Blick von seinem Ziel abzuwenden, grinste der Polizist. Das war die Gelegenheit, auf die er gewartet hatte. Mit einem großen Schritt überwand er den Abstand, und bevor der Mann reagieren konnte, verpasste er ihm mit der flachen Hand einen Schlag gegen den Hinterkopf, woraufhin der andere ungebremst mit der Stirn gegen die Säule knallte und benommen zusammenbrach. Mit einer schnellen, routinierten Bewegung holte Emile seine Handschellen hervor und band die Hände des Mannes hinter dessen Rücken.

„Sie sind wegen unsittlichen Verhaltens in der Öffentlichkeit verhaftet", klärte Emile ihn auf, auch wenn es nicht so aussah, als ob der andere wirklich begriff, was ihm geschah. „Sie haben eine schlimme Wunde an der Stirn, Monsieur. Das wird sich ein Arzt ansehen müssen."

Dann zerrte er ihn hoch und blies in seine Pfeife, um die Gendarmen zu rufen, die am Bahnhof ihre Runden drehten. Kurze Zeit später verfrachteten sie zu dritt den Delinquenten in eine kleine Arrestzelle im Bahnhofsgebäude, wo er bleiben würde, bis ein Kastenwagen ihn abholte.

Magali und Andrej, die in ein Taxi gestiegen waren, hatten von dem Tumult hinter ihnen nichts mitbekommen.

Blind.

Anna schaute mit weit aufgerissenen Augen um sich, versuchte, die Finsternis mit ihrem Blick zu durchdringen. Es roch nach Angst und Moder, und das irre Lachen, das sie aus ihrer Bewusstlosigkeit gerissen hatte, hallte in ihren Ohren nach. Das Einzige, woran sie sich erinnern konnte, war, dass sie in den Omnibus gestiegen war, dann nichts mehr. Sie scharrte mit den Füßen über den Boden, unter ihren Fingern fühlte sie rauen Stein. Da legte sich eine Hand auf ihre Schulter, und ihr Herz blieb stehen. Sie glaubte ohnmächtig zu werden, bis sie eine vertraute

Stimme hörte.

„Alles in Ordnung, Anna." Die Oboistin der Zwölf. Ihre Stimme klang tränenerstickt. „Die anderen sind auch hier."

Anna wollte ihre Angst hinausschreien, doch die Schwärze machte sie sprachlos.

„Wir wissen nicht, was passiert ist", flüsterte jemand rechts neben ihr. Es war die Flötistin.

Das Lachen! Was war das für ein Lachen?, wollte Anna fragen, doch niemand hörte sie.

„Wir sind bereits seit Stunden hier eingesperrt. Bisher haben wir noch niemanden gesehen", redete die Flötistin weiter, wie um die Dunkelheit mit Leben zu füllen. „Die Männer sind nebenan. Wir haben die beiden Cellisten miteinander flüstern hören ..."

Anna tastete die Flötistin ab und packte sie grob am Arm. Sie nestelte an deren Ärmel herum, schob ihn hoch, dann legte sie ihren rechten Zeigefinger auf deren nackte Haut. *Wo ist Pjotr?,* zeichnete ihre Fingerkuppe.

„Was ..." Die Flötistin versuchte sich loszureißen, doch die Verzweiflung verlieh Anna erstaunliche Kraft.

Wo ist Pjotr?, wiederholte sie.

Da erst begriff die andere Frau. „Wiederhol es bitte nochmal, Anna."

Beim dritten Versuch gelang es der Flötistin, die Berührung zu entziffern. „Ich weiß es nicht." Sie zögerte. „Aber ich glaube nicht, dass er bei den Männern nebenan ist, sonst würden sie nicht sorglos miteinander reden."

Als Anna ihre Ohren spitzte, hörte sie tatsächlich leise Stimmen. Jetzt, da sich ihre Augen langsam an die Dunkelheit gewöhnten, erkannte sie auch schattige

Konturen. Konturen, die von Sekunde zu Sekunde deutlicher wurden. Bald machte sie Gitter aus, hinter denen sich offensichtlich ein Gang erstreckte, und stand auf, um nachzuschauen. Kurz schwankte sie, ihre Beine drohten nachzugeben, dann setzte sie sich in Bewegung.

„Tu das nicht!“, rief die Erste Geige mit bebender Stimme.

Doch Anna hörte nicht auf sie, trat näher ans Gitter und packte es mit beiden Händen. Die Stäbe fühlten sich glatt und gleichzeitig etwas faserig an. Holz, sehr dickes Holz. Anna spähte durchs Gitter und ließ ein Keuchen hören. Auf der anderen Seite war etwas. Etwas Unheiliges, Boshaftes.

Zwei leere Augenhöhlen, die sie anstarrten.

Hastig schlug sie das Kreuz. Und da sah sie es. Knochen. Wohin man sah, menschliche Knochen. Sie waren Schicht für Schicht sauber aufeinandergestapelt und reichten vom Boden bis zur niedrigen Decke. Es mussten Hunderte, nein Tausende sein, durchbrochen von wellenförmigen Bordüren aus Totenschädeln.

Die Pforten der Hölle.

Anna prallte entsetzt zurück und stolperte dabei über ihre eigenen Füße. Hätte die Flötistin sie in diesem Moment nicht aufgefangen, wäre sie der Länge nach hingefallen. Bei dem Versuch, sich aus deren Umklammerung zu befreien, schlug die junge Frau wild um sich.

„Kind, beruhige dich“, sagte die andere eindringlich. „Diese Knochen sind schon sehr alt. Sie haben nichts mit uns zu tun. Hörst du mich? Sie haben nichts mit uns zu tun.“ Die Frau streichelte sanft ihr Haar. „Hab keine Angst, wir kommen hier schon wieder raus.“

Die Worte drangen nur langsam zu Anna durch.

Knochen?

Raus?

Sie hörte zu zappeln auf und blickte die Flötistin an. Deren schummrige Anwesenheit gepaart mit der maßvollen Stimme hatte eine tröstende Wirkung. Annas Herzschlag beruhigte sich etwas, der Summton in ihrem Kopf verschwand. Sie nickte und tätschelte die Hand der älteren Frau zum Zeichen, dass sie verstanden hatte.

„Besser?“

Wieder tätschelte sie die Hand.

„Gut.“

Beide setzten sich zurück auf den Boden, den Rücken an die Wand gelehnt, und Anna fuhr sich mit der Hand übers Gesicht. Erst da merkte sie, dass es tränenüberströmt war. Hastig wischte sie sich mit dem Ärmel darüber, dann schloss sie die Augen, um den starren Blicken der Totenschädel jenseits der Gitter auszublenden. Die anderen Frauen flüsterten miteinander, doch sie achtete nicht auf ihre Worte. Sie suchte das Vergessen; träumte von tanzenden Landleuten, stillen Feldern im Abendlicht, von Sternen am Firmament …

Gerade als Anna dabei war einzudösen, vernahm sie ein lautes Keuchen. Alarmiert riss sie die Augen auf und blickte direkt in ein kleines rotes Augenpaar … dann in noch eines … und noch eines. Sie hörte das Trippeln spitzer Krallen auf Stein, sah kleine Schatten, die nach vorne schossen, zurückhuschten, um gleich wieder vorzurücken. Zähnefletschend, lauernd.

In diesem Moment wehte erneut ein irres Lachen von irgendwoher zu ihr herüber.

Kapitel 23

Paris, Mai 1926

Charles Médocq war mit seinem Schützling unzufrieden. „Die Hinweise, die ich Ihnen übermittelt habe, hätten doch ausreichen müssen, um das Ganze zu einem befriedigenden Ende zu bringen."

Kommissar Tullio rang mit den Händen. „Ich weiß, mon Capitaine. Keine Ahnung, wie das passieren konnte."

Die beiden Staatsdiener standen dicht gedrängt im Archiv der Polizeistation des 4. Arrondissements. Der fensterlose Raum befand sich im Keller und war mit verstaubten Akten und Kartons vollgestopft. Während die Enge Médocq nichts auszumachen schien, verspürte Tullio bereits nach kurzer Zeit ein unangenehmes Gefühl von Klaustrophobie. Es war anzunehmen, dass genau das der Grund war, warum der Ranghöhere ihn ausgerechnet hierher zum Gespräch bestellt hatte.

„Als ich beim Polizeipräfekten ein gutes Wort für Sie eingelegte, damit Sie Fourniers Nachfolge übernehmen, erhoffte ich mir von Ihnen mehr Kompetenz, größere Weitsicht, unbedingte Loyalität ..." Médocq legte eine kurze, aber wirkungsvolle Pause ein, die Tullio den Schweiß auf die Stirn trieb. „Sie haben also keinen blassen Schimmer, wo dieser schändliche Konzertmeister abgeblieben ist?"

„Tut mir leid, mon Capitaine. Die Angelegenheit

ist sehr mysteriös."

„Niemand hat gesagt, dass es einfach wird!", wies ihn Médocq zurecht. „Sorgen Sie wenigstens dafür, dass dieser Omnibusunfall aus den Akten verschwindet."

„Aber mon Capitaine …"

Charles Médocq plusterte sich auf. „Mitglieder eines der berühmtesten Orchester der Welt sind in Ihrem Arrondissement ums Leben gekommen! Wie, glauben Sie, wird sich das auf Ihre Laufbahn auswirken, Tullio? Ich bin bereit, Ihnen den Rücken freizuhalten, sorgen Sie für Schadensbegrenzung."

Der Kommissar war leichenblass geworden. „Aber bei der Bergung waren viele Menschen anwesend. Taucher, Polizisten …"

„Was ist mit Schaulustigen?"

„Wie von Ihnen gewünscht, haben wir den Bereich großräumig abgesperrt und den Blick von der gegenüberliegenden Seine-Seite mit unseren Booten versperrt, trotzdem könnte etwas durchsickern …"

„Sehen Sie zu, dass Sie Ihre Leute unter Kontrolle bringen." Médocqs Stimme war eiskalt. „Die nächsten drei, vier Tage sollten sie unbedingt die Füße stillhalten. Haben wir uns verstanden?"

Tullio salutierte. „Ja, mon Capitaine!"

„Gut." Médocq nickte. „Und jetzt erzählen Sie mir, was Sie über diese Sache wissen. Ein Ausländer war Zeuge des Unfalls, sagen Sie?"

„Ja. Er hat erzählt, dass es gar kein Unfall war, dass der Bus absichtlich versenkt worden ist und dass dieser …. Konzertmeister und zwölf andere Musiker von mehreren Männern in ein Lagerhaus verschleppt wurden, wo sie dann spurlos verschwanden."

Médocq strich sich nachdenklich übers Kinn.

„Nun, das klingt sehr abenteuerlich."

„Das habe ich auch gesagt", pflichtete ihm Tullio eifrig bei. „Vollkommener Blödsinn."

„Haben Sie es überprüft?"

„Natürlich, mon Capitaine. Bis auf ein paar alte Weinfässer war das Lagerhaus leer. Keine Ahnung, was der Mann gesehen haben will."

„Hmm… Ist er noch hier?"

Tullio spürte, wie der Schweiß seinen Nacken hinunterrann. „Nein … wir haben ihn nach ein paar Stunden wieder gehen lassen."

Médocq kniff verärgert die Augen zusammen. „Haben Sie vielleicht mal daran gedacht, dass er etwas damit zu tun haben könnte?"

Ungläubig blickte Tullio zurück. „Er war es doch, der uns benachrichtigt hat."

„Ist Ihnen nicht in den Sinn gekommen, dass er die Polizei auf eine falsche Fährte führen will?"

„Nein, mon Capitaine", erwiderte Tullio kleinlaut.

„Haben Sie wenigsten den Namen?"

„Er wollte seinen Namen nicht nennen. Ich habe mir nichts dabei gedacht. Er ist Ausländer, und Ausländer sind häufig sehr … scheu. Wir konnten ihn schlecht zwingen."

Médocq platzte der Kragen. „Was erzählen Sie da?", bellte er. „Dieses Individuum ist vermutlich ein ausländischer Spion! Und Sie Idiot haben ihn laufen lassen!"

Tullio zog es vor zu schweigen.

„Sie haben mich enttäuscht, Tullio." Médocqs Stimme hatte wieder einen geschäftsmäßigen Tonfall angenommen. „Sehen Sie zu, dass die Sache nicht an die Öffentlichkeit gelangt. Ansonsten unternehmen

Sie nichts. Ich werde meine Männer darauf ansetzen und diese Musiker finden. Bis dahin überlege ich mir eine Geschichte wegen dieses abgesoffenen Omnibusses. Guten Tag, Kommissar Tullio", schloss Médocq und griff nach dem Türknopf.

„Auf Wiedersehen, mon Capitaine."

Erleichtert wollte sich der Kommissar die schweißnasse Stirn abwischen, als Médocqs Worte ihn innehalten ließen.

„Einen weiteren Fehler werde ich nicht hinnehmen, Tullio."

„Ja, mon Capitaine!"

Kaum hatte sich die Tür hinter Charles Médocq geschlossen, sank Kommissar Tullio auf den nächstbesten Stuhl und schluckte mühsam die Säure hinunter, die seine Kehle hinaufgeschossen war. Er durfte sich unter keinen Umständen den Chef der Sûreté zum Feind machen. Das wäre sein berufliches Ende. Bestenfalls.

Magalis Hände zitterten etwas, als sie sich das Barett über die rostroten Haare stülpte, bis diese gänzlich verdeckt waren, dann trat sie vor den großen Spiegel in ihrem Schlafzimmer. Schwarze Hose, schwarze Jacke, schwarzes Barett; fehlten noch die Stiefeletten und Handschuhe.

„Was soll das hier werden?"

Die Stimme ließ sie erschrocken herumwirbeln, und ihre Hand flog unwillkürlich zur Brust. Vincent stand in der Tür. Er trug helle Knickerbocker, dazu Hemd und Krawatte. Sein Blick unter der Stoffmütze verhieß nichts Gutes.

„Du bist zurück?", fragte Magali etwas atemlos, um Zeit zu gewinnen.

„Sieht so aus“, antwortete er knapp.

„Wie bist du hier reingekommen?“

„Wie immer. Madame Dupuis hat mich hereingelassen.“

„Um diese Uhrzeit?“

„Ja, um diese Uhrzeit.“ Vincent klang verärgert. „Ich habe ihr gesagt, dass es um Leben und Tod geht.“

Magali ließ ein kleines, nervöses Lachen vernehmen. „Das ist ja wohl etwas übertrieben.“

„Meinst du?“ In wenigen Schritten war Vincent bei ihr. „Du wurdest heute Morgen am Bahnhof beschattet, kaum dass du angekommen warst. Ein richtig übler Bursche war das. Ich schätze, er hatte nicht die besten Absichten. Zum Glück hat ihn Emile rechtzeitig außer Gefecht gesetzt.“

„Was? ... Emile ...? Aber woher wusste er?“, stammelte Magali verwirrt.

Doch Vincent blieb ihr die Antwort schuldig, zeigte stattdessen auf ihre Kleidung. „Also, was hast du vor?“

Sie wandte sich ab, traute sich nicht, ihm in die Augen zu blicken. „Was glaubst du wohl?“

Da trat er noch näher an sie heran und packte sie bei den Schultern. „Ich will, dass du die Sachen ausziehst!“

Magali stieß erneut ein kleines Lachen aus. Was kokett klingen sollte, kam etwas zittrig herüber. „Aber Schatz, bist du sicher, dass jetzt der richtige Mome...?“

Sein Griff wurde fester. „Hör auf damit! Du weißt genau, was ich meine.“

„Vincent, du tust mir weh.“

Er ließ sofort von ihr ab. „Entschuldige.“ Dann

fixierte er ihr Spiegelbild, und sie konnte in seinem Gesicht sehen, dass er einen inneren Kampf mit sich austrug. „Warum kannst du es nicht begreifen, Magali? Ich habe bereits Gustave verloren. Und … ich könnte es nicht ertragen, wenn ...“ Er öffnete den Mund, als wollte er noch etwas sagen, dann wandte er den Blick ab.

Sie drehte sich zu ihm um. „Vincent, ich werde meine Meinung nicht ändern. Andrej hat mein Herz berührt.“

„Hat er das?“

„Ja.“ Ihr war der ätzende Ton in seiner Stimme nicht entgangen. „Heute Nacht schauen wir uns dieses Lagerhaus etwas genauer an. Papi hat mir zwei Taschenlampen aus Armeebeständen besorgt und etwas, das wir als Brecheisen benutzen können. Die Sachen liegen unten in der Küche“, schloss sie leise.

„Habe ich gesehen.“

Sie atmete tief ein und setzte einen kämpferischen Gesichtsausdruck auf. Ich werde gehen, sagte ihr Blick, mit dir oder auch ohne dich. Vincents braune Augen schauten sie lange an, während sich ihr Herzschlag immer mehr beschleunigte.

„Also gut“, knurrte er schließlich. „Ich komme mit.“

Lange Zeit sagte Magali nichts, sah ihn einfach nur an, und dann: „Danke.“

Ihr Lächeln blieb unerwidert.

Einige Zeit später schlichen drei dunkle Gestalten unweit der Kathedrale Notre Dame eine Steintreppe zur Seine hinunter. Während eine von ihnen ruhig und konzentriert wirkte, stand den beiden anderen die

Furcht deutlich ins Gesicht geschrieben. Vincent wies seine Gefährten lautlos an, im Schatten der Treppe zu warten, während er geduckt zum Lagerhaus rannte, um sicherzustellen, dass sich dort niemand aufhielt. Nach einer kleinen Weile winkte er Magali und Andrej heran.

„Die Luft ist rein“, flüsterte er und machte sich mit dem Brecheisen an der Tür zu schaffen. Zu seiner Überraschung sprang sie von allein auf. „Daran hätte ich denken müssen“, sagte er nach einer kurzen Pause. „Die Polizei hat das Lagerhaus offenbar durchsucht und das Schloss aufgebrochen. Niemand hat es für nötig erachtet, ein Vorhängeschloss anzubringen. Wir dürfen also keine Zeit verlieren. Es wird sich auf der Straße schnell herumsprechen, dass hier ein trockenes Obdach zur Verfügung steht.“ Er wandte sich Andrej zu. „Magali und ich sehen uns drinnen um. Sie halten draußen Wache, einverstanden?“

Der andere nickte, wenn auch widerwillig.

„Gut. Gehen wir rein.“

Vincent stieß die Tür weiter auf und tat einen vorsichtigen Schritt, bevor er einen schnellen Blick hinter die Tür warf, für den Fall, dass sich dort jemand versteckt hielt. Doch die Ecke war leer. Er nickte Magali zu. Beide betraten das Lagerhaus und zogen die Tür hinter sich zu. Während seine Freundin schweigend neben ihm stand, ihre Anspannung war fast greifbar, blickte er sich um. Soweit er erkennen konnte, bestand das Gebäude aus einem einzigen, rechteckigen Raum, hier und da entsprangen aus dem Boden ausladende Schatten. Weinfässer. Gegenüber der Tür befand sich das einzige Fenster, das nicht zugenagelt war.

„Hilf mir“, flüsterte er Magali zu. „Wir müssen

das Fass vor dem Fenster noch ein wenig verschieben und ein weiteres Fass darauf stellen, damit das Licht unserer Taschenlampen nicht nach außen dringt."

Sie machten sich sofort an die Arbeit. Zwar waren die Fässer leer, dennoch wogen sie schwer. Das eine zu verschieben, war relativ leicht, doch das zweite Fass hochzuhieven, erwies sich als äußerst mühsam.

„Vielleicht sollten wir Andrej fragen", ächzte Magali zwischendurch und wischte sich den Schweiß von der Stirn.

„Jemand muss draußen Wache halten", erwiderte Vincent. „Und ich bezweifle, dass Andrej mehr Kraft aufbringt als du", fügte er trocken hinzu.

Nach mehreren vergeblichen Versuchen, begleitet von Flüchen und eingequetschten Fingern, gelang es ihnen schließlich, die beiden Fässer aufeinanderzustapeln.

„Zeit, sich das etwas genauer anzuschauen", sagte Vincent, bevor er seine Taschenlampe einschaltete.

„Hmpf", lautete Magalis knappe Antwort.

Im Lichtkegel der Lampen offenbarte sich ein kahler Raum mit grauen Wänden, in dem zwei Dutzend teils stark verwitterte Weinfässer standen oder lagen. Ansonsten war der Raum leer.

„Hier muss es irgendwo eine Falltür geben", murmelte Vincent. „Wir müssen jedes Fass umstellen und darunter nachsehen."

„Na, Mahlzeit", seufzte Magali.

Er warf ihr einen schiefen Blick zu. „Es war deine Idee."

„Ich weiß."

In der nächsten Stunde schoben, zogen und rollten sie Fässer hin und her, wobei Magali und

Andrej sich abwechselten, um jeden Quadratmeter des steinigen Fußbodens mit den Taschenlampen abzusuchen. Als irgendwann ein schwarzes Automobil oben an der Straße stoppte und die Fahrertür aufging, erstarren alle drei zu Stein. Doch es war nur ein Mann, der eine Zigarette lang den Anblick des nächtlichen Paris genoss, bevor er weiterfuhr. Das Rücken und Ächzen ging eine Weile weiter, bis Andrej hereingestürzt kam und sie gerade noch rechtzeitig vor einem Clochard warnte, der auf der Suche nach einem Nachtlager war. Während Vincent die Klinke mit beiden Händen festhielt, rüttelte dieser heftig an der Tür, um kurz darauf schimpfend von dannen zu ziehen. Derweil nahm die Nervosität im Inneren des Lagerhauses zu.

„Hier ist nichts", brummte Vincent.

„Aber ich mir nicht einbilden", erwiderte Andrej hastig. „Wir weiter suchen."

„Wir haben doch schon alles überprüft", antwortete Magali ungewohnt gereizt.

„Ihr mir nicht glauben."

„Doch, natürlich." Es klang wenig überzeugt. „Nicht wahr, Vincent?"

Doch dieser zog es vor, finster zu blicken und nicht zu antworten. Inzwischen keimte in ihm der Verdacht, dass sich der Pole in der Aufregung alles eingebildet hatte. Ob er zu tief in die Wodkaflasche geschaut hatte? Trank er überhaupt? Gerade legte er sich eine möglichst diplomatische Antwort zurecht, als Andrej in einer feierlichen Geste seine Hände ergriff. Verblüfft starrte Vincent ihn an; die hageren Gesichtszüge, die ernsten blauen Augen, in denen er eine ungewohnte Entschlossenheit erblickte.

„Ich mir nicht einbilden", wiederholte dieser

eindringlich und in ruhigem Ton. „Ich schwöre bei Valentina, tote Mutter von Anna."

Vincent, der einen schnellen Blick mit Magali wechselte, seufzte. „Also gut. Wir schauen uns noch weiter um. Sie halten draußen Wache. Was übersehen wir?", fragte er an Magali gewandt, nachdem der Pole mit einem dankbaren Lächeln hinausgegangen war.

Sie zuckte mit den Achseln. „Ich weiß es nicht. Die einzige Möglichkeit, hier rauszukommen, ist durch eine Falltür, und wir haben den Boden schon mehrmals überprüft."

„Hmm …" Vincent ließ das Licht seiner Taschenlampe über Wände und Decke schweifen.

„Die Decke?", fragte Magali erstaunt.

„Was weiß ich", murmelte er zurück.

Vincent war kein geduldiger Zeitgenosse, er hasste Sackgassen, und das hier war definitiv eine. Andererseits … Er legte die Stirn in Falten. Da ging plötzlich die Tür auf, und Andrejs Kopf wurde sichtbar.

„Mir etwas eingefallen", sagte er mit aufgeregter Stimme. „Ich aber vorher etwas prüfen."

Mit diesen Worten trat er ein, stellte sich in die Mitte des Raums und blickte zum Fenster. Den Kopf nach rechts geneigt murmelte er etwas in seiner Muttersprache, dann wirbelte er herum.

„Ich gleich wieder da!", rief er und war wieder durch die Tür verschwunden.

Fragend blickten sich Vincent und Magali an, doch bevor einer von beiden etwas sagen konnte, tauchte Andrej wieder auf. Er trug das breiteste Lächeln zur Schau, das Vincent je bei ihm gesehen hatte. Ein Lächeln, das sich in Magalis Augen widerspiegelte, wie er irritiert feststellte.

„Was ist?", sagte er etwas grober als beabsichtigt.

„Sie schauen", antwortete der Pole und zeigte aufs Fenster. „Abstand zwischen Fenster und linke Wand hier kleiner als draußen."

„Sind Sie sicher?", fragte Vincent begierig nach, der die Bedeutung dessen sofort erfasste.

Andrej nickte. „Fast ein Meter."

„Das will ich sehen!" Schon stürmte Vincent hinaus. Als er nach kurzer Zeit zurückkehrte, leuchteten seine Augen. „Er hat recht."

„Soll es bedeuten, dass sich dort ein Hohlraum befindet?", fragte Magali mit vor Anspannung bebender Stimme.

„Sieht so aus." Er wandte sich an Andrej. „Tut mir leid, mein Freund, aber ich muss Sie erneut bitten, nach draußen zu gehen."

„Nein, warte", mischte sich Magali ein. „Ich gehe."

Sie reichte Andrej ihre Taschenlampe und eilte hinaus. Daraufhin machten sich die beiden Männer daran, die linke Wand zu untersuchen. Sie bestand komplett aus Stein; keine versteckte Platte oder Schiebewand aus Holz.

„Ich denke, wir müssen nach einem Öffnungsmechanismus suchen", überlegte Vincent laut. „Ein kleiner Hebel, ein Knopf, eine Unebenheit, irgendwas."

„Ja", sagte Andrej. In der gleichen Sekunde wurde das Licht seiner Taschenlampe schwächer. „Oje, Batterie bald leer."

„Das war zu erwarten", antwortete Vincent. „Bei meiner wird es sicher auch bald soweit sein. Wir müssen uns beeilen."

Angestrengt kniffen sie die Augen zusammen,

tasteten jeden Quadratzentimeter ab, und schließlich war es Andrej, der die Unregelmäßigkeit entdeckte. Seine sensiblen Finger stießen auf ein leicht hervorstehendes Dreieck, nicht größer als ein Daumennagel, auf das er auf gut Glück drückte. Ein Klick ertönte, dann ein lautes Poltern, und eine Steinplatte rumpelte zur Seite. Dabei wurde viel Staub aufgewirbelt.

„Das Wahnsinn“, flüsterte Andrej aufgeregt und richtete seine Taschenlampe auf die offengelegte Nische.

Im Boden gähnte ein Loch mit einer schmalen, grob gehauenen Steintreppe, die in die Tiefe führte. Den Atem anhaltend schauten Vincent und Andrej hinunter, dann blickten sie sich an. In diesem Moment schwächelte auch Vincents Taschenlampe, und der jüngere Mann traf eine Entscheidung. Nachdem er Magali ins Innere gerufen hatte, sah er die beiden unverwandt an.

„Ich gehe da jetzt runter. Allein.“ Wie zu erwarten war, öffneten sich die Münder seiner Gefährten zum Protest, also redete er schnell weiter. „Unsere Taschenlampen geben langsam den Geist auf. Ich schätze, sie werden jeweils maximal dreißig Minuten leuchten. Deshalb werde ich beide mitnehmen und sehen, wie weit ich damit komme. Ihr haltet draußen Wache. In ungefähr einer Stunde bin ich zurück, hoffentlich mit neuen Informationen.“

„Und wenn nicht?“, fragte Magali mit banger Stimme.

„Mach dir keine Sorgen, ich werde vorsichtig sein. Habt ihr eine Uhr bei euch?“

Beide schüttelten den Kopf.

„Hmm … Ich habe eine Taschenuhr bei mir,

aber die brauche ich selbst."

„Kirchenglocke uns sagen wie viel Uhr", sagte Andrej, während er ihm seine Taschenlampe reichte.

Vincent nickte. „Lasst die Wand offen, für den Fall, dass ich schnell raus muss. Und postiert euch draußen. Dort habt ihr einen besseren Überblick und könnt leichter verschwinden, falls die Lage brenzlig werden sollte."

Magali wirkte nicht sehr glücklich, also schenkte er ihr ein beruhigendes Lächeln. „Keine Sorge, ich komme heil und gesund wieder", sagte er, dann stieg er hinab.

Vollkommene Stille hüllte ihn ein, und bald hörte er nichts außer seinen eigenen Atem. Die Stufen unter seinen Füßen waren steil und ungleichmäßig, die Decke niedrig, und mit jedem Schritt schienen sich seine Sinne zu schärfen. Der Lichtkegel vor ihm bewegte sich stetig von links nach rechts, tastete den grauen, rauen Stein ab, und das Gefühl der Beklommenheit wich schnell einem Gefühl der Neugierde. Als Vincent einen letzten Blick zurückwarf, sah er nur Dunkelheit, also richtete er seine Aufmerksamkeit wieder auf den Weg vor ihm.

Am Fuß der Treppe blieb er stehen. Der Lichtkegel wanderte über den staubigen Boden, wo er an Fußspuren haften blieb. Jeder Menge Fußspuren. Offenbar hatten die Entführer gewartet, bis ihre Gefangenen aus ihrer Bewusstlosigkeit aufgewacht waren, um sie wie Schafe durch die Stollen zu treiben. Ein freudloses Lächeln huschte über Vincents Gesicht. Er brauchte nur den Spuren zu folgen, von denen er hoffte, dass sie ihn nicht zu tief in die Eingeweide des Untergrunds führen würden. Einerseits galt es, sich zu beeilen, andererseits durfte er nichts übersehen oder gar ungewollt Spuren verwischen. Er hob einen kleinen spitzen Stein auf, dann schritt er, die Augen auf dem Boden geheftet, den schmalen, gewundenen Gang hinunter, der irgendwann nach rechts abknickte und in einen breiteren Stollen überging. Den glatten Wänden nach zu urteilen, befand er sich in einem ehemaligen Steinbruch, in dem es modrig und nach Latrine stank.

Mit dem Stein zeichnete er einen Pfeil an die Wand, der in die Richtung zeigte, aus der er gekommen war. Anschließend folgte er einer Gerade von gut zehn Metern, die in einer Sackgasse mündete, in der ein Haufen Bauschutt lag. Glaubte man den Spuren, hatten die Gesuchten hier eine Pause eingelegt. Neben den Fußstapfen erkannte Vincent Abdrücke, von denen er annahm, dass sie von Instrumentenkoffern stammten. Eine Flöte zu tragen, war eine Sache, ein Cello eine ganz andere. Er lächelte grimmig bei dem Gedanken, dass die Entführer wohl nicht so schnell vorangekommen waren, wie sie es gern gehabt hätten. Die Kammer besaß nur einen Zugang, durch den er gerade getreten war, und keinen weiteren Ausgang, deshalb machte Vincent kehrt. Neue Spuren im Gang führten von der Kammer weg zu einer niedrigen, grob gehauenen Öffnung in der Wand, die er zuvor übersehen hatte. Einem schmalen Zylinder, der nicht wirklich einladend wirkte. Andererseits war hier nichts wirklich einladend. Vincent blinzelte mehrmals. Das Starren auf den Lichtkegel strengte seine Augen an. Wie um ihn zu verhöhnen, verlor seine Taschenlampe in diesem Moment erneut an Kraft. Die Zeit lief ihm davon!

Er brachte seinen Pfeil an der Wand an, dann trat er mit eingezogenem Kopf durch die enge

Öffnung. Und blieb abrupt stehen. Vor ihm schimmerte es schwarz, ein Tümpel, in den er beinahe gefallen wäre. Suchend ließ er die Taschenlampe hin und her schweifen, bis er links vom Wasser so etwas wie einen Vorsprung entlang der Mauer entdeckte, der breit genug war, um bequem darauf zu laufen. Der Sims bestand aus Steinquadern, auf dem keine Spuren zu erkennen waren, doch Vincent hatte keinen Zweifel, dass die Gruppe dort entlang gegangen sein musste. Es war der einzige Weg durch die Kammer. Vorsichtig trat er vor, dann schwang er sich auf den Vorsprung und fragte sich unwillkürlich, wie es die Musiker mit ihren Instrumenten bewerkstelligt hatten. Allerdings hatten sie auch „helfende Hände“ gehabt. Vincent entfuhr ein kurzes, ironisches Auflachen, als er sich an der Wand entlangtastete. Es war nicht sein erster Ausflug in den Untergrund. Die Dunkelheit machte ihm keine Angst. Als er im Krieg Waffen für die französische Armee durch unterirdische Tunnel geschmuggelt hatte, war sie ein guter Gefährte gewesen.

Er hatte den Gedanken noch nicht ganz zu Ende gebracht, als es passierte. Der Quader unter seinen Füßen gab nach. Geistesgegenwärtig versuchte Vincent, sich an der Mauer festzuhalten, doch seine Finger rutschten ab. Seine Füße sanken ein und er fiel rücklings ins Wasser. Samt Taschenlampe. Von einer Sekunde zur anderen war er mit Blindheit geschlagen, während das Wasser über seinem Kopf zusammenschlug.

Kapitel 24

Paris, Mai 1926

Der Konzertmeister lachte. Er lachte, als sie ihm einen rostigen Nagel durch den Fuß jagten. Er lachte, als sie ihm mehrere Finger der rechten Hand mit einem Hammer zertrümmerten. Er lachte, als sie ihn blutend in die Zelle zurückbrachten. *Diese Narren!* Sie wollten ihn durch Schmerz brechen. Konnte eine Fliege einen Adler brechen? Eine Feldmaus einen Tiger? Ihre lächerlichen Anstrengungen verursachten nicht mehr als ein Kitzeln auf seiner Haut. Schon lange war er über jede Qual erhaben. *Ich bin Herrscher über Leben und Tod.* Niemals würde er zulassen, dass sie das Andenken des Maestros beschmutzen würden. Er war der legitime Erbe eines großen musikalischen Wunders. Er war die Philharmonie, in ihm floss die Macht des Holzes. Sie wollten den Taktstock. Er lachte, und blutige Bläschen bildeten sich vor seinem Mund. *Sie werden ihn niemals finden.* Seine Kinder hatten den Glauben an ihn verloren, fürchteten sich vor seinem Zorn, doch schon sehr bald würde er sie aus den Fängen der Philister befreien. *Der Taktstock wird mein Schwert sein.*

Mit seinem unversehrten rechten Zeigefinger tastete er seinen linken Unterarm ab, spürte die längliche Verhärtung unter der Haut und kicherte. Nicht Hammer, Zangen und Nägel brachten Wissen, die Musik war es. Er fing einen Blick aus blauen Augen auf, die ihn anstarrten. Tat ihn ab, kicherte erneut. Doch die Augen blieben auf ihn gerichtet, schienen seine Seele zu verschlingen. *Mitleid?* Wütend schüttelte er den Kopf. Das Gesicht um die Augen herum kannte er, auch den blonden Zopf. Mühsam richtete er sich auf, um sich gegen die Wand zu lehnen, und hob den Arm mit der zertrümmerten Hand. Ungerührt stellte er fest, dass seine Gliedmaße stark zitterten.

„Du … Du …", wisperte er.

Er riss den Mund weit auf, spürte, wie blutiger Sabber sein Kinn hinunterlief, doch es kümmerte ihn nicht. *Sie* war es. Diejenige, die den heiligen Bund der Zwölf hatte verlassen wollen. Die *ihn* hatte verlassen wollen. Er konnte sich nicht an ihren Namen erinnern, aber er würde sie im Auge behalten. Nichts durfte seinen Plan vereiteln, am wenigsten eine verräterische Schlange, die ihm in den Rücken fallen konnte.

Kurz schloss er die Augen. Beschwor die Erinnerung an den Maestro herauf, wie dieser ihm ein letztes Mal zugewunken hatte, bevor er seinen Platz für ihn geräumt hatte und im sich senkenden Bühnenboden verschwunden war. Er konnte die Trompeten noch hören. Ein wagnerianischer Abgang, der seines Maestros würdig gewesen war. Eine Träne rollte seine Wange hinunter, während sich ein zärtliches Lächeln auf sein Gesicht legte. Ein Lächeln, das immer noch währte, als sie ihn aus der Zelle zerrten. *Zur zweiten Runde.*

Kapitel 25

Paris, Mai 1926

Mit dem Wasser kam die Erinnerung. Die Erinnerung an einen Frühlingstag im Jahr 1916, als zwanzig von ihnen in den Tunnel hineingegangen und nur sieben wieder herausgekommen waren.

Im letzten Krieg waren die neutralen Niederlande ein beliebtes Versteck und Durchreiseland für deutsche Deserteure, Spione und Schmuggler gewesen, wie Vincent einer war. Also errichteten die Deutschen einen elektrischen Todeszaun, der von Aachen bis an die Küste in Seeland reichte und einen Übergang unmöglich machte. Glücklicherweise gab es einige gewitzte Leute, die sich auf den Bau von unterirdischen Tunneln spezialisierten. Sie zu durchqueren, war allerdings ein wagemutiges Unterfangen, waren sie doch alles andere als stabil. Doch Vincent war bereit, das Risiko einzugehen. Zum einen benötigten die französischen Soldaten dringend Gasmasken deutscher Bauart, die um ein Vielfaches effizienter waren als die M2-Standardmasken – erst 1917 wurde der französische Nachbau des deutschen Vorbilds, die ARS-Gasmaske mit Dichtrahmen und Ventilatmung, an die französische Armee verteilt. Zum anderen war das französische Oberkommando mehr als großzügig, was die Entlohnung betraf. An diesem Tag hatten

Vincent und seine neunzehn Kameraden Gasmasken, deutsche Repetiergewehre und Handgranaten im Gepäck. Sie durch den niedrigen Tunnel zu ziehen, war mühselig, doch Vincent war schon viele Male durch den 2,5 Kilometer langen Stollen gekrochen. An diesem Tag kam es jedoch anders.

Zunächst verlief alles nach Plan, und die zwanzig Männer robbten wie an einer Schnur den schmalen Tunnel entlang. Jeder von ihnen trug einen schweren Rucksack und zog einen voll beladenen Seesack hinter sich her, der mit einem Seil an ihrem Oberschenkel festgebunden war. Um sich vor dem aufgewirbelten Dreck zu schützen, hatte jeder von ihnen ein Halstuch vor Mund und Nase gebunden. Vincent war der Dritte in der Linie. Die Vorhut hatte dafür gesorgt, dass alle paar Meter Kerzen in den dafür vorgesehenen Nischen brannten. Langsam aber in einem eingespielten Rhythmus krochen sie über den unebenen, etwas lehmigen Boden, nur das Schleifen der Seesäcke und das Ächzen der Männer waren zu hören, dazwischen ein leiser Fluch, wenn die Ladung irgendwo hängen blieb. Im Tunnel war es warm und feucht wie in einem Dampfbad, und schon nach wenigen Augenblicken begann der Schweiß in Vincents Augen zu brennen. Starr hielt er den Blick auf den Seesack seines Vordermanns gerichtet und hatte gut zwei Drittel des Weges hinter sich gebracht, als er es hörte. Das Rauschen. Zunächst konnte er das Geräusch nicht einordnen, dann aber begriff er, dass es Wasser war. Jede Menge Wasser. Hinter ihm brandete unruhiges Gemurmel auf, dann ein Schrei.

„Sie fluten den Tunnel!“

Der Seesack vor ihm schwankte hektisch hin und her.

„Schneller! Schneller!“, brüllte jemand.

Wie alle anderen kroch sich Vincent die Knie blutig, als er vorwärtshastete, während seine Last immer schwerer zu werden schien. Seine Atmung wurde schneller, lauter, und mit einem Mal war der Tunnel von stinkender Angst erfüllt. Wenn sie nicht bald das Ende erreichten, säßen sie in der Falle. Aufgrund ihrer Last kamen sie allerdings nur schwer voran, und davon trennen konnten sie sich nicht, denn damit würden sie ihrem jeweiligen Hintermann den Durchgang blockieren. Als hinter Vincent das Rauschen immer lauter wurde und er die ersten gurgelnden Schreie vernahm, verlor er die Beherrschung. Wie die anderen auch brüllte er sich die Todesangst aus dem Leib, während hinter ihm in der Dunkelheit Menschen wie die Ratten ertranken. Er hyperventilierte, fühlte sich so hilflos wie seit seiner Kindheit nicht mehr. Dann glaubte er, am Seesack vor ihm Helligkeit zu erkennen. Sein Vordermann rief ihm etwas zu, doch er verstand ihn nicht. Stattdessen schaute er nach hinten. Ein Fehler. Bevor das heranströmende Wasser die Kerzen ausblies, erhaschte er einen letzten Blick auf die schwarze Flut, die sich in Strudeln an der Wand brach – und auf die weit aufgerissenen Augen seines Hintermannes. Der einen Herzschlag später von der Dunkelheit verschluckt wurde. Im nächsten Moment erreichte das Wasser Vincents Knöchel und zerrte gierig an ihnen, dann kostete es von seinen Oberschenkeln. Genau diesen Moment suchten sich die Männer vor ihm aus, um abrupt stehen zu bleiben. Offenbar steckten sie fest. Wie ein widerspenstiger Korken in einer Weinflasche. Ich werde hier verrecken, dachte Vincent und konnte ein Wimmern nicht unterdrücken. Das Wasser drang in seinen Mund, seine Ohren, seine Nase. Wie lange würde er die Luft anhalten können?

Da gab es vor ihm einen Ruck, und sein Vordermann wurde regelrecht nach vorne gespült, und er gleich mit. Euphorie machte sich in ihm breit. Offenbar hatte ein barmherziger Sommelier den Korken herausgezogen! Schon wurde Vincent von kräftigen Händen gepackt und aus dem Tunnel gezogen. Wie ein Fisch an Land lag er im nassen Gras und schnappte heftig nach Luft, die Augen auf den tiefblauen Himmel gerichtet. Unfähig zu glauben, dass er noch lebte.

Außer ihm hatten es noch sechs hinaus aus dem Todestunnel geschafft.

Und auch hier und jetzt, unter den Straßen von Paris, würde er es schaffen! Er versuchte die Panik zu unterdrücken, die sich seiner zu bemächtigen drohte. Nur nicht die Orientierung verlieren, dachte er. Mit einem kräftigen Schlag seiner Beine stieß er sich nach oben ab und überlegte, wo der Durchgang war, aus dem er gekommen war. Irgendwie musste er dorthin gelangen. Doch dann traf ihn etwas Hartes am Kopf und plumpste laut neben ihm ins Wasser. Benommen klappte Vincent zusammen. Quälend langsam begann er zu sinken, während gleichzeitig sein Bewusstsein schwand ...

Magali.

Da wurde es über ihm plötzlich taghell, und jemand packte ihn unsanft an den Haaren, dann bei den Schultern. Kurz schien er durch die Luft zu schweben, bevor er hart auf dem Boden landete, wo er keuchend liegen blieb. Offenbar meinte es das

Schicksal wieder einmal gut mit ihm. Vor seinem ungläubigen Blick schob sich ein schmutziges Gesicht mit Pockennarben und wässrig blauen Augen, deren Pupillen nie ruhig zu stehen schienen. Der Gestank, der von dem Mann ausging, raubte Vincent kurzzeitig den Atem, dennoch erschien ihm das Antlitz über ihm wie das eines Engels.

„Danke", krächzte er.

„Ich konnt' Sie doch nich verrecken lassen", nuschelte der andere durch seine Zahnruinen hindurch.

Mühsam setzte Vincent sich auf und blickte sich um. Er befand sich auf der gegenüberliegenden Seite der Kammer. Seufzend lehnte er sich an die Wand, betastete seinen Kopf. Die Fackel, die der Mann in der Hand hielt, war weitaus wirkungsvoller als die beiden Taschenlampen, die jetzt auf dem Grund des Tümpels lagen. Als Vincent seine Finger besah, konnte er deutlich Blut erkennen. Anscheinend hatte sich ein Stein vom Sims gelöst und war gegen seinen Kopf geknallt. Die Wunde schien nicht dramatisch zu sein, dennoch kam Vincent nicht umhin, an die Infektionsgefahr zu denken, die hier unten lauerte.

„So eine hätte ich auch gern", sagte er und zeigte auf die Fackel.

„Sie sin nich von hier", bemerkte der Mann vor ihm, während er seinen Blick über Vincents Kleidung schweifen ließ. „Was ham Sie in meinem Revier zu suchen?"

„Ich suche jemanden."

Der Mann grinste. Kein sehr hübscher Anblick. „Ist Ihre Alte abgehauen?"

„Die Tochter eines Freundes wurde entführt und hierher verschleppt. Vielleicht weißt du etwas darüber."

„Ich? Wieso?" Der Blick des anderen wurde argwöhnisch.

Vincent überlegte kurz, dann wagte er einen Vorstoß. „Vor zwei Nächten ist hier eine auffällig große Gruppe Menschen vorbeigekommen. Manche trugen Koffer bei sich."

Der Mann wirkte nicht im Mindesten überrascht, sagte jedoch nichts.

„Hast du sie vielleicht gesehen?"

„Und wenn?"

„Hast du oder hast du nicht?", fragte Vincent um Gelassenheit bemüht.

Die Pupillen des anderen huschten nach rechts. „Man sieht hier viele komische Dinge, M'sieur."

„Kann ich mir vorstellen." Kurze Pause. „Wie heißt du?"

Der Mann zögerte kurz. „Die andern nennen mich Stielauge."

„Und dein richtiger Name?"

„Weiß ich nich mehr", brummte er. Das Thema war ihm offensichtlich unangenehm.

„Also gut … Stielauge. Das Mädchen, das ich suche, ist noch blutjung, und sein Vater ist krank vor Sorge. Du weißt doch, wie schnell die schönste Blume hier unten verdorren kann." Vincent wunderte sich über seine eigene Wortwahl. Der Schlag auf dem Kopf musste härter ausgefallen sein als gedacht. „Wenn du etwas beobachtet hast, sag's mir!"

Der andere biss sich auf die Lippen, schien das Für und Wider abzuwägen, dann seufzte er. „Also gut, ja. Ich hab 'ne Gruppe gesehen, die trugen 'ne Menge Zeugs mit sich rum. Sie sin rüber zur Kreuzung Port-Royal und dann weiter nach Westen. Bin hinterher, hatte nix Besseres vor.“ Stielauge lachte, und es klang wie splitterndes Eis. „'N paar Weiber waren auch dabei, die ham geheult wie Schlosshunde, aber das hat die Typen, die sie dabei hatten, nich gestört. Ein paar von denen kenn ich. Die hab ich hier unten öfters gesehen.“ Er fischte etwas aus seinen Haaren und zerquetschte es zwischen seinen Fingern. „Irgendwann bin ich umgedreht, wollte mich nich weiter von meinem Revier entfernen, aber ich weiß, dass sich die Typen in den nördlichen Katakomben von Montparnasse breitgemacht ham, hinterm Katapult.“

Katapult?

„Wie weit ist es bis dahin?“

„Hier unten laufen die Uhren anders, M‘sieur. Aber zwei Stunden brauchen Sie locker bis dahin.“

Als er das hörte, verwarf Vincent den Plan, es noch in dieser Nacht zu versuchen.

„Und du bist sicher, dass das Mädchen dorthin gebracht wurde?“

„Ganz sicher. Dort bringen sie alle hin.“

„Wie meinst du das?“

Stielauge winkte ab. „Ich hab schon zu viel gesagt. Ich sag nix mehr.“

Sein Gesicht verschloss sich wie eine Auster, und genauso schwer würde es werden, es ohne Gewalteinwirkung zu öffnen.

Vincent seufzte. Er wusste, wann er die Waffen strecken musste. „Wenn ich dir einen guten Rat geben darf, geh diesen Leuten in Zukunft lieber aus dem Weg.“

„Ich bin nich blöd, M‘sieur.“ Stielauges Blick wirkte kurzfristig klar und konzentriert. „Ein Dummkopf überlebt hier unten nich lang.“

„Kannst du mich zurückbringen?"

„Wo sin Sie reingekommen?"

„Über die Treppe am Quai Bernard."

„Den Eingang kenn ich. Ich bring Sie hin."

„Danke. Ich würde mich gern dafür bedanken, dass du mir das Leben gerettet hast. Aber leider habe ich kein Geld bei mir", sagte Vincent. Und wenn ich's hätte, läge es jetzt wahrscheinlich auf dem Grund des Tümpels, zusammen mit den beiden Taschenlampen, dachte er.

„Wofür halten Sie mich? Glauben Sie, ich mach das für Knete?"

„Entschuldige, ich wollte dich nicht beleidigen."

„Schon gut." Stielauge kratzte sich unschlüssig am Kopf.

Vincent dachte kurz nach. „Ich habe vielleicht eine Lösung ... Kennst du dich an der Oberfläche aus?", fragte er und bemerkte sofort, dass er den anderen einmal mehr beleidigt hatte. Also sprach er schnell weiter. „Bestimmt kennst du das *Chez Pierre* in der Rue du Temple, oder?"

Stielauge nickte. „Klar, wer kennt das nich?"

„Der Besitzer ist ein Freund. Sag ihm, Vincent hat dich geschickt, dann kannst du dort essen, sooft du willst. Aber übertreib es nicht. Pierre ist nicht Krösus."

„Wer is Krösus?"

„Ein reicher Mann."

Stielauge nickte eifrig. „Kapiert." Die Aussicht auf warmes Essen, und wenn es nur einmal die Woche war, schien ihn mit neuer Energie zu erfüllen. Zu Vincents Überraschung streckte er die Hand aus. „Abgemacht?"

Vincent lächelte und drückte die ihm

dargebotene Hand. „Abgemacht."

Er freute sich darauf, Pierre die gute Nachricht zu überbringen. Der Geizhals schuldete ihm noch einen Gefallen, und es wurde Zeit, diesen einzufordern.

Ohne ein Wort zu sagen, aber mit sicherem Schritt, geleitete Stielauge ihn zurück, nur ihr beider Atem war zu hören und das schmatzende Geräusch seiner nassen Schuhe. Sie nahmen einen anderen, bequemeren Weg, der im Gegenzug etwas länger war, und geschätzte dreißig Minuten später stand Vincent wieder am Fuß der Treppe, die ihn in den Untergrund geführt hatte. Nachdem er sich bei dem Tunnelbewohner bedankt hatte, tippte dieser an einen imaginären Hut und schlurfte mit der Fackel in der Hand davon, ohne sich noch einmal umzudrehen.

Vincent sah ihm nach, beobachtete, wie das Licht immer kleiner wurde, bis er allein in der Finsternis zurückblieb. Vorsichtig erklomm er die Stufen. Er brannte darauf, Magali und Andrej von seinen Erlebnissen zu erzählen, doch oben angekommen erwartete ihn eine böse Überraschung. Die Wand war verschlossen. Er war in der Dunkelheit gefangen.

Kapitel 26

Paris, Mai 1926

Nachdem Vincent in dem Loch verschwunden war, hasteten Andrej und Magali aus dem Lagerhaus, um hinter einem Baum gegenüber Stellung zu beziehen, nicht ohne die Tür sorgsam hinter sich zugezogen zu haben. Lange Zeit geschah nichts, während die Minuten viel zu gemächlich voranschritten. Magali bangte um das Leben ihres Freundes, was ihr offensichtlich deutlich ins Gesicht geschrieben stand, denn irgendwann legte Andrej seine Hand auf ihren Arm.

„Keine Sorgen machen, Mademoiselle. Ihr Freund ist zäher Bursche“, sagte er und lächelte sanft.

Dankbar lächelte sie zurück. „Lieb von Ihnen, das zu sagen. Ich bin sicher, er findet Anna.“

„Hoffentlich sie noch lebt“, murmelte er traurig.

„Ganz bestimmt. Ich glaube fest daran“, erwiderte sie und dann: „Erzählen Sie mir ein wenig von ihr.“

Was er auch tat. Die unbekümmerte Kindheit, die mit dem Tod der Mutter ein viel zu jähes Ende fand; das Leben auf der Straße; seine Versuche, sie vor der Welt zu beschützen; ihr gottgegebenes Talent, die Menschen zu verzaubern; das wunderschöne strohblonde Haar, das sie von ihrer Mutter geerbt hatte. Je mehr er erzählte, desto strahlender wurden seine Augen, redseliger seine Hände. Magali wurde es warm ums Herz. Hier war ein Mensch, der einen anderen innig und vorbehaltlos liebte, ohne Wenn und Aber.

Als die Glocke von Notre Dame fünf Uhr schlug, wurde sie unruhig. Vincent war gut fünfzehn Minuten überfällig.

„Ich gehe kurz rüber, um nachzuschauen“, sagte sie zu Andrej.

Bevor dieser einen Einwand äußern konnte, lief sie in gebeugter Haltung auf die andere Seite und schlüpfte durch die Tür. Drinnen war es vollkommen dunkel, also tastete sie sich zum Fenster vor, und schob das obere Fass einige Zentimeter zur Seite, um etwas vom Licht des anbrechenden Tages hineinzulassen. Dann begab sie sich zur offenen Nische.

„Vincent“, rief sie leise.

Nichts.

„Bist du da irgendwo?“

Ihr schlug nur Todesstille entgegen, und eine unerträgliche Angst packte ihre Eingeweide ... In dieser Sekunde stürzte Andrej herein, während Magali herumwirbelte, die Hand an ihr pochendes Herz gedrückt.

„Jemand kommt!“, rief er aufgeregt.

Da vernahm auch sie die Motorengeräusche. Schnell verschloss Andrej die Öffnung in der Wand, offensichtlich hatte er sich die Stelle gemerkt, wo sich der dreieckige Stein befand, dann eilten sie hinaus. Keine Sekunde zu früh. Schon tauchte ein Automobil oben an der Zufahrt auf. Die beiden hatten gerade noch Zeit, sich hinter dem Lagerhaus zu verstecken, bevor die Lichtkegel der Scheinwerfer sie erfassen konnten. Das Gefährt stoppte direkt vor dem Gebäude. Zwei Männer stiegen aus.

„Habe ich mir doch gedacht!“, sagte einer von ihnen mit heiserer Stimme. Er klang verärgert. „Tullio ist ein Vollidiot. Er hat die Tür nicht versperrt. Sieh zu, dass du ein Vorhängeschloss anbringst! Und mach es ordentlich.“

Das Herz klopfte Magali bis zum Hals, als sie um die Ecke lugte. Der Angesprochene holte etwas aus dem Wagen, bevor er aus ihrem Blickfeld verschwand. Dem Geräusch nach zu urteilen, machte er sich an der Tür zu schaffen. *Verdammt*! Magali biss sich auf die Lippen, dann nahm sie den ersten Mann ins Visier, und eine tiefe Falte bildete sich zwischen ihren Augenbrauen. Irritiert schüttelte sie den Kopf, dann blickte sie noch einmal hin. Es gab keinen Zweifel.

„Den Mann kenne ich“, flüsterte sie.

„Ich auch“, bestätigte Andrej mit leiser Stimme. Sie spürte, wie er zitterte. „Er einer von Entführer von Anna.“

„Der mit dem Hut?“

„Nein, anderer Mann.“

Mein Gott!, fuhr es Magali durch den Kopf, was geht hier vor?

„Machen wir, dass wir wegkommen!“, sagte der Mann mit dem Hut, nachdem er das Schloss überprüft hatte.

„Ja, Chef.“

Die beiden stiegen wieder in den Wagen, dann heulte der Motor kurz auf, und nur wenige Augenblicke später waren sie im Morgengrauen verschwunden. Magali zählte bis drei, bevor sie hinüberrannte, um die Brechstange zu holen, die hinter dem Baum lag. Mit Andrejs Hilfe gelang es ihr, die Tür aufzuhebeln, dann liefen sie hinein. Nachdem der Pole erneut den Öffnungsmechanismus in der Wand betätigt hatte, rumpelte die Steinplatte zur Seite.

„Vincent?“, rief Magali leise in den schwarzen Schlund, während sie spürte, wie sich ihre Kehle zusammenzog.

Einige bange Herzschläge später löste sich ein Schatten aus dem Dunkel. „Was habt ihr da oben so lange gemacht?“ Es klang ehrlich vorwurfsvoll.

Vor Erleichterung bekam Magali weiche Knie. „Vincent, gottseidank“, seufzte sie und trat einen Schritt zurück, damit er hinausklettern konnte.

„Was war denn los?“, fragte er.

„Ich fürchte, ich habe schlechte Nachrichten“, antwortete sie etwas atemlos. „Eben waren zwei Männer hier, um die Tür zum Lagerhaus mit einem Vorhängeschloss zu sichern. Einer von ihnen war einer der Entführer. Andrej hat ihn wiedererkannt. Der andere …“ Sie stockte kurz. Es klang einfach zu verrückt. „Vielleicht irre ich mich auch, aber ich bin ziemlich sicher, dass es der Polizist aus dem Hospital war.“

Vincent schaute sie verständnislos an. „Welcher Polizist?“

„Der, der dich dazu überredet hat, die Sache fallen zu lassen.“

Unglaube machte sich auf seinem Gesicht breit. „Charles Médocq?“

Sie nickte.

Wütend presste Vincent die Lippen zu einem schmalen Strich zusammen, als ihm klar wurde, dass er offenbar aufs Übelste manipuliert worden war. „Lasst uns verduften!“, knurrte er. „Bald geht die Sonne auf, und dann sitzen wir hier wie auf dem

Präsentierteller. Ich erzähle euch unterwegs, was ich erfahren habe."

„Und auch warum du klitschnass bist?", fragte Magali.

„Auch das."

Kurz darauf saßen sie im Wagen, mit dem sie hierhergekommen waren. Bill hatte ihnen freundlicherweise für ein paar Tage seinen Citroën geliehen. Während Vincent ihnen alles erzählte und dafür sorgte, dass es im Innenraum nach nassem Hund roch, lenkte Magali das Automobil mit sicherer Hand durch die menschenleeren Straßen. So schlimm der Unfall in Saint-Cloud auch ausgegangen war, er hatte ihre Leidenschaft fürs Fahren nicht eindämmen können. Überdies hatte ihr der Arzt im Hospital empfohlen, sich so schnell wie möglich wieder hinter das Steuer zu setzen.

Nachdem Vincent ihnen von seinem Abenteuer im Untergrund erzählt hatte, wurde es im Wagen sehr still. Eine Weile hing jeder seinen düsteren Gedanken nach, bis sich Magali an ihn wandte.

„Dieser Charles Médocq …"

„Ja?"

„Er trägt einen Fedora."

Vincent ballte die Fäuste. „Ich weiß."

Kapitel 27

Paris, Mai 1926

Emiles Wohnung befand sich im obersten Stockwerk eines Jugendstilhauses im 14. Arrondissement. Der Orchideenliebhaber hatte sich in einem Künstleratelier eingemietet, das er in einen botanischen Garten umgewandelt hatte. Unter den großen, schrägen Fenstern spross und wuchs es im Überfluss. Auf den Fensterbänken und Möbeln reihten sich seltsam geformte Blüten mit gierig geöffneten Mäulern in den Farben Purpur, Gelb, Orange, Hellrosa, Dunkelrot, ja sogar Blau; ein exotisches Meer aus Farben, Düften und Formen, das einem waschechten Städter wie Vincent schon einmal die Tränen in die Augen treiben konnte. Dieser saß gemeinsam mit Magali und Emile an einem dieser weißen, runden Tische aus Schmiedeeisen, die man eher in Gärten vorfand als in Wohnzimmern.

„Was weißt du über Charles Médocq?“, fragte er.

„*Capitaine* Charles Médocq“, antwortete sein Freund mit säuerlicher Miene. „Darauf legt dieser Kretin allergrößten Wert. Er ist hochdekoriert, skrupellos und besitzt nicht den Hauch von Humor. Das Schlimmste aber ist …“

Er hielt kurz inne.

„Mach’ s nicht so spannend“, murrte Vincent mit vor Anspannung trockener Kehle.

Emile lächelte freudlos. „Er ist der Chef der

Sûreté."

„Der Geheimpolizei?" Magali japste nach Luft.

„Genau der."

Vincent sackte auf seinem Stuhl zusammen. „Dann können wir einpacken."

„Wieso?" Emile beugte sich besorgt nach vorn. „Was habt ihr mit ihm zu schaffen?"

Vincent berichtete ihm von den Ereignissen der vergangenen Nacht. „Außerdem glauben Magali und ich, dass er für Gustaves Tod verantwortlich ist", schloss er mit einem kurzen Blick auf seine Freundin.

„Wie kommt ihr darauf?"

„Als uns das Automobil gerammt hat, habe ich jemanden mit einem Fedora gesehen", antwortete Magali. „Im Nachhinein könnte ich mir vorstellen, dass er es gewesen ist."

„Das würde passen. Er nimmt das verdammte Ding niemals ab. Andererseits, viele Männer tragen Fedoras."

„Ich weiß und trotzdem … Ich habe da so ein Gefühl", murmelte Magali.

Emile schaute von einem zum anderen, bevor sein Blick erneut auf seine Freundin fiel. „Wie könnte er erfahren haben, dass ihr auf dem Weg zum Polizeipräfekten wart?"

Es war Vincent, der antwortete. „Vielleicht ist er ihnen von ihrer Wohnung aus gefolgt. Die Einzigen, die von der Sache wussten, waren wir beide, Gustave und natürlich der Fakir."

„Welcher Fakir?"

„Fakir Fhakya-Khan", entgegnete Magali. „Er hat das Treffen mit dem Polizeipräfekten arrangiert."

Emile schnaubte. „Dann ist alles klar."

„Wie meinst du das?", fragte Vincent.

„Médocq hat überall seine Spione sitzen, und Fhakya-Khan steht auf seiner Gehaltsliste ganz oben. Das weiß ich aus sicherer Quelle."

„Wie bitte?", rief Magali entsetzt.

„Ja, einen besseren Spitzel als den Fakir könnte er sich nicht wünschen. Die Menschen kommen freiwillig zu ihm, um ihr Herz auszuschütten. Die ideale Quelle, wenn man erfahren will, was das Volk denkt. Médocq ist gewieft, das muss man ihm lassen. Entschuldige", fügte er rasch hinzu, als er Vincents finsteren Blick auffing.

„Du lieber Himmel", stieß Magali tonlos hervor und fixierte die emaillierte Tischplatte, ohne sie wirklich zu sehen.

„Wenn ich diesen „Heiligen Mann" in die Finger bekomme, mache ich Mus aus ihm", knurrte Vincent und legte beide Hände vor sich auf die Tischplatte, vielleicht um nicht mit den Fäusten darauf einzuschlagen.

„Das habe ich jetzt aber nicht gehört", kommentierte Emile mit einem matten Lächeln.

„Was ist mit diesem Kerl, der gestern Morgen Magali verfolgt hat?", fragte Vincent, nachdem er sich wieder etwas gefangen hatte.

Emile schnitt ein Gesicht. „Wir konnten ihm nicht wirklich etwas anhängen und mussten ihn wieder laufen lassen."

„Ob Médocq ihn angeheuert hat, um uns zu bespitzeln? Bei unserem Gespräch im Hospital war er sehr erpicht darauf gewesen, dass wir uns aus der Sache heraushalten. Vielleicht wollte er sichergehen, dass wir das auch tun." Vincent machte eine kleine Pause. „Ich frage mich, was er im Schilde führt."

„Vielleicht hält er die entführten Musiker für

deutsche Spione“, mutmaßte Magali. „Hast du nicht erzählt, er hätte bei eurem Gespräch so etwas angedeutet?“

„Schon. Aber warum hat er die anderen Musiker ermorden lassen?“, fragte Vincent.

Darauf wusste niemand eine Antwort.

„Eines solltet ihr wissen“, nahm Emile den Faden wieder auf. „Médocq operiert zweigleisig, ganz im Sinne des Gründers der Sûreté. Offiziell ist er Bürokrat mit einer Mannschaft von Bilderbuchpolizisten. In der Regel nimmt er nur die Jahrgangsbesten der Akademie, deren Aufgaben sich aber letztlich auf Botengänge und Schreibkram beschränken.“ Emile lachte. „Könnt ihr euch deren Enttäuschung vorstellen?“ Dann wurde sein Tonfall übergangslos ernst. „Médocqs Drecksarbeit erledigt eine Truppe von Mördern und Dieben, die er aus dem Gefängnis geholt hat und die ihm treu ergeben ist. *Der Zweck heiligt alle denkbaren Mittel, um Frankreich vor inneren und äußeren Feinden zu schützen*. Das sind seine Worte, nicht meine.“

Vincent schwieg eine Weile, dann: „Wie viel mannstark ist diese Truppe?“

Emile zuckte mit den Schultern. „Ein halbes Dutzend Männer vielleicht … Die genaue Zahl ist nicht bekannt. Über diese Leute sickert nicht viel durch.“

„Wissen der Innenminister und der Polizeipräfekt Bescheid?“

„Was glaubst du wohl?“

Vincent stöhnte auf. „Das wird ja immer besser.“

„Allerdings bezweifle ich, dass der Polizeipräfekt über Médocqs gesamte Machenschaften Bescheid weiß. Das war sicher auch der Grund, warum diese

Schlange verhindern wollte, dass ihr mit dem Präfekten sprecht. Hinzu kommt, dass Médocq ein Faible für geheime Wunderwaffen hat. Angeblich soll er über einen Anzug verfügen, der sich unsichtbar machen kann, was natürlich völliger Blödsinn ist, wenn ihr mich fragt ..."

„Ist es nicht", unterbrach ihn Magali leise.

„Was meinst du?", fragte Vincent sanft.

„Der Mann in der Polizeistation ..." Sie erzählte die ganze Geschichte und dann: „Ich dachte, es wäre alles Einbildung gewesen. Wie er verschwand und dann plötzlich wieder auftauchte."

"Es ist also wahr." Emile seufzte. „Tja, Freunde. Ich bin ungern der Überbringer schlechter Nachrichten, aber ihr habt euch den gefährlichsten Gegner ausgesucht, den Paris momentan zu bieten hat."

Eine bleierne Stille legte sich über den Tisch.

„Wie geht's eigentlich eurem polnischen Freund?", unterbrach er irgendwann das Schweigen.

„Er ist ziemlich niedergeschlagen, aber Madame Dupuis kümmert sich rührend um ihn", antwortete Magali, die im Laufe der Unterhaltung immer blasser um die Nase geworden war. „Sie hat einen Narren an ihn gefressen, glaube ich."

„Hauptsache, er hält die Füße still, bis wir einen brauchbaren Plan haben", sagte Vincent, bevor er sich direkt an Emile wandte. „Apropos Plan: Existieren irgendwelche Pläne oder Karten vom Pariser Untergrund?"

„Sicher, aber sie sind unvollständig", antwortete Emile. „Da unten befindet sich ein Riesenlabyrinth aus Stollen und Kanälen, das sich angeblich über Hunderte von Kilometern erstreckt. Vieles ist noch unentdeckt. Und nicht zu vergessen, die Katakomben ..."

„Meinst du, du könntest uns diese Pläne besorgen?"

Emile zögerte kurz. „Ich kann es versuchen, aber versprechen kann ich nichts. Das Material befindet sich unter Verschluss."

„Warum das denn?"

„Was glaubst du wohl? Es treibt sich dort jede Menge Gesindel herum. Gesuchte Mörder, Deserteure, Unerwünschte. Angeblich hausen ganze Familien da unten ... Wir haben umfangreiche Kenntnisse, die wir natürlich ungern teilen. Die *Näherin* zum Beispiel, die du nur zu gut kennst ..." Emile ignorierte Vincents Brummen. „... unterhält südlich vom Jardin du Luxembourg ein Lager mit Schmuggelware."

„Und ihr tut nichts dagegen?" Vincent klang verärgert.

„Was können wir groß tun? Sobald wir ein Lager ausheben, entsteht wenige Tage später ein neues an anderer Stelle. Noch unzugänglicher als das vorhergehende. In den meisten Kammern und Gängen besteht Einsturzgefahr, von der Decke tropft Wasser, an vielen Stellen sind die Decken bereits eingefallen, manche Gruben sind über fünf Meter tief und randvoll mit Wasser. Menschenfallen, wohin man geht!"

„Das kann ich nur bestätigen", murmelte Vincent und trommelte nachdenklich mit den Fingern auf die Tischplatte. „Obwohl wir Annas vermeintlichen Aufenthaltsort kennen, wird es nicht einfach werden, sie und die anderen da rauszuholen."

„Nicht einfach ist noch untertrieben!", warf

Magali leise ein. Sie klang mutlos. „Wegen dieses Médocqs können wir nicht einmal die Polizei um Hilfe bitten. Nichts für ungut, Emile“, fügte sie mit einem dünnen Lächeln zu.

„Schon gut, Magali“, antwortete der Brigadier. „Du hast ja recht. Es wäre zu riskant. Sobald die Einsatzkräfte etwas planen, erfährt es Médocq aus erster Hand. Das ist ein echtes Problem.“

Vincent tätschelte Magalis Arm. „Wir finden schon einen Weg“, sagte er sanft. „Das schulden wir Gustave.“

Sie nickte zögernd.

„Wegen der Karten schaue ich, was ich tun kann“, warf Emile ein.

„Wir möchten dir nicht noch mehr Schwierigkeiten bereiten“, sagte Magali und entwand Vincent ihren Arm, um nach ihrer Teetasse zu greifen, die vergessen auf dem Tisch stand.

„Ich fürchte, dafür ist es zu spät.“ Emile lächelte. „Aber mach dir keine Sorgen. Im 13. Arrondissement ist es gar nicht so übel. Außer ein paar Schlägereien zwischen Arbeitern ist da nicht viel los.“

Betreten blickte Magali ihn an, und Vincent ergriff das Wort. „Vielleicht können wir dich aus der Sache rauslassen, Emile.“

„Wer hat denn gesagt, dass ich das will?“

„Im Ernst. Ich glaube mich zu erinnern, in Bébères Zeitungskeller ein paar alte Stadtpläne gesehen zu haben. Unter Umständen besitzt er Dokumentationen über das unterirdische Stollensystem. Ich gehe heute Nachmittag hin und frage nach.“

„Ich fahre dich hin!“, ereiferte sich Magali, die offenbar froh war, etwas unternehmen zu können.

„Und dann?“, fragte Emile an Vincent gewandt.

„Dann finden wir heraus, wo die Musiker versteckt gehalten werden und befreien sie.“

„Einfach so?“

„Ja“, entgegnete Vincent. „Bist du dabei?“

Emile lächelte seinen grimmig dreinblickenden Freund an, dann zwinkerte er Magali zu. „Klar bin ich dabei.“

Kapitel 28

Paris, Mai 1926

„Das unterirdische Paris!“ Bébère bekam leuchtende Augen und lehnte sich auf seinem Stuhl vor. „Schon Alexandre Dumas und Victor Hugo diente diese finstere Kloake als Inspiration. Der berühmt-berüchtigte Bandenchef Cartouche hatte sich unter Montmartre versteckt, bevor er 1711 hingerichtet wurde“, skandierte er weiter. „Die Kommunarden, Sie wissen schon, diese Revolutionäre, die sich nach dem Deutsch-Französischen Krieg 1871 für eine sozialistische Gesellschaft engagierten, haben sich im Untergrund eine mörderische Jagd mit Regierungstruppen geliefert. Nicht zu vergessen, das Phantom von Gaston Leroux, das dort spuken soll.“ Er kicherte. „Und dorthin wollen Sie?“

„Dorthin müssen wir“, antwortete Vincent, bevor er grob die Situation schilderte und damit Bébère das Lächeln aus dem Gesicht wischte. Charles Médocq und den versenkten Bus ließ er aus.

„Wenn ich das richtig verstehe, wollen Sie einem Vater helfen, seine entführte Tochter zu finden?“

Vincent nickte, dann griff er nach einem Stapel Zeitungen. „Darf ich mich setzen?“

Bébère machte eine wohlwollende Geste. „Aber sicher.“ Kurze Pause. „Hat der Tod Ihres Freundes etwas damit zu tun?“

„Im weitesten Sinne, ja“, antwortete Vincent, der sich für den Weg der Halbwahrheit entschieden hatte. „Übrigens möchte ich Ihnen danken, dass Sie zu seiner Beerdigung gekommen sind.“

„Das habe ich gern gemacht.“ Bébère lächelte. „Gerade in solchen Momenten sollte man sich auf seine Freunde verlassen können.“

Kurz wurden sie unterbrochen, als ein Kunde an den Kiosk trat, um eine Zeitung zu kaufen.

„Apropos, wie geht es Ihrer Freundin?“, fragte Bébère, nachdem der Kunde wieder gegangen war. „Nachdem sie Sie abgesetzt hat, ist sie im Bois de Boulogne verschwunden. Ich hoffe, es geht ihr gut?“

„Nun, den Umständen entsprechend. Die letzten Wochen waren nicht einfach für sie. Sie unternimmt einen kleinen Spaziergang, um den Kopf freizukriegen, dann kommt sie nach.“

„Schön.“ Bébère lächelte etwas schelmisch. „Ich mag Ihre Freundin.“

Vincent lächelte zurück. „Ich auch.“

Plötzlich schlug sich der andere gegen die Stirn. „*Potz Blitz!*“, entfuhr es ihm auf Deutsch. „Beinahe hätte ich es vergessen zu erwähnen. Letzte Woche war ein Polizist hier und hat sich nach Ihnen erkundigt.“

„Nach mir?“, fragte Vincent mit einem unguten Gefühl. „Wissen Sie noch seinen Namen?“

„Er hat sich mir nicht vorgestellt. Aber seien Sie beruhigt, mein lieber Freund, unser Gespräch gestaltete sich recht kurz. Ich habe ihm lediglich erzählt, dass ich Sie im Bois de Boulogne verletzt aufgefunden habe. Das ist auch schon alles.“

„Wie sah er aus?“

„Älter als ich, mittelgroß, sehnig. Seine Augen waren kalt. Ein Raubtier, wenn Sie mich fragen.“ Er schnippte mit den Fingern. „Ach, und er trug einen Fedora."

Charles Médocq.

Vincent seufzte. „Ich kenne diesen Mann und kann Ihnen versichern, Ihr Gefühl hat Sie nicht getrogen. "

„Und?", mischte sich in diesem Moment eine weibliche Stimme. „Wie sieht's aus?"

Magali stand vor dem Kiosk. Es herrschte frühlingshaftes Wetter, und sie trug ein weit geschnittenes geblümtes Baumwollkleid.

„Mademoiselle!", rief Bébère mit einem breiten Grinsen und sprang von seinem Stuhl auf. „Sie sehen wie immer bezaubernd aus."

Magali lächelte zurück, doch in ihrem Blick lag ein Schatten, der Vincent missfiel.

„Alles in Ordnung?", fragte er besorgt.

Sie winkte ab. „Jaja, mach dir keine Gedanken."

„Gut." Er gesellte sich zu ihr nach draußen. „Übrigens gefällst du mir auch gut in diesem Kleid", flüsterte er ihr ins Ohr.

Sie verdrehte die Augen, konnte jedoch nicht umhin zu erröten. „Also, wie weit seid ihr?", fragte sie und klatschte energisch in die Hände.

„Womit?", fragte Bébère irritiert.

Magali wirbelte zu Vincent herum. „Du hast ihn noch nicht gefragt?"

„Äh, nein." Verlegen fuhr er sich durchs Haar. „Wir haben über dies und das geplaudert. Ich bin noch nicht dazu gekommen."

„Wozu gekommen?" Bébères Verwirrung nahm sichtlich zu.

„Wir möchten wissen, ob Sie in Ihrem Keller Pläne oder Skizzen vom Pariser Untergrund haben", antwortete Magali.

„Ah!“ Schmunzelnd blickte Bébère seine beiden Besucher an. „Ich habe mir so etwas schon gedacht. Es war zu erwarten, dass Sie nicht bloß hierhergekommen sind, um Konversation zu machen.“ Seine Krähenfüße vertieften sich. „Das tun Sie nie.“

„Es tut mir leid, dass wir Sie immer wieder mit Anfragen behelligen, glauben Sie mir“, sagte Vincent zerknirscht. „Sobald diese Angelegenheit erledigt ist, gelobe ich Besserung.“

Bébère machte eine wegwerfende Handbewegung. „Machen Sie sich keine Gedanken“, erwiderte er. „Ich bin für jede Ablenkung dankbar. Auf Dauer kann es hier etwas langweilig werden. Beinahe so langweilig wie auf dem Patentamt.“

„Patentamt?“, fragte Magali nach.

„Nicht so wichtig. Jedenfalls bin ich gern bereit, Ihnen zu helfen, aber nur unter einer Bedingung.“

Vincent runzelte die Stirn. „Und was wäre das?“

„Sie erzählen mir die ganze Geschichte. Also auch das, was Sie vorhin ausgelassen haben.“

Vincent richtete den Blick unverwandt auf Bébère, dann verzogen sich seine Lippen zu einem milden Lächeln. „Sie sind ein sehr intelligenter Mann.“

Der andere grinste schief. „Das höre ich des Öfteren.“

„Also gut“, begann Vincent. „Was haben wir da?“

Mit Magali zu seiner Rechten und Bébère zu seiner Linken kniete er über der handschriftlichen Karte, die auf dem Boden des Kiosks ausgebreitet lag. Ein Gewirr aus Strichen, Wellenlinien, Pfeilen,

Punkten, Kreisen und unleserlichem Gekritzel stach ihnen entgegen, das Ganze war mit Totenköpfen gespickt.

„Du lieber Himmel! Was für ein Durcheinander! Wo ist denn hier überhaupt oben und unten?“, fragte Magali mit gespieltem Entsetzen. Zum Glück waren die Himmelsrichtungen eingezeichnet. „Ich denke, wir sollten es grob eingrenzen können“, fuhr sie fort. „Im Westen liegen die Katakomben des Friedhofs von Montparnasse, wo Anna vermutlich festgehalten wird. Man erzählt, dass sich dort Millionen von Knochen stapeln. Im Norden haben wir das Grabmal von Philibert Aspairt. Hier steht, er sei 1777 dort verschwunden, seine Leiche wurde nie gefunden.“ Magali unterdrückte ein Frösteln. „Im Süden befinden sich die Steinbrüche unter dem Hospiz von La Rochefoucault, im Osten liegt das Val de Grace, ein riesiges Stollensystem nahe der Rue Claude Bernard …“ Sie wandte sich kurz Vincent zu. „Ich glaube, dass du an dieser Stelle eingestiegen bist. Hier ist die Kreuzung von Port-Royal, die du erwähnt hast. Um in die Katakomben des Friedhofs von Montparnasse zu gelangen, sollte man am besten hier hinuntersteigen, beim Place Denfert. Da geht es zwanzig Meter in die Tiefe und dann weiter nach Norden.“ Magali fuhr mit ihrem Finger an einer Zickzack-Linie entlang, über eingegrenzte Flecken, von denen anzunehmen war, dass es sich um Gruben oder Kammern handelte, umrundete ein *Bassin*, überquerte eine *Kristalltreppe*, blieb am *Saal des Kerzenleuchters* kurz haften, um sich in *Cynthias Kammer* zu begeben …

Fantasievoll klingende Orte, die den Tod in sich bargen.

„Hier!“, rief sie plötzlich, und Vincent und

Bébère beugten sich noch tiefer. „Schaut mal, hier steht es: *Katapult.*"

„Du hast recht", wisperte Vincent, bevor er sich dem Deutschen zuwandte. „Wie zuverlässig ist diese Karte?"

Bébère zuckte mit den Achseln. „Da bin ich überfragt, aber an Ihrer Stelle würde ich mich nicht blind darauf verlassen."

„Das habe ich auch nicht vor", antwortete Vincent und wiegte nachdenklich den Kopf. „Sag mal, Magali, wo meinte Emile noch mal, befindet sich das Schmugglerversteck der *Näherin*?"

„Südlich vom Jardin du Luxembourg", kam es wie aus der Pistole geschossen.

„Genau." Er wies auf einen Punkt auf der Karte. „Das ist hier. Gut vierhundert Meter nordöstlich von der Stelle, wo Médocq und seine Leute Anna und die anderen festhalten." Seine Stirn legte sich in Falten. „Hmm … Ich glaube, ich habe eine Idee." Dann wandte er sich erneut an Bébère. „Dürfen wir die Karte mitnehmen?"

Dieser nickte. „Natürlich." Unerwartet richtete er sich auf. „Ich habe etwas für Sie, das Ihnen helfen wird, sich da unten zurechtzufinden", verkündete er feierlich, bevor er unter dem Tresen, auf dem die Registrierkasse stand, eine Schachtel herauszog.

Vorsichtig stellte er diese auf den Tresen, dann hob er den Deckel, während Magali und Vincent neugierig nach vorne traten. In der Schachtel lag ein schwarzes, kugelrundes Gerät in der Größe einer Kinderfaust, das an einem Metallgestell in C-Form festgemacht war.

„Was ist das?", flüsterte Magali.

„Das, Mademoiselle, ist ein Kugelkompass."

Vincent runzelte die Augenbrauen. „Noch nie davon gehört."

„Nun, es mag vielleicht daran liegen, dass er fürs Militär entwickelt wurde, speziell zur U-Boot-Navigation. Sie müssen wissen, dass sich herkömmliche Kompasse das Magnetfeld der Erde zunutze machen, diese aber auf U-Booten aufgrund der elektronischen Installationen anfällig für Störungen sind. Dieser Kompass hier ..." Stolz hob er das Gerät in die Höhe. „... funktioniert ohne Magnetfeld der Erde. Im Inneren befindet sich ein schnell rotierender Kreisel, dessen Achse sich aufgrund der Erddrehung parallel zur Erdachse ausrichtet. Weil dieser Kompass zum geografischen und nicht zum magnetischen Pol zeigt, ist er genauer als die Kompasse, die Sie kennen." Dann machte er eine wirkungsvolle Pause, während Magali und Vincent gebannt an seinen Lippen hingen. „Aber das ist noch nicht alles. Dieser Kugelkompass hier ist ein Prototyp. Er wurde weiterentwickelt." Bébère senkte die Stimme. „Er ist imstande, sich den Weg zu merken, der zurückgelegt wurde."

Magali zuckte überrascht zurück. „Wie kann das sein, Monsieur?"

Der Deutsche lächelte geheimnisvoll. „Die Funktionsweise ist recht kompliziert, Mademoiselle, deshalb nur so viel: Die rotierenden Kreiselbewegungen werden gespeichert und können in der umgekehrten Reihenfolge abgerufen werden." Er zeigte auf einen kleinen roten Hebel an der Seite. „Sehen Sie hier. Zeigt der Hebel nach oben, funktioniert der Kompass auf klassische Weise, zeigt er nach unten, müssen Sie die Nadel immer auf Norden ausgerichtet halten, dann finden Sie den

Rückweg. Es ist also nichts anderes als die Brotkrumen bei Hänsel und Gretel. Allerdings müssen Sie den Kompass immer wieder aufziehen, um den Kreisel in Bewegung zu versetzen."

Während seine beiden Besucher ihn verdutzt anstarrten, erwiderte er ihren Blick mit einem Schmunzeln.

„Was für ein Kioskbetreiber sind Sie eigentlich?", wollte Vincent wissen.

„Mich interessieren eben viele Dinge", erklärte Bébère, während sein onkelhaftes Lächeln breiter wurde.

„Und ein solches Gerät bewahren Sie in Ihrem Laden auf?" Magali schaute ungläubig.

„Zurzeit bin ich dabei, einige Modifikationen vorzunehmen, deshalb", antwortete der Deutsche. „Sehen Sie hier!" Er zeigte auf das Metallgestell in C-Form. „Das ist eine kardanische Aufhängung, damit der Kreisel im Inneren des Kompasses auch dann seine Position beibehält, wenn Sie sich bewegen."

„Bébère?"

„Ja, Mademoiselle?"

„Sind Sie ein deutscher Spion?"

Verblüfft blickte der andere zurück. „Um Himmelswillen, nein!" Dann zwinkerte er schelmisch. *„Kein Ziel ist so hoch, dass es unwürdige Methoden rechtfertigt."*

Kapitel 29

Paris, Mai 1926

Ich muss dich um einen weiteren Gefallen bitten. Als Magali sich Vincents Worte noch einmal in Erinnerung rief, lachte sie laut auf. Allerdings war es kein Lachen, das aus der Freude geboren war, eher aus der Angst. Warum habe ich mich wieder von ihm überreden lassen?, fragte sie sich zum wiederholten Male. Weil es vielleicht der einzige Weg ist, Anna zu retten, flüsterte eine leise Stimme in ihrem Kopf. Sie bräuchte sich keine Sorgen zu machen, hatte er ihr versichert. Die *Näherin* würde einer Geschlechtsgenossin nichts tun. Wer weiß, vielleicht würde sie Magali sogar adoptieren wollen, hatte er versucht zu scherzen.

Als sie den schäbigen Hinterhof betrat, der von Häusern eingerahmt wurde, die kaum besser aussahen, presste sie die Lippen nervös zusammen. Gegenüber vom Eingang befand sich eine offene Garage mit verwittertem Dach, das Tor hing schief in den Angeln, und davor standen zwei ausgeschlachtete Motorräder. Rechts davon führte eine Holztreppe zu einer halb verglasten Eingangstür mit schmutzigen Fensterläden. In den Ecken quoll es über von zerbrochenen Flaschen und halb verrotteten Kisten, ein unangenehmer Geruch, wie von altem Fisch, hing in der Luft.

Aus der Tiefe der Garage traten drei finstere

Gestalten heraus. Die Augen gierig, die Hände zu Fäusten geballt. Bereit zuzuschlagen. Als der Größere der drei auf sie zukam, versuchte Magali sich ihre Angst nicht anmerken zu lassen.

„Ich muss mit der *Näherin* sprechen“, sagte sie bestimmt, vermochte es jedoch nicht, das leichte Zittern in ihrer Stimme zu unterdrücken.

„Was will ‘ne feine Demoiselle wie Sie von der Chefin?“

„Ich habe Informationen.“

„Ach ja?“ Der Mann, den sie jetzt als Grapache wiedererkannte, trug einen schlecht sitzenden Anzug mit viel zu kurzen Hosen. Nachdem er näher herangetreten war, verengten sich seine Augen. „Ich kenn Sie doch? Sie sind die Demoiselle aus dem Klub.“

Magali hob das Kinn. „So ist es. Lassen Sie mich durch oder nicht?“

Der Gedanke, dass Vincent irgendwo hinter ihr auf der Lauer lag, war nicht halb so beruhigend, wie sie sich gern eingeredet hätte.

Grapache grinste anzüglich und entblößte eine Reihe verfaulter Zähne. „Kommt drauf an.“

„Sagen Sie der *Näherin*, dass es um ihr unterirdisches Warenlager geht“, beeilte sich Magali zu sagen, bevor ihr Gegenüber auf dumme Gedanken kam.

Irritiert zog er die Stirn in Falten. „Warenlager?“

„Ja, das Warenlager, das sich südlich vom Jardin du Luxembourg befindet“, erklärte sie mit wachsender Selbstsicherheit.

Innerlich straffte sie sich, verdrängte den Gedanken an Vincents lädiertes Gesicht von vor zwei Wochen. Sie würde sich von diesen Leuten nicht einschüchtern lassen. Unauffällig wischte sie sich die feuchten Hände an ihrem Mantel ab.

„Warten Sie hier!“, bellte Grapache bei dem offenkundigen Versuch, Autorität auszustrahlen, bevor er die kurze Treppe nach oben nahm und durch den Hauseingang mit den Fensterläden verschwand.

Derweil starrten die beiden anderen Männer Magali wortlos an, also blieb ihr nichts anderes übrig, als sie demonstrativ zu ignorieren. Bis deren Kumpan endlich zurückkam, schien eine halbe Ewigkeit zu vergehen.

„Kommen Sie mit!“, sagte er und winkte sie zu sich.

Magali atmete tief durch, bevor sie Grapache über die Treppe in das schäbig aussehende Gebäude folgte. Ein beißender Gestank empfing sie, kaum dass sie die Schwelle übertreten hatte. Zügig durchquerten sie einen dunklen Flur, gingen wieder einige Stufen hinunter und betraten einen weiteren Innenhof, der einen ähnlich pittoresken Charme aufwies wie der erste. Magali musste fast rennen, um mit Grapache Schritt zu halten, der keinerlei Rücksicht auf sie nahm – oder auf ihren vermaledeiten eng geschnittenen Rock. Hinter den Wänden und Mauern, die sie passierten, herrschte eine eigentümliche Stille, als ob die Bewohner schon vor langer Zeit das Weite gesucht hätten. Dann ein neuer Flur mit altvertrautem Gestank und wieder ein Innenhof. Doch diesmal fanden sie sich in einem gepflegten Garten mit Kletterrosen und Gemüsebeet wieder. Die graue Katze, die sich in der Mitte auf dem Rasen räkelte, blickte den Neuankömmlingen mit mäßigem Interesse entgegen. Auch die Häuser rundum strahlten mit ihren weißen Fassaden und frisch gestrichenen

Fensterläden heimelige Bürgerlichkeit aus.

Magali und ihr Begleiter traten in eines der Häuser und gelangten in einen Flur. Sie nahmen eine breite, geschwungene Marmortreppe nach oben, die zu einer gewöhnlich aussehenden Wohnungstür führte. Grapache klopfte zweimal kurz hintereinander an, und die Tür schwang wie von Zauberhand auf. Doch dahinter steckte keine schwarze Magie, wie Magali zu ihrer Erleichterung feststellte, sondern ein schmächtiger, glatzköpfiger Mann mit viel zu kleinen Augen hinter viel zu dicken Brillengläsern.

„Kommen Sie rein", forderte er sie mit Fistelstimme auf, dann wies er auf eine lackierte Truhe, auf der sauber gestapelte Schlosspantoffeln lagen.

Magali, die den Wink verstand und das übergroße Schuhwerk aus Filz an den Füßen des Mannes bemerkte, griff nach dem kleinsten Paar und zog es über ihre Straßenschuhe. Während Grapache draußen blieb, folgte sie dem Mann mit den dicken Brillengläsern. Über den blank polierten Parkettboden rutschend durchquerten sie die Diele und gelangten in eine große Stube, die sich als recht ansehnliches Wohnzimmer entpuppte. Aus einem Grammofon erklang ein heiteres Lied, das von einem Mann auf Englisch vorgetragen wurde. Doch viel schockierender als der unerwartet kultivierte Musikgeschmack der *Näherin* waren die Gesichter mit den toten Augen und den halb offenen Mündern, die Magali entgegenstarrten. In dem nur mäßig erhellten Raum saß ein Dutzend Porzellanpuppen auf halbkreisförmig angebrachten, luxuriös gepolsterten Fauteuils. Die Puppen trugen geblümte Kleider mit Puffärmeln, schwarze Lackschuhe sowie wahlweise weiße Hauben oder bunte Schleifen im Haar. Eines hatten sie alle gemeinsam: blonde Korkenzieherlocken. Am Scheitelpunkt des Halbkreises saß eine üppig gebaute Frau mit der gleichen Frisur, die von einer Leselampe hinter ihr in grelles Licht getaucht wurde, was ihr einen geisterhaften Teint verlieh. Sie trug ein fliederfarbenes Kleid, ein Schultertuch aus weißer Spitze und eine Kamee am Kragen. Auf ihren Knien lag ein Stück Stoff mit einem offenen Saum, davor stand ein bemalter Nähtisch. Eine harmlose ältere Dame mit einem Faible für Kinderspielzeug und Cole Porter, wäre da nicht der verschlagene Ausdruck in ihren Augen gewesen.

„Marie Le Bellec, nicht wahr?“, begann sie mit unangenehm heller Stimme. „Es ist meine Pflicht und meine Absicherung, mich über alles zu informieren“, sagte die *Näherin* weiter, als sie den verdutzten Gesichtsausdruck ihrer Besucherin sah. „Darf ich mich setzen, Madame?“, fragte Magali, nachdem der glatzköpfige kleine Mann den Raum verlassen hatte. Sie befürchtete, ihre Beine könnten unter ihr nachgeben.

„Nein.“

Obwohl die *Näherin* die Stimme nicht erhoben hatte, knallte ihre Antwort wie ein Peitschenhieb und schien eine unangenehme Ewigkeit im Raum nachzuhallen. Ich stehe hier wie vor einem Tribunal, dachte Magali mit einem unguten Gefühl.

Welche von den Puppen wohl den Staatsanwalt spielt? Beinahe hätte sie gekichert. Jetzt bloß nicht hysterisch werden!

„Mein Gehilfe sagte, Sie haben Informationen für mich?“, fragte die *Näherin*, ohne sie aus den Augen zu lassen.

Magali schluckte hart. „Ja. Es geht um Ihr Warenlager, das sich südlich vom Jardin du Luxembourg befindet. Ich …“ Sie holte tief Luft. Jetzt kam es darauf an. „Ich weiß aus sicherer Quelle, dass dort in Kürze eine Razzia stattfinden wird.“

„Woher wollen Sie das wissen?“ Die Stimme der *Näherin* war bar jeglicher Wärme und Dankbarkeit.

„Ich habe Freunde bei der Polizei.“

Die *Näherin* schnaubte. „Wer sagt mir, dass Ihre Freunde besser Bescheid wissen als meine?“

In diesem Moment kippte eine der Puppen zur Seite, den toten Blick unverwandt auf Magali gerichtet.

„Sie sind absolut zuverlässig“, beeilte sich diese zu sagen.

Die *Näherin* lachte auf. Ein Geräusch wie Fingernägel auf einer Schiefertafel. „So zuverlässig wie Ihr werter Freund, Vincent Lefèvre?“ Sie spuckte den Namen förmlich aus. „Vielleicht hat er Sie hierhergeschickt, um sich an mir zu rächen. Schließlich hätte er allen Grund, mir eine geringe Wertschätzung entgegenzubringen.“

Wieder musste Magali schlucken. „Er weiß nicht, dass ich hier bin.“

„Oh, wie süß“, gackerte die *Näherin*, ihre Korkenzieherlocken bebten lautlos mit. „Der Welpe wagt sich ganz allein aus dem Zwinger.“

„Das ist es nicht“, entgegnete Magali und biss sich auf die Lippen, um ihre aufsteigende Wut zu unterdrücken, während die *Näherin* sie mit Argusaugen beobachtete, darauf hoffend, dass sie einen Fehler beging. „Ich möchte Sie um einen Gefallen bitten.“

Die *Näherin* zog spöttisch eine Augenbraue hoch. „Einen Gefallen? Kindchen, du bist nicht in der Position, Gefallen zu fordern“, fügte sie hinzu, jede Höflichkeit außer Acht lassend.

Magalis Herz raste. „Die Informationen, die ich für Sie habe, ist diesen Gefallen wert.“

„Wer sagt, dass ich sie mir nicht einfach *nehme*?“

Magali spürte, wie ihr das Blut aus dem Gesicht wich, und bemühte sich um Festigkeit in der Stimme. „Ich dachte, dass besonders Sie mich verstehen würden.“

„Sie spielen die Frauenkarte aus, ohne das ganze Blatt zu kennen?“ Die *Näherin* lehnte sich interessiert vor. „Für so waghalsig hätte ich Sie nicht gehalten.“

„Also gut, wenn Sie nicht wollen, können wir es auch lassen“, antwortete Magali demonstrativ gelassen. „Aber ich glaube, dass Sie sich damit eine Menge Ärger aufhalsen werden.“

Die *Näherin* kniff die Augen zusammen, versuchte, sie mit ihrem Blick einzuschüchtern. Als Magali daraufhin das Kinn trotzig nach vorne streckte, huschte unerwartet ein Lächeln über das Gesicht der Buchmacherin. „Ich finde Sie ausgesprochen amüsant, Mademoiselle Le Bellec. Und hübsch anzusehen noch dazu.“ Ihr öliger Blick glitt betont langsam über Magalis Körper, und die junge Frau spürte, wie ein kalter Schauer ihren Rücken hinunterrann. „Also gut, lassen Sie hören. Wie lautet Ihr Wunsch?“

Nur mit Mühe hielt Magali der gründlichen Musterung stand, doch ihr Instinkt mahnte sie, keine Schwäche zu zeigen, wollte sie von der *Näherin* als gleichwertigen Partner wahrgenommen werden. „Ich möchte, dass Sie … Ich möchte Sie bitten“, verbesserte sie sich, was ihr ein anerkennendes Nicken einbrachte, „Vincent Lefèvre kein Geld mehr zu leihen."

Die Korkenzieherlocken zuckten verblüfft. „So lautet Ihr Gefallen?"

„Ja. Wegen seiner Spielsucht hätten wir fast unseren gesamten Besitz verloren, und ich befürchte leider, dass es nicht das Ende ist." Magalis Stimme klang verbittert. „Er kommt nicht davon los, und hat er erst einmal Geld in der Hand …" Sie ließ den Satz bewusst unvollendet.

Der Begriff Spielsucht war natürlich maßlos übertrieben, brachte aber die gewünschte Wirkung.

„Männer!", schnaubte die *Näherin* verächtlich. „Allesamt schwache Kreaturen! Deshalb ertrage ich sie nicht in meiner Nähe." Sie machte eine weitgreifende Geste. „Wären wir nicht physisch unterlegen, würden wir die Welt regieren. Die Menschheit wäre damit besser dran." In ihren Augen blitzte eine kurze schmerzliche Erinnerung auf, die sofort wieder hinter dicken Mauern weggesperrt wurde. „Ich schätze, ich könnte auf Lefèvre verzichten, zumal bei ihm nicht viel zu holen ist. Jedenfalls zurzeit. Er hat seinen Klub geschlossen, habe ich gehört?"

Magali nickte und zog es vor zu schweigen, aus Angst, ein falsches Wort könnte das Wohlwollen der *Näherin* ins Gegenteil verwandeln.

„Nun gut. Ich werde Ihrem *Freund*", wie sie es betonte, klang es unanständig, „höflich die Tür weisen, sollte er sich hier wieder blicken lassen." Sie lehnte sich zurück, ein kleines Lächeln auf den Lippen. „Dann lassen Sie mal hören!"

„Die Razzia findet im Morgengrauen statt."

„So bald schon?" Ein Schatten des Ärgers

huschte übers Gesicht der *Näherin*. „Wollen Sie mich auf den Arm nehmen, Mademoiselle? Das erscheint mir doch sehr unwahrscheinlich!“

Magali zuckte mit den Achseln und versuchte, ein unbeteiligtes Gesicht aufzusetzen. „Sie können mir glauben oder auch nicht, Madame, aber ich weiß, was ich weiß. Es wäre ein verhängnisvoller Fehler, würden Sie nicht auf mich hören.“

Obwohl ihr das Herz bis zum Hals klopfte, hielt sie erneut dem kalten Blick stand, während die *Näherin* nachdenklich auf ihrer Unterlippe herumkaute. Dann sprang die ältere Frau unvermittelt auf die Füße. Dass ihre Näharbeit dabei auf dem Boden landete, schien sie nicht zu kümmern.

„Freddy! Grapache!“, brüllte sie über Cole Porters Stimme hinweg. „Ich muss etwas mit euch besprechen“, fügte sie hinzu, als nur Sekunden später die beiden Knochenbrecher in ihren Schlosspantoffeln das Zimmer betraten. Dann wandte sie sich an Magali. „Sollten Sie mich zum Narren halten, werde ich nicht nachsichtig sein, nur weil Sie eine niedliche Nase haben“, sagte sie mit kalter Stimme. „Darauf gebe ich Ihnen mein Wort.“

„Wie ich Ihnen bereits gesagt habe, Madame. Sie haben keinen Grund, mir zu misstrauen.“

Obwohl die *Näherin* ihr gerade bis zum Kinn reichte, unterdrückte Magali den Impuls zurückzuspringen, als die ältere Frau auf sie zutrat. „Das will ich Ihnen auch geraten haben. Es täte mir leid um Sie.“

Magali legte alles an Überzeugung in ihre Stimme, was sie noch zusammenzukratzen in der Lage war. „Ich versichere Ihnen, Madame, dass es die Wahrheit ist. Hauptsache, Vincent macht in Zukunft keine Dummheiten mehr.“

Die *Näherin* stieß ein amüsiertes Lachen aus. „Kindchen, wenn er Dummheiten machen will, wird er sie machen. Ich bin nicht der einzige Buchmacher in dieser Stadt.“

Daraufhin senkte Magali in gespielter Demut den Kopf. „Ich weiß, aber ich hoffe, dass ihn das lange genug abhält, bis wir den Klub wieder eröffnen können.“

„Die Hoffnung stirbt zuletzt“, ächzte die *Näherin*, bevor sich ein Ausdruck kaum verhohlener Ungeduld auf ihr Gesicht legte. Offenbar war Magalis Zeit abgelaufen. „Rémy!“

Der glatzköpfige Mann mit der dicken Brille trat erneut auf den Plan.

„Führ Mademoiselle Le Bellec hinaus.“

Der kleine Mann nickte, dann wandte er sich ab, davon ausgehend, dass Magali ihm folgen würde. Sie hatte gerade noch Zeit, ein „Auf Wiedersehen, Madame“ zu murmeln und aus ihren Schlosspantoffeln zu schlüpfen, dann hetzte sie Rémy hinterher, der sie an ihren Eingangspunkt zurückbegleitete. Inzwischen war der Hinterhof menschenleer und wirkte bei weitem nicht mehr so bedrohlich wie am Anfang. Trotzdem schlotterten Magalis Knie, als sie durch das offene Tor auf die Straße trat. An der nächsten Ecke wartete Vincent auf sie. Erleichterung glomm in seinen Augen auf, als er sie erblickte.

„Wie ist es gelaufen?“, fragte er ohne Umschweife.

„Sie hat mich mit ihren Blicken ausgezogen!“, brach es aus Magali heraus. Endlich konnte sie sich Luft machen. „Hast du gewusst, dass sie ..? Du weißt schon!“

Vincents Reaktion bestand im verblüfften Hochziehen beider Augenbrauen, doch sie nahm ihm seine Ahnungslosigkeit nicht ab. Ohne stehen zu bleiben, streckte sie die Hand aus und stach ihm mit ihrem Zeigefinger unsanft in die Brust.

„Das machst du nicht noch einmal mit mir, Freundchen!“

Dann rauschte sie an ihm vorbei und bog in die Seitenstraße ein, wo der geparkte Wagen auf sie wartete.

Kapitel 30

Paris, Mai 1926

„Die Fauré-Brüder sind da“, kündigte Emile an.

„Gut“, antwortete Vincent und schlürfte eine Auster.

Um ihn herum herrschte gemütliche Betriebsamkeit. Marktfrauen mit weiten Röcken und kräftigen Oberarmen luden Obst in große Körbe, was sie nicht davon abhielt, Straßenbengeln in den Hintern zu treten, die Äpfel von ihren Ständen zu stibitzen versuchten. Rotgesichtige Männer zogen Karren mit zappelndem Fisch hinter sich her, andere trugen zweihundert Kilo schwere Rinderhälften auf der Schulter, und es war offensichtlich, dass sie die bewundernden Blicke der Frauen genossen. Zwei Fleischergesellen in ihren blutbespritzten weißen Schürzen gönnten sich am Eingang eine Zigarettenpause, während eine geschäftige Hausfrau vorbeilief, darauf achtend, dort wo der Boden abgespritzt worden war, nicht in die Wasserlachen zu treten. Ihre Stofftasche ließ darauf schließen, dass sie auf ein Schnäppchen in letzter Minute spekulierte.

Vincent liebte die Markthallen von Paris, hatte er hier doch die wenigen heiteren Momente seiner Kindheit verbracht. Er konnte sich gut an Yvette erinnern, eine rundliche, um nicht zu sagen fette Marktfrau, die nach frischer Milch und Landluft gerochen hatte. Immer wenn er sie besucht hatte, was streng genommen jede Woche gewesen war, hatte sie ihm ein Stück Käse zugesteckt. Jahre später war ihm klar geworden, dass er nicht viel besser gewesen war als ein hungriger Hund, der die Gutmütigkeit eines Menschen ausgenutzt hatte. Die brave Yvette. Als Erwachsener hatte er keine Chance mehr erhalten, sich bei ihr zu bedanken. Sie war kurz vor seinem 15. Geburtstag an Diphterie gestorben.

Die Ankunft der Fauré-Brüder riss ihn aus seinen Erinnerungen. Die eineiigen Zwillinge waren hochgewachsen, rotblond und trugen eindrucksvolle Schnauzer und eine gesunde Gesichtsfarbe zur Schau. Sie waren etwas älter als Vincent und wie Emile und er in dem Viertel aufgewachsen. Schon in jungen Jahren waren sie wegen ihrer Haarfarbe gehänselt worden, als Radieschen hatte man sie bezeichnet, Rübenköpfe und was noch alles. Schnell hatten sie gelernt, sich mithilfe ihrer Fäuste solche Despektierlichkeiten zu verbieten.

„Setzt euch", forderte Vincent sie auf.

Die Fauré-Brüder hatten die Angewohnheit, nur einen von ihnen sprechen zu lassen, nämlich Marcel. Der andere, Manuel, sprach nie ein Wort, zumindest nicht in Anwesenheit Dritter. So konnte man sie voneinander unterscheiden, wobei Vincent schon lange den Verdacht hegte, dass die beiden ihre Mitmenschen an der Nase herumführten, indem mal Marcel, mal Manuel etwas sagte. Doch viel wichtiger als das, war die Tatsache, dass die beiden schlaue Köpfe waren und darüber hinaus vertrauenswürdig. Aus diesem Grund hatte Vincent beschlossen, sie in seinen Plan einzuweihen. Die wichtigsten Eckpunkte hatte Emile ihnen bereits mitgeteilt, jetzt ging es um die Details. Der „Verköstigungstisch“ mit den vier Metallstühlen am Stand von Fischhändler Grimaud, mittendrin im Tohuwabohu der Haupthalle, war der ideale Ort, um Kriegsrat zu halten, ohne befürchten zu müssen, dass fremde Ohren mithörten.

Nachdem sich die Brüder gesetzt hatten und Marcel ein stellvertretendes „Guten Tag“ an alle gerichtet hatte, schob Vincent seinen Teller mit den Austern zur Seite. Er überzeugte sich davon, dass der Tisch sauber war, dann holte er die Karte aus seiner Hosentasche, legte sie auf die Tischplatte und strich sie glatt.

„Also“, begann er ohne Umschweife und zeigte auf einen Punkt. „Dorthin müssen wir. Das Einfachste wird sein, wenn wir diese Treppe nach unten nehmen. Soweit ich weiß, ist der Eingang sicher, und von da aus sind es nur zweihundert Meter bis zum Ziel. Ich denke …“

„Warte!“, fuhr ihm Marcel über den Mund, nachdem ihm sein Bruder etwas ins Ohr geflüstert hatte.

„Was ist?“

„Manuel meint, es wäre besser, wir steigen etwas weiter südlich ein, und zwar hier“, antwortete Marcel und zeigte auf eine andere Stelle.

„Aber dadurch ist der Weg zu den Katakomben fast doppelt so lang“, entgegnete Emile.

Wieder flüsterte Manuel seinem Bruder etwas ins Ohr, während Vincent und Emile, denen das Spielchen vertraut war, geduldig warteten.

„Er meint, es sei zwar weiter, dafür sei der Weg aber sicherer“, erklärte Marcel. „Die Gänge sind breiter, und es besteht eine geringere Einsturzgefahr, als wenn wir euren Weg nehmen.“

„Weiß er das sicher?", fragte Vincent.

„Manuel kennt sich da unten aus. Ich dachte, das sei der Grund, warum du uns gebeten hast, bei deiner kleinen Unternehmung mitzumachen."

„Ja. Das und die Tatsache, dass ich euch vertraue."

Zur Belohnung verzogen sich die beiden roten Schnauzer synchron zu einem Lächeln nach oben.

„Während wir hinuntersteigen, wird Emile ein Ablenkungsmanöver starten", setzte Vincent seine Erläuterung fort. „Nördlich von unserem Ziel hat die *Näherin* ein Lager mit Schmuggelware." Die Fauré-Zwillinge nickten zum Zeichen, dass ihnen der Name bekannt war. „Magali hat sie vor gut einer Stunde davon überzeugen können, dass die Polizei morgen früh eine Razzia durchführen wird. Wir können also davon ausgehen, dass sie Leute hinschicken wird, um die Ware umzulagern. Gut möglich, dass schon ein paar von denen dort sind. Emile wird heute Abend die Meute aufmischen. Ein, zwei Schüsse in der Dunkelheit, ein mit Inbrunst vorgebrachtes „Polizei!", und da unten herrscht Feierstimmung. Das wird von den Leuten, die die Gefangenen bewachen, nicht unbemerkt bleiben. Wir wissen nicht, wie viele von denen sich unten aufhalten, aber ich gehe davon aus, dass welche abgezogen werden, um nachzusehen, was los ist. In der Zwischenzeit werden wir uns von der anderen Seite unbemerkt anschleichen."

„Könnte funktionieren", murmelte Marcel.

„Ja." Vincent schaute in die Runde. „Sobald wir wieder draußen sind, nimmt uns Emile in Empfang. Er konnte Bertrand davon überzeugen …" Er wies auf den rotgesichtigen Fischhändler mit den Segelohren, der hinter seiner Theke stand und ihnen zunickte, „… uns seinen Laster zu borgen."

Marcel grinste. „Emile hat uns erzählt, dass es Orchestermusiker sind, die wir befreien sollen. Das wird denen aber gar nicht gefallen, in einem stinkenden Fuhrwerk herumkutschiert zu werden."

„Sie werden keine Wahl haben", entgegnete Vincent ungerührt. „Fragen?"

„Wo bringt ihr sie hin?"

„Zu ihrem Hotel, damit sie ihre Sachen holen können, sofern noch welche da sind, und dann zum Bahnhof. Es wird das Beste sein, wenn sie schnell aus Paris verschwinden."

Marcel schien kurz über Vincents Worte nachzudenken. „Was ist mit Ausrüstung?", fragte er weiter.

„Wir haben Taschenlampen und Kletterausrüstungen organisiert, für den Fall der Fälle. Ich bin dort kürzlich in einen Tümpel gefallen, keine angenehme Erfahrung."

Manuel warf ihm einen mitleidigen Blick zu.

„Um wie viel Uhr geht's los?", wollte sein Bruder weiter wissen.

„In vier Stunden. Wir treffen uns hinten am *Brunnen der Unschuldigen*."

Marcel brach in Lachen aus, während ein amüsierter Ausdruck übers Gesicht seines Zwillings huschte. „Ein geschichtsträchtiger Ort. Wir haben immer gewusst, dass du eine Vorliebe fürs Melodramatische hast, Vincent."

„Was das Melodramatische betrifft", warf Emile ein. „Ihr solltet wissen, dass wir es mit einem besonders gefährlichen Gegner zu tun haben, der nicht nur skrupellose Ganoven um sich geschart hat, sondern auch über moderne Waffen verfügt."

Manuel flüsterte seinem Bruder etwas zu. „Er will zweihundert Francs Gefahrenzuschlag haben", übersetzte Marcel. „Und ich ebenfalls", fügte er hinzu.

Vincent nickte, dann wandte er sich an Emile. „Weißt du zufällig, wo sich Médocq zurzeit aufhält?"

Sein Freund schüttelte den Kopf. „Der Mann ist wie ein Geist. Sogar wenn er in seinem Büro ist, lässt er sich verleugnen." Er fuhr sich durchs dünne Haar. „Was ist mit Andrej?"

Vier rotblonde Augenbrauen schossen fragend in die Höhe.

„Andrej ist der Vater einer der weiblichen Gefangenen", beeilte sich Vincent den Zwillingen zu erklären. „Und unser Gast." Er richtete seine Aufmerksamkeit wieder auf Emile. „Es war ein ziemlicher Kampf, ihn davon zu überzeugen, aber er bleibt bei Magali. Er würde nur im Weg stehen."

„Was hat Magali dazu gesagt, dass sie brav zu Hause bleiben muss, während du den Helden mimst?", fragte Emile.

Verlegen blickte Vincent auf seine Hände. „Ich habe es ihr noch nicht gesagt."

Die Zwillinge gluckten, während sich Emile um einen mitfühlenden Gesichtsausdruck bemühte. „Du armes Schwein."

„Wie bitte?"

Auf Magalis Gesicht legte sich ein Ausdruck, den er nur zu gut kannte: die zusammengekniffenen Lippen, die schmale Spalte zwischen den Augenbrauen. Zu allem Überfluss hatte sie noch die Hände in die Hüften gestemmt.

„Nein", wiederholte er ruhig.

Was genug war, war genug! Der flohzerfressene

Mohr im Klub, die Seidentapete in seinem Ankleidezimmer, ihr nächtlicher Ausflug zum Lagerhaus und weiß Gott noch was alles. Magali besaß das einzigartige Talent, ihn über kurz oder lang weich zu kochen, doch diesmal würde ihr Plan nicht aufgehen. *Diesmal nicht!* Ehe sie sich versah, hatte er die Distanz zwischen ihnen überwunden. Forsch zog er sie zu sich heran und presste seine Lippen in einem innigen Kuss auf die ihren. Ihr Körper in seinen Armen wurde weich, ihr Mund ergab sich ihm widerstandslos, und das Blut rauschte in seinen Ohren. Er hatte diesen Moment so lange herbeigesehnt.

„Nein“, wiederholte er leise an ihren Lippen.

Erst da trat er einen Schritt zurück. Sie schwankte, blickte mit hochroten Wangen zu ihm auf, und plötzlich fühlte er sich so beschwingt wie seit Wochen nicht mehr.

„Du bleibst hier bei Andrej und hältst die Stellung“, sagte er mit fester Stimme, bevor er sich mit einem schiefen Grinsen abwandte und durch die Tür trat.

Gerade als er diese hinter sich schließen wollte, ließ ihn ihre Stimme innehalten.

„Bitte sei vorsichtig.“

Er schenkte ihr ein letztes Lächeln. „Versprochen.“

Kapitel 31

Irgendwo in der Lombardei, anno 1678

Der Junge stand auf dem Hügel und hielt die Hand vors Gesicht, um seine Augen vor dem gleißenden Licht zu schützen. Er war vierzehn Jahre alt und schon recht groß für sein Alter. Seine schwarzen Haare waren wellig, die Augen von einem wunderschönen Blau, das in diesem Moment aufleuchtete. Unten im Tal waberten dunkle Konturen in der flirrenden Mittagssonne, die sekündlich größer wurden. Er hatte sich also nicht geirrt! So schnell ihn seine nackten Beine trugen, lief er hinunter zum Haus.

„Mutter!", rief er, kaum dass er durch die Tür gestürmt war. „Wo ist Vater?"

Die Frau am Fenster, die gerade dabei war, ein fadenscheiniges Hemd zu flicken, blickte nicht von ihrer Arbeit auf, und weil der seitlich fallende Stoff ihrer Haube ihr Gesicht verdeckte, konnte der Junge den Ausdruck darin nicht erkennen. „Wo soll er schon sein?", sagte sie mit müder Stimme. „In seiner Werkstatt … wie immer."

Der Junge wollte auf dem Absatz kehrt machen, als seine Mutter ihn zurückrief. Sie blickte auf. In ihrem Gesicht, das einmal hübsch gewesen war, hatten sich tiefe Falten eingegraben. Dennoch sah jeder unbescholtene Beobachter sofort, von wem der Junge seine Augen hatte. „Wenn du schon zu deinem Vater gehst, bring ihm Wasser", sagte sie. „Nimm den

Krug mit, der auf dem Tisch steht. Ich habe ihn vorhin aufgefüllt."

„Ja, Mutter."

Nachdem der Junge sich den Krug geschnappt hatte, lief er aus dem Haus und weiter zur Werkstatt seines Vaters, die sich nur einen Steinwurf entfernt befand, direkt hinter dem Kräutergarten. Schon von weitem vernahm er die typischen Hobelgeräusche. Sein Vater stand draußen vor einem massiven Tisch und bearbeitete ein Stück Holz, von dem der Junge aufgrund der gebogenen Form annahm, dass es der Boden einer Bratsche war.

„Vater!", rief er. „Sie kommen!"

„Wer kommt?", fragte dieser sichtlich gleichgültig.

„Leute aus der Stadt."

Sein Vater hielt in seiner Arbeit inne und drückte den Rücken durch, bevor er sein Werkzeug behutsam auf den Tisch zurückstellte.

„Gib mir etwas Wasser", sagte er, als er den Krug bemerkte.

Der kräftige Mann mit den pechschwarzen Haaren nahm einen großen Schluck, schüttete etwas Flüssigkeit in seine Handfläche und fuhr sich damit durchs Gesicht. Mit einem Mal wirkte er sehr nachdenklich.

„Was werden die wollen?", fragte der Junge neugierig.

„Ich weiß es nicht, Arturo. Lass es uns herausfinden."

Mit diesen Worten drehte sich der Vater um, ging in die Hütte und trat kurze Zeit später mit einer Axt wieder hinaus. Mit großen Schritten passierte er das Haus, ohne den fragenden Blick seiner Frau zu beachten, die in diesem Moment aus dem Fenster schaute, dann stellte er sich breitbeinig auf den Feldweg, der an ihrem Grundstück vorbeiführte. Arturo, der ihm wortlos gefolgt war, postierte sich wenige Meter hinter ihm. Vater und Sohn mussten nicht lange warten. Schon kamen drei Personen mit vor Anstrengung leicht geröteten Gesichtern den Feldweg hinauf. Der Bürgermeister, dessen Frau und der Pfarrer. Über einem aufwendig bestickten Hemd trug der Bürgermeister eine dunkelblaue Jacke, von der Arturo annahm, dass sie aus Taft geschneidert war, dazu einen mit Bändern geschmückten Hosenrock. Sein Haupt zierte ein schwarzer, mit goldener Schnur umrandeter Filzhut, ein hochgezwirbelter Schnurrbart teilte sein feistes Gesicht in zwei Hälften auf. Seine Frau hatte ihre dunklen Haare seitlich gebauscht, am Hinterkopf aufgesteckt und mit bunten Bändern versehen. An ihrem tief ausgeschnittenen gelben Kleid, unter dem ein weißes Unterkleid aus schwerem Stoff hervorschimmerte, hingen Perlen an feinen Schnüren. Sie trug Lederschuhe mit kleinen Absätzen. Schuhe, die Mutter in ihrem ganzen Leben noch nie besessen hat und wahrscheinlich auch niemals besitzen wird, dachte Arturo schweren Herzens. Zur moralischen Unterstützung hatte das Bürgermeisterehepaar den hiesigen Pfarrer mitgebracht, Monsignore Valanti im schwarzen Talar und weißen Chorhemd mit Spitzenbesatz.

Als die Neuankömmlinge Arturos Vater erblickten, blieben sie abrupt stehen, und ein flüchtiger Ausdruck der Schadenfreude huschte über das Gesicht des Instrumentenbauers.

„Lazzaro“, begann der Bürgermeister und

streckte die Hände in einer versöhnlichen Geste nach vorn.

„Michele, Luisa", entgegnete der Angesprochene, die ihm dargebotenen Hände ignorierend. „Monsignore."

Der Bürgermeister ließ die Arme wieder sinken und holte tief Luft. „Morgen wird das neue Rathaus eingeweiht, Lazzaro. Es wird eine kleine Feier geben." Er räusperte sich. „Wir würden uns sehr freuen, wenn du und deine Familie daran teilnehmen würdet."

Lazzaro sah ihm lange ins Gesicht, weidete sich offensichtlich an seinem Unbehagen, dann folgte ein knappes: „Nein."

Das war das Stichwort für Monsignore Valanti. „Mein Sohn, du darfst nicht zulassen, dass dich der Groll nach all den Jahren innerlich verschlingt." Wie zum Gebet verschränkte er die Hände ineinander. „Kämpf dagegen an, nur dann wirst du Vergebung finden! In der Bibel heißt es: Werdet aber gütig zueinander, voll zarten Erbarmens, einander bereitwillig vergebend, so wie auch Gott euch durch Christus bereitwillig vergeben hat."

„*Mein Vater*, der Groll ist mir in all den Jahren ein treuer Gefährte gewesen, auf den ich ungern verzichten würde", antwortete Lazzaro mit einem dünnen Lächeln. „Dafür habt ihr gesorgt."

„Denk an deine Frau und dein Kind!", warf Luisa ein. Ihre Haarpracht bebte vor Empörung. „Du handelst unverantwortlich. Durch deine Unnachgiebigkeit nimmst du ihnen jede Chance auf eine blühende Zukunft. Verona ist zwei Jahre jünger als ich und sieht aus wie eine alte Frau, und was Arturo betrifft ..."

„Was ist mit ihm?" Die Stimme des Vaters hatte

an Schärfe gewonnen.

„Er ist ein intelligenter Junge, unter meiner Obhut könnte er auf eine gute Schule gehen und eines Tages …"

„Niemals!", peitschte es durch die Luft, und Arturo zuckte unwillkürlich zusammen. „Alles, was er wissen muss, lernt er von mir!"

Der Junge, dem es unangenehm war, Gegenstand eines Streits zu sein, machte sich hinter dem Rücken seines Vaters kleiner.

„Ich bin deine Schwester", ereiferte sich indessen Luisa. „Arturos Tante! Ich habe ein Recht, ihn zu sehen." Sie neigte sich zur Seite, bei dem Versuch Arturos Blick einzufangen. „Mein lieber Junge …"

„Sprich ihn nicht an!", schrie sein Vater sie an. In seiner Wut schien er zu wachsen, breiter und dunkler zu werden. „Du hast dein Recht dazu verwirkt, als du diesen Blutsauger hier geheiratet hast. Durch Raub und Plünderung hat er sich bereichert, wie alle anderen im Ort!" Unbändige Wut blitzte aus seinen Augen, und Luisa trat unwillkürlich einen Schritt zurück.

„Aber mein Sohn", mischte sich der Pfarrer ein. Seine zittrige Hand hatte das silberne Kreuz umfasst, das er um den Hals trug. „Siehst du denn nicht, dass sich seither vieles zum Vorteil verändert hat? Früher ist unsere Stadt nicht mehr als eine Ansammlung windschiefer Hütten gewesen, deren einziger Reichtum der Brunnen in ihrer Mitte war. Das Holz des Baums, so wenig ehrenwert seine Aneignung auch gewesen sein mag, hat uns aus diesem kümmerlichen Dasein befreit. Unsere Kunsthandwerker beliefern Handelshäuser in ganz Europa. Der goldene Thron im Audienzzimmer des Papstes wurde in unserer

Stadt hergestellt, Lazzaro. Macht dich das nicht stolz? Der Baum hat uns Glück und Wohlstand gebracht."

„Ja, und eine neue Kirche", brummte der Vater.

„Schließ endlich mit dieser Sache ab, Bruder", rief Luisa flehentlich. „Es war nur ein Baum."

„Er war ein Feuerahorn, *mein* Feuerahorn!" Die Stimme des Vaters war mit Wut und Trauer getränkt.

„Er war nicht dein Eigentum, Lazzaro", ätzte der Bürgermeister, der es offensichtlich leid war, Freundlichkeit zu heucheln.

Sein Gegenüber trat einen Schritt vor. „Doch, das war er. Ich habe ihn gehegt, habe ihn wachsen sehen, ihn *geliebt*." Er verlor die Beherrschung. „Ohne mich wäre er eingegangen! Ihr habt euch einen Dreck um ihn geschert, bis zu dem Tag, an dem ihr sein Inneres mit Gold aufwiegen konntet!"

Bevor der Bürgermeister etwas einwenden konnte, legte Luisa in einer beschwichtigenden Geste ihre Hand auf den Arm ihres Bruders. „Dein Baum hat viele Menschen glücklich gemacht, Lazzaro", sagte sie. „Bedeutet das denn gar nichts für dich?"

„Er hat nicht die Menschen glücklich gemacht, auf die es ankommt." Er hob die Axt. „Aber ich freue mich zu sehen, dass es dir, meiner geliebten Schwester, an nichts mangelt", setzte er mit kalter Stimme fort. „Und jetzt seht zu, dass ihr von meinem Land verschwindet! Bei eurem Anblick wird mir übel!"

Schnaubend wandte sich der Bürgermeister ab, Arturos Tante hinter sich her zerrend, die mit den Tränen kämpfte. Monsignore Valanti nickte ein letztes Mal, dann trat auch er den Rückweg an.

„Eines Tages werdet ihr den Preis bezahlen!", brüllte ihnen der Vater hinterher und ließ erst den

Arm mit der Axt sinken, als seine unerwünschten Besucher hinter der nächsten Windung verschwunden waren.

Lange starrte er ihnen nach, und Arturo konnte sehen, dass sein Vater zitterte, was ihm eine größere Angst einjagte als der Hass, den er zuvor in dessen Stimme vernommen hatte. Unfähig etwas zu sagen, der Kloß in seinem Hals ließ es nicht zu, betrachtete er den breiten Rücken vor ihm. Da drehte sich sein Vater um und blinzelte überrascht, als er ihn erblickte. Offenbar hatte er seine Anwesenheit vergessen.

„Folge mir, Arturo“, sagte er nach einem kurzen Zögern. Seine Stimme klang müde und tonlos. „Ich will dir etwas zeigen.“

Wenig später betraten sie die Werkstatt. An den Steinwänden hingen verschiedene Werkzeuge zum Schleifen, Hobeln, Ausbeulen und Bohren, auch ein Blasebalg befand sich darunter. In einer Ecke stand ein kleiner Tisch mit Lacken in Glasgefäßen sowie diversen Pinseln, und an der angrenzenden Wand hing ein Regal, auf dem Rohrblättchen in mehreren Größen sauber gestapelt waren. Instrumente in unterschiedlichen Herstellungsphasen, hell und unbehandelt auf der einen Seite, dunkelrot schimmernd auf der anderen Seite, baumelten von der Decke herunter. Bereits vor Arturos Geburt hatte der Vater mit der Arbeit begonnen. Seither schuftete er wie ein Besessener, um die perfekten Instrumente zu erschaffen. Gut zwanzig hatten bis zum heutigen Tag das Licht der Welt erblickt, und über die Hälfte hatte sie wieder verlassen müssen, weil sie den Ansprüchen des Vaters nicht gerecht wurde. Seit ihm bewusst geworden war, dass sich sein Holzvorrat dramatisch dem Ende zuneigte, arbeitete er verbissener denn je.

„Junge, was siehst du?“, riss ihn der Vater aus seinen Gedanken.

Arturo, der schon des Öfteren in der Werkstatt gewesen war, wunderte sich über die Frage. Hier gab es nichts, was er nicht schon unzählige Male gesehen hatte.

„Wie meinst du das, Vater?“

„Was siehst du, Arturo?“

Der Junge zögerte kurz und spürte, wie ihm der Schweiß ausbrach. In den Augen seines Vaters lag ein seltsamer Ausdruck. „Musikinstrumente. Die besten auf der Welt“, fügte er hastig hinzu.

„Nein, Arturo. Keine Musikinstrumente.“ Sein Vater hob die Stimme. „Das hier sind Werkzeuge der Gerechtigkeit.“

Unverständnis breitete sich auf Arturos Gesicht aus. „Aber Vater, wovon sprichst du? Du baust Instrumente von reinem Klang, wie Nicola Amati es dich gelehrt hat.“

Nicola Amati gehörte einer großen Geigenbauerfamilie aus Cremona an und hatte nicht nur seinen Vater unterrichtet, sondern auch den berühmten Antonio Stradivari.

Sein Vater lachte, es klang finster. „Oh, meine Instrumente sind die besten der Welt, keine Frage.“ Er drehte sich um und griff nach einem unbehandelten Stück Holz von länglicher Form. „Es wird vielleicht nicht heute geschehen, Arturo, und vielleicht auch nicht morgen. Aber eines Tages werden sie die Diebesbande büßen lassen und sich den Lebenssaft zurückholen, der ihnen genommen wurde ...“

„Sag das nicht, Vater!“ Arturo war den Tränen nah. „Die Musik wurde erschaffen, um unsere Welt zu erhellen." Seine Stimme zitterte. „Nicht, um sie zu verdüstern."

Der Blick seines Vaters klarte sich kurz auf. Mit einem traurigen Gesichtsausdruck strich er seinem Sohn über die Haare. „Das Holz hat sich mit meinem Hass vollgesogen … Was geschehen soll, wird geschehen, Arturo."

Der Junge blickte auf die wunderschönen Instrumente um ihn herum und schüttelte heftig den Kopf. „Aber wo Hass ist, ist auch Liebe!"

„Jetzt hörst du dich an wie dieser Pfaffe", ermahnte ihn sein Vater sanft, dennoch ließ sich Arturo nicht beirren.

„Wo Hass ist, ist auch Liebe", wiederholte er verzweifelt. „Die Liebe zur Musik!"

„Ach, Arturo, du bist ein Träumer. Wie deine Mutter", sagte sein Vater und lächelte. Es war ein trauriges Lächeln, das dem Jungen erneut die Tränen in die Augen trieb. „Und jetzt lass mich weiterarbeiten."

„Aber Vater …"

„Keine Widerrede, Sohn. Geh jetzt."

Arturo warf einen letzten Blick auf seinen Vater, der mit düsterem Gesicht und krummem Rücken zwischen seinen Instrumenten stand, dann wandte er sich ab. Beim Hinausgehen wäre er beinahe auf einen Holzsplitter getreten, der vor der Werkstatt lag, dünn und etwa so lang wie der Abstand zwischen seinem Handgelenk und der Spitze seines Mittelfingers. Ohne genau zu wissen, warum, hob er ihn auf und steckte ihn ein. Anschließend stieg er, den Kopf randvoll mit Gedanken, auf den Hügel hinterm Haus und setzte sich dorthin, wo der Baum seines Vaters einst gestanden hatte. Die grüne Landschaft zu seinen

Füßen wellte sich bis zum Horizont, das Sonnenlicht, das durchs Blätterwerk schien, zauberte helle Sprenkel auf den Boden. Ein Anblick, der Arturo mit neuer Zuversicht erfüllte. Mit angehaltenem Atem holte er den Holzsplitter hervor und strich ehrfurchtsvoll darüber. Im Herzen wusste er, dass der Feuerahorn ein wundersames Geschenk der Natur an die Menschen gewesen war. An ihm lag es nun, den göttlichen Funken darin zu erwecken.

Kapitel 32

Paris Mai 1926

Je weiter Emile den gewundenen Weg nach unten ging, desto stickiger wurde die Luft. Vor gut zehn Minuten war er durch den schmalen Schacht eingestiegen. Er hatte ganz bewusst den breiten Eingang gemieden, der sich rund fünfzig Meter weiter nördlich befand, weil davon auszugehen war, dass die *Näherin* dort einen Späher postiert hatte. Glaubte man der Kopie der Karte, die er in der Hand hielt, waren es zum Warenlager der Buchmacherin nicht mehr als zweihundert Meter. Es dürfte ein Kinderspiel sein, dort für Unruhe zu sorgen und dann unerkannt zu verschwinden, sprach er sich innerlich Mut zu. Wie ein Mantra wiederholte er es in Gedanken, als sich der Gang ein Stück weiter zu einem schulterhohen Durchlass verengte. Mit der Taschenlampe leuchtete er hinein, dann schaute er auf seine Karte. Dahinter ging der Gang offenbar weiter, führte tiefer in die Erde. Emile überlegte kurz, dann zog er sich mühsam durch die Öffnung und betrat die Kammer. An den Rändern des Lichtstrahls seiner Taschenlampe war es stockfinster. Kein Laut war zu hören.

Emile blieb stehen. Dachte an seine Orchideen, an die samtige Liebkosung ihrer Blüten, an ihre Farbenpracht. Niemand wusste darüber Bescheid, nicht einmal seine engsten Freunde, aber Emile war ein ängstlicher Mann. Er fürchtete sich vor dem

Wasser, vor der Dunkelheit, vor den Menschen. Um diese Angst zu besiegen, war er zur Polizei gegangen. Doch nun, in dieser Sekunde, allein in der Finsternis, war er ihr schutzlos ausgeliefert. In seinem Kopf ging es zu wie in einem Bienenstock, und ihm wurde übel. Mit einem Mal war er wieder im Besenschrank eingesperrt, weil er sich in der Schule von stärkeren Klassenkameraden hatte verprügeln lassen. Stundenlang in der Dunkelheit ausharrend, schluchzend und zusammengekauert, bis irgendwann das erlösende Geräusch der zufallenden Eingangstür erklang, wenn sein Vater das Haus verließ. Kurz darauf dann die hastigen Schritte seiner Mutter, die kam, um ihn aus seinem stickigen Gefängnis zu befreien. Sie drückte und küsste ihn, *wie gut sie roch*, zerrte ihn in die Küche, wo sie jede Menge Kuchen in ihn hineinstopfte. Und die ganze Zeit über weinte sie.

Das Beste, was sein Vater in seinem Leben zustande gebracht hatte, war, Jahre später betrunken vor ein Automobil zu laufen.

Zitternd lehnte sich Emile gegen die Wand. Sie war kühl. Überraschend ernüchternd. Sie erinnerte ihn daran, dass die Gefangenen seit über zwei Tagen in dieser Hölle festsaßen und dass sich Vincent auf ihn verließ. Emile nahm einen tiefen Atemzug, dann richtete er seine Taschenlampe auf den Durchgang, der aus der Kammer führte. Der Pfad dahinter verzweigte sich, und der Karte zufolge musste er nach links abbiegen. Seine Instinkte sträubten sich, dennoch gab er sich einen Ruck. Jetzt galt es zu beweisen, dass er ein guter Polizist war. Wie er es jeden Tag tat.

Voller Eifer schlug er die Richtung ein, weil er aber die Taschenlampe statt auf den buckligen Boden immer noch auf das Papier in seiner Hand gerichtet hatte, knickte er mit dem rechten Fuß um. Nur mit Mühe unterdrückte er einen Schmerzensschrei. Schweiß trat ihm auf die Stirn, als er zur nächsten Biegung humpelte, doch zum Glück verging der Schmerz nach wenigen Metern, sodass er bald wieder normal laufen konnte. Dieses Mal hatte er Glück gehabt, doch ab jetzt würde er besser aufpassen müssen. Der Gang führte zu weiteren Verästelungen, und Emile folgte dem Pfad bis zur ersten Gabelung, bevor er erneut nach links ging. Im Lichtstrahl der Taschenlampe sah der helle Kalkstein gespenstisch aus.

Wie aufs Stichwort drangen gedämpfte Stimmen an sein Ohr, und er blieb jäh stehen. Laut Karte war es nicht mehr weit zum Warenlager der *Näherin.* Noch zweimal nach rechts, und er wäre am Ziel angelangt. Guter Dinge ging er weiter – als der Gang plötzlich endete. Irritiert ließ Emile seine Taschenlampe hin und her schweifen, holte seine Karte wieder hervor. Da stand es, schwarz auf weiß. Irgendwo hier musste eine Abzweigung sein. Er blickte zurück. Hatte er sie vielleicht übersehen? Er machte kehrt, suchte mit dem Lichtstrahl die linke Wand ab. Da! Ein Loch, nicht größer als die Luke in einem U-Boot. Emile zögerte, dann konsultierte er erneut die Karte. Diese besagte, dass sich dahinter ein Raum befand, und wieder dahinter ein Gang, der zum Warenlager führte. So betrachtet befand sich das Warenlager also direkt vor ihm, keine dreißig Meter entfernt. Emile schloss kurz die Augen. Das mit dem Loch gefiel ihm gar nicht, aber wie es aussah, blieb ihm nichts anderes übrig, als diesen Weg zu nehmen.

Also leuchtete er mit der Taschenlampe vor,

dann quetschte er sich hindurch. Dabei nahm er sich fest vor, im Sommer mindestens fünf Kilo abzunehmen. Nur mit Mühe fand er auf der anderen Seite Halt für seinen rechten Fuß, denn dort lagen überall Schutt und Geröll. Hoffentlich gibt es drüben einen Ausgang, dachte er, als er sich ächzend in die Kammer zog. Nicht auszudenken, wenn er den ganzen Weg zurücklaufen müsste, um einen neuen Durchgang zu finden.

Aus einer Eingebung heraus schaltete er die Taschenlampe aus und wartete, bis seine Augen sich an die Dunkelheit gewöhnt hatten. Und tatsächlich: Links von ihm flackerte ein matter Lichtschein auf. Emile schaltete die Taschenlampe wieder ein, um den Boden anzuleuchten, schließlich wollte er sich nicht so kurz vor dem Ziel das Genick brechen, dann stieg er vorsichtig über die herumliegenden Holzlatten und Metallgestänge. Zum Glück war die Kammer recht klein. Als er den hellen Fleck erreichte, schaltete er die Taschenlampe wieder aus.

Millimeter um Millimeter schob er den Kopf durch das Loch, das gerade groß genug war, um einigermaßen unbequem hindurchzugleiten. Offenbar hatte jemand vor nicht geraumer Zeit den Durchgang mit bloßen Händen geschaufelt.

Als Emile wieder festen Boden unter den Füßen hatte, schaute er nach links und dann nach rechts. Der Stollen war leer. Das Licht kam aus dem Gang rechts von ihm, der laut Karte zum Warenlager führte. Nachdem er sich orientiert hatte, zog er den Kopf wieder ein, steckte seine Taschenlampe weg, sie würde nur hinderlich sein, und hob einen langen Holzstab und einige Kieselsteine vom Boden auf, bevor er sich gänzlich durch das Loch schob. So leise wie möglich lief er den Gang nach rechts hinunter. Dort, wo dieser erneut nach rechts abknickte, blieb er stehen. Angespannt lauschte er. Die einstmals dumpfen Stimmen waren nun ganz klar zu hören. Befehle wurden gerufen, Antworten gezischt, dazwischen gab es polternde und ächzende Geräusche, die mit anstrengender körperlicher Arbeit einherzugehen schienen. Offenbar waren die Männer der *Näherin* vollauf mit ihrem Umzug beschäftigt. Vorsichtig spähte Emile um die Ecke. Der beleuchtete Gang mündete in eine T-Kreuzung, die links zum Warenlager führte. Und genau dort auf dem T stand ein Mann, den Blick auf den Eingang gerichtet, sein Revolver steckte gut sichtbar hinten im Hosenbund. Rasch zog Emile den Kopf ein. Und überlegte. Dann trat er einen Schritt zurück, warf einen Kieselstein in den Gang.

„Hallo?", rief prompt eine Stimme. „Ist hier jemand?"

Emile hielt den Atem an. Seine Hände hatten den Holzstab so fest gepackt, dass seine Knöchel im Halbdunkel weiß hervorstachen. Das Licht im Gang gereichte ihm zum Vorteil, denn dadurch konnte er den Schatten des Mannes deutlich sehen, der in seine Richtung kam – samt Revolver, den dieser im Anschlag hatte. Angestrengt starrte Emile auf den größer werdenden Schatten. Sobald sich der Mann auf seiner Höhe befände, würde er ihm mit dem Holzstab einen Schlag gegen die Schläfe verpassen und ihn außer Gefecht setzen. So sah es der Plan vor.

Emile hatte seinen Gegner jedoch unterschätzt. In der Sekunde, in der er zur Tat schreiten wollte, sprang der Mann zurück. Der Schlag ging ins Leere, und Emile stolperte nach vorne. Was ihm das Leben rettete! Der Schuss, den der andere abfeuerte, verfehlte ihn knapp. Geistesgegenwärtig und mit voller Wucht stieß Emile den Holzstab gegen das Schienbein des Mannes, der laut aufschrie und nach vorne fiel. Der Polizist nutzte seine Chance, und diesmal landete sein Schwinger genau an der Schläfe seines Gegners. Dessen Revolver flog im hohen Bogen davon. Doch der Schuss war nicht ungehört geblieben, und aus dem Warenlager wurden Rufe laut, schnelle Schritte erklangen auf dem nackten Boden. Emile hatte keine Sekunde mehr zu verlieren. Hastig zog er seine Trillerpfeife heraus und blies hinein. Seine Ohren klingelten, als das Geräusch überlaut durch die Gänge erschallte.

„Polizei!“, brüllte er.

Gleichzeitig nahm er seinen Revolver aus dem Brustholster und suchte erneut Deckung hinter der Wand. Seinen Plan, sich vor der T-Kreuzung zu postieren und Richtung Warenlager zu schießen, musste er begraben. Ein schneller Blick sagte ihm, dass sich dort inzwischen drei bewaffnete Männer eingefunden hatten. Ohne seine Deckung aufzugeben, schoss er mehrmals blind in den Gang hinein. Die Antwort kam postwendend. Die Kugeln pfiffen ihm nur so um die Ohren, neben seinem Kopf explodierte die Wand, und ein Brocken traf seine Schläfe, doch es kümmerte ihn nicht. Das Adrenalin, das durch seinen Körper schoss, sorgte dafür, dass er kurzzeitig seine Angst vergaß. Wieder schoss er. Im unterirdischen Gang klangen die Schussgeräusche überlaut, und es war recht unwahrscheinlich, dass Annas Entführer sie nicht hören würden. Emile war zufrieden. Zeit für den Rückzug. Einen *schnellen* Rückzug.

Der Konzertmeister träumte von der Hexe. Sie ritt auf dem Mörser, während ihr Lachen durch die Nacht rasselte und der Mond sich hinter den Wolken versteckte. Die Dunkelheit nahm zu, das Stampfen wurde lauter.

Sie beugte sich über ihn, gierte nach seinem Fleisch.

„Wo ist der Taktstock?“, sang sie mit einem erstaunlich weichen Bariton.

Bebend wandte er den Blick ab.

„Was für ein sturer Bastard!“, brummte der geflügelte Wolf neben ihr.

„Diesmal wird er singen.“ Die Hexe wetzte die lange, schmale Klinge. „Niemand widersteht meinem Schätzchen hier.“

„Sieh zu, dass es klappt“, entgegnete der geflügelte Wolf, während ein kleiner Bursche ihm in ein Ohr kroch, dort aß und trank, und aus dem anderen Ohr wieder herauskroch. „Der Chef kommt nachher vorbei, und er will Antworten.“

„Keine Sorge.“ Wieder der verlockende Bariton. „Bis dahin wird das Bürschchen gesagt haben, was ich wissen will.“

Die Hexe setzte das Messer an.

„Wo ist der Taktstock?“

Dann stach sie zu.

Als sein Bein Feuer fing, blieb ihm das Lachen im Hals stecken. Er war wieder fünf Jahre alt. Eine Bärin war auf dem elterlichen Hof eingedrungen, hatte die Hühner gerissen und seinem geliebten Hund den Bauch aufgeschlitzt. Dessen Todesgeheul hallte immer noch in seinem Kopf wider. Er lag im Heu versteckt, während die Kreatur draußen vor der Scheune lauerte. Durch einen Spalt in der Holzwand konnte er ihren Atem in der eisigen, sibirischen Luft aufsteigen sehen. Dann hob sie den Kopf. Sie hatte ihn gewittert und öffnete ihr schreckliches, blutbeflecktes Maul, um ihn zu verschlingen. Vor Angst machte er sich in die Hose.

Die Hexe lachte.

„Siwka Burka! He!“, rief er verzweifelt. „Frühlings-Lichtfuchs! Steh! Wie das Blatt vor’m Grase, hier unverweilt vor mir!“

Die Hexe hielt verblüfft inne, vergaß für einen Moment ihr grausames Spiel.

„Siwka Burka! He!“, wiederholte er. „Frühlings-Lichtfuchs! Steh! Wie das Blatt vor’m Grase, hier unverweilt vor mir!“

Da ertönte in der Ferne ein Pfeifen, es knallte wie aus hundert Kanonen, und ein prächtiges Ross stürmte heran, dass die Erde bebte. Aus dessen Ohren entwich Dampf, aus seinen Nüstern sprühten Flammen.

„Was ist los?“, rief der geflügelte Wolf und schaute sich hektisch um.

„Keine Ahnung“, antwortete die Hexe. „Es klang wie Schüsse aus mehreren Revolvern. Schnell, hilf mir! Man darf ihn hier nicht finden!“

Indessen setzte er sich auf sein Ross und flog davon. Fort von dem Häuschen mit den Hühnerbeinen und den Totenschädeln auf dem Gartenzaun. Fort von der Hexe und der Bärin. Fort von dem Schmerz.

Hastig kroch Emile zurück durch das Loch, tastete nach seiner Taschenlampe und schaltete sie ein, dann folgte er dem Lichtstrahl quer durch die Kammer. Hinter ihm im Gang wurden Schritte laut. Kurz überlegte er, die Lampe zu löschen und sich in der Kammer zu verstecken, in der Hoffnung, seine Verfolger würden den Durchlass nicht entdecken. Doch er wusste, dass dies nur ein frommer Wunsch war. Also zwängte er sich durch das Loch in der gegenüberliegenden Wand und trat in den dunklen Gang. So schnell er konnte, lief er nach links, in die Richtung, aus der er gekommen war. Die Schritte hinter ihm verstummten. Wahrscheinlich hatte sein Verfolger das Interesse verloren, zumal keine weiteren „Polizisten" aufgetaucht waren. Es war anzunehmen, dass die Männer der *Näherin* ihre Kräfte bündeln würden, um ihre Aufgabe schnellstmöglich zu erfüllen. Emiles Taschenlampe flackerte hektisch hin und her, als er nach rechts abbog und den Pfad hinunterlief.

In diesem Moment bewegte sich etwas in der Dunkelheit vor ihm, und Emile blieb vor Schreck das Herz stehen.

„Hab ich dich, Bulle!", knurrte jemand jenseits seines Lichtstrahls.

Emile hatte keine Zeit mehr, das Gesicht seines Gegners anzuleuchten, als ihm schon die Taschenlampe aus der Hand geschlagen wurde. Doch bevor sich der Mann auf ihn stürzen konnte, warf er sich ihm entgegen. Er hatte das Überraschungsmoment auf seiner Seite und riss ihn von den Füßen. Er wusste, dass der andere im schmalen Gang keine Möglichkeit hatte auszuweichen. Mit geradezu knochenbrecherischer Gewalt warf er ihn zu Boden. Im nächsten Moment hockte Emile auf dem Mann, presste ein Knie auf dessen Kehle und drückte mit seinem Gewicht zu. Sein Gegner war alles andere als schmächtig und zappelte noch eine Weile, doch Emile ließ nicht von ihm ab. Schweiß rann über sein Gesicht, und es erschien ihm wie eine halbe Ewigkeit, bis der Mann endlich erschlaffte.

Schwer atmend richtete sich Emile auf. Dann tastete er den bewusstlosen Mann ab, nahm die Taschenlampe an sich, die an dessen Gürtel hing, und schaltete sie ein. Neugierig musterte er das Gesicht des anderen. Eine feiste Visage, eingerahmt von zotteligen dunklen Haaren. Der Mann trug keine Waffe bei sich. Also hob Emile seine eigene Taschenlampe vom Boden auf, von der er wusste, dass darin neue Batterien waren, und legte die andere an ihren ursprünglichen Platz zurück. Obwohl der Mann ein Lump war, verdiente er es nicht, in der Dunkelheit die Orientierung zu verlieren. Das hätte seinen sicheren Tod bedeutet.

Emile setzte hastig seinen Weg fort. Nach einigen weiteren Abzweigungen fand er sich in der Kammer wieder, in der ihn die Angst übermannt hatte. Kurz danach stieg er den schmalen Weg hinauf, der ihn ins Freie führte. Draußen angekommen blieb er stehen und lehnte sich gegen die Wand. Seine Knie zitterten, und gierig füllte er seine Lungen mit Luft. Dann stieß er ein erleichtertes Lachen aus. Obwohl er kurz davor gestanden hatte, in Panik auszubrechen, hatte er seine Aufgabe mit Bravour bestanden. Jetzt musste er sich nur noch zum *Brunnen der Unschuldigen* begeben und für einen sicheren Rückzug sorgen. Den Laster hatte er bereits dort in der Nähe abgestellt. Nach einem kurzen Blick auf die Uhr machte er sich auf den Weg.

Hinter ihm löste sich eine Silhouette aus dem Schatten und nahm die Verfolgung auf.

Kapitel 33

Paris Mai 1926

In der Ferne knallten Schüsse, Rufe wurden laut. Anna blickte ihre Kolleginnen fragend an, inzwischen war ihnen neben Käse und Brot auch der Luxus einer Petroleumlampe vergönnt, und sie las Hoffnung in ihren Augen. Draußen auf dem Gang erklangen schnelle Schritte, dann hörte man, wie jemand nebenan mit einem Vorhängeschloss hantierte und schließlich eine Tür öffnete.

„Raus hier!“, bellte eine Stimme. „Etwas schneller, wenn ich bitten darf!“

Trampelnde Schritte, begleitet von einem leisen Schlurfen. Kurz darauf tauchten zwei Männer vor dem Gitter ihrer Zelle auf, öffneten die Tür und schubsten die restlichen Musiker samt ihren Instrumentenkoffern hinein. Zum Schluss gesellte sich ein dritter Mann dazu, der den Konzertmeister hinter sich her schleifte. Mithilfe der beiden anderen warf er diesen in die Zelle, wo er unsanft auf dem Boden landete. Ein leises Stöhnen entrann seiner Kehle.

Als Anna seiner ansichtig wurde, entfuhr ihr ein Keuchen. Sein Unterleib war blutüberströmt, Gesicht und Arme wiesen tiefe Schnittwunden auf.

„Er hat es nicht anders verdient“, ätzte die Oboistin.

„Von mir aus kann er krepieren“, fügte der Cellist leise hinzu.

Anna warf ihnen einen wütenden Blick zu, und sie verstummten. Ihre Mienen jedoch sprachen Bände. Etwas schwerfällig stand das Mädchen auf und ging einige Schritte auf den Konzertmeister zu. Er lag mit geschlossenen Augen auf dem Boden und rührte sich nicht. Der stechende Geruch von Urin stieg von seiner Kleidung auf, was Anna nicht daran hinderte, sich neben ihn zu knien und ihre Hand auszustrecken, um ihn zu berühren. Das mahnende „Tu das nicht“, das von der anderen Seite der Zelle zu ihr herüberwehte, ignorierte sie, obwohl ihr Herz raste. Eine Urangst ergriff von ihr Besitz; die Furcht, der bösartige Dämon, der den Konzertmeister angefallen hatte, könnte auch sie verschlingen. Gleichzeitig erinnerte sie sich an den Jungen, der mit ihr in Florenz herumgestreift war. Der trotz sommerlicher Temperaturen ihr zuliebe eine heiße Schokolade getrunken und sich die Zunge verbrannt hatte; der sie zum Lachen gebracht hatte, anstatt sich zu beklagen ...

Sachte legte sie ihre Hand auf seine Stirn. Diese war glühend heiß. Als er die Augen öffnete, blickte Anna in schwarze Abgründe. Alles in ihr schrie, das Weite zu suchen, und nur mit Mühe gelang es ihr, den Blick nicht abzuwenden. Eine Weile starrte er sie an, sie bezweifelte, dass er sie wiedererkannte.

„Baba Jaga“, stammelte er. Seine Zähne klapperten, was in der Zelle überlaut klang, zumal niemand sonst einen Muskel rührte. „Baba Jaga.“

Anna kannte das Märchen von Baba Jaga, der bösen Hexe, die tief im Wald in einem Haus auf Hühnerfüßen lebte und Menschenfleisch verzehrte. Jedes slawische Kind kannte es. Du musst keine Angst haben, wollte sie ihm sagen, hier droht keine Gefahr. Die Baba Jaga ist weit weg. Doch natürlich konnte sie es nicht. Stattdessen blickte sie ihn nur an, streichelte sein Haar und brachte ein Lächeln zustande, von dem sie hoffte, es wirkte beruhigend. Als er seinen Kopf wegzuziehen versuchte und die Zähne fletschte, zuckte sie zurück. Vielleicht haben die anderen recht, dachte sie unglücklich, und er ist für immer verloren.

Gerade wollte sie sich von ihm abwenden, da hob er mit quälender Langsamkeit seine linke, lädierte Hand – jemand hatte sie ihm zertrümmert – und versuchte, eine seiner fettigen Locken um den Finger zu zwirbeln.

Anna brach in Tränen aus.

Pjotr.

Sie weinte. Weinte um den fröhlichen Jungen, der er einmal gewesen war, weinte um ihren verschwundenen Vater, um den toten Maestro. Sie weinte um sich selbst. Als wäre ein Damm gebrochen, flossen die heißen Tränen ihre Wangen hinab. Bis sie etwas spürte. Eine leichte Berührung, zaudernd, flehend. Wie der Flügelschlag eines verletzten Vogels. Das entsetzte Keuchen um sie herum vernahm Anna nur am Rande. Es war, als wären Pjotr und sie von einem schützenden Kokon umgeben. Sie hob den Blick. Seine verkrüppelte Hand lag auf ihrem Bein. Langsam ließ sie ihren Blick weiter nach oben zu seinem Gesicht wandern. Er schaute sie an, und die schwarzen Abgründe gerieten in Bewegung, keine wilde Erschütterung, sondern nur ein zartes Kräuseln an der Oberfläche. Als hätte jemand einen Stein hineingeworfen. Er verzog das Gesicht, vielleicht der Versuch eines Lächelns, sie wusste es nicht.

Wie durch einen Schleier sah sie, dass er seine

gesunde rechte Hand zu seinem linken Unterarm lenkte, wobei ihm die Bewegung große Schmerzen zu bereiten schien. Kurz zögerte er, dann begann er, mit den Fingern in seinem zerschnittenen Arm zu pulen. Teilte das blutende Fleisch mit dem bloßen Nagel. *Was tust du da?*, wollte sie brüllen. *Hör auf damit!* Entsetzt wandte sie den Blick ab und richtete ihn aus einer Eingebung heraus wieder auf sein Gesicht. Seine Augen hatten sich förmlich an ihr festgesogen und hielten nun ihren Blick gebannt. Vielleicht damit sie nicht sah, was er gerade Abscheuliches tat. Leider gelang es ihr nicht, die Ohren vor dem schmatzenden Geräusch zu verschließen, das er verursachte, und sie bat ihn mit den Augen, damit aufzuhören.

Nach einer Weile seufzte er, ließ das Kinn vor Erschöpfung auf die Brust sinken, während sich ein schmaler Gegenstand in ihr Blickfeld schob, etwa so lang wie ihr halber Unterarm.

Blutverschmiert.

Durch das Rot hindurch, und davon gab es viel zu viel, erkannte Anna die Struktur von Holz. Verständnislos blickte sie Pjotr an. Daraufhin griff er mit seinen verkrüppelten Fingern nach ihrer Hand, öffnete sie und legte den besudelten Gegenstand vorsichtig hinein. Sie löste ihren Blick von seinem verzerrten Gesicht – ob es Schmerz oder Wahnsinn war, hätte sie nicht sagen können – und starrte auf das Holzstück in ihrer Hand.

Endlich begriff sie. Ungläubig schüttelte sie den Kopf, während sich ihr Freund aus Kindertagen an die Wand lehnte und seine Augen schloss. Kurz darauf hob und senkte sich seine Brust regelmäßig. Offenbar war er eingeschlafen.

Wie versteinert blickte Anna auf den Taktstock

des Maestros. Pjotrs Blut wurde nach und nach vom Holz aufgesogen, bis nichts mehr davon zu sehen war und der Taktstock wieder in seinem warmen Rotbraun schimmerte. Den magischen Gegenstand an ihr Herz drückend, schloss Anna die Augen. Und lächelte, als sie eine kaum vernehmbare Vibration zwischen ihren Fingern spürte. Plötzlich wusste sie, was zu tun war.

Frei von Angst stand sie auf und drehte sich zu den anderen Musikern um. Das erregte Geflüster verstummte jäh. Der Taktstock. Als sie ihn erblickten, standen sie wortlos auf, nahmen ihre Instrumente aus den Koffern und stellten sich auf, als stünden sie auf der Bühne. Dann richteten sie ihre Augen auf Anna und warteten. Sie nickte jedem Einzelnen von ihnen zu, ein ermutigendes Lächeln auf den Lippen. Und hob den Taktstock.

Die Flötistin führte ihr Instrument an die Lippen und stimmte eine dissonante Melodie an, die klang, als sei die Flöte vergrämt. Danach setzten die Streicher ein, winselnd. Irgendwann übernahm die Oboe mit einem Krächzen die Führung, wiederholte die Melodie. Misstönend. Übellaunig. Doch Anna ließ sich nicht aus der Fassung bringen. Während sich Flöte und Oboe abwechselten, richtete sie ihren Blick nach innen und ließ es zu, dass die Erinnerungen auf sie einstürzten. Der Taktstock hob und senkte sich, zeichnete in der Luft Zwetschgenklöße und Schokolade, die Marszatkowska und das warme Lächeln ihres Vaters …

Etwas veränderte sich. Die Flöte legte ihren Ärger ab und fand mit jedem neuen Ton zu ihrer klaren Stimme zurück. Die Oboe räusperte sich kurz, dann ließ auch sie ihr unvergleichliches Timbre erklingen. Ebenso die Streicher, die sich von allem Irdischen freimachten, um sich auf eine frohe, glitzernde Reise zu begeben. Beim zweiten Forte brach die Sonne durch die Wolken, und die Zwölf schwangen sich mit einem undefinierbaren Glücksgefühl im Herzen durch die Lüfte, umwehten die Holzgitter, wanden sich durch die Stollen, strichen über die Wände, über den Boden, kräuselten das schwarze Wasser in den Tümpeln. Feenhaft und schwerelos.

Durch das Meer der Musik hindurch hörte Anna ein leises Knacken, dann ein Quietschen, als würden sich Äste im Wind bewegen, und sie wurde von tiefer Demut erfüllt. Hinter ihr fiel etwas auf den Boden, es gab ein lautes Poltern, Knochen zerbrachen.

„Was ist denn hier passiert?", bellte plötzlich eine Stimme.

Die Musik verstummte.

Als wäre sie aus einer Trance erwacht, drehte sich Anna um und blickte den Neuankömmling ungerührt an. Ein grobschlächtiger Mann in braunen Hosen und hellem Hemd. Ein unwirkliches Wesen, das draußen vor den Gitterstäben stand und nicht sie, sondern die Tür anstarrte. Anna folgte seinem Blick. Das Gitter war verbogen, die einzelnen Stäbe krümmten sich nach allen Seiten. Aber das Erstaunlichste waren die grünen Triebe, die überall aus dem Holz sprossen. Das Metallschloss lag auf dem Boden. Das Holz hatte es ausgespuckt, die Tür klaffte weit auf. Um das Chaos perfekt zu machen, war ein Regal draußen auf dem Gang eingestürzt, der Boden war mit Totenschädeln übersät, die wie zerbrochene Gefäße aussahen.

Bevor ihr Entführer reagieren konnte, lösten sich

einige der Musiker aus ihrer Erstarrung und stürmten aus der Zelle. Im Nu hatten sie den Mann überwältigt. Jemand versetzte ihm mit seinem Instrumentenkoffer einen Schlag gegen den Kopf, woraufhin er bewusstlos zusammenbrach.

Ungeachtet des Tohuwabohus schritt Anna auf das Gitter zu, strich über die samtweichen Knospen und übers Holz, das zum Leben erwacht war. Sie erinnerte sich an die Vorkommnisse in Florenz und auch anderswo. Nur Maestro Menotti war es, zum Verdruss der Veranstalter und zur großen Freude der lokalen Zimmerleute, vergönnt gewesen, ein solches Wunder zu vollbringen. Bis zu diesem Augenblick. Sie unterdrückte ein nervöses Lachen und blickte auf den Taktstock zwischen ihren Fingern.

Pjotr.

Sie schaute hinüber zu ihm. Noch immer saß er reglos auf dem Boden. Doch als sich ihre Blicke trafen, sah sie im Licht der Petroleumlampe, wie eine Träne seine Wange hinunterlief.

Nachdem sie gut dreihundert Meter in den Untergrund vorgedrungen waren, hörte Vincent sie zum ersten Mal. Eine süße Melodie, die sich durch die Stollen bis zu ihnen schlängelte.

„Was ist das?“, fragte er und blieb stehen.

Obwohl die Quelle weit entfernt zu sein schien, bemächtigte sich ein seltsames Gefühl seiner. Glück. Hoffnung. Liebe. Er hätte es schwer in Worte fassen können.

Marcel wechselte einen kurzen Blick mit seinem Bruder. „Das ist die *Morgenstimmung*“, sagte er, „aus der Peer Gynt-Suite von Edvard Grieg.“

Verblüfft starrte Vincent die rothaarigen

Zwillinge an. „Ist das alles, was euch dazu einfällt? Findet ihr es nicht eigenartig, dass die Musiker ausgerechnet hier und jetzt ein Konzert geben?“

Manuel zuckte mit den Schultern, während sein Bruder antwortete. „Hier unten wundert uns gar nichts.“

Vincent warf ihnen einen schiefen Blick zu. „Ihr kennt das Stück?“

„Natürlich, wer nicht?“

„Nun, zumindest hört es sich so an, als würden die Musiker noch leben“, antwortete Vincent, der es vorzog, das Thema zu wechseln. „Beeilen wir uns!“

Von den beiden Brüdern eskortiert rannte er mit dem Kugelkompass am Gürtel den Gang hinunter. Seiner Schätzung nach waren sie nur noch gute zehn Minuten von den Musikern entfernt, vorausgesetzt, sie schlugen nicht die falsche Richtung ein. Der Karte folgend durchquerten sie mehrere Stollen und Kammern, wechselten wiederholt die Richtung, wobei die Musik mal lauter, mal leiser klang, dennoch ließen sie sich nicht beirren. Besser sie verließen sich auf die Karte und auf Manuels Ortskenntnisse statt auf ihr Gehör, zumal es hier vor Menschenfallen und Sackgassen nur so wimmelte.

Nachdem sie den Schutt, die vollgelaufenen Kammern und eingestürzten Decken mit heilen Knochen überstanden hatten, betraten sie einen Saal mit einer grobgefügten Steinsäule in seiner Mitte. Ein eindrucksvoller Raum, der in einen nicht minder eindrucksvollen Gang mündete. Dieser bestach durch eine niedrige Decke und Wände aus Knochen. Im Lampenschein zuckten die aufgetürmten Totenschädel, schwollen immer weiter an und schenkten den Besuchern ein Lächeln, das Vincent einen Schauer über den Rücken jagte. Inzwischen war die Musik verhallt, und eine tödliche Stille hatte sich über den Ort gelegt. Wie eine nach Moder stinkende schwere Decke ... Den Geruch kriege ich nie wieder aus der Kleidung raus, fuhr es Vincent unwillkürlich durch den Kopf. Er hatte den Gedanken noch nicht zu Ende gebracht, als in der Ferne Rufe laut wurden. Alarmiert blickte er zu seinen Begleitern hinüber, die ihre Taschenlampen nach unten richteten, um das Licht etwas einzudämmen. Er selbst steckte die Karte weg. Anschließend zückten alle drei ihre Revolver und setzten sich langsam in Bewegung.

Der Gang vor ihnen knickte hart nach links ab. Vincent tastete sich vor und lugte um die Ecke. Licht! Gestenreich wies er die Fauré-Brüder an, ihre Lampen zu löschen, bevor er auf leisen Sohlen vorging. Manuel folgte ihm mit einigem Abstand, während Marcel an der Ecke Posten bezog, um den Gang zu sichern. Nach einigen Metern stellte Vincent fest, dass das Licht von oben kam und durch ein Loch in der Decke schien. Auch die Rufe, die in diesem Moment erneut aufbrandeten, schienen von dort zu kommen. Also lief er zurück, um sich in sicherer Entfernung mit den Brüdern zu beraten. Sie breiteten die Karte auf dem Boden aus.

„Wir sind hier“, begann Vincent leise und zeigte auf einen Strich. „So wie es aussieht, befinden sie sich in dem Gang über uns.“

„Wie kommen wir da hoch?“, flüsterte Marcel und blickte seinen Bruder an, doch der zuckte nur mit den Achseln.

Vincent fuhr mit dem Finger den Strich entlang, schlug die westliche Richtung ein und hielt schließlich bei mehreren kleinen Strichen inne. „Nicht weit von hier scheint es eine Treppe zu geben. Ich denke, dort müssen wir lang. Oder was meint ihr?“

Die Fauré-Brüder blickten einen Moment auf die Karte.

„So wie es aussieht, haben wir keine Wahl“, murmelte Marcel schließlich, nachdem sein Bruder ihm etwas ins Ohr geflüstert hatte. „Manuel sagt, wenn wir geradeaus weitergehen, landen wir in einer Sackgasse. Da hinten befindet sich ein fünf Meter tiefer Schlund, der hüfthoch mit Wasser gefüllt ist. Wir sollten einen weiten Bogen drum machen.“

Vincent richtete sich auf und stopfte die Karte zurück in seine Tasche. „Na, dann los!“

Leider entpuppte sich die „Treppe“ als klapprige Leiter, die an der Wand lehnte und zu einem Durchgang führte, der sich gut drei Meter über dem Boden befand. Dennoch verschwendeten sie keine Zeit und begannen sofort mit dem Aufstieg. Vincent erklomm ohne Probleme die Leiter, auch Marcel kam heil oben an, doch als Manuel den Aufstieg in Angriff nahm, brachen drei der unteren Sprossen. Also drehte er die Leiter um. Allerdings erreichte er den Durchgang nur, weil ihn seine beiden Begleiter den letzten Meter hochzogen.

„Als Rückweg können wir das hier vergessen“, knurrte Marcel. „Die Leiter hält das Gewicht eines Menschen nicht aus, schon gar nicht einer ganzen Gruppe.“

Vincent schüttelte energisch den Kopf. „Wir dürfen auf unserem Rückweg nicht von der Route abweichen, sonst ist der Kugelkompass nutzlos.“ Er blickte nach unten. „Wir haben Seile dabei. Damit werden wir die Musiker hinablassen.“

„Du bist der Chef.“

Nachdem sich alle drei durch die Öffnung gezwängt hatten, fanden sie sich in einem breiten Stollen wieder, wo sie stehen blieben und die Ohren spitzten. Rufe und Schreie waren zu hören, sie konnten nicht mehr weit sein.

„Wir müssen nach rechts", flüsterte Vincent.

Die Revolver im Anschlag machten sich die drei auf den Weg, bis sie eine mit Kerzen erleuchtete Kammer erreichten. Als sie vorsichtig hineinsahen, entfuhr Manuel ein Keuchen. Die Kammer war zwar menschenleer, dafür befand sich in der Mitte ein Kalksteinblock, der mit Blutflecken übersät war. Beim Näherkommen stellten sie fest, dass sich sowohl altes, angetrocknetes als auch frisches Blut darauf befand. Hier und da schimmerte es noch feucht. Beunruhigt blickten sich die drei Freunde an und hoben unbewusst ihre Revolver etwas höher, als sie an einem Tisch mit Folterinstrumenten vorbeikamen. Hastig verließen sie die Kammer, den Rufen und Schreien entgegen. Sie passierten mehrere Zellen, die mit Holzgittern versehen waren, wobei sie über einen bewusstlosen Mann steigen mussten, der mitten im Gang lag. Ein Blick auf Gesicht und Kleidung genügte, um daraus zu schließen, dass es sich um einen der Entführer handelte. Also banden sie ihm Beine und Füße mit einem Strick fest, bevor sie ihn knebelten.

Gerade wollte Vincent weitergehen, als sein Blick auf das Gitter der letzten Zelle fiel. Entgeistert blieb er stehen. Die Stäbe waren komplett verbogen, das Holz erschien ihm eigenartig, also schaute er es sich aus der Nähe an. Die Gitter erinnerten an knorrige Äste im Frühjahr, wenn die Sonne an den Bäumen die ersten Knospen austreiben ließ.

„Ist es das, wonach es aussieht?", flüsterte Marcel, der ihm gefolgt war.

Statt einer Antwort strich Vincent beinahe ehrfürchtig über die grünen Triebe, an einem hing ein einzelnes hellgrünes Blättchen.

„Erstaunlich", hauchte jemand hinter ihm.

Verblüfft wirbelte Vincent herum. Hatte Manuel gerade etwas gesagt? Doch als er ihm ins Gesicht blickte, schaute dieser mit einem unschuldigen Ausdruck zurück. Trotz der dramatischen Situation konnte sich Vincent ein Grinsen nicht verkneifen. Ein Grinsen, das sich, wenn auch kaum merklich, in Manuels Augen widerspiegelte.

Dann wurde Vincent wieder ernst. „Die Gefangenen wurden offenbar woanders hingebracht", sagte er leise. „Lasst uns weitersuchen. Aber wir müssen vorsich…!"

Jemand stieß einen Schrei aus. Einen schrecklichen, markerschütternden Schrei. Wie ein Mann sprinteten Vincent und die Fauré-Brüder den Gang hinunter, gerade noch rechtzeitig, um Zeuge zu werden, wie sich eine blutende Gestalt mit wirrer Haarmähne auf einen Mann stürzte und ihn mit aller Kraft gegen die Wand drückte. Nur einen Steinwurf entfernt stand eine dicht gedrängte Gruppe von Menschen und beobachtete die Szene mit angstvoll aufgerissenen Augen. Beobachtete, wie sich die schreiende Gestalt von dem Mann an der Wand löste und rückwärts torkelte. In ihrem Bauch steckte ein langes Messer.

Ein junges Mädchen aus der Gruppe, das nach vorne stürmen wollte, wurde von zwei seiner Kollegen mit Gewalt zurückgehalten. Während es versuchte, sich aus dem eisernen Griff zu befreien, quoll aus seinem Mund ein herzzerreißendes Wimmern.

Dann geschah etwas, das Vincent das Blut in den Adern gefrieren ließ. Die Gestalt mit dem Messer im Bauch brach in Lachen aus. Erst jetzt erkannte Vincent, dass es sich um den Konzertmeister handelte, auch wenn sein Gesicht durch die zahlreichen Schnittwunden unkenntlich war. Es mochte an der Haltung liegen oder an den Haaren ... Der Konzertmeister, der nicht aufhören konnte zu lachen, während der Mann, der ihm sein Messer in den Bauch gerammt hatte, ihn entgeistert anstarrte. Ein tödlicher Fehler. Bevor Vincent oder ein anderer reagieren konnte, zog sich der Konzertmeister mit einem Ruck das Messer aus dem Bauch und stieß es seinem Gegenüber in den Hals. Blut spritzte ihm ins Gesicht, doch er schien es nicht zu merken.

„Baba Jaga!“, schrie er stattdessen, während der andere langsam an der Wand herunterrutschte. „Du machst mir keine Angst!“

Im trüben Licht der Fackeln in den Nischen rundum konnte Vincent das Entsetzen im Blick des tödlich verwundeten Mannes sehen, und dann das Ende. Nur einen Atemzug später brach auch der Konzertmeister zusammen. Schon hatte sich das junge Mädchen losgerissen und warf sich schluchzend zu ihm auf den Boden. Vincent konnte sehen, dass die Augenlider des Sterbenden, der bei genauem Hinsehen viel jünger war als vermutet, wild flatterten. Aus seinem Mund quollen kleine Blutbläschen. Behutsam nahm das junge Mädchen seinen Kopf in die Hände und drückte die Stirn gegen seine. Tränen tropften auf sein Gesicht, und im Stollen wurde es plötzlich totenstill. Alle starrten wie gebannt auf das hübsche junge Mädchen mit dem blutenden zerschundenen Mann in ihren Armen.

„Anna“, flüsterte er.

Dann brach sein Blick.

Das Schluchzen des Mädchens hallte von den nackten Wänden hundertfach wider, und in Vincents Hals bildete sich unwillkürlich ein Kloß. Voller Mitleid blickte er auf die junge Frau hinunter. Der lange blonde Zopf, die blauen Augen. Andrejs Tochter. Er gab sich einen Ruck. Für sie wurde es Zeit, das Feld zu räumen, denn es war anzunehmen, dass noch weitere Entführer in der Nähe waren.

„Weiß jemand von Ihnen, wie viele es von diesen Gaunern noch gibt?“, fragte er an die Musiker gewandt, die ihn ängstlich anstarrten.

„Wer sind Sie?“, fragte ein Mann mit grauem Bart.

Vincent stellte sich und die Fauré-Brüder mit Vornamen vor, ohne weitere Details zu nennen. „Wir sind hier, um Ihnen zu helfen“, fügte er hinzu.

Die Musiker blickten sich an, dann ergriff der Grauhaarige erneut das Wort. „Heute Nacht waren sie zu viert. Manchmal ist noch ein weiterer Mann bei ihnen, wir glauben, das ist der Anführer.“

Vincent nickte. „Also gut. Machen wir, dass wir wegkommen. Wir haben keine Zeit zu verlieren.“ Er wies auf die Nischen. „Nehmen Sie ein paar von den Fackeln mit! Marschieren Sie hintereinander, immer im Abstand des Lichtscheins.“

Da erregte ein Laut seine Aufmerksamkeit. Es war Anna. Sie klammerte sich am Leichnam des Konzertmeisters fest und schüttelte den Kopf. Vincent ging in die Hocke, um sie sanft bei den Schultern zu packen.

„Wir müssen hier weg."

Wieder schüttelte sie den Kopf, ihr Gesicht war tränenüberströmt.

„Anna, Ihr Vater schickt mich. Wir müssen uns beeilen."

Sie blinzelte. Die Frage stand ihr ins Gesicht geschrieben.

„Andrej ist hier in Paris. Nein, nicht hier unten", fügte er schnell hinzu, als er den Ausdruck in ihren Augen sah. „Er ist in meiner Wohnung und kann es kaum erwarten, Sie endlich in seine Arme zu schließen."

In Annas Gesicht trugen Freude und Trauer einen kurzen, aber heftigen Kampf aus, dann drückte die junge Frau den Kopf des Toten noch fester an sich und blickte Vincent an. Er begriff.

„Wenn alles vorbei ist, kommen wir wieder zurück und holen ihn."

Wirklich?, wollte ihr Blick wissen.

Vincent nickte. „Ich verspreche es Ihnen. Aber jetzt müssen wir sehen, dass wir hier verschwinden, verstehen Sie?"

Widerwillig löste sich Anna von dem Toten, und Vincent half ihr mit einem milden Lächeln auf, das sie nicht zurückgab. Während sie sich zu der Gruppe gesellte, ihre Bewegungen waren die einer alten Frau, drehte er sich in die Richtung, aus der sie gekommen waren. Gleichzeitig drückte er den roten Hebel an Bébères Kugelkompass nach unten. Als die Nadel nach Norden zeigte, wies er erst nach vorne und dann nach links.

„Dort müssen wir lang", sagte er. Richtung Folterkammer. „Manuel! Wir beide übernehmen die Vorhut. Marcel, du übernimmst die Nachhut! Und haltet die Augen offen. Ein paar von denen geistern hier wahrscheinlich noch rum", fügte er leise hinzu, damit die Musiker ihn nicht hören konnten.

„Verstanden", antwortete Marcel, während Manuel ernst nickte.

Als sich alle in Bewegung setzten, bemerkte Vincent, dass die Musiker ihre Instrumentenkoffer in den Händen hielten, und blieb abrupt stehen.

„Tut mir leid", erklärte er, „aber die Instrumente bleiben hier!" Er dachte an den schmalen Durchgang, drei Meter über dem Boden. „Es wird auch so schwierig genug, Sie einigermaßen heil durch die engen Stollen zu bringen."

Hätte er ihnen eröffnet, alle würden innerhalb der nächsten fünf Minuten an einer tödlichen Krankheit sterben, sie hätten nicht schockierter ausgesehen. Es gab einen regelrechten Aufruhr.

„Auf keinen Fall!"

„Niemals!"

„Das können Sie nicht von uns verlangen!"

„Lieber bleiben wir hier."

Vincent hob abwehrend die Hände. „Seien Sie doch vernünftig", bat er um Geduld bemüht. „Die Polizei kann später die Instrumente für Sie bergen."

„Sie verstehen nicht", warf eine der Frauen ein. „Wir sind mit den Instrumenten verbunden. Wir dürfen sie nicht verlassen."

Er spürte, wie ihm der Geduldsfaden entglitt. „Wollen Sie etwa behaupten, dass Sie sie *überall* mitnehmen müssen?"

„Natürlich nicht", antwortete ein schmächtiger Mann, der einen viel zu großen Cellokasten trug. „Aber sie spüren, wenn wir sie zurücklassen." Er hob in einer hilflosen Geste die Hand. „Fragen Sie nicht, wie das funktioniert. Das wissen wir selbst nicht genau, aber es ist so."

Genervt starrte Vincent auf die Gruppe. Offenbar würden sie eher sterben, als sich von ihren Instrumenten zu trennen. Er fluchte. Sollten sie hier noch länger verweilen und debattieren, könnte ihr Wunsch schneller in Erfüllung gehen, als ihm lieb war! In diesem Moment trat Anna vor und blickte ihm unverhohlen ins Gesicht. Schmerz lag in ihren Augen, aber Vincent entdeckte darin auch eine große Entschlossenheit. Während sie ihren Instrumentenkoffer gegen die Brust drückte, nagelte sie ihn mit ihrem Blick fest und schüttelte den Kopf.

Vincent streckte die Waffen. „Also gut", sagte er und seufzte. „Aber sorgen Sie dafür, dass niemand zurückbleibt oder uns aufhält."

Wie befürchtet kam die Gruppe nur langsam voran. Immer wieder blieb jemand mit seinem Instrument an einem Felsvorsprung hängen oder noch schlimmer, steckte in einem Durchlass fest. Vor allem der schmächtige Cellist hatte immer wieder mit Schwierigkeiten zu kämpfen. Vincent schluckte seinen Ärger hinunter, auch wenn seine Sorge von Minute zu Minute wuchs. Nachdem die Gruppe in eisigem Schweigen und den Blick abgewandt die Folterkammer durchquert hatte, kam sie an die Stelle, wo sie die Wand hinunterklettern musste. Vincent vertäute ein Seil um einen Kalksteinbrocken vor dem Durchgang und ließ es hinunter, dann kletterte er hinab, die Füße gegen die Wand gestemmt, während Marcel ihm leuchtete. Als er wieder Boden unter den Füßen hatte, blickte er nach oben und gab das Zeichen. Geschickt fing er die Instrumentenkoffer auf, die geworfen oder gereicht wurden, und stellte sie vorsichtig zur Seite, dann seilten sich die ersten Musiker ab. Zunächst verlief alles reibungslos. Bis eine Frau einen Schrei ausstieß.

„Da ist jemand!"

Schon peitschte ein Schuss in der Dunkelheit, Funken flogen, als die Kugel in der Mauer oberhalb des Durchgangs einschlug. Die Fauré-Zwillinge zogen ihre Waffen und gingen hinter dem Kalksteinbrocken in Deckung, wo das Seil vertäut war. Sie erwiderten unverzüglich das Feuer.

„Schnell! Schnell!", trieb Vincent die Musiker an.

Er musste brüllen, um sich über den Höllenlärm hinweg Gehör zu verschaffen. Hastig kletterten die Musiker hinab, doch dann geriet eine der Frauen in Panik, rutschte aus und wäre unten aufgeschlagen, wenn Vincent sie nicht im letzten Moment aufgefangen hätte. Er fluchte laut. Die Zeit lief ihnen davon, und es war zu befürchten, dass den Fauré-Zwillingen sehr bald die Munition ausgehen würde. Da erklang plötzlich ein Schmerzensschrei, und die Waffen verstummten. Vincent wies die Musiker an, still zu sein, und lauschte angestrengt. Nichts. Bis er ein Kratzen hörte. Er zog seinen Revolver und richtete ihn nach oben.

Marcels Kopf tauchte auf, ein breites Grinsen auf dem Gesicht. „Ich glaube, wir haben den Schweinehund erwischt."

„Gut gemacht!", rief Vincent erleichtert. „Jetzt seht zu, dass ihr eure Ärsche hier runterbewegt!"

Besorgt warf er einen Blick auf seine Uhr. Inzwischen müsste Emile draußen vor dem Ausgang auf uns warten, dachte er, wir müssen uns beeilen. Wie aufs Stichwort landeten die Zwillinge neben ihm auf dem Boden, nicht ohne vorher per Räuberleiter das Seil weiter oben abgeschnitten zu haben.

Nachdem die Gruppe eine Weile schweigend weiter gegangen war, betrat sie den Saal mit der Steinsäule. Vincent kam es vor, als wäre er vor einer Ewigkeit hier durchgekommen und nicht erst vor einer knappen Stunde. Gerade, als die Gruppe den Saal durchquerte, stieß Marcel, der als Letzter in der Reihe ging, einen leisen Pfiff aus.

„Halt!“, rief Vincent leise und blieb stehen, während es ihm die anderen nachtaten. Im Licht der Taschenlampe sah er, wie Marcel nach vorne kam. „Was ist los?“, wollte Vincent wissen.

„Jemand verfolgt uns“, flüsterte ihm der andere ins Ohr.

Vincent nickte. Wenn Marcel der Meinung war, dann gab es keinen Grund, es anzuzweifeln.

„Ich werde mich darum kümmern“, antwortete er. „Geht mit der Gruppe weiter geradeaus bis zur übernächsten Kammer und wartet dort auf mich. Macht alle Lichter aus und verhaltet euch still.“ Er gab Marcel den Kugelkompass. „Hier, nimm ihn. Sollte ich in fünfzehn Minuten nicht zurück sein, geht ihr ohne mich weiter. Ich habe ja noch die Karte.“

Marcel drückte ihm kurz den Arm. „Viel Glück.“

Vincent nickte.

Nachdem die Gruppe den Saal verlassen hatte und im nächsten Stollen verschwunden war, lief er mit abgedunkelter Taschenlampe den Weg zurück. Draußen im Gang postierte er sich in einer Ecke, die ihm erlaubte, alles im Blick zu haben, ohne gleich gesehen zu werden. Angespannt lauschte er. Ein Rascheln. Jemand näherte sich. Als er in der Dunkelheit den flüchtigen Schimmer einer Bewegung sah, schoss das Adrenalin durch seinen Körper. Der

Punkt eines Lichtstrahls. Schnell drückte er sich tiefer in die Ecke, in der Hoffnung, nicht vom Licht der Taschenlampe erfasst zu werden. Eine trügerische Hoffnung, denn in dieser Sekunde sah er eine Mündung aufblitzen.

Der Schuss im Stollen war ohrenbetäubend. Sofort erwiderte Vincent das Feuer, hielt seinen Finger am Abzug, bis keine Patrone mehr in der Trommel war. In seinen Ohren klingelte es, trotzdem wurde ihm klar, dass sich sein Gegner mit schnellen Schritten näherte. Wahrscheinlich spürte er die Erschütterung der Schritte mehr, als er sie hörte. Er hechtete nach vorn, um der Falle zu entfliehen, die er sich selbst gestellt hatte. Da knallte es erneut, und er spürte die Kugel an seinem rechten Oberarm vorbeischrammen. Ein Gefühl, als ob jemand eine Angel ausgeworfen und mit dem Haken ein Stück seines Fleischs herausgerissen hätte. Ein Streifschuss. Vincent verlor das Gleichgewicht und schlug mit dem Kopf auf dem Boden auf. Über ihm flogen die Funken, weitere Kugeln schlugen in die Wände, dann war plötzlich Stille. Verzweifelt versuchte er, mit seinen Augen die Schwärze zu durchdringen, den Gegner auszumachen. Vergeblich. Sein Arm brannte, doch er bemühte sich, ihn zu ignorieren. Auch seinen keuchenden Atem versuchte er unter Kontrolle zu bringen. Wieder hörte er Schritte. Schritte, die in seine Richtung kamen.

Hastig rappelte er sich auf, seine Gedanken schlugen Saltos. Ihm kam Marcels Warnung vor dem fünf Meter tiefen Schlund auf der anderen in den Sinn. Wenn es ihm gelänge, seinen Gegner dorthin zu locken, hätte er vielleicht eine Chance, nicht wie ein Sieb durchlöchert zu werden. So schnell er konnte, lief er in den Saal mit der Steinsäule und durchquerte sie, während er seinen Herzschlag in seinen Ohren klopfen hörte. Dann hetzte er den Gang nach links, der tatsächlich in einem Abgrund mündete. Er leuchtete hinein, blickte nach links, dann nach rechts, und ein Lächeln huschte über sein Gesicht. Rasch kniete er sich vor den Schacht, darauf bedacht, nicht nach unten zu schauen, und beugte sich vor. Er spürte den Schweiß seine Wirbelsäule hinunterrinnen. Mit der rechten Hand hielt er sich an der Mauer fest, während er mit der linken nach einer Ablage für seine Taschenlampe tastete. Mühsam spähte er um die Ecke, noch wenige Zentimeter bis zu dem hervorstehenden Stein, den er entdeckt hatte.

Da hörte er etwas. Schritte. Sein Verfolger war offenbar gerade dabei, den Saal zu betreten. Vincent blieben höchstens zehn Sekunden, trotzdem durfte er nichts überstürzen. Eine falsche Bewegung, und er würde Opfer seines eigenen Hinterhalts werden. Die Luft anhaltend berührte er den hervorstehenden Stein und legte vorsichtig seine eingeschaltete Taschenlampe ab. Als er losließ, kullerte die Lampe nach vorn, Richtung Abgrund, und Vincent unterdrückte einen Fluch. Mit seinem Blick versuchte er, den verwünschten Gegenstand festzunageln, und tatsächlich: Die Taschenlampe verharrte mitten in der Bewegung, nur wenige Zentimeter vom Rand entfernt. Erleichtert atmete Vincent aus, bevor er leise zurückkroch und sich links von dem Abgrund in einer Nische versteckte, wo er sogleich mit der Dunkelheit verschmolz. Riskierte sein Verfolger einen Blick, würde Vincent hier sterben, da gab es nicht den geringsten Zweifel, doch er zählte darauf, dass das Licht der Taschenlampe am Rande des Abgrunds für die nötige Ablenkung sorgen würde.

Während sich die Schritte näherten, wartete Vincent. Regungslos. In widerwilliger Faszination beobachtete er, wie der Lichtstrahl seines Verfolgers den Schacht anleuchtete. Komm näher, beschwor er im Stillen. Trau dich. Der Lichtstrahl wurde kürzer, flaute etwas ab, und das Profil eines grimmig aussehenden Mannes mit der Waffe im Anschlag wurde sichtbar. Dieser richtete seine Taschenlampe nach vorn, und Vincent hielt die Luft an, betete inständig, dass der Arm nicht plötzlich nach links schwenkte. Quälend langsam tastete sich der Mann vorwärts. Gleich würde er einen Blick in den Abgrund werfen. Gleich.

JETZT!

Vincent stürzte nach vorn, um die zwei Meter, die ihn von seinem Gegner trennten, möglichst schnell hinter sich zu bringen. Doch dieser hörte die Schrittgeräusche auf dem erdigen Boden. Vincent erreichte den Mann genau in dem Moment, als dieser Taschenlampe und Revolver auf ihn richtete. Obwohl das Licht ihn blendete, gelang es ihm, dem Fremden einen kräftigen Stoß zu versetzen. Der andere hatte nicht einmal mehr Zeit, seinen Revolver abzufeuern und stürzte rücklings in den Abgrund. Er stieß einen Schrei aus, dann klatschte er kurz darauf ins Wasser. Schwer atmend blickte Vincent nach unten. In der Dunkelheit war die Körperform des Mannes nicht mehr als eine Ahnung. Im Gegenzug tanzte seine Taschenlampe kurz auf den Wellen und warf unruhige Muster an Decke und Wände, bevor sie erlosch.

Als Vincent seine Taschenlampe zurückholte, hörte er den Mann um Hilfe rufen. Kurz überkam ihn das schlechte Gewissen, dann dachte er daran, dass dieser gemeinsam mit seinen Freunden ohne jedweden Skrupel dreißig Menschen in der Seine versenkt hatte. Ohne ihn eines weiteren Blickes zu würdigen, wandte sich Vincent ab. Jetzt war keine Zeit zu grübeln. Die fünfzehn Minuten waren gleich um.

Kapitel 34

Paris, Mai 1926

Der Mann mit den fettigen Haaren war nicht dumm. Der Chef hatte ausdrücklich angeordnet, die Augen offenzuhalten, und das hatte er getan. Nachdem er aus der Untersuchungshaft entlassen worden war, hatte er sich an die Fersen des Bullenschweins geheftet, der ihm eins übergezogen hatte. Und gewartet. Seit dem Krieg war er gut darin. Der Irrsinn in den mit Schlamm gefüllten Schützengräben war nur mit Geduld und Gleichmut auszuhalten gewesen.

Als der Bulle nach etwa einer halben Stunde wieder aus seinem Rattenloch hinauskroch, folgte er ihm in sicherem Abstand zum *Brunnen der Unschuldigen*, einem turmartigen Bauwerk mit vier Arkaden und einer Treppenanlage, die von einem flachen Becken umgeben war. Im Dämmerlicht der Straßenlampen konnte man an den Seiten steinerne Nymphen in nassen Gewändern erkennen. Vielleicht will sich der Bulle hier mit jemandem treffen, mutmaßte der Mann, der wusste, dass sich im flachen Becken eine Art Falltür befand, durch die man in den Untergrund gelangen konnte. Vorausgesetzt, das Wasser war abgestellt, wie es jede Nacht der Fall war.

Von seinem Versteck aus, er hatte hinter einem parkenden Automobil Deckung gesucht, beobachtete er, wie der dickliche Polizist einen Fuß auf den

Beckenrand stellte und sich eine Zigarette anzündete. Das Schwein wirkte unbekümmert und sich seiner Sache verdammt sicher. Das machte den Mann wütend. Er musterte den Feind mit zusammengekniffenen Augen. Dieser wirkte verweichlicht, zügellos. Der Mann verzog das Gesicht. Das hätte dem Chef nicht gefallen, von wegen eine Schande für die Uniform und so. Der Idiot war wirklich eine Schande, denn er hörte ihn nicht einmal kommen. Gerade als dieser einen letzten Zug von seiner Zigarette nehmen wollte, zog der Mann seinen Revolver und schlug ihn dem anderen mit voller Wucht über den Schädel. Mit einem leisen Ächzen brach der Bulle zusammen. Kurz zögerte der Mann, doch dann entschied er sich dagegen, den Brigadier zu erschießen. Das hätte dem Chef nicht gefallen. Der Bulle mochte eine Witzfigur sein, doch war er auch ein Diener Frankreichs, und das wog letztlich schwerer. Zur Sicherheit verpasste er ihm aber noch einen Schlag in den Nacken, bevor er ihn über den Beckenrand zog und ihn so hinlegte, dass er nicht gleich entdeckt werden konnte. Danach stellte sich der Mann neben die Falltür. Sein Instinkt sagte ihm, dass dort über kurz oder lang jemand oder etwas auftauchen würde.

Er sollte recht behalten.

Bereits wenige Minuten später erklangen aus dem Brunnen ein Kratzen und eine Stimme, die ermahnte, leise zu sein. Schon wurde eine Steinplatte im Boden zur Seite geschoben, und ein dunkler Haarschopf tauchte auf wie ein fleischgewordener Gargoyle. Er erkannte den Mann auf Anhieb wieder. Vincent Lefèvre. Der Chef und er hatten ihn vom Wagen aus beobachtet, als dieser mit seiner rothaarigen Freundin aus der Oper gekommen war. Mit einem kalten Lächeln zog der Mann seinen Revolver aus dem Holster.

„Stehenbleiben!“, befahl er und richtete seine Waffe auf Lefèvre, der ihn in diesem Moment erschrocken ansah. „Der Chef hat Ihnen doch gesagt, Sie sollen sich aus der Sache raushalten.“ Er schnalzte mit der Zunge. „Sie hätten auf ihn hören sollen.“

Lefèvre kniff die Lippen zusammen, sagte keinen Ton.

„Machen Sie sich keine Hoffnung, dass Ihr Bullenfreund Ihnen helfen wird“, setzte er genüsslich fort.

Der andere fand daraufhin seine Stimme wieder. „Was haben Sie mit ihm gemacht?“

„Das, was man mit Kakerlaken eben macht“, antwortete er. Es amüsierte ihn zu sehen, wie sich der Schock auf Lefèvres Gesicht allmählich in kalte Wut verwandelte. Doch dann bemerkte er eine Menschengruppe hinter Lefèvre. Die Musiker! „Leider kann ich das nicht zulassen.“ Er hob die Hand mit dem Revolver.

Lefèvre erklomm die erste Stufe.

„Halt! Keinen Schritt weiter.“

„Oder was?“

Der andere schien noch dümmer zu sein als er angenommen hatte und machte tatsächlich Anstalten aus der Öffnung zu treten. Also richtete er seine Waffe einen Deut weiter links, auf das Gesicht einer älteren Frau, die direkt hinter Lefèvre stand.

„Oder das Weibsbild hinter Ihnen ist Geschichte.“

Wie zu erwarten war, blieb Lefèvre abrupt stehen. In dessen Augen blitzte der Hass, doch das kümmerte den Mann nicht.

„Was wollen Sie machen?“, ereiferte sich Lefèvre. „Wollen Sie uns einzeln erschießen? Sie haben in Ihrem Revolver nur begrenzt Munition. Wir sind eine Gruppe von bewaffneten und sehr wütenden Menschen, und Sie sind allein!“

Der Mann versuchte es mit einem Bluff. „Wie kommen Sie darauf, dass ich allein bin?“

Lefèvres Lippen verzogen sich zu einem hämischen Grinsen. „Nun, ich sehe hier sonst niemanden.“

„Nur weil Sie niemanden sehen, heißt das noch lange nicht, dass hier keiner ist.“

Die Gedanken des Mannes schlugen Purzelbäume. Der andere hatte recht, es würde für ihn schwer werden, alle in Schach zu halten. Andererseits, wenn er Lefèvre erschießen würde, hätte der Chef ein Problem weniger. Seine Kameraden in den Katakomben hatten Mist gebaut, die Musiker befanden sich auf der Flucht. Jetzt lag es an ihm, den Schaden zu begrenzen. Sein rechter Zeigefinger zuckte, als er den Abzug spannte.

Es gab einen lauten Knall.

Verwirrt starrte er auf seine Waffe, die er noch nicht abgefeuert hatte. Dann wurde ihm schlagartig übel, er kämpfte mit dem Gleichgewicht. Seine Augen richteten sich gen Himmel, es war eine erstaunlich klare Nacht, und die Sterne funkelten ihn arglos an. Mit einem Mal hatte er das Gefühl, davonfliegen zu können. Doch dann gaben seine Knie nach, und er stürzte zu Boden. Alles verschwamm vor seinen Augen. Er wollte etwas sagen, brachte jedoch keinen Ton heraus. Da erklang hinter ihm eine Stimme:

„Ich konnte doch nicht zulassen, dass dieser

Kretin dich über den Haufen schießt, Vincent."

Ein Gesicht schob sich in sein Blickfeld, dicklich mit auffallend hellen Augen, das schließlich in tiefem Schwarz versank. Ich hätte das Bullenschwein erschießen sollen, war sein letzter Gedanke.

Mit einem schiefen Grinsen rieb Emile seinen blutenden Kopf, den rauchenden Revolver hielt er in der Hand.

„Mann, bin ich froh, dich zu sehen!", stieß Vincent hervor und kletterte die letzten Stufen hinauf, während die anderen, wenn auch etwas zögerlich, seinem Beispiel folgten.

„Das war meine letzte Kugel", sagte Emile und schaute auf den Mann hinunter, der auf dem Boden lag. Der Blutfleck auf dessen Rücken breitete sich schnell aus.

„Ist er tot?", fragte Marcel, der sich zu ihnen gesellt hatte.

Statt einer Antwort ging Vincent in die Hocke und befühlte den Hals des Mannes. „Nein, aber sein Puls ist sehr schwach."

Dann drehte er ihn auf den Rücken und starrte in ein bleiches Gesicht mit geschlossenen Augenlidern. Kurz wechselte er einen Blick mit Emile, dann schlug er dem tödlich Verwundeten ins Gesicht.

„Wo versteckt sich Charles Médocq?", zischte er den Mann an. „Sag es mir!"

Die Augenlider des anderen flatterten, sein Blick war ausdruckslos.

Vincent beugte sich hinunter. „Du verblutest. Je länger wir warten, desto größer ist die Wahrscheinlichkeit, dass du hier und jetzt verreckst. Das willst du doch nicht, oder?"

Der Verwundete hustete, und Blut rann aus seinem Mund.

„Wo ist Médocq?", wiederholte Vincent.

Der Mann öffnete den Mund, doch kein Ton kam über seine Lippen.

„Also gut", sagte Vincent und wandte sich ab, da krallte sich eine Hand an seinem Ärmel fest.

„D…d…", krächzte der andere.

„Was?" Vincent beugte sich wieder hinunter, um besser hören zu können.

„D… du … k… kannst … mich m…al."

Vincent biss die Lippen fest zusammen, hockte sich so hin, dass die Musiker seine Hände nicht sehen konnten, dann versenkte er zwei Finger in der Brust des Mannes, dort, wo Emiles Kugel wieder ausgetreten war. Der Mann stieß einen erstickten Schrei aus, versuchte sich wegzudrehen, doch er war zu schwach. Vincent zog seine blutigen Finger wieder aus der Wunde und wischte sie an der Hose des anderen ab.

„Wo finde ich Charles Médocq?"

Der Verwundete zitterte, und sein Blick war dunkel vor Schmerz. Vincent, der an Gustave dachte, verbot sich jegliches Mitgefühl. Als seine Finger erneut die Haut des Mannes berührten, schrie dieser auf.

„M… m…", stotterte er.

„Was?" Vincents Stimme klang schneidend.

„Mou…lin…"

„Moulin Rouge?"

Der andere nickte schwach, sein Blick bat um Absolution. Dann rutschten die Augäpfel nach oben, und sein Kopf kippte leblos zur Seite. Vincent starrte ins tote Gesicht, schloss dessen Augenlider, während

Marcel neben ihm ein Kreuz schlug. Langsam stand er auf.

„Also gut, ihr habt es gehört“, sagte er an Emile und die Fauré-Zwillinge gewandt. „Der Dreckskerl ist im *Moulin Rouge*. Es wird Zeit, dass er für Gustaves Tod bezahlt! Emile, du bringst die Musiker zurück ins Hotel. Gott weiß, wer hier noch auf uns lauert. Ich kümmere mich um Charles Médocq. Keine Widerrede!“, fügte er hastig hinzu, als Emile Anstalten machte, etwas zu sagen. „Du hast eine Platzwunde am Kopf, die genäht werden muss. Sobald du die Musiker abgesetzt hast, fährst du ins Krankenhaus.“

„Und was ist mit uns?“, fragte Marcel.

„Eure Aufgabe bestand darin, mir zu helfen, die Musiker zu befreien. Mehr nicht.“

Manuel flüsterte seinem Bruder etwas zu, worauf dieser nickte. „Gustave war ein verdammt feiner Kerl, und wenn du diesen Médocq dafür bluten lassen willst, sind wir dabei.“ Er grinste freudlos. „Sieh das einfach als Freundschaftsdienst an.“

Vincent, der insgeheim auf die Unterstützung der Zwillinge gehofft hatte, nickte. „Danke, Freunde.“ Dann schaute er in die Runde. „Hat noch jemand Munition?“

Das kollektive Kopfschütteln war Antwort genug, und Vincent fluchte innerlich. Er würde improvisieren müssen.

„Médocq ist wahrscheinlich nicht zum Vergnügen im *Moulin Rouge*“, erklärte Emile daraufhin. „Es gibt Gerüchte, wonach er Teilhaber ist. Der Laden ist ideal, um Politiker und Oberhäupter fremder Länder auszuspionieren und anschließend unter Druck zu setzen. Du weißt doch von dem Geheimgang zwischen dem Elysées-Palast und dem

Moulin Rouge?"

„Ich dachte, das sei ein Mythos", antwortete Vincent.

Emile schüttelte den Kopf, wenn auch vorsichtig. „Hohe ausländische Gäste werden gern zum Entspannen dorthin gebracht. Dabei bleibt es nicht nur beim Anschauen der Tänzerinnen, wenn du weißt, was ich meine."

„Tue ich", erwiderte Vincent und schluckte den bitteren Geschmack hinunter.

Im Gegensatz zu den anderen Pariser Varietés und Nachtklubs hatte das *Moulin Rouge* keine finanziellen Engpässe zu beklagen. Trotzdem war davon auszugehen, dass die Methusalem-Seuche auch dort ihre Spuren hinterlassen hatte. Kein Wunder also, dass Médocq daran interessiert war, das Elend zu beenden. Aber gleich das ganze Orchester ausmerzen?

„Dieser Typ kennt keine Skrupel", sagte Emile, als hätte er seine Gedanken gelesen. „Seid vorsichtig."

Vincent nickte, dann wandte er sich an die Musiker. „Wir haben unten einen Raum passiert, in dem jemand gefoltert wurde. Wissen Sie etwas darüber?"

Müde, verängstige Augenpaare blickten ihn an, keiner sagte etwas.

„Anna?", fragte Vincent und suchte den Blick des jungen Mädchens.

Sie überlegte lange, bevor sie mit zitternden Fingern etwas aus der Tasche ihrer Schürze hervorholte. Es handelte sich um ein längliches Stück Holz.

„Was ist das?", fragte Vincent.

Die hochgewachsene Frau neben Anna antwortete. „Das ist Maestro Menottis Taktstock.

Darauf waren diese Männer aus." Kurze Pause. „Mit ihm kontrolliert man die Instrumente."

Instrumente kontrollieren? Was damit gemeint war, entzog sich Vincents Verständnis, und er selbst glaubte nur bedingt an irgendwelchen Hokuspokus. Doch Médocq tat es offenbar, und darauf kam es an.

„Kann ich ihn mir borgen?"

Ein entsetztes Keuchen ging durch die Gruppe, doch Vincent kümmerte sich nicht darum, sondern blickte nur Anna an.

„Woher wissen wir, dass Sie nicht zu denen gehören und die ganze Flucht nur fingiert ist?", warf der schmächtige Cellist ein.

„Darauf gebe ich Ihnen mein Wort", erwiderte Vincent.

Während der andere verächtlich schnaubte, trat Anna langsam näher. Ohne Vincent aus den Augen zu lassen, legte sie ihre Hand auf sein Herz. Gebannt beobachtete er, wie sie die Lider schloss. Endlose Sekunden vergingen, bevor sie mit einem milden Lächeln wieder von ihm abließ und die Augen öffnete. In einer beinahe feierlichen Geste übergab sie ihm den Taktstock.

„Danke", sagte Vincent. „Ich werde dafür sorgen, dass der Mann, der für all das verantwortlich ist, zur Rechenschaft gezogen wird. Den Taktstock bringe ich unversehrt zurück. Das verspreche ich", schloss er mit einem warmen Lächeln.

Anna nickte.

„Also gut", sagte Vincent. „Marcel, Manuel, auf zum *Moulin Rouge*! Wir brauchen ungefähr vierzig Minuten zu Fuß. Es ist noch früh in der Nacht, Médocq wird hoffentlich noch dort sein, wenn wir ankommen." Und an Emile gewandt. „Wir sehen uns später im Krankenhaus.“

„Wie sieht euer Fluchtplan aus?“, fragte sein Freund.

„Dort stehen immer Taxis“, antwortete Vincent, wobei er Emiles skeptischen Blick geflissentlich ignorierte. „Das wird schon gutgehen.“

Der Durst nach Rache verlieh ihnen offenbar Flügel, denn sie schafften die Strecke in weniger als dreißig Minuten. Schon von weitem erspähten sie das rote, sich drehende Mühlrad des *Moulin Rouge*. Darunter wurde in roten Lettern eine neue, spektakuläre Show angepriesen. In den Vitrinen hingen bunte Plakate, die herzförmigen Spitzen der Pfeile über dem Eingang blinkten fröhlich. Nur wenige Menschen standen vor dem Klub, der Tabakladen nebenan war geschlossen. Das Schlimmste aber war: keine Taxis. Untrügliches Zeichen dafür, dass auch im *Moulin Rouge* das Geschäft nicht mehr so glänzend lief. Vincent fluchte laut und schickte Manuel los, ein Taxi für sie zu besorgen, nachdem ihm Marcel versichert hatte, dass sein Bruder das sehr gut wortlos hinbekäme. Anschließend setzte sich Vincent Marcels Mütze auf, zog sie tief ins Gesicht und lief über die Straße. Auf der Schwelle des *Moulin Rouge* stand ein Mann im grauen Anzug und blickte ihm argwöhnisch entgegen.

„Was willst du?“, fragte er barsch.

„Ich muss mit Capitaine Médocq sprechen“, nuschelte Vincent. „Es ist wichtig.“

„Hier gibt’s keinen Capitaine Médocq.“ Die Stimme des Türstehers wurde noch unfreundlicher. „Wer soll das sein?“

Vincent gab sich unbeeindruckt. „Ich weiß, dass er hier ist“, entgegnete er. „Sagen Sie ihm, dass ich ihn habe."

„Ihn?"

„Ja." Vincent holte den Taktstock hervor.

„Was soll das sein?" Der Türsteher beäugte den länglichen Gegenstand, als sei er ansteckend.

„Sagen Sie Médocq, dass ich auf der anderen Straßenseite bei den Bäumen auf ihn warte", erklärte Vincent statt einer Antwort und wandte sich grußlos ab.

„Hey!", rief ihm der andere hinterher, doch Vincent achtete nicht auf ihn, sondern lief zurück auf die andere Straßenseite.

Dort baute er Blickkontakt zu Marcel auf, der in der Nähe des *Moulin Rouge* den angetrunkenen Nachtschwärmer mimte. Er selbst postierte sich unter einem Baum, hinter dem er sich verstecken würde, sollte Médocq auftauchen. Der Plan sah vor, den Chef der Sûreté von zwei Seiten in die Zange zu nehmen, sobald er sich Vincent bis auf wenige Meter nähern würde.

Keine zehn Minuten später kam der Türsteher im Laufschritt zu ihm herüber. „Capitaine Médocq will, dass du in sein Büro kommst", begann er etwas außer Atem.

„Warum?"

Der Mann zuckte mit den Achseln. „Er sagt, dass er keinen Fuß vor die Tür setzt, ohne zu wissen, mit wem er es zu tun hat."

Vincent fluchte innerlich. Jetzt galt es, keinen Millimeter nachzugeben. „Pech für ihn. Ich werde keinen Fuß in diesen Laden setzen", sagte er energisch. „Er will etwas von mir und nicht umgekehrt. Ich kann das Teil auch gern in die Seine werfen!"

Als er sich abwenden wollte, hielt ihn der Mann zurück. „Warte! Ich werde mit ihm sprechen, aber gib mir wenigstens deinen Namen."

„Sagen Sie ihm …" Vincent zögerte unmerklich. „Mein Name ist Rémy. Ich arbeite für die *Näherin*."

Der andere musterte ihn von Kopf bis Fuß. Die Jacke, das Hemd, die Hose. „Wirklich?"

„Ja!", brummte Vincent. „Wollen Sie meine Gamaschen sehen?"

Der andere winkte ab. „Schon gut, warte hier!"

Médocq ließ ihn noch gut eine Viertelstunde schmoren, bevor er im Eingang des *Moulin Rouge* erschien, sich erst nach links, dann nach rechts umschaute und gemäßigten Schrittes die Straße überquerte. Allein. Seiner Körperhaltung nach zu urteilen, war er allerdings angespannt. Es war anzunehmen, dass er eine Waffe bei sich trug. Vincent war auf der Hut.

Als Médocq unter die Bäume trat, schnitt ihm Vincent den Weg ab, den Revolver im Anschlag. Wäre sie geladen gewesen, hätte ihm das Ganze sogar Vergnügen bereitet.

Médocq blieb abrupt stehen. „Sie?", keuchte er, dann kniff er die Lippen zusammen. „Hätte ich mir denken können!"

Vincent blickte den anderen hasserfüllt an. „Hände hoch!"

„Sie sind wie ein Tripper, den man nicht wieder los wird, Monsieur Lefèvre!", zischte Médocq, kam jedoch der Aufforderung nach.

„Mag sein", erwiderte Vincent kalt. „Nur dass Sie bei mir mit Schlimmerem rechnen müssen als mit heftigem Brennen beim Wasserlassen." Er machte eine kleine Pause, wollte Marcel genug Zeit geben, die

Straße zu überqueren. „Sie haben Gustave auf dem Gewissen“, sagte er schließlich.

Der Polizist zeigte ein mildes, beinahe salbungsvolles Lächeln, das ihm Vincent am liebsten aus dem Gesicht geprügelt hätte. „Ihr Freund war nur zur falschen Zeit am falschen Ort.“

„Sie Bastard!“

„Monsieur Lefèvre, bitte. Kein Grund, ausfallend zu werden. Sie müssen mich verstehen“, fügte Médocq in versöhnlichem Ton hinzu und blickte immer wieder auf den Revolver in Vincents Hand. „Dieser Konzertmeister verfügt über eine Waffe, die Menschen beseitigen kann, ohne eine Spur zu hinterlassen. In den Händen der Feinde der Republik hätte sie verhängnisvolle Folgen.“

Vincent holte den Taktstock aus seiner Tasche hervor. „Meinen Sie das hier?“

Ein gieriger Ausdruck trat in Médocqs Augen. „Ja. Unter der richtigen Führung kann der Taktstock dazu genutzt werden, die Tugenden der französischen Zivilisation zu schützen und zu festigen. Zum Wohle *aller* Menschen.“

Vincent ließ ein spöttisches Lachen hören. „Wissen Sie überhaupt, wie der Taktstock funktioniert?“

Médocq schwieg, schaute ihn nur an.

„Sie haben keinen Schimmer, richtig?“

„Ich finde es heraus“, gab Médocq eiskalt zurück. Mit zusammengekniffenen Augen musterte er den Revolver, folgte den Handbewegungen seines Gegenübers, während er offensichtlich seine Chancen abwog. „Nichts entzieht sich meiner Kontrolle, auch nicht dieses Stück Holz.“

„Ich fürchte, diesmal muss ich Sie enttäuschen,

mon Capitaine.“

Wo blieb nur Marcel?

Médocq rollte mit den Augen und ließ wie nebenbei den rechten Arm sinken. Ehe Vincent reagieren konnte, hatte dieser in einer blitzschnellen Bewegung ein Messer nach vorne geworfen, das ihn buchstäblich um Haaresbreite verfehlte! Vincent spürte den Luftzug an der Wange und hörte, wie sich die tödliche Waffe hinter ihm in den Baumstamm bohrte. Er hatte sich noch nicht von seiner Überraschung erholt, da blitzte es zwischen Médocqs Fingern erneut auf. Ein triumphierendes Lächeln stahl sich in dessen Augen, während Vincent der kalte Schweiß ausbrach. Die nutzlose Waffe in seiner Hand zitterte.

Da brach Médocq unerwartet und mit einem lauten Ächzen zusammen. Wie Phoenix aus der Asche erhob sich Marcel hinter ihm, den Totschläger in der Hand, und grinste breit.

„Das war verflucht knapp“, maulte Vincent.

„Tut mir leid“, antwortete sein Freund. „Ging nicht schneller. Alles in Ordnung?“

Vincent nickte.

„Und was machen wir jetzt?“

Mit Marcels Hilfe zog Vincent Médocqs regungslosen Körper tiefer unter die Bäume. „Wir sorgen für Gerechtigkeit.“ Er machte eine kurze Pause. „Aber zuerst müssen wir hier weg, bevor der Türsteher auf die Idee kommt, nachzuschauen, wo Médocq bleibt. Ich fürchte, wir müssen ihn tragen. Dein Bruder hatte offenbar kein Glück mit dem Taxi.“

„Habe ich etwas von Taxi gehört?“, sagte plötzlich jemand hinter ihnen.

Vincent und Marcel wirbelten herum. Doch es war nicht Manuel, der plötzlich seine Stimme wiedergefunden hatte, sondern Emile.

„Habt ihr wirklich geglaubt, ich fahre wegen einer Beule am Kopf ins Krankenhaus und überlasse euch den ganzen Spaß?", feixte er. „Schnell! Der Laster steht da drüben."

Keine Sekunde zu früh, denn in diesem Moment stürmte der Türsteher mit drei Männern im Schlepptau heran. Emile lief zum Laster, um diesen zu starten, während Vincent und Marcel Médocqs Arme und Beine packten. Der Chef der Sûreté schien nicht nur ein echter Miesepeter zu sein, sondern auch ein Kostverächter, denn er wog fast nichts. Schnell hatten sie die hinteren Türen des Lasters aufgerissen und Médocq hineingeworfen, doch der kleine Triumph währte nur kurz, denn zwei der vier Verfolger zückten in diesem Moment ihre Schusswaffen.

„Fahr los!", brüllte Vincent über das gluckernde Motorengeräusch hinweg und hechtete auf die Ladefläche.

Marcel sprang hinterher, und Emile gab Gas. Der Motor röhrte, als sie davonbrausten. Die Männer feuerten. Eine der Kugeln pfiff über den Laster durch die Luft, was Emile veranlasste, noch einmal aufs Pedal zu drücken. Das Fahrzeug rutschte hinten weg, und Vincent prallte unsanft gegen die Wand des Lasters, während es Marcel gelang, sich an einer Halterung festzuhalten. Médocq, der durch die Luft wirbelte, wäre aus dem Laster gepurzelt, wenn Marcel ihn nicht im letzten Moment am Arm festgehalten und wieder hineingezogen hätte. Die Reifen drehten noch einmal durch, dann machte der Laster einen Satz und raste los. Die Männer feuerten weiter, doch sie waren bereits zu weit weg, um ihr Ziel zu treffen, und wurden von Sekunde zu Sekunde kleiner.

Nachdem sie die Türen des Lasters geschlossen hatten, lehnte sich Vincent erleichtert gegen die Wand. Emile hatte ihnen wieder einmal den Hintern gerettet!

„Was ist mit Manuel?“, fragte er und verzog das Gesicht. Jeder Knochen im Leib tat ihm weh.

Marcel grinste schief. „Wahrscheinlich sucht er immer noch nach einem Taxi.“

Kapitel 35

Paris, Mai 1926

Magali gab dem Drang nach, von ihrem Sessel aufzustehen und im Zimmer auf und ab zu laufen. Es war bereits vier Uhr morgens. Für Mai war es empfindlich kalt geworden, und Madame Dupuis hatte am späten Abend den Kamin angezündet. Jetzt knackte das Feuer auf heimelige Weise, auch wenn der Regen, der plötzlich eingesetzt hatte und nun gegen die Fenster prasselte, einen Teil des Geräuschs verschluckte. Madame Dupuis war auch so freundlich gewesen, für Andrej und sie Tee zu kochen und dazu leichte Häppchen zuzubereiten. Schinken aus der Auvergne, Brie im Blätterteig, selbstgemachte Wildpastete. Vor Nervosität hatten weder Andrej noch sie einen einzigen Bissen herunterbekommen. Seit Stunden lag der Pole im Salon auf dem Canapé und fixierte den weißen Stuck an der Decke. Sie für ihren Teil hatte Buchseiten angestarrt, ohne die Bedeutung dessen zu verstehen, was dort stand. Das Einzige, was sie zustande gebracht hatte, war ein abgekauter Daumennagel.

Sie dachte einige Stunden zurück, als Vincent sie geküsst hatte. Bei dem Gedanken schlugen die Schmetterlinge in ihrem Bauch wild mit den Flügeln, und sie blickte ins prasselnde Feuer, um ihre Nerven zu beruhigen. Das war kein Versehen, redete sie sich ein, es hatte bestimmt etwas zu bedeuten. Vielleicht wollte er dich nur zum Schweigen bringen, entgegnete eine andere, ungleich tückischere Stimme in ihrem Kopf. Ein Seufzen riss sie aus ihren verwirrenden Gedankenspielen.

„Wie fühlen Sie sich, Andrej?“, fragte sie.

Er sah auf. Sein Gesichtsausdruck war ernst. „Dauert lange.“

„Ich weiß“, antwortete sie. „Aber ich bin sicher, sie schaffen das.“

„Sie glauben?“

Sie nickte.

Er lächelte sie an. „Sie nett.“

Bevor sie etwas erwidern konnte, erklang eine Etage tiefer ein leises Poltern, dann eine Stimme: Madame Dupuis, die anscheinend mit jemandem sprach, denn kurz darauf vernahm Magali eine weitere, diesmal männliche Stimme. *Vincent?* Erneut blickte sie zu Andrej hinüber, der bereits aufgesprungen war.

„Monsieur Lefèvre zurück!“, rief er mit einem Funken Hoffnung in der Stimme.

Ehe sich Magali dazu durchringen konnte, nachzusehen, aus Furcht, das Gegenteil könnte der Fall sein, schwang die Tür zum Salon auf, und Vincent trat über die Schwelle. Sein dunkles Haar war zerzaust, seine Hose zerrissen, und sein rechter Oberarm war mit einem blutverschmierten Stück Stoff umwickelt.

„Du bist verletzt!“, rief sie erschrocken und stürzte auf ihn zu.

Müde winkte er ab. „Halb so schlimm, Liebes.“

Liebes?

Dann ließ er ganz überraschend ein

unbekümmertes Lächeln aufblitzen und machte einen Schritt zur Seite. Hinter ihm wurde der blonde Schopf eines jungen Mädchens mit blauen Augen, einer Stupsnase und auffallend heller Haut sichtbar.

„Anna!“, rief Andrej.

In seiner Stimme lag so viel Freude, dass Magali unwillkürlich lachen musste. Von einer Sekunde zur anderen war der Pole wie ausgewechselt. Er strahlte übers ganze Gesicht, umfasste seine Tochter und wirbelte sie durch die Luft, während sie fröhlich gluckste.

Magali riss sich von dem Anblick los und begab sich zu Vincent.

„Ihr habt es geschafft“, sagte sie nur.

Er nickte.

„Ist mit deinem Arm wirklich alles in Ordnung?“

Seine Augen wurden dunkel. „Ja, mach dir keine Sorgen. Es ist nur ein Streifschuss. Emile und ich haben kurz im Krankenhaus vorbeigesehen, deshalb ist es so spät geworden.“

Erschrocken blickte sie ihn an. „Was ist mit Emile?“

„Er hat eine hässliche Platzwunde am Kopf, die genäht werden musste, aber er wird schon wieder.“

„Gottseidank.“

Daraufhin warf Magali einen kurzen Blick auf Anna und ihren Vater, die sich bei den Händen hielten und anlächelten. Sie ergriff Vincents gesunden Arm und zog ihn sanft aus dem Zimmer.

„Komm, lass uns in die Küche gehen. Die beiden haben sich sicher eine Menge zu erzählen.“

Er widersprach nicht.

Nachdem sie sich bei Madame Dupuis für ihre Liebenswürdigkeit bedankt und sie nach Hause geschickt hatten, nahmen die beiden am Küchentisch Platz.

„Erzähl", bat sie Vincent und blickte ihn aus großen Augen an.

Was er auch tat.

„Und wo sind die Musiker jetzt?", fragte sie anschließend. Sie hätte es niemals zugegeben, aber insgeheim war sie froh, nicht mitgegangen zu sein. Vincents Bericht hörte sich schaurig an.

„Zurück in ihrem Hotel. Einige von ihnen weigern sich, Paris zu verlassen, bevor sie nicht mit der Polizei gesprochen haben. Sie wollen gegen Médocq aussagen. Im Moment sammeln Emiles Kollegen in den Katakomben den Müll auf, den wir hinterlassen haben." Er ließ ein spöttisches Lachen hören. „Übrigens hat dein Gefühl dich nicht getrogen. Das Schwein war tatsächlich für Gustaves Tod verantwortlich."

„Was habt ihr mit ihm gemacht?"

Vincent entging der Groll in ihrer Stimme nicht. „Er liegt in Grimauds Kühlraum, zwischen den toten Fischen", antwortete er. „Morgen wird Emile ihn dem Haftrichter vorführen."

„Der arme Haftrichter, hoffentlich hat er keine empfindliche Nase!", rief Magali. „Hast du keine Angst, dass Médocq fliehen könnte?"

„Die Fauré-Zwillinge bewachen ihn."

Sie nickte, mehr Erklärung bedurfte es nicht. „Spricht Manuel immer noch nicht?"

„Kein Wort."

Beide grinsten.

„Eine Tasse Tee?", fragte sie irgendwann.

Ein mildes Lächeln erschien auf seinem Gesicht. „Ich dachte schon, du fragst nie. Aber ein Bourbon wäre mir lieber."

„Anna!", rief er, dann umfasste er sie und wirbelte sie durch die Luft.

Maestro Menotti!

Ihr Herz drohte zu platzen, so glücklich war sie, ihn zu sehen. Zwar schien er geschrumpft zu sein, seit sie ihn das letzte Mal gesehen hatte – seine weiße Mähne war grau und schmutzig, sein einstmals funkelnder Blick nur noch eine Erinnerung –, dennoch war er es.

Sie leben!, jubilierten ihre Hände. *Wo waren Sie? Was ist mit Ihnen passiert? Sie haben uns gefehlt.*

Ein Schatten huschte über sein Gesicht. „Ich weiß", sagte er leise, während er neben ihr auf dem Canapé Platz nahm. „Und es tut mir leid."

Wo ist Tata? Ist er hier?

Die Trauer in Maestro Menottis Augen vertiefte sich, und er nahm ihre Hände in seine. Eine eisige Faust legte sich um ihr Herz.

„Anna", begann er leise. „Dein Vater ist tot. Er ist vor vier Jahren an einer Lungenentzündung gestorben. Das Leben auf der Straße hat seinen Tribut gefordert. Ich … ich wollte es dir sagen, aber ich habe nie den richtigen Moment gefunden. Ich habe dafür gesorgt, dass er neben deiner Mutter beerdigt wurde." Er biss die Lippen zusammen. „Ich bin untröstlich."

Eine Woge des Schmerzes brandete über Anna hinweg, und sie wankte. Heiße Tränen drängten nach oben, während ihre Hände so heftig zu zittern begannen, dass sie diese in ihrem Schoß ballte, bis die Knöchel weiß wurden. Blind starrte sie vor sich hin, bemerkte nur am Rande, dass der Maestro sie in den Arm nahm. *Erst Pjotr und jetzt Tata.* Sie schluckte krampfhaft. Wie viel Schmerz konnte ein Mensch ertragen? Sie weinte lange, ihr zierlicher Körper wurde heftig durchgeschüttelt, bis keine Tränen mehr kamen. Der Maestro ließ sie keine Sekunde los, und sie war für die Umarmung dankbar.

Warum hat Monsieur Lefèvre gesagt, Tata sei in Paris?, fragte sie nach einer Weile. Ihre Augen brannten.

Beschämt biss sich Maestro Menotti auf die Unterlippe, bevor er ihren Blick bannte. „Ich habe mich für deinen Vater ausgegeben, Anna. Dadurch wurde es einfacher, mich in deiner Nähe aufzuhalten. Ich konnte niemandem trauen. Pjotr hat alles und jeden mit seinem Hass vergiftet. Ich musste um mein Leben fürchten, verstehst du?" Seine Hände baten um Verständnis. „Ich wusste, nur du kannst Pjotr aufhalten. Du besitzt einen starken Willen und bist erfüllt von der Liebe zur Musik. Aber jeder noch so starke Wille kann gebrochen werden, und du bist so jung. Ich wollte dir beistehen." Ein warmes, wenn auch etwas trauriges Lächeln huschte über sein Gesicht. „Am Ende hast du es ganz gut ohne mich geschafft." Er hielt kurz inne, als würde er nach den richtigen Worten suchen. „Die zwölf Instrumente sind wie missratene Kinder, Anna. Sie können nur durch Liebe in die richtige Bahn gelenkt werden. Dann vollbringen sie wahre Wunder, verbreiten Glücksgefühle. Sie erwecken sogar totes Holz wieder zum Leben, wie du selbst weißt. Spüren sie allerdings Hass oder Wut … sterben Menschen."

Anna blickte ihn fassungslos an. *Aber warum, Maestro?*

Menotti schwieg lange und dann: „Sie üben Vergeltung."

Vergeltung?

„Sie rächen sich an den Nachkommen der Baumdiebe ... Die Instrumente spüren sie auf ...“ Die Stimme des Maestros war nicht mehr als ein Flüstern.

Anna erinnerte sich an die Geschichte, die er ihr vor vielen Jahren erzählt hatte. Damals in seiner Garderobe, als er ihr ihre Klarinette überreicht hatte und die Welt noch hell und strahlend gewesen war.

Gedankenverloren starrte sie auf den Boden.

„Was ist mit Pjotr?“, riss Menotti sie aus ihren Erinnerungen.

Sofort hatte Anna das Bild ihres sterbenden Freundes vor Augen, und ehe sie es verhindern konnte, entfuhr ihrer Kehle ein gequälter Laut.

„Ich verstehe.“

Sein gleichgültiger Tonfall erfüllte sie mit Wut.

Sie hätten ihn retten müssen!, entrüsteten sich ihre Hände.

„Wie, Anna, wie? Ich war viele Monate krank. Schwach und allein. Ich hatte alles verloren.“

Trotzdem. Sie spürte den starrköpfigen Ausdruck in ihrem Gesicht.

Wieder ergriff er ihre Hände. „Ich wäre fast gestorben, Kind.“

Sie entwand sich ihm. *Sind Sie aber nicht!*

Gleich darauf überkam sie tiefe Scham. Sie wollte nicht ungerecht sein, aber in ihrem Kopf wie auch in ihrem Herzen herrschte ein heilloses Durcheinander.

Tut mir leid. Das habe ich nicht so gemeint.

„Ich weiß“, antwortete der Maestro und sah sie zärtlich an.

Was ist Ihnen widerfahren?

„Ein Museumswächter hat mich aus der eiskalten Newa gezogen und anschließend literweise mit Wodka abgefüllt. Ich hatte riesiges Glück.“ Er verzog das

Gesicht zu einem freudlosen Lächeln. „Glaubst du, dass die Ahnen über einen wachen, kleine Anna?"

Mit einem Mal begriff sie. *Sie sind ein Nachfahre von Lazzaro Tartini, nicht wahr?*

Der Maestro nickte. „Er war mein Urururgroßvater." Seine Augen waren voller Trauer. „Sein Sohn Arturo wusste, wie gefährlich die Instrumente waren. Nach Lazzaros frühem Tod brachte er es dennoch nicht fertig, das Lebenswerk seines Vaters zu zerstören. Denn obwohl sie Dunkelheit in sich bargen, waren sie ein Wunder von reinem Klang. Also erschuf er den Taktstock, um sie zu kontrollieren. Aber weil Hass die Zeit überdauert, übergab Arturo kurz vor seinem Tod den Taktstock seinem ältesten Sohn. Von dieser Zeit an wurde der Taktstock jeweils an den Erstgeborenen weitergereicht, alle wurden Arturo getauft, damit sie niemals vergaßen, worin ihre Mission bestand. Menotti war der Mädchenname von Lazzaros Frau", fügte er hinzu, als er ihren fragenden Blick sah. „Seit fünf Generationen sind die Arturo Menottis die Hüter des Taktstocks." Seine Augen schimmerten feucht. „Und mit mir wird es enden."

Nein! Erschrocken fasste sich Anna an den Hals.

„Es muss sein, Kind."

Haben Sie Vertrauen zu uns, Maestro! Wir lieben unsere Instrumente. Wir können sie auf den rechten Weg bringen.

In Maestros Gesicht arbeitete es. „Die menschliche Seele ist wankelmütig, Anna, und das Schicksal grausam." Er schluckte hart. „Mein Vater hatte mich gewarnt. ‚Bleib auf dem rechten Weg', hatte er mir eingebläut. ‚Lass nicht zu, dass dein Herz vergiftet wird.' Aber einmal wurde ich schwach ...", fügte er leise hinzu.

Sachte legte Anna ihre Hand auf seinen Arm, zwang ihn, sie anzuschauen.

Was meinen Sie?

„Es war vor gut dreißig Jahren Ich war noch ein junger Mann, gutgläubig und blind. Ich habe mich unsterblich verliebt. Sie hieß Konstanze." Menotti schien in Gedanken weit weg zu sein. „Ihre Haare strahlten wie Kupfer in der Sonne, ihre Haut war wie Elfenbein. Ein Wunder der Natur. Atemberaubend, aber auch grausam. Sie hat mir das Herz gebrochen. Ich wusste vor Schmerz nicht mehr ein noch aus, also habe ich sie verflucht und die ganze Welt gleich mit. Ich war von Bitterkeit erfüllt." Wieder schluckte er hart. Eine eisige Faust legte sich um Annas Herz. Entsetzt blickte sie ihn an, wartete auf das, was folgen würde. „Die Instrumente spürten es ... und ein Mensch starb. Es war in Rom. Schon damals hätte ich dem Ganzen ein Ende bereiten müssen, aber ich konnte nicht ... All das Wunderbare, das in diesen Instrumenten steckt ..." Seine Augen schimmerten feucht. „Ich habe keine Wahl, kleine Anna. Außerdem, wer sollte mich beerben?"

Wie meinen Sie das?

„Nach mir wird es keinen Arturo Menotti mehr geben. Ich kann keine Kinder zeugen." Er stieß ein ironisches Lachen aus. „Ein Wink des Schicksals."

Irrsinnigerweise glomm in Annas Herzen so etwas wie Hoffnung auf. *Jemand anderes könnte Ihr Erbe eintreten.*

Menotti strich sanft über ihre Wange. „Du hast ein reines Herz, und ich bin sicher, dass es dir gelingen würde, die Instrumente in Schach zu halten. Zumindest für eine Weile. Aber es ist eine zu große

Bürde. Du bist dazu geschaffen, die Menschen mit deinem Talent zu erfreuen. Nichts anderes."

Aber Maestro …

„Nein!", sagte Menotti barscher als beabsichtigt. „Nein", wiederholte er sanft. „Ich habe versagt ... diese vielen Toten. Vorfälle dieser Art dürfen sich nicht noch einmal wiederholen." Er fuhr sich durchs Haar. „Wir leben in unruhigen Zeiten. Nicht auszudenken, wenn die Instrumente erneut in die falschen Hände geraten. Du hast am eigenen Leib erfahren, wie grausam Menschen sein können."

Er schwieg lange.

„Gib mir das Rohrblättchen, Kind", forderte er schließlich leise.

In Anna zog sich alles krampfartig zusammen, und sie schüttelte energisch den Kopf.

„Gib es mir."

Mit zusammengepressten Lippen öffnete sie ihren Instrumentenkasten, löste das Blättchen von ihrer Klarinette und reichte es Menotti, der etwas schwerfällig aufstand, um zum Kamin zu gehen. Kurz zögerte er, dann warf er das Blättchen ins Feuer. Es zischte kurz, ein grüner Funke blitzte auf, dann wandelte sich das Braun des Holzes, glomm für lange Sekunden rot, bevor es schwarz wurde und schließlich verkohlte. Menotti stieß einen tiefen Seufzer aus, während er ins Feuer starrte.

„Nun ist das Band durchtrennt", sagte er. Es klang unendlich traurig. „Du bist frei."

Ein Schluchzen war die Antwort.

Mit einem milden Lächeln drehte er sich um. „Und jetzt die Klarinette, Anna."

Nein!

„Die Instrumente müssen zerstört werden."

Die Instrumente vollbringen Wundervolles, Maestro, ich habe es viele Male gespürt!

„Sie töten Menschen, Anna."

Bitte, Maestro! Nehmen Sie mir meine Klarinette nicht weg. Sie ist alles, was ich habe.

„Du besitzt viel mehr als das, kleine Anna. Dein Talent und deine Liebe zur Musik kann dir niemand nehmen."

Sie blickte ihn mit großen Augen an, und er wartete. Wartete, bis sie mit zitternden Händen die Klarinette aus dem Koffer nahm und auf ihn zutrat. Als er ihr das Instrument abnehmen wollte, schüttelte sie den Kopf, und drängte sich fast gewaltsam an ihm vorbei. Vor dem Kamin blieb sie stehen, blinzelte die dicken Tränen weg, dann drückte sie ihre Klarinette ein letztes Mal an ihr Herz, bevor sie diese ins Feuer warf. Das Instrument entflammte weiß lodernd, einen Funkenregen sprühend, und Anna trat unwillkürlich einen Schritt zurück. Ein blauviolettes Glühen erfasste die Klarinette, die sich kurz darauf scharlachrot verfärbte. Die Hitze war unerträglich, und Anna wich noch etwas weiter zurück. Rosa, orange, gelb … Ein flackernder Regenbogen legte sich um das Instrument, dann machte es plötzlich 'Knack', und von einer Sekunde auf die andere erlosch die Farbenpracht. Übrig blieben ein schwarzes, verkohltes Holzstück, glühende Metallstücke und graue Rauchschwaden, die sich den Kamin hinauf kräuselten.

Annas Herz brach.

Eine schwere Hand legte sich von hinten auf ihre Schulter.

„Du hast das Richtige getan", sagte Maestro Menotti. Und dann: „Wo hast du den Taktstock?"

Benommen griff sie in die Tasche ihres Rocks,

zog den Taktstock heraus und überreichte ihn Menotti mit einer beinahe feierlichen Geste. Zärtlich strich er darüber, versuchte vergeblich die Tränen zu verdrängen, bevor er ihn ihr zurückgab.

„Du darfst ihn behalten, Anna", sagte er mit erstickter Stimme.

Sie nickte, unfähig, Dankbarkeit für das wunderbare Geschenk zu empfinden, das er ihr gerade gemacht hatte. Sie wusste: In dieser Nacht hatte die *Philharmonie der Zwei Welten* aufgehört zu existieren, und damit auch das Leben, wie sie es kannte.

Kapitel 36

Paris, Juni 1926

Gustave trug Pomade im Haar, der Seitenscheitel verlieh ihm ein streberhaftes Aussehen, wären da nicht das schiefe Lächeln und die dazu passende Nase gewesen. Die Fotografie bedeckte die komplette hintere Wand. Davor lagen die angestrahlten Boxhandschuhe, die Gustave Vincent vermacht hatte. Magali lächelte. Zugegeben, die rot blinkende Vitrine war nicht gerade dezent, doch Vincent war noch nie ein Anhänger von vornehmer Zurückhaltung gewesen. Schon gar nicht, wenn es sich um einen so guten Freund handelte. So war die Vitrine das Erste, was man sah, wenn man den Klub betrat. Sie stand in der Mitte der Vorhalle, und jeder musste daran vorbeigehen, um den Tanzsaal zu betreten.

In wenigen Stunden würde die Neueröffnung des *Nuits Folles* stattfinden. Nach harten Verhandlungen und mit Emiles Unterstützung war es Vincent gelungen, den Polizeipräfekten davon zu überzeugen, ihm die Belohnung auszuzahlen. Auch, um sich sein Schweigen zu erkaufen, damit die Affäre Médocq nicht die Runde machte. Denn natürlich wurde die ganze Sache vertuscht. Die Methusalem-Seuche wurde als Giftanschlag eines namenlosen Russen präsentiert, zweifellos eines Bolschewiken, der die Privilegierten für ihr dekadentes Verhalten hatte bestrafen wollen.

Gemeinsam mit Gleichgesinnten hatte er die Musiker entführt, um sie für seine dunklen Machenschaften zu benutzen. Der Gruppe war an einem geheimen Ort der Prozess gemacht worden, danach waren die Delinquenten still und leise exekutiert worden. So die offizielle Version.

In Wirklichkeit hatten einige von Médocqs Schergen im Angesicht der Guillotine zugegeben, auf dessen Anweisung gefoltert und gemordet zu haben. Es war anzunehmen, dass der ehemalige Chef der Sûreté einen Kopf kürzer gemacht werden würde, während seine reumütigen Mitarbeiter mit lebenslanger Haft davon kommen würden. Médocqs Abteilung wurde geschlossen. Als Magali einmal die Vermutung äußerte, dass die Geheimpolizei wohl abgeschafft werden würde, lachte Emile sie aus.

„Davon ist nicht auszugehen“, erklärte er. „Aber zumindest wird die Abteilung unter anderen Vorzeichen geleitet.“

Inzwischen hatte Emile seine alte Stelle in der Polizeistation des 4. Arrondissements zurückerhalten, dafür war Kommissar Tullio aus unbekannten Gründen von seinem Posten zurückgetreten. Es hieß, Emile stünde kurz davon, zum Brigadier en Chef befördert zu werden. Magali wurde warm ums Herz, wenn sie an Vincents Freund dachte. Er hatte sich als eine wahrhaft treue Seele erwiesen.

Mit der Belohnung hatten sie ihre Schulden bei den Lieferanten beglichen und einige Renovierungen vorgenommen. Außerdem hatten sie eine Anzahlung für einen neuen Peugeot getätigt. Jetzt da die Gefahr vorüber war, würden die Menschen wieder in die Klubs gespült werden und damit das Geld in die Kassen. Für den heutigen Abend hatte Vincent Bill

Briggs verpflichtet, den schwarzen Boxer mit musikalischen Ambitionen, der ihm auf seinem Schlagzeug ein Rhythmusfeuerwerk versprochen hatte. Magali grinste bei dem Gedanken. Bill würde so oder so für Furore sorgen. Neben exotischen Tänzerinnen, zu Magalis Erleichterung gehörte Stella nicht dazu, Akrobaten und Illusionisten hatte sich Mistinguett für den Abend angekündigt. Es konnte also nichts schiefgehen. Sie hatten Bébère eine Einladung geschickt und hofften, dass der Deutsche kommen würde. Auch Emile und die Fauré-Zwillinge standen auf der Gästeliste. Vincent wollte den Abend nutzen, um sich bei den Menschen zu bedanken, die mitgeholfen hatten, die Geschichte zu einem glücklichen Ende zu bringen.

Was Andrej betraf, er war mit Anna nach Warschau zurückgekehrt. Den toten Konzertmeister hatten sie mitgenommen. Inzwischen waren auch die anderen Musiker abgereist. Wohin, wusste Magali nicht. Überhaupt gab es viele Dinge, die sie nicht verstand, die für immer im Dunkeln bleiben würden. Zumindest war Charles Médocq das Handwerk gelegt worden, und Annas Schicksal hatte sich zum Guten gewandt. Gustave war also nicht vergeblich gestorben. Das war, was sie sich seit Tagen einzureden versuchte. Sie verdrängte den Gedanken. Ab jetzt gab es für sie nichts Wichtigeres als Vincent und den Klub.

„Woran denkst du?“, riss eine Stimme sie aus ihrer Versunkenheit.

Vincent kam mit einem ungewohnt schüchternen Lächeln auf sie zu. Er trug einen apfelgrünen Anzug und eine elfenbeinfarbene Krawatte.

„An dies und das“, antwortete sie.

Er stellte sich hinter sie und schaute über ihren

Kopf hinweg in die Vitrine. „Gustave fehlt mir“, sagte er nach einer Weile.

Er roch gut.

„Mir auch“, flüsterte sie.

Sie spürte seinen warmen Atem in ihrem Rücken, und ihr Herz zog sich vor Liebe zusammen. Lange standen sie schweigend da, betrachteten die Vitrine, als er plötzlich seine Hände um sie legte und sie von hinten umarmte.

„Letzten Monat habe ich zweimal dem Tod ins Auge geblickt“, sagte er leise. „Als Médocq die Messer gezogen hat, dachte ich wirklich, das ist das Ende …“ Seine Arme schlossen sich fester um sie, und sie konnte seinen kräftigen Herzschlag spüren. „Ich finde, wir sollten heiraten“, murmelte er in ihr Haar.

Magali blinzelte. „Warum sagst du das?“

„Was glaubst du wohl?“

„Aber Vincent …“ Sie starrte immer noch nach vorn. „Liebst du mich denn überhaupt?“

Da drehte er sie um und blickte mit sanftem Lächeln auf sie herab. „Du bist der schlaueste Mensch, den ich kenne, Marie Le Bellec, aber manchmal stellst du sehr dumme Fragen.“

„Findest du?“

Statt einer Antwort zog er sie an sich. Sein Mund fand den ihren, umschloss ihre Lippen mit einem Kuss, den man nur als unschicklich bezeichnen konnte.

„Ich denke, das hätte Gustave gefallen“, flüsterte Magali, nachdem sie wieder zu Atem gekommen war. Ihre Augen waren tränenverschleiert, doch um ihren Mund spielte ein kleines Lächeln.

Ein warmer Braunton trat in Vincents Augen. „Das denke ich auch.“

Nachklang

„Hallo?“

Keine Antwort.

„Bébère!“

Vincent betrat den Kiosk und blickte sich um. Das Regal war zur Seite geschoben worden, die Kellertür selbst war geschlossen. Es war niemand zu sehen, also ging Vincent nach hinten und öffnete mit einem leisen Quietschen den Eingang zum Keller. Ein ungewöhnlich modriger Geruch schlug ihm entgegen.

„Hallo?“, wiederholte er im höchsten Maße beunruhigt.

Ein Blondschopf schob sich unten in sein Blickfeld. „Was tun Sie hier?“, hallte es unheilvoll aus der Tiefe des Kellers.

In der Hand hielt der Unbekannte einen Eispickel. Die Spitze war nicht sehr lang, konnte aber wirkungsvoll eingesetzt werden, zum Beispiel um menschliches Fleisch in Fetzen zu reißen.

Vincent spannte sich innerlich an. „Die Frage müsste eher lauten, was Sie hier zu suchen haben!“

„Das ist mein Laden“, erwiderte der Unbekannte, während er die Wendeltreppe hochkam. Den Eispickel hielt er immer noch in der Hand.

Vincent trat einen Schritt zurück, bis der Mann durch die offene Tür getreten war, dann zeigte er auf den Eispickel. „Wollen Sie mir etwa drohen?“

Verwirrt blickte der Unbekannte erst auf Vincent, dann auf seine Hand. „Äh …“ Er schien zu überlegen. „Vielleicht, vielleicht aber auch nicht.“

„Mir wird das hier langsam zu dumm. Wo ist Bébère?“, fragte Vincent mit fester Stimme und trat einen Schritt auf den Mann zu, der synchron einen Schritt zurücktrat.

Ihr neuer Freund war nicht zur Wiedereröffnung des *Nuits Folles* gekommen, und Vincent machte sich Sorgen.

„Wer?“

„Der Deutsche.“

„Ach der.“ Während sich der Mann sichtlich entspannte, blieb Vincent auf der Hut. „Fort. Er hat mich nur eine Weile vertreten. Meine Tante ist gestorben, und ich musste für ein paar Wochen nach Angoulême, um die Formalitäten zu regeln, nur weil dieser verfl…“

Doch Vincent hörte nicht mehr zu. „Wo ist er hin?“

Der Mann, der in seinem Redeschwall brutal unterbrochen worden war, schaute verdutzt, dann zuckte er mit den Achseln. „Wieder zurück nach Berlin, schätze ich.“

Vincent verspürte ein tiefes Bedauern. Er hatte angenommen, dass der Kiosk Bébère gehörte. „Könnte ich mich unten umsehen? Er hat vielleicht etwas für mich hinterlassen.“

Der andere lachte. „Das können Sie gern machen, aber da unten habe ich nur Eis und Getränke gelagert.“

Vincent stutzte. „Sind Sie sicher?“

„Natürlich.“

„Und wo bewahren Sie die alten Zeitungen auf?“

Der Mann starrte ihn an, als hätte er den Verstand verloren. „Warum sollte ich den Kram behalten? Der nimmt doch nur Platz weg! Die Zeitungen, die ich nicht verkaufe, holen die Verlage nach ein paar Tagen wieder ab."

„Wirklich?"

„Ja. Schauen Sie nach, wenn Sie wollen!"

„Nein, schon gut." Spontan verwarf Vincent den Plan, sich unter die Erde zu begeben, während dieser Kerl oben die Tür bewachte. „Wenn Sie das sagen."

Der Mann zuckte erneut mit den Achseln, dann zog er die Kellertür hinter sich zu.

„Na dann, vielen Dank und auf Wiedersehen", sagte Vincent etwas hilflos, bevor er den Rückzug antrat.

„Hoffentlich nicht!", brummte ihm der Kioskbesitzer hinterher.

„Verschwunden?", rief Magali verdutzt.

„Ja. Der Mann behauptet zwar, Bébère sei in Berlin, aber ich weiß nicht, ob ich ihm glauben soll. Das Ganze kommt mir spanisch vor ..."

In diesem Moment betrat Papi das Büro und wedelte mit etwas, das wie eine Fotografie aussah. „Eine Postkarte für Sie!"

„Eine Postkarte? Von wem?"

„Ich weiß nicht, aber sie kommt aus Berlin." Er kniff misstrauisch die Augen zusammen. „Wahrscheinlich von einem *Boche*!"

„Du verscheißerst mich!"

Magali gluckste, während Papi ein beleidigtes Gesicht aufsetzte. „Das würde ich nie tun, Patron."

Vincent nahm die Postkarte entgegen und las sie durch, während Magali nervös auf und ab ging.

„Und?"

„Sie ist von Bébère."

„Was schreibt er?"

„Eigentlich nicht viel. Nur zwei Sätze."

Ungeduldig riss ihm Magali die Postkarte aus der Hand und las laut vor: *„Alles wird bestimmt, der Anfang wie auch das Ende, durch Kräfte, über die wir keine Macht haben. Menschen, Pflanzen oder kosmischer Staub, wir tanzen alle nach einer bestimmten Melodie, die aus der Ferne von einem unsichtbaren Pfeifer angestimmt wird.*" Sie lächelte verträumt. „Das klingt hübsch."

„Hübsch? Ich finde, das klingt verdammt nach Bébère", brummte Vincent.

Dann trafen sich ihre Blicke, und beide brachen in Lachen aus.

Kopfschüttelnd verließ Papi das Büro. Der Klub öffnete in einer Stunde, und es gab noch viel zu tun.

Quellenangaben

Kapitel 10

„Wenn man zwei Stunden mit einem netten Mädchen zusammensitzt, meint man, es wäre eine Minute. Sitzt man jedoch eine Minute auf einem heißen Ofen, meint man, es wären zwei Stunden.“ (Albert Einstein)

Kapitel 28

„Kein Ziel ist so hoch, dass es unwürdige Methoden rechtfertigt.“ (Albert Einstein)

Nachklang

„Alles wird bestimmt, der Anfang wie auch das Ende, durch Kräfte, über die wir keine Macht haben. Menschen, Pflanzen oder kosmischer Staub, wir tanzen alle nach einer bestimmten Melodie, die aus der Ferne von einem unsichtbaren Pfeifer angestimmt wird.“ (Albert Einstein)

Danksagung

Ich danke meinem Mann, der seit Jahren dafür sorgt, dass ich jedes emotionale Chaos (himmeljochjauchzend, weil jemand mein Buch gekauft hat versus zu Tode betrübt, weil niemand mein Buch gekauft hat) heil überstehe. Ich danke Claudia Junger und Carmen Weinand, meinen beiden Lektorinnen, die mir mit Humor und Kompetenz hilfreich zur Seite gestanden haben. Ich danke James aus Barcelona für sein außergewöhnliches grafisches Talent. Was für ein wundervolles Cover er da erschaffen hat! Ferner danke ich meiner Freundin Gaby Mammitzsch, der besten Betaleserin, die man sich wünschen kann. Ich danke Lina, unserer achtjährigen Hündin, die mit dem Kopf auf der Tastatur immer wieder dafür sorgt, dass ich Pausen einlege.
Last but not least danke ich Dr. Hans-Christian Meiser, der nie den Glauben an dieses Buch verloren hat.

Auf der Jagd nach Chopins Präludien

320 Seiten
EUR 13,90
ISBN 978-3-86282-149-5
ACABUS Verlag, 2012

In Venezia a Cupola ist Karneval – wie jeden Tag seit die einstige Lagunenstadt vom Medienkonzern Glob4Kic! zum Freizeitpark umfunktioniert wurde. In den nächtlichen Wirren des Festes erschlägt der talentierte Dieb Aldo Farouche einen Hehler und flüchtet Hals über Kopf nach Hanseapolis. Dort wird wenig später seine kristallisierte Leiche gefunden und die Ermittler Elias Kosloff und Louann Marino stehen vor einem Rätsel.

Getreu den 24 Präludien von Frédéric Chopin ist der Roman in 24 Kapitel aufgeteilt; von der Grundstimmung her orientiert sich Miriam Pharo an Chopins Musik.

Eine Art Sherlock Holmes der Zukunft?

288 Seiten
EUR 10,99
ISBN 978-3740708238
TWENTYSIX, 2015

Lucio Verdict hat alles verloren: seinen Job als Spion, seine Glaubwürdigkeit und seine Geliebte Kaori. Mit etwas Geld, zwei Koffern und Kaoris kleinem Sohn Shou strandet er im Münchner Umland des Jahres 2066, wo die Gesichter der Hundertjährigen so glatt sind wie Alabaster und bewaffnete Blumenmädchen für die Sicherheit sorgen. Bei seinen Ermittlungen bekommt es der frischgebackene Privatdetektiv unter anderem mit einem explosiven Mops, einer tollwütigen Oma und einer Rosine im Trenchcoat zu tun. Und er trifft eine alte Freundin wieder, die nicht vor Mord zurückschreckt …